Sterne der Sehnsucht

Die Autorin

Anne McCullagh Rennie wurde im englischen Cambridge geboren. Sie studierte Musik in London und Wien und war als Konzertmanagerin beim *Royal Philharmonic Orchestra* in London und beim BBC *Training Orchestra* in Bristol tätig, bevor sie heiratete und nach Sydney übersiedelte. Dort lebt sie heute mit ihrem australischen Mann und ihren beiden Töchtern.
Anne McCullagh Rennie gehört zu den Bestsellerautoren Australiens. Alle ihre Romane zeugen von der Faszination für das »Outback«, das weite und wilde Land im Inneren des australischen Kontinents.

Anne McCullagh Rennie

Sterne der Sehnsucht

Roman

Aus dem Australischen von
Karin Dufner

Weltbild

Originaltitel: *Where Kookaburras Laugh*

Besuchen Sie uns im Internet:
www.weltbild.de

Übersetzung: Karin Dufner
Projektleitung: usb bücherbüro, Friedberg/Bay.
Redaktion: Redaktionsbüro Claudia Krader, München
Umschlaggestaltung: *zeichenpool, München
Umschlagmotiv: www.shutterstock.com (© twobluedogs; © Martin Horsky; © Janelle Lugge; © MikeE; © lkordela)
Satz: Lydia Kühn
Druck und Bindung: GGP Media GmbH, Pößneck
Printed in the EU
ISBN 978-3-95569-453-1

2017 2016 2015 2014
Die letzte Jahreszahl gibt die aktuelle Ausgabe an.

Für Patsy, die nicht nur wunderschön und liebevoll ist,
sondern auch ein großes Herz hat

*Zwei Dinge braucht die Frau – einen guten Ehemann
und einen Satz scharfer Messer.*

Kathleen Flinn (The Sharper Your Knife The Less You Cry)

Danksagung

Wieder einmal möchte ich den vielen Menschen danken, nämlich denen, die mich beim Schreiben von *Sterne der Sehnsucht* unterstützt haben. Vielen Dank dafür, dass Ihr Euer Wissen, Eure Zeit und Eure Lebensgeschichten so freigebig mit mir geteilt habt.

Insbesondere danke ich meiner Mutter Peggy McCullagh, die mir das Kochen, die Liebe zur guten Küche und die Freude am Bewirten von Gästen vermittelt und mir unbezahlbare Küchentipps gegeben hat. Außerdem danke ich den vielen Köchen, die mich mit ihrer Leidenschaft und ihrer Lust am Kochen inspiriert haben: Jamie Oliver, der uns gezeigt hat, wie man einfache und leckere Gerichte mit frischen und gesunden Zutaten aus dem eigenen Garten zubereitet; Gordon Ramsay für seine schillernde Art, seine unerschöpfliche Energie und seine köstlichen Rezepte; Anthony Bourdain für seine Ratschläge in *Geständnisse eines Küchenchefs;* Michael Ruhlman für *The Making of a Chef;* Margaret Fulton für *The Margaret Fulton Cookbook*, das zu Beginn meiner Ehe als meine Kochbibel fungierte; Maggie Beer und Simon Bryant für ihre Kochsendung *The Cook and the Chef;* Kathleen Flinn, die in *The Sharper Your Knife The Less You Cry* ihre Erlebnisse in der Kochschule *Le Cordon Bleu* in Paris schildert; Ruth Reichl für *Falscher Hase. Als Spionin bei den Spitzenköchen;* Nadine Williams für ihre eigene Liebesgeschichte mit Stolperfallen *From France With Love* und Inspector Colin Holt für seine Erläuterung zum Thema Polizeiarbeit.

Ich danke meiner lieben Freundin und überaus rührigen Agentin Selwa Anthony für ihre Unterstützung, ihre Begeisterungsfähigkeit und ihre wundervollen Ratschläge: Du schenkst all Deinen Autoren so viel Zeit, Mühe und Liebe.

Danken möchte ich auch meiner unbeschreiblich begabten und sanftmütigen Lektorin Julia Stiles: Vielen Dank, dass Du so viel Arbeit in mich gesteckt hast.

Danke an meine Verlage in Australien und an Weltbild Deutschland, Österreich und Schweiz.

Danke an alle Leserinnen, die Spaß an meinen Geschichten haben.

Und vor allem Dank an Patsy, Peter, Ellie, Jim und Kira. Ihr bereitet mir viel Freude, muntert mich auf, wenn ich verzweifle, verbessert meine kleinen Fehler, lenkt mich nötigenfalls ab und gebt mir stets den Mut zum Weiterschreiben.

I

1

Es war ein brütend heißer Nachmittag. Die siebzehnjährige Jacinta Wakehurst stand da und umklammerte ihr Mobiltelefon, ohne das Polospiel vor ihrer Nase wirklich zu sehen. Der erste Spielabschnitt des Hunter's Cup, des jährlichen Poloturniers, veranstaltet vom im Hunter Valley in Neusüdwales gelegenen Weingut Clarence Lodge, war bereits zur Hälfte vorbei. Seit vier idyllischen Tagen weilte Jacinta nun schon bei ihrem Freund Tim zu Besuch, dessen Eltern das berühmte Weingut betrieben.

Der dunkelhaarige und attraktive Neunzehnjährige galoppierte gerade über das Feld auf sie zu. Er ritt Tiny, eines der preisgekrönten Poloponys seines Vaters, und schwenkte begeistert seinen Schläger. Zur Freude der zweihundert Zuschauer, die ihm jubelnd Beifall spendeten, hatte er das erste Tor erzielt. Da Jacinta seit dem Telefonat mit ihrer Mutter um Fassung rang, hätte sie sein Winken beinahe nicht erwidert.

Vor fünf Minuten noch hatte sie sich auf das Poloturnier, die Preisverleihung und das anschließende festliche Abendessen im exklusiven hiesigen Golfklub gefreut. Danach wollte sie eigentlich ihr dreimonatiges Beziehungsjubiläum feiern, indem sie in Tims Bett ihre Jungfräulichkeit verlor. Alles schien nach Plan zu laufen. Und nun hatte ein einziger Anruf ihrer Mutter die Planung zunichtegemacht.

»Sicher hast du nicht vergessen, dass deine Großmutter am nächsten Mittwoch siebzig wird«, hatte ihre Mutter begonnen. »Nun, ich fürchte, der Zeitplan hat sich geändert. Die Feier findet schon heute Abend statt, was bedeutet, dass du sofort zurückkommen musst. Ich habe dir einen Platz im Zug reserviert. Deine Schwester holt dich ab und bringt dich nach Hause, damit du dich umziehen kannst, bevor wir uns im Restaurant treffen.«

Nervös eine Locke ihres langen roten Haars um den Finger zwirbelnd, hatte Jacinta zunehmend ungläubig ihrer Mutter gelauscht. Ihre »ausgeflippte Oma« – so nannte Jacinta Amelia Newport insgeheim, ihre Großmutter mütterlicherseits – habe alles über den Haufen geworfen, damit eine gute Freundin aus Übersee, die nur zwei Tage zu Besuch war, an der Feier teilnehmen könne.

»Es war ein ziemliches Tohuwabohu, alles umzuorganisieren, Kind. Du kannst stolz auf mich sein. Schließlich liegst du mir immer damit in den Ohren, dass ich spontaner werden soll.« Mit diesen Worten hatte Danielle Wakehurst aufgelegt.

»Spontan?«, wiederholte Jacinta, während ihre aschfahlen Wangen wieder Farbe annahmen. »Aber doch nicht jetzt! Nicht heute! Wie kann sie mir das antun?«

Ihre Mutter hatte ihr nicht einmal Gelegenheit gegeben zu widersprechen. Eigentlich hatte Jacinta geglaubt, ihre Mutter würde zu sehr mit ihrer schwangeren älteren Schwester beschäftigt sein, um sie zu vermissen.

Die fünfundzwanzigjährige Lauren war vor zwei Tagen mit ihrem Mann Michael aus Queensland eingeflogen, um Großmutters Geburtstag zu feiern. Danielle bemutterte sie wie eine Glucke. Wie sollte Jacinta Tim nun beibringen, dass sie in einer Stunde aufbrechen musste? Sie kaute an einem ihrer in fluoreszierendem Blau lackierten Fingernägel herum und flüsterte lautlos »Lust und Wahrheit«, eine kindische Verballhornung ihres Schulmottos »Licht und Wahrheit« vor sich hin. Dabei hielt sie Ausschau nach ihrer besten Freundin Vicki Sealy.

Die beiden Mädchen besuchten die zwölfte Klasse des Heronswood College für junge Damen, einer Eliteschule im Norden von Sydney. Im Moment konnte Vicki den Blick jedoch nicht von ihrem neuesten Schwarm abwenden, dem attraktiven blonden Tiger Johnson. Der hatte nämlich gerade dem kahlköpfigen Besitzer mehrerer Einkaufszentren, dessen Bauch sein grellgrünes Mannschaftstrikot zu sprengen drohte, den weißen Holzball abgenommen.

Hochrot im Gesicht, trieb der sechzigjährige Geschäftsmann sein nass geschwitztes Pferd an und jagte Tiger keuchend und schnaufend über das Spielfeld. Dabei schwenkte er wild seinen Schläger und wäre beinahe von Keith Smart aus dem Sattel gestoßen worden, dem unverschämterweise auch noch gut aussehenden Computerwunderkind und dritten Mitglied von Tims vierköpfiger Mannschaft.

Währenddessen hatte Tim einem weniger attraktiven, dafür aber ziemlich wohlhabenden Immobilienmakler den Ball abgeluchst und ihn seinem Vater zugespielt, der damit über das Spielfeld preschte. Die Männer holten mit ihren großen Schlägern aus. Ihre engen Trikots hoben sich bunt von den mit Schlamm bespritzten weißen Reithosen ab. Beide Mannschaften kämpften um den Ball, und die Hufe der beweglichen Poloponys wühlten den Boden auf. Nach jedem siebenminütigen Spielabschnitt wechselten die Reiter die Pferde, damit die erschöpften Tiere sich ausruhen konnten.

Mitten im dritten Spielabschnitt, Jacinta wollte gerade Vicky ihr Herz ausschütten, kam Tim auf einem frischen Pferd über das Feld geprescht und spielte Tiger den Ball zu. Dieser schlug einen Haken, um einen Zusammenstoß mit einem anderen Spieler zu vermeiden, und beförderte den Ball rasch zwischen die beiden Torstangen. Jacinta klatschte und jubelte wie alle anderen und beschloss, nicht an ihr Problem zu denken und das Spiel zu genießen. Doch als die Minuten des letzten Spielabschnitts verstrichen, klopfte ihr Herz immer schneller. Was sie nun tun musste, würde schreckliche Folgen haben.

Wenn Jacinta nur den Mut gehabt hätte, sich gegen ihre Mutter durchzusetzen. Sie würde Tim die ganze Sache in der kurzen Pause zwischen dem Ende des Turniers und der Preisverleihung beichten müssen. Sie selbst hätte einen Menschen, der ihr so etwas antat, bis ans Ende ihrer Tage gehasst. Beim Blick auf die Uhr krampfte sich ihr der Magen zusammen. Nur noch eine knappe Stunde bis zur Abfahrt des Zuges. Dank ihrer ausgeflippten Großmutter und ihrer Mutter war ihr Liebesleben nun ein Scherbenhaufen. Und das alles nur wegen einer dummen Geburtstagsfeier, auf die sie ohnehin keine Lust hatte. Sie wünschte, sie hätte gewagt, einfach nicht hinzugehen.

Als drittes Kind Noel Wakehursts, Topmanager bei einem Mineralölmulti, und der eleganten, pedantischen Danielle wuchs Jacinta, genannt Jazz, in einer Reihe zunehmend luxuriöser Villen in Sydney auf. Sie war zehn Jahre alt gewesen, ihre Schwester Lauren achtzehn und ihr Bruder Mark sechzehn, als ihr arbeitswütiger Vater ihr derzeitiges Haus am exklusiven Palm Beach gekauft hatte, einem von Sydneys nördlichen Stränden.

Das lange, schmale zweistöckige Anwesen war mit Parkettböden ausgestattet und schmiegte sich an den Hang eines steilen Hügels, sodass man einen atemberaubenden Blick über die berühmte Bucht mit dem goldenen Sandstrand und das üppige immergrüne Buschland genießen konnte. Zur Freude der Familie schlängelte sich ein kleiner Privatweg vom Haus bis zum Strand hinunter.

Jacinta fand ihr Zuhause toll. Dank Danielles Schwäche für Designermöbel sah das Haus aus, als entstamme es den Seiten einer Wohnzeitschrift.

Danielle war überglücklich gewesen, als Lauren mit zweiundzwanzig ihre Jugendliebe Michael Ross geheiratet hatte, einen aufstrebenden Immobilienmakler. Mehrere Frauenzeitschriften berichteten über die Hochzeit. Ein Jahr später zog das Paar nach Queensland, wo Michael seine Chance auf dem boomenden Grundstücksmarkt sah, und Danielle musste den Abschiedsschmerz ertragen.

Sechs Monate danach hatte Jazz' Bruder Mark verkündet, er weigere sich, in langweiligen Bürointrigen und Papierkram zu versinken. Deshalb wolle er ein Jahr im Ausland verbringen. Zur Verzweiflung seines Vaters reiste er eine Weile in der Welt herum und fand schließlich eine Stelle als Skipper in Spanien. Im Augenblick überführte er Boote von Europa aus in die ganze Welt.

Nach dem Auszug der beiden älteren Geschwister war es beklemmend still im Haus geworden. Ihr Vater hing, wenn er zu Hause war, unweigerlich am Telefon, während die Mutter Jacinta mit ihrem Putzfimmel auf die Nerven fiel. Die Folge war, dass Jacinta sich immer mehr zurückzog. Wenn ihre Mutter sie wegen ihres mangelnden Fleißes in der Schule oder ihres Ungehorsams zurechtwies, trotzte sie, bis Danielle in Tränen ausbrach. Ihr Vater pflegte dann mit Taschengeldentzug zu drohen, worauf Jacinta verzweifelt Besserung gelobte.

In Heronswood hatte sie sich mit Zeugnissen in die elfte durchgemogelt, in denen stand, sie könne eigentlich, wenn sie nur wolle. Dadurch setzte sich bei Jacinta die Vorstellung fest, dass sie nie einen guten Abschluss machen würde. Deshalb hielt sie es auch für zwecklos, sich abzumühen und widmete sich lieber den Dingen, die ihr Spaß machten – Kleider, Make-up und Jungs. Erst die Ankündigung ihres Vaters, er werde ihr das Taschengeld endgültig streichen, brachte Jacinta dazu, sich überhaupt zur Abschlussprüfung anzumelden.

Allerdings konnten weder schulische Schwierigkeiten noch die Auseinandersetzungen mit ihren Eltern verhindern, dass Jacinta sich glücklich und zufrieden fühlte, wenn sie beim Aufwachen das Tosen der Wellen am goldenen Strand hörte und das Wasser in der Sonne glitzern sah. Ihr Zuhause war für sie immer ein Ort gewesen, an dem sie sich absolut frei fühlte – bis zum heutigen Tag. Zum ersten Mal, seit sie denken konnte, freute sie sich nicht darauf, nach Hause zu fahren.

»Warum schaust du so miesepetrig?«, rief Vicky und bohrte Jacinta den Finger in die Rippen, sodass diese einen Satz machte.

Jacinta traten Tränen in die Augen.

»Was ist denn los?«, fragte Vicki, plötzlich ernst.

»Mum hat angerufen. Die Geburtstagsfeier von Oma Amelia ist nicht erst am Mittwoch, sondern heute. Der ganze Terminplan wurde umgeworfen. Ich muss den Zug um vier nehmen. Was soll ich nur tun?«, jammerte sie. »Ich kann nicht einmal zur Preisverleihung bleiben.«

»Doch, du Dummerchen! Du kannst mit mir und Tiger nach Hause fahren. Habe ich dir erzählt, dass er morgen nach Argentinien zu einem großen Poloturnier fliegt? Wir machen uns um fünf auf den Weg nach Sydney. Sicher hat er nichts dagegen, dich mitzunehmen, auch wenn du mir damit einen Strich durch die Rechnung machst.« Sie grinste ihre Freundin an und umarmte sie.

»Natürlich! Das hatte ich ganz vergessen«, jubelte Jacinta mit vor Erleichterung leuchtenden Augen.

Auf dem Weingut hatte sie ein Zimmer mit Vicki und Tiger eines mit Tim geteilt. Darum waren die Pläne für die heutige Nacht nur möglich gewesen, weil Vicki und Tiger im Anschluss an das Turnier nach Sydney zurückkehren wollten. Daran hatte sie in ihrer Panik gar nicht mehr gedacht.

»Aber wie bringe ich es Tim bei? Er wird mich dafür auf ewig hassen«, rief sie.

»Nein, wird er nicht. Hör zu …« Vicki legte den Arm um Jacinta. Die Freundinnen steckten die Köpfe zusammen.

»Geheimnisse! Ich will auch wissen, worum es geht«, wurden sie da von einer hochgewachsenen, langbeinigen Blondine unterbrochen. Sie trug ein schmeichelndes zitronengelbes Oberteil aus einem weichen Stoff, einen sehr kurzen Rock und ein dickes goldenes Armband am Handgelenk und drängte sich zwischen die beiden Mädchen.

»Hallo, Samantha«, sagte Vicki und wich zurück.

Jacinta nickte abweisend und wandte sich wieder dem Spiel zu. Sie konnte Samantha nicht leiden, und dass sie hinreißend aussah, machte die Sache auch nicht besser. Ihre Sorgen waren kurz vergessen, als Tim und Tiger, begleitet vom Johlen der Zuschauer, in den letzten Minuten über das Spielfeld preschten und den Ball hin und her schlugen. Die schweißnassen Ponys wichen den Gegnern geschickt aus.

Kurz vor Ende des Turniers wurde Tim beinahe abgeworfen, denn sein Pony bäumte sich, erschreckt von einem gegnerischen Tier, das ihm den Weg versperrte, auf. Jacinta schnappte nach Luft und stieß im nächsten Moment einen erleichterten Seufzer aus, als es ihm gelang, sich im Sattel zu halten. Dann, wenige Sekunden vor dem Schlusspfiff, schoss Tiger das entscheidende Tor für Clarence Lodge. Die Zuschauer jubelten.

Warum musste ihre Mutter alles verderben?, dachte Jacinta, während sie heftig applaudierte. Wenn Tim Schluss mit ihr machte, würde sie das nicht überleben. Allerdings durfte sie nicht den Zorn ihrer Eltern und ganz sicher nicht ihr Taschengeld riskieren. Wenigstens hatte sie jetzt, Vicki sei Dank, ein bisschen mehr Zeit.

Sie fing Tims Blick auf und hastete über das Spielfeld, wobei sie den von den Hufen aufgeworfenen Erdhaufen ausweichen musste. Ohne darauf zu achten, dass er durchgeschwitzt und von oben bis unten mit Schlamm bespritzt neben seinem erschöpften Pony stand, warf sie sich in seine

Arme und drückte ihn fest an sich, während einige Zuschauer sich näherten, um ihn zu beglückwünschen.

Ich bin entsetzlich verliebt in ihn, dachte sie und sah zu, wie Tim auf den Bürgermeister von Scone zuging und im Namen seiner Mannschaft den Pokal entgegennahm. Freude erhellte sein ebenmäßiges Gesicht, und er reckte die Trophäe dem Publikum entgegen. Dann marschierte er auf Jacinta zu und küsste sie zur lautstarken Begeisterung der Zuschauer kräftig auf die Lippen.

»Ich muss dir etwas Wichtiges sagen«, keuchte Jacinta und errötete heftig, als er sie losließ.

»Das kann warten«, erwiderte Tim und küsste sie noch einmal. Einen Arm lässig um ihre Schulter gelegt, schlenderte er mit ihr und Tiny zu den Ställen.

Nachdem das Pony wieder in seiner Box stand, stieß Tim Jacinta an. »Was wolltest du mir denn Wichtiges erzählen?«

Vor Angst hatte Jacinta Magenkrämpfe, denn nun war der gefürchtete Moment da. »Mum hat angerufen, als das Spiel gerade anfing. Die Geburtstagsfeier für meine Großmutter ist nicht erst am nächsten Mittwoch, sondern schon heute, und ich muss dabei sein. Also muss ich in einer guten Stunde mit Vicki und Tiger nach Hause fahren. Es tut mir schrecklich leid, Tim, aber es geht nicht anders.«

»Was?« Tim blieb ruckartig stehen. »Das ist nicht dein Ernst!«

Doch Jacinta nickte. »Ich muss nach Hause«, flüsterte sie.

»Nein, musst du nicht. Du bist heute Abend zum Hunter's Cup Dinner eingeladen. Das ist ein wichtiges Ereignis für meine Familie. Deine Mum kann nicht von dir erwarten, dass du einfach alles stehen und liegen lässt. Außerdem wäre das ziemlich unhöflich von dir.« Tims Gesicht war vor Zorn gerötet.

»Tim, es ist der siebzigste Geburtstag meiner Großmutter. Ich muss hin«, wiederholte Jacinta und griff nach seiner Hand.

»Aber du kannst sie doch nicht ausstehen, deine ›ausgeflippte Oma‹«, entgegnete Tim.

»Es ist nicht, dass ich sie nicht ausstehen kann. Sie ist einfach nur sonderbar. Ständig redet sie über Kräuter und Numerologie und – komischen Hippiekram eben. Als ich letztens mit ihr beim Mittagessen war, hat sie eine Kanne Tee ohne Tee bestellt. Das war so peinlich! Dann hat sie einen vergammelten alten Teebeutel aus ihrer Riesenhandtasche gekramt und ihn in die Kanne geworfen – vor den Augen der Kellnerin. Ich hätte im Erdboden versinken können. Vicki war dabei und hat es allen erzählt. Sogar in der Schule haben sie es mir unter die Nase gerieben. Mir graut schon davor, was Oma auf ihrer Geburtstagsfeier alles anstellen könnte.«

»Tja, dann geh einfach nicht hin.«

»Ich muss aber«, beharrte Jacinta.

»Nein, musst du nicht.« Er entzog ihr seine Hand und marschierte verstockt schweigend weiter. »Das kannst du meinen Eltern selbst beibringen«, verkündete er schließlich und eilte mit langen Schritten voraus.

Jacinta war verzweifelt. Sie lief ihm nach und fasste ihn an der Hand. Sie gingen wortlos am großen Heuschober vorbei und stolperten dahinter beinahe über Samantha, die gerade Steinchen aus ihren Sandalen entfernte.

»Gratuliere, Tim, das letzte Tor war ein Traum«, jubelte sie und fiel ihm um den Hals. »Findest du nicht, Jazz?«, wandte sie sich an Jacinta.

Jacinta verzog betreten das Gesicht. »Tiger hat das letzte Tor geschossen, was du wüsstest, wenn du zugeschaut hättest«, murmelte sie. Tim gehörte ihr ganz allein.

»Du kümmerst dich doch um mich, oder, Sam? Jacinta lässt mich heute Abend nämlich wegen einer ollen Verwandten im Stich. Schwingst du mit mir das Tanzbein?«, fragte Tim mit seidenweicher Stimme und lächelte die attraktive Blondine an.

»Ich werde nur für dich da sein«, erwiderte Samantha, riss erfreut und erstaunt die Augen auf und warf Jacinta einen Blick zu.

»Ein Notfall in der Familie – du weißt schon«, erklärte Jacinta mit einem Achselzucken, trotz des schmerzhaften Stechens in der Brust.

»Tja, Jazz, ich denke, ich werde es überleben«, verkündete Tim, als sie das Haus erreicht hatten.

Jacinta trollte sich nach oben, um ihr Gepäck zu holen. Als sie ihren Koffer aus dem Zimmer schleppte, stand plötzlich Tim vor ihr, stellte das Gepäckstück im Flur ab und schob sie sanft, aber mit Nachdruck zurück ins Zimmer. Verwirrt und voller Angst, ihn zu verlieren, ließ Jacinta sich von ihm küssen und streicheln, bis ihr ganzer Körper vibrierte.

»Versprich mir, dass du mich nächsten Donnerstag besuchst«, flüsterte sie, als er sie schließlich losließ.

»Falls ich dich in meinem vollen Terminkalender unterbringe«, murmelte er mit einem kecken Grinsen, während er sich das Hemd wieder in die Hose steckte. Dann küsste er sie auf den Scheitel und trug ihren Koffer hinaus zu Tigers nagelneuem rotem Sportwagen.

Tims Mutter, Mary Clarence, nahm Jacintas Aufbruch kaum zur Kenntnis. Doch Joseph, sein Vater, drückte ihr zwei Flaschen seines besten Rotweins in die Hand.

»Ein Jammer, dass die hübschesten Mädchen immer zuerst gehen. Ich hatte heute Abend auf mindestens zwei Tänze mit dir gehofft«, verkündete er überschwänglich, worauf Jacinta sich ein wenig besser fühlte.

Sie fragte sich, ob sie den Abschiedsschmerz wohl überleben würde, als das Auto sich in raschem Tempo von Clarence Lodge entfernte. In der ersten halben Stunde konnte sie nur daran denken, dass Samantha, die keinen Freund hatte, nun sicher Jagd auf Tim machte. Dann jedoch erinnerte sie sich daran, wie er sie in letzter Minute an sich gepresst und leidenschaftlich geküsst hatte, was sie ein bisschen beruhigte. Sie lockerte ihre verkrampften Beine und strich ihr rosa T-Shirt glatt. Mit ihrer roten Haarmähne und den grünen, strahlenden Augen hatte sie neben Tim eine gute Figur gemacht.

Zumindest könne sie mit Samantha mithalten, sagte sie sich und fühlte sich sofort wieder bedroht. Tränen traten ihr in die Augen. Aber sie wischte sie entschlossen weg. Alles würde gut werden. Tim hatte sie immerhin geküsst.

Neidisch betrachtete sie Vicki, deren Kopf an Tigers Schulter lehnte. Mit einer Hand steuerte er den Wagen, mit der anderen liebkoste er ihren nackten Oberschenkel. Jacinta wackelte mit den Zehen, deren Nägel in glitzerndem Blau lackiert waren. Sie musterte ihre rosa und silbernen, mit Perlen verzierten Sandalen, ein Geschenk, das ihre Eltern von der letzten Geschäftsreise aus New York mitgebracht hatten. Dann steckte sie sich Ohrhörer in die Ohren, stellte die neuesten Madonna-Songs auf volle Lautstärke und beobachtete, wie verdorrte gelbe Weiden und graugrüne Eukalyptusbäume am Fenster vorbeiglitten. Nur das Wissen, dass sie Tim in wenigen Tagen in Sydney sehen würde, machte ihr Leben einigermaßen erträglich.

Eine Stunde später erreichten sie Palm Beach. Der kleine rote Sportwagen brauste die steile, enge Straße zu Jacintas Haus hinauf und hielt vor dem Carport, in dem Danielles silbrig funkelnder Wagen stand. Danny, Noels Chauffeur, lehnte rauchend an der niedrigen Mauer. Bei Jacintas Anblick drückte er sofort die Zigarette im nächstbesten Blumenkübel aus, rückte sein Sakko gerade und winkte.

»Viel Spaß. Ruf mich später an. Ich gehe ran, wenn ich nicht zu beschäftigt bin«, sagte Vicki durch das Autofenster und wies zwinkernd mit dem Kopf auf Tiger.

Erfüllt von Eifersucht, schulterte Jacinta ihre Handtasche und zerrte ihren Koffer aus dem Auto.

»Hallo, Danny«, rief sie. »Wenn Sie mein Zeug reinschleppen, schwöre ich, niemandem zu verraten, dass Sie gerade Ihre Kippe unter Mums kostbarer orangefarbener Azalee ausgedrückt haben.«

»Was sind wir wieder gut drauf heute, Miss Jacinta. Freuen Sie sich schon auf die Geburtstagsfeier ihrer Oma? Haben Sie auch Ihren Kamillentee und Ihren Rosenquarz eingepackt?«, gab Danny zurück und warf einen kecken Blick auf Jacintas Handtasche.

Jacinta wollte ihm schon eine patzige Antwort geben, verstummte aber, als Danielle aus dem Haus geeilte kam. Sie trug ein elegantes Abendkleid aus grün-goldener Seide und eine Stola, die sie eigens für diesen Anlass hatte anfertigen lassen. In der Hand hielt sie einen gewaltigen Blumenstrauß und war sichtlich um Ruhe bemüht.

»Jacinta! Gott sei Dank, da bist du ja! Mach dich schnell fertig. Wir sind alle zu spät dran. Dein Vater, Lauren und Michael sind noch drinnen. Oh, was für ein schreckliches Chaos. Lauren, Schatz, lass sie von Danny zum Auto bringen«, befahl sie, als Lauren, einen Stapel bunt eingewickelter Geburtstagsgeschenke im Arm, in der Tür erschien.

Sie war mit einem fließenden grauen Chiffongewand bekleidet. Das dunkelbraune Haar hatte sie kunstvoll aufgesteckt, und der leuchtend rote Lippenstift ließ ihre Augen strahlen. Danny trat vor, nahm ihr die Päckchen ab und legte sie und die Blumen vorsichtig ins Auto.

»Das wäre alles. Beeil dich. Wir sehen uns im Restaurant«, rief Danielle und stieg ein.

»Hallo, Schwesterchen«, rief Lauren und winkte Jacinta zu, während der Wagen sich entfernte.

»Was ist los? Warum ist Mum so hektisch? Und weshalb ist Dad noch hier?«, fragte Jacinta, bereits verärgert, weil ihre Mutter sie schon wieder herumkommandierte. Offenbar würde es ein wirklich vergnüglicher Abend im Familienkreis werden.

2

Dad wartet auf einen Anruf wegen des Postens im Ausland, über den er und Mum an Weihnachten gesprochen haben. Sieht ganz danach aus, als würdest du ein halbes Jahr bei Oma Amelia und Poppy wohnen müssen«, erwiderte Lauren mit einem fröhlichen Grinsen. »Weißt du das etwa nicht mehr?«, fügte sie hinzu, als Jacinta sie verständnislos ansah.

Jacinta runzelte die Stirn. Undeutlich erinnerte sie sich daran, dass beim Weihnachtsessen von einer Reise nach Übersee die Rede gewesen war, aber sie hatte nicht richtig zugehört. Ihre Eltern gondelten ständig in der Weltgeschichte herum, sodass die Geschäftsreisen ihres Vaters für sie etwas Alltägliches waren.

»Sechs Monate sind kein Weltuntergang, Jazz. Außerdem ist Blue Mists riesig. Denk nur an die Tennispartys am Wochenende und die Grillabende, die du dort veranstalten kannst.«

»Kommt überhaupt nicht infrage. Ich ziehe auf gar keinen Fall zur ausgeflippten Oma und ihrem schrulligen Poppy«, entgegnete Jacinta und folgte ihrer Schwester rasch ins Haus.

Trotz der Verlockung des zur Luxusvilla in den Blue Mountains gehörigen Swimmingpools und des Tennisplatzes zuckte Jacinta bei dem Gedanken zusammen, dass ihre Großeltern ihre Freiheiten erheblich einschränken würden.

Dieser Umzug schien ihr absolut überflüssig. Schließlich

sah sie sich durchaus in der Lage, ein paar Wochen lang auf sich selbst aufzupassen.

Sie stellte die beiden Weinflaschen aus Clarence Lodge auf die Anrichte im Esszimmer und versuchte, das Gefühl zu verscheuchen, schmuddelig und eine graue Maus zu sein. So wirkte die dezente Eleganz ihrer Schwester immer auf sie.

»Wie geht es dir, Mrs Ross? Ich meine natürlich, euch beiden. Du siehst toll aus.« Jacinta umarmte ihre Schwester und tätschelte dann vorsichtig Laurens kleines Bäuchlein unter den weichen Chiffonfalten. Letzte Weihnachten hatte Lauren die Familie mit der freudigen Nachricht überrascht, dass sie nach drei Jahren endlich schwanger war. Inzwischen war sie fast im vierten Monat und strahlte vor Glück.

»Prima, wenn ich nicht gerade kotze. Außerdem werde ich von Minute zu Minute dicker. Michael treibt sich auch irgendwo hier herum«, erwiderte Lauren vergnügt. »Du musst dich beeilen. Und, Jazz, bitte provoziere Mum heute Abend nicht. Du weißt ja, wie anstrengend Dad werden kann, wenn berufliche Veränderungen anstehen. Sie müht sich schon die ganze Woche ab, damit heute Abend alles klappt. Ich möchte, dass sie auch ihren Spaß hat.«

»Mum wusste schon vor einer Woche, dass die Feier heute stattfindet?«, rief Jacinta entsetzt. »Das hätte sie mir auch früher erzählen können. Spiele ich überhaupt keine Rolle?«

»Sei friedlich, Jazz. Geh dich umziehen. Du hast höchstens eine halbe Stunde«, befahl Lauren.

»Schon gut, ich gehe«, antwortete Jacinta.

Sie sammelte ihr Gepäck ein und steuerte auf ihr Schlafzimmer zu. Auf der Schwelle ihres ganz persönlichen Rückzugsorts seufzte sie selig auf. Froh ließ sie ihre Taschen fallen, zog die Schuhe aus und ging über den dicken cremefarbenen Teppich. Im nächsten Moment drehte sie eine Pirouette und warf sich auf das Doppelbett. Wieder seufzte sie tief. Warum veranstaltete Mum so ein Theater, weil sie sechs Monate lang allein zu Hause bleiben wollte? Sie übertrieb es einfach wieder einmal.

»Ich und Tim, nur wir beide ganz allein! Das wäre ein absoluter Traum«, murmelte sie und schlang die Arme um den Leib. Zufrieden blickte sie sich in ihrem Zimmer mit den einladenden pfirsichfarbenen Wänden und der hellen weißen Holzvertäfelung um.

»Mum hat aufgeräumt«, dachte sie träge, als sie feststellte, dass der für gewöhnlich chaotische Haufen aus Nagellackfläschchen und Schminksachen in Reih und Glied angeordnet war. Ihre Lippenstifte lagen in einem Weidenkörbchen, das auf dem hübschen weißen Frisiertisch stand. Die Haarbürsten lagen in einer Reihe, und die Schals hingen an Haken vor dem Spiegel.

Jacinta seufzte, diesmal verärgert. Ihre Mutter wollte bis ins Kleinste über ihr Leben bestimmen – insbesondere über ihre Beziehung zu Tim. Danielle machte keinen Hehl daraus, was sie von Tim und seiner Familie hielt. Nach ihrer Auffassung handelte es sich bei Clarence Lodge um ein Weingut, in dem es nur um Profit ging. Geführt von geldgierigen Inhabern, die die ausländischen Märkte mit Billigprodukten überschwemmten und dem Ruf des australischen Weins schadeten. Die sich nicht um soziale Belange kümmerten und nur Kontakte zur Oberschicht pflegten. Ganz gleich, ob ihre Mutter nun recht hatte oder nicht, ihre scharfe Kritik und ihr mangelndes Einfühlungsvermögen hatten Jacinta sehr gekränkt und taten immer noch weh.

»*Lust und Wahrheit*«, murmelte sie und versuchte, ihre Niedergeschlagenheit zu vertreiben.

Sie griff nach einem der säuberlich gefalteten, flauschigen pfirsichfarbenen Handtücher, die am Fußende ihres Bettes lagen, und drückte es sich kurz an die Wange. Dann warf sie es beiseite und begann, sich auszuziehen. Eine Spur aus Kleidungsstücken hinter sich zurücklassend, trat sie rasch unter die Dusche. Einige genüssliche Minuten lang schloss sie die Augen und dachte an Tim und seine Abschiedsküsse, während wohlig warmes Wasser ihren schlanken Körper umspülte.

Eine halbe Stunde später eilte sie, eingehüllt von einer Wolke aus Parfüm und umwogt von leuchtend rotem Haar, das ihr Gesicht umgab wie ein Heiligenschein, die Treppe hinunter. Sie hatte sich in ein sehr kurzes, tief ausgeschnittenes schwarzes Cocktailkleid gezwängt und trug dazu hochhackige schwarze Riemchensandalen. Ihre Lippen waren hellrosa geschminkt, ihre tiefgrünen Augen mit Kajal umrandet und die Wimpern kräftig getuscht.

Lauren saß mit ihrem dunkelhaarigen Mann im kühlen Wohnzimmer und ließ sich ein Glas Limonade schmecken. Michael sah in seinem gut geschnittenen Abendanzug und der grellrosa Fliege einfach hinreißend aus. Durch die Terrassentüren wehte gedämpft das Brausen des Meeres herein. Von Jacintas Vater fehlte jede Spur.

»Fahren wir jetzt zu dieser Feier oder nicht?«, fragte sie verärgert, weil sie sich beim Anziehen so gehetzt hatte, obwohl sonst niemand in Eile zu sein schien. Sie ging zur Hausbar und schenkte sich eine großzügige Rum-Cola ein.

»Wir warten immer noch auf Dad«, erklärte Lauren.

»Hältst du das wirklich für eine gute Idee, Jazz?«, erkundigte Michael sich missbilligend.

»Ja«, entgegnete Jacinta, goss mit finsterer Miene Rum nach und trank einen großen Schluck.

In diesem Moment kam Noel Wakehurst hereingestürmt, der mit schwarzer Hose, weißem Sakko und schwarzer Fliege sehr distinguiert wirkte.

»So, jetzt steht es fest, Leute. Es klappt. Eure Mutter und ich fliegen in wenigen Wochen nach Dubai«, verkündete er und rieb sich vergnügt die Hände.

»Was! So bald?«, entsetzte sich Jacinta.

»Die Geschäfte warten nicht«, erwiderte Noel leutselig. »Und nun wollen wir dafür sorgen, dass aus der Geburtstagsfeier etwas wird.«

»Gut gemacht, Dad«, rief Lauren, sprang auf und fiel ihrem Vater um den Hals.

»Hast du schon mit Oma Amelia darüber gesprochen?«, erkundigte sich Jacinta erschrocken.

Plötzlich hörte sich alles beängstigend real an. Sie erinnerte sich an die Auseinandersetzung mit ihren Eltern zum Thema Internat in Heronswood und daran, wie heftig sie sich dagegen gesträubt hatte.

»Was ist mit der Schule? Wollt ihr etwa, dass ich sie wechsle?«

»Das musst du mit deiner Mutter erörtern. Lass uns

beim Abendessen darüber reden.« Noel steuerte auf die Tür zu.

»Dad, warte! Ich habe ein Recht darauf, ein bisschen mehr zu erfahren, wenn ihr meine ganze Welt auf den Kopf stellt«, beharrte Jacinta und stemmte die Hände in die Hüften.

»Nein, hast du nicht.« Lauren packte ihre Schwester am Arm und zerrte sie trotz ihres Widerstands zur Tür hinaus zum wartenden Wagen. »So schlimm wird es schon nicht, du wirst sehen. Außerdem kannst du uns immer übers Wochenende besuchen«, meinte sie beschwichtigend, während das Auto in Richtung Restaurant rollte.

Leicht berauscht vom Rum, seufzte Jacinta schicksalsergeben und schmiegte sich in den weichen Ledersitz. Wenn ihre Eltern für ein halbes Jahr nach Dubai verschwanden und sie ihre Mutter überreden konnte, sie zumindest einen Teil der Zeit allein wohnen zu lassen, würden das vielleicht die tollsten sechs Monate ihres Lebens werden.

Das *Bridgedeck* war ein kürzlich renoviertes, kleines und exklusives Restaurant, das einen atemberaubenden Blick auf die Broken Bay bot. Als Jacinta in den Nebenraum kam, schien die Geburtstagsfeier bereits in vollem Schwange. Die Gäste saßen lautstark plaudernd an einem langen Tisch, auf dem einige von Amelias Duftkerzen brannten. Amelia selbst schwebte durch den Raum, gehüllt in türkisen Chiffon mit einem Muster aus Blattgold. Ihr weiches blondes Haar war elegant zurückgesteckt, und an ihrem Hals baumelten einige lange Goldketten, an denen auch ihr Lieblingsstück hing, ein Anch-Kreuz. Auffällige goldene Ohrringe in Form der Zahl Siebzig zierten ihre Ohrläppchen. Beim Anblick der Neuankömmlinge leuchteten ihre Augen auf. Sie breitete die Arme aus, um sie zu begrüßen, und lief ihnen entgegen. Jacinta stellte fest, dass sie in der einen Hand ein Buch über Numerologie und in der anderen einen kleinen Kristallengel hielt.

»Noel, mein Lieber. Lauren! Jacinta! Michael!«, begeisterte sie sich.

»Nicht schon wieder«, murmelte Jacinta.

»Pst«, befahl Lauren und versetzte ihrer Schwester einen Rippenstoß. »Tolle Ohrringe, Oma Amelia«, verkündete sie fröhlich.

»Danke, Lauren, mein Kind. Poppy hat sie mir geschenkt.« Sie lächelte ihrem Mann, der sich gerade näherte, liebevoll zu.

»Eigentlich wollte ich, dass sie die mit der Fünfundzwanzig trägt. Das schien mir besser zu passen, aber sie wollte nichts davon hören«, erklärte Poppy. Alle lächelten höflich.

»Sei stolz auf dein Alter, so lautet mein Motto«, entgegnete Amelia und verteilte Küsse.

Nachdem die Familie einigen der Gäste vorgestellt worden war, begleitete Poppy Jacinta zu ihrem Platz zwischen Amelias älterer Schwester Sorrell und ihrem Enkel, dem achtzehnjährigen Todd. Noel nickte Danielle zu, worauf die beiden unauffällig nach draußen verschwanden.

»Ist das ein Hemd oder ein Kleid?«, meinte Sorrell tadelnd, als Jacinta sich setzte.

»Dreimal darfst du raten«, entgegnete Jacinta keck, die die direkte Art ihrer Großtante kannte. »Du trägst dein wunderschönes Medaillon.«

Sie streckte die Hand nach dem filigranen goldenen Familienerbstück am Hals ihrer Großtante aus.

»Das kannst du mir in deinem Testament vermachen«, fügte sie hinzu und ließ das Schmuckstück zurück auf Sorrells faltige Haut sinken.

Jacinta hatte vor einigen Jahren ihr Herz für ihre Großtante entdeckt, als sie herausgefunden hatte, dass Sorrell Amelias exzentrische Ader für »ziemlich merkwürdig« hielt. Die Großtante fing an, Jacinta nach Tim und ihrem Besuch im Hunter Valley auszufragen.

Als der Hauptgang serviert wurde, stellte Jacinta fest, dass sie tatsächlich Spaß hatte. Schon hoffte sie, dass der Abend amüsanter werden würde als erwartet, als Amelia, gestärkt mit einigen Gläsern Champagner, zu einem Vortrag über die Vorzüge der Körperarbeit ansetzte.

»Es ist ganz einfach. Der Körper weiß, was er braucht, und wenn man richtig hinhört, verrät er es einem«, erklärte sie, was unter den Gästen eine heftige Debatte auslöste.

»Nächste Haltestelle: eine Abhandlung über die Pluspunkte des Stillens«, raunte Todd Jacinta zu und schenkte ihr Wein nach.

»Igitt. Sei bloß still. Du bringst sie noch auf dumme Gedanken«, flüsterte Jacinta zurück und fing an zu kichern.

»Oh mein Gott«, rief Amelia aus, riss das bunte Einwickelpapier auf und nahm eine elegante weiße Keramikvase aus dem Karton, der sich darunter verbarg. »Ach, Kind, die ist wunderschön. Ich weiß schon genau, wo ich sie hinstelle.« Amelia lächelte ihrer Tochter liebevoll zu.

»Ich dachte, sie würde auf dem Tisch in deiner Vorhalle gut aussehen. Mit ein paar der traumhaften Lilien aus deinem Garten darin«, erwiderte Danielle mit einem Seufzer. »Und die sind von Mark«, fügte sie strahlend hinzu, als Amelia zwei kleine vergoldete Feng-Shui-Drachen und ein Päckchen Tarotkarten auspackte. Auf der Rückseite war eine auffällige spanische Tänzerin mit rotem Rüschenrock und schwarzem Spitzenschleier abgebildet.

»Wie reizend«, hauchte Amelia.

Plötzlich vermisste Jacinta ihren älteren Bruder und wünschte, er wäre heute Abend dabei gewesen.

Noel, der seit dem Telefonat ununterbrochen lächelte, gab Lauren, Michael und Jacinta ein Zeichen, ihre Geschenke zu überreichen. Jacinta verdrehte die Augen in Todds Richtung, stand auf und griff nach ihrem kleinen, rechteckigen Päckchen.

Laurens und Michaels Geschenk war ein unbeschreiblich weicher, teurer blauer Kaschmirschal, den Amelia sich sofort um die Schultern legte. Dann öffnete sie Jacintas Geschenk. Sie stieß einen Freudenschrei aus, schlug die Hand vor den Mund und sah ihre Enkelin mit Tränen in den Augen an.

»Als ich es sah, musste ich an dich denken und konnte nicht widerstehen«, platzte Jacinta heraus. Im nächsten Moment errötete sie verlegen, weil sie befürchtete, ihre Großmutter könnte eine große emotionale Szene machen. Insgeheim jedoch freute sie sich darüber, dass ihr Geschenk so gut angekommen war. »Das stimmt«, meinte sie zu Lauren, als sie sich wieder setzte.

Sie war mit Tim durch die Straßen von Muswellbrook geschlendert und dort auf einen kleinen Laden gestoßen, der Handgetöpfertes, Dekorationsgegenstände, Windspiele, bunt bedruckte Seidenschals und esoterische Literatur führte. Als Jacinta Tim voller Neugier hineingeschleppt hatte, hatte sie an der Wand eine kleine weiße, mit hübschen Kringeln in Gold verzierte Kachel entdeckt. Der indische Ladenbesitzer hatte ihr erklärt, die Kringel symbolisierten den heilenden und meditativen Laut »Om«. Jacinta hatte ihm nur mit halbem Ohr zugehört, war aber so von der Kachel begeistert gewesen, dass sie sie gekauft hatte. Auf dem Rückweg hatte Tim sie gehänselt, die schrulligen Familiengene hätten offenbar eine Generation übersprungen. Daraufhin hatte sie beschlossen, die Kachel ihrer Großmutter zu schenken, obwohl sie sich eigentlich nicht davon trennen wollte.

»Sie ist wunderschön. Ich werde einen ganz besonderen Platz dafür suchen«, sagte Amelia und betrachtete ihre Enkelin liebevoll. Dann musterte sie die Kachel noch eine Weile und intonierte dabei »Om«, sodass Jacinta noch heftiger errötete.

»Hat noch jemand Hunger?«, fragte Noel und sah sich um, während die Kellner die Reste des Hauptgangs abräumten. Es wurde still im Raum. »Nein? Dann ist es vermutlich Zeit, den förmlichen Teil des Abends einzuleiten. Ich bitte meine reizende Frau, die Tochter des Geburtstagskinds, die Festlichkeiten zu eröffnen.«

Die aufgesetzte Art ihres Vaters brachte Jacinta zum Gähnen. Sie lehnte sich zurück und verabreichte Todd von Zeit zu Zeit einen Rippenstoß. Während ihre Mutter Amelias englische Freunde begrüßte und eine Ewigkeit über runde

Geburtstage und Feiern in ihrer Kindheit sprach, dachte Jacinta an Tim. Zu ihrer Erleichterung hielt Poppy eine erstaunlich kurze und zusammenhängende Rede und endete mit einem Scherz auf Französisch, von dem Jacinta kein Wort verstand.

Wieder gähnte sie und sah auf die Uhr, als Amelia sich bei allen bedankte und noch einmal ziemlich gerührt wirkte. Jacinta schenkte sich Champagner nach und fragte sich, wann sie sich wohl hinausstehlen konnte, um Vicki anzurufen. Gerade räumte sie widerstrebend ein, dass ihre Großmutter zwar ausgeflippt, aber ziemlich jugendlich und attraktiv aussah, als Danielle plötzlich mit einem Messer an ihr Weinglas klopfte und sich erhob.

»Ich möchte Mum nicht die Schau stehlen, denn der heutige Abend gehört ihr und Poppy. Allerdings werden die beiden sicher nichts dagegen haben, dass ich euch mitteile, was für eine wundervolle Nachricht Noel und ich soeben erhalten haben.« Auf einmal wurde es still im Raum. »Sie ist auch der Grund, warum wir so spät gekommen sind.«

Sie holte tief Luft.

»Sein Arbeitgeber hat Noel mit der Leitung eines millionenschweren Projekts in Dubai beauftragt. Das ist ein gewaltiger Aufstieg für Noel und bedeutet, dass wir nicht, wie ursprünglich geplant, für sechs Monate nach Dubai ziehen werden, sondern für drei Jahre.« Sie sah Lauren an. »Keine Sorge, Schatz, die Geburt meines ersten Enkelkinds lasse ich mir nicht entgehen.«

Alle applaudierten. »Wo bleibt der Trinkspruch?«, rief einer der Gäste.

»Vielen, vielen Dank.« Danielle errötete vor Freude. »Ich ... wir sind beide sehr aufgeregt. Natürlich wird das zu Veränderungen führen, aber es ist wirklich die Chance unseres Lebens.«

Jacinta, die gerade den Mund voller Champagner hatte, verschluckte sich, lief rot an und bekam einen Hustenanfall.

»Drei Jahre! Ihr habt von sechs Monaten gesprochen«, rief sie ungläubig, als sie die Sprache wiedergefunden hatte.

»Nicht jetzt«, murmelte Sorrell und legte ihr beruhigend die Hand auf den Arm.

»Mach dir nichts draus, Jacinta, mein Kind. Du weißt, dass du gern bei uns wohnen kannst, so lange du willst. Wir könnten einen jungen Menschen im Haus gebrauchen, der uns auf Trab hält«, sagte Amelia.

»Siehst du?«, flüsterte Sorrell.

Jacinta ließ sich zurücksinken und starrte mit finsterer Miene aufs Tischtuch. Warum musste ihre Mutter ihr das antun? Weshalb hatte sie nicht gewartet und zuvor mit ihr gesprochen, anstatt ihre hübsche kleine Bombe in Gegenwart von Oma Amelia und ihren schrulligen Freunden platzen zu lassen? Wollte sie absichtlich ihr Leben ruinieren?

»Da wir schon beim Verkünden von Neuigkeiten sind«, meinte Amelia, »habe ich euch auch etwas mitzuteilen. Danielle, ich muss dir beichten, dass dein wunderschönes Geschenk nicht in unserem Haus in den Blue Mountains stehen wird, weil es uns nicht mehr gehört. Wir haben Blue Mists verkauft und ziehen an die Küste. Da wir in Zukunft ein ruhigeres, gemächlicheres Leben führen wollen, haben wir ein reizendes altes Haus gekauft. Es heißt *Kookaburra*, hat ein altmodisches Blechdach und steht in dem kleinen Küstenort Come-What-May – Komme, was da wolle. Ist das nicht ein schöner Name? Für diejenigen, die es nicht wissen: Come-What-May hat achthundert Einwohner und liegt idyllisch und abgelegen ein paar Autostunden nördlich von Sydney. Die ehemaligen Besitzer des *Kookaburra* waren Milchbauern. Aber als damit kein Geld mehr zu verdienen war, haben sie das Haus zu einem kleinen, eine Zeit lang sehr beliebten Café umgebaut.«

Sie hielt Poppy die Hand hin.

»Und dieser wundervolle Mann ermöglicht es mir, meinen Traum wahrzumachen und meine eigene Teestube zu eröffnen. Das Haus eignet sich ausgezeichnet für unser Vorhaben, einen gemütlichen Treffpunkt für Senioren einzurichten.«

Alle seufzten auf, prosteten Amelia und Poppy zu und wünschten ihnen viel Glück für ihr neues Projekt.

»Das ist, als lasse man den Fuchs in den Hühnerstall«, meinte Sorrell und tätschelte Jacinta das Knie. Doch anstatt sie zu beruhigen, schürte der Scherz nur Jacintas Wut. Ergriffen von einer Welle des Zorns auf ihre Mutter, sprang sie auf.

»Wahrscheinlich wusstest du das auch schon die ganze Zeit«, schrie sie Danielle an. »Was soll ich dabei? Was ist mit meinem Leben und meinem Zuhause? Bin ich dir völlig egal?«

»Natürlich bist du uns nicht egal, Schatz. Außerdem sind wir genauso überrascht wie du«, erwiderte Danielle und erbleichte. »Du kannst trotzdem bei deinen Großeltern wohnen, nur eben in einem Haus, das ein bisschen kleiner und ein Stück weiter entfernt ist. Während der Woche bleibst du im Internat. Es ist ja nur, bis du die Schule abgeschlossen hast. Du kannst immer noch alles machen.«

»Nur bis ich die Schule abgeschlossen habe«, höhnte Jacinta. »Und wenn ich mich weigere, bei ihnen zu wohnen? Was macht ihr dann? Setzt ihr mich auf die Straße?«

»Jetzt benimmst du dich albern«, stammelte Danielle, die bemerkte, dass die anderen Gäste den Wutanfall ihrer Tochter aufmerksam verfolgten.

»Es gibt jede Menge zu tun. Das Mädchen soll sich mit Spachtel und Schmirgelpapier beschäftigen anstatt mit diesem teuren Designermüll. Meeresluft, Wanderungen durch den Busch und Zeit zum Nachdenken, damit sie endlich erwachsen wird«, meinte Poppy zu niemandem im Besonderen.

»Dein Großvater hat recht. Du wirst ziemlich beschäftigt sein, Jazz. Wir könnten jemanden brauchen, der uns zur Hand geht, wenn wir das Haus herrichten. Deine Freunde sind natürlich auch willkommen. Insbesondere die, die mit einem Pinsel umgehen können«, zog Amelia sie liebevoll auf.

»Das ist offenbar wirklich euer Ernst. Ich fasse es nicht!« Entgeistert starrte Jacinta erst ihre Mutter und dann ihre Großmutter an.

»Ich denke, wir sprechen zu Hause weiter darüber«, verkündete Noel mit Nachdruck.

»Klar, das wäre eine Möglichkeit, Dad, nur dass du es nicht getan hast. Genau das ist ja das Problem«, rief Jacinta, außer sich vor Verzweiflung und Zorn. »Du wusstest Bescheid und hast es mir verschwiegen. Ich stand vor deiner Nase, Dad, und du hast es mir nicht verraten. Du hörst mir nicht zu. Du und Mum, ihr hört mir nie zu. Meine Meinung interessiert euch nicht. Aber ich sage sie euch trotzdem: Ich will nicht ins Internat, und ich will nicht bei Oma Amelia und Poppy wohnen. Ich weigere mich, meine Wochenenden in einer Blechhütte in irgendeinem komischen Kaff mit einem dämlichen Namen in der Einöde zu verbringen. Ich will nicht! Warum sollte ich auch? Ich will nicht, ich will nicht ...«

»Jacinta, werde bitte nicht frech«, empörte sich Danielle.

»Komm schon, Jazz«, mischte sich Lauren ein.

»Ach herrje«, seufzte Amelia.

»Heutzutage haben die jungen Leute zu viel Geld und zu viele Freiheiten«, stellte Poppy mit einem traurigen Kopfschütteln fest.

»Es reicht«, donnerte Noel. »Danielle, überlass mir die Sache.«

Die Gäste begannen verlegen zu tuscheln, als er mit versteinerter Miene auf seine jüngere Tochter zusteuerte.

»Du hörst sofort auf, deiner Großmutter die Geburtstagsfeier zu verderben, mein Kind.«

Er zerrte Jacinta hoch, packte sie fest am Ellbogen und schob sie aus dem Lokal auf den Parkplatz.

»Wenn du dich beruhigt hast, kommst du zurück und entschuldigst dich bei deiner Großmutter, deinem Großvater und ihren Gästen. Den restlichen Abend wirst du dich benehmen.« Als er Jacintas Arm losließ, blieben rote Fingerabdrücke auf ihrer zarten Haut zurück.

»Nein! Und ich werde auch nicht bei ihnen wohnen! Ihr

könnt mich nicht dazu zwingen.« Jacinta rieb sich den Arm, untersuchte ihn, hielt ihn ihrem Vater hin und wies anklagend auf die Striemen. »Schau, was du gemacht hast. Du hast mir wehgetan! Ich hasse sie, und ich hasse dich! Ich gehe nicht wieder rein, um mich zu entschuldigen!«

»Und wo beabsichtigst du während unserer Abwesenheit zu leben?« Noels Tonfall war eisig. Er griff nach seinem Mobiltelefon. Jacinta sank wie ein Häufchen Elend auf die nächstbeste Bank und kämpfte mit den Tränen.

»Danny fährt dich nach Hause. Hol deine Sachen und komm sofort zurück«, befahl Noel und steckte das Telefon wieder ein. Zehn Minuten später stieg eine mürrisch schweigende Jacinta ins Auto.

»Sie können mich bei Vicki absetzen«, wies sie Danny an, als der Wagen sich in Bewegung setzte.

»Ich fürchte, das geht nicht. Ihr Vater möchte, dass ich Sie auf direktem Weg nach Hause bringe«, erwiderte Danny höflich.

Jacintas Miene verfinsterte sich. Die Arme vor der Brust verschränkt, starrte sie aus dem Autofenster in die Nacht und unterdrückte die Tränen. Danny bog in die Auffahrt ein. Der Wagen stand kaum, als Jacinta schon hinaussprang, die Tür zuknallte und ins Haus rannte.

»Das dürfen sie nicht! Das ist auch mein Zuhause«, schrie sie, schlug die Eingangstür hinter sich zu und schleuderte ihre Handtasche quer durch die Vorhalle ins Wohnzimmer. »Drei Jahre in Come... was auch immer. Drei Jahre! In einem Nest, von dem noch niemand gehört hat. Was ist mit meinen Freunden und mit meinem Leben? Interessiert sich denn gar niemand dafür, was ich will?« Sie riss sich die Sandalen von den Füßen und warf sie hinter der Handtasche her. Dann marschierte sie ins Wohnzimmer, ließ sich auf das fleckenlose cremefarbene Sofa fallen, schubste die ordentlich gestapelten Zeitschriften ihrer Mutter vom Couchtisch auf den Boden und brach in Tränen aus. Sich selbst bemitleidend, weinte sie die nächsten zehn Minuten lang bitterlich und verfluchte ihre Eltern. Ihre rauen Schluchzer hallten durch das leere Haus.

Wegen der warmen Nacht war es stickig im Haus. Nach einer Weile fand selbst Jacinta, dass ihr Weinen ein wenig lächerlich klang. Sie wischte die Tränen mit den Handrücken weg, riss die Terrassentür auf, betrachtete den dunklen Ozean und fragte sich, wie sich ihr Leben wohl verändern würde und wie sie das alles Tim beibringen sollte. Ihre Schultern sackten nach vorn, und sie versank wieder tief in ihrem Elend. Und Vicki. Was würde ihre beste Freundin dazu sagen? Natürlich – Vicki!

Rasch nahm sie ihr Telefon aus der Handtasche und wählte die Nummer. Vicki meldete sich sofort.

»Oh Vicki, du kannst dir nicht vorstellen, was gerade passiert ist. Die reinste Katastrophe«, schluchzte Jacinta in den Hörer.

»Hi, Jazz. Was ist los?« Vicki klang geistesabwesend.

»Es ist einfach entsetzlich«, begann Jacinta, der wieder die Tränen in die Augen traten.

»Du, Jazz, ich kann gerade nicht reden. Tiger ist noch da. Ich rufe dich an, sobald er weg ist, Ehrenwort. Dann kannst du mir alles ganz genau erzählen. Okay?«

»Okay«, erwiderte Jacinta bemüht fröhlich. Im Hintergrund hörte sie Tiger lachen.

Nachdem sie aufgelegt hatte, fühlte sie sich schrecklich einsam. Kurz spielte sie mit dem Gedanken, Tim anzurufen. Aber was, wenn er sich ohne sie amüsierte? Dann würde sie sich nur noch elender fühlen.

Im nächsten Moment fiel ihr Blick auf die noch ungeöffneten Flaschen Wein aus Clarence Lodge. Sie nahm einen Korkenzieher von der Anrichte, entkorkte eine Flasche, trank einen Schluck, verzog das Gesicht und trank noch einmal. Der Wein verursachte ein warmes Gefühl, und nach einigen weiteren Schlucken schmeckte er ihr sogar beinahe.

Jacinta sprang auf, steckte den Korken zurück in die Flasche, rannte nach oben in ihr Zimmer und zog sich das schwarze Minikleid über den Kopf. Nachdem sie es zusammengeknüllt und in die Ecke geworfen hatte, kippte sie ihren Koffer auf dem Boden aus, sodass die Kleidungsstücke in alle Richtungen flogen. Sie griff nach den Designershorts und dem T-Shirt, die sie beim Poloturnier getragen hatte, schlüpfte hinein und lief wieder nach unten. Dort schnappte sie sich die Flasche, eilte aus dem Haus und den gewundenen Pfad hinunter zum Strand.

Wenn das Leben ihr übel mitspielte, zog sich Jacinta stets an den Strand zurück, der an diesem Abend so friedlich und idyllisch wirkte wie immer. Es war Vollmond. Die von funkelndem weißem Schaum gekrönten Wellen brachen sich sanft am Ufer. Kleine silbrige Wölkchen spiegelten sich in den Pfützen, die die Ebbe hinterlassen hatte. Als Jacinta weiterging, spürte sie den weichen Sand unter ihren Zehen und die kühle Nachtluft auf den Wangen. Schließlich hatte sie ihren Lieblingsplatz zwischen zwei großen Felsen erreicht, wo sie sich setzte, die Weinflasche im Sand abstellte, das Kinn in die Hände stützte und bedrückt auf das dunkle Meer hinausstarrte.

Sie würde ihr gewohntes Leben aufgeben müssen, ihre große Liebe verlieren und war absolut machtlos dagegen. Jacinta entkorkte die Flasche und trank einen Schluck Wein. Als sie die Flasche an den Felsen lehnen wollte, kippte diese um, und ein dunkler Fleck breitete sich im Sand aus. Schimpfend griff Jacinta danach, wischte den Sand vom Flaschenhals und richtete sie wieder auf.

Die Flasche war wie ihr Leben, dachte sie. Alles Schöne würde verrinnen.

Wieder traten ihr Tränen in die Augen und liefen die Wangen hinunter. Zu niedergeschlagen, um sie wegzuwischen, ließ Jacinta sie einfach fließen. Nachdem sie versiegt waren, saß sie da, betrachtete die Wellen und leerte in kleinen Schlucken die Weinflasche.

Als sie zu frieren begann, rappelte sie sich ziemlich beschwipst auf und kehrte zum Haus zurück. Sie stellte die leere Flasche auf den Tisch, setzte sich auf den kühlen Wohnzimmerboden, lehnte sich ans Sofa und schloss die Augen.

Die Welt drehte sich um sie, während ihr die Ereignisse des heutigen Abends immer wieder im Kopf herumgingen. Jacinta zog eines der Sitzpolster vom Sofa auf den Boden und legte sich hin. Kurz darauffing sie leise an zu schnarchen.

3

Jacinta wurde vom Dröhnen des Staubsaugers geweckt. Ihr Schädel pochte, und sie hatte einen faden Geschmack im Mund. Vorsichtig schlug sie die Augen auf, sah sich verdattert um und stellte fest, dass sie auf dem Fußboden im Wohnzimmer lag. Mit einem Aufstöhnen schloss sie die Augen wieder, als die Hiobsbotschaft des gestrigen Abends erneut über sie hereinbrach.

Wie konnten ihre Eltern ihr das antun? Wie konnten sie ihr Leben ruinieren, indem sie sich drei Jahre lang ins Ausland absetzten? Drei Jahre! Wie sollte sie Tim beibringen, dass sie ihr wunderschönes Zuhause in Sydney aufgeben und in ein langweiliges Nest an der Küste ziehen würde? Wie sollte sie sich mit ihm treffen, wenn sie in Heronswood im Internat wohnte? Und warum hatte er nicht angerufen?

Trotz der Erinnerung an seinen leidenschaftlichen Abschiedskuss machte ihr der Streit weiterhin zu schaffen. Was, wenn sie ihn so verärgert hatte, dass er nun mit Samantha ging und es einfach noch nicht geschafft hatte, es ihr zu erzählen? Nein, das war einfach unvorstellbar! So etwas passte nicht zu ihm.

Jacinta drehte sich um und setzte sich mühsam auf. Sie hatte Kopfschmerzen, und vom Liegen auf dem harten Holzboden tat ihr der Rücken weh. Sie griff nach ihrem Mobiltelefon und klickte sich durch ihr Adressbuch. Als ihr Finger gerade über Tims Nummer schwebte, kam ihre Mutter herein.

»Ach, hier bist du! Sag jetzt nicht, du hättest die ganze Nacht auf dem Fußboden geschlafen, Jacinta!« Mit einem theatralischen Seufzer hob Danielle eine von Jacintas Sandalen auf, die hinter der Tür lag. »Deine Großmutter hat uns in ihr neues Haus in Come-What-May zum Mittagessen eingeladen. Sie hat mich gebeten, Sandwiches mitzubringen. Du musst aufstehen und mir helfen, sie zu belegen«, verkündete sie und klopfte sich dabei mit der Sohle der Sandale auf die Handfläche.

»Ich komme nicht mit«, entgegnete Jacinta mürrisch.

»Doch. Wegen der vielen Veränderungen gibt es eine Menge zu organisieren, und du wirst mir dabei zur Hand gehen«, erwiderte Danielle streng, angelte den zweiten Schuh hinter einem Sessel hervor und stellte beide Sandalen neben Jacinta ab. Dann sammelte sie die auf dem Boden verstreuten Zeitschriften ein und stapelte sie ordentlich auf dem Couchtisch.

»Ist es dafür nicht ein bisschen spät?«, gab Jacinta trotzig zurück. Sie stemmte sich hoch und ließ sich aufs Sofa fallen.

»Zu spät wofür? Was soll das heißen?«

»Mich an den Vorbereitungen zu beteiligen. Bisher habt ihr euch doch auch die Mühe gespart, mich zu informieren. Woher der plötzliche Sinneswandel?«

Danielle entdeckte die leere Weinflasche auf dem Tisch.

»Hast du die etwa ausgetrunken?«, fragte sie, hielt die Flasche ans Licht und sah ihre Tochter missbilligend an.

»Und wennschon.« Jacinta erwiderte den Blick ihrer Mutter mit finsterer Miene.

Danielle seufzte auf. »Komm schon, Liebes, sei vernünftig. Du hast keine andere Wahl.«

»Oh! Also ist es in Ordnung, dass ihr alles auf den Kopf stellt. Und wenn es mir nicht gefällt, habe ich eben Pech gehabt. Was bedeutet, dass ich keine andere Wahl habe. Schließlich gehöre ich auch zur Familie, oder? Warum redet niemand mit mir?«

»Wir haben das Thema an Weihnachten erörtert«, antwortete Danielle erschöpft. »Natürlich bist du uns wichtig, Jazz. Dein Vater hat erst gestern Abend die feste Zusage erhalten. Vorher wussten wir es auch nicht.«

»Schon wieder findest du Ausflüchte und schiebst alles auf Dad. Du hättest es mir vor der Geburtstagsfeier sagen sollen«, zischte Jacinta. »Du hättest es mir erzählen müssen, als ich im Restaurant ankam. Stattdessen hast du es zuerst öffentlich hinausposaunt.«

»Jacinta«, tadelte Danielle. »Ich habe deine Launen und dein kindisches Verhalten allmählich satt. Dein Vater und ich haben entschieden, dass du bei Oma Amelia und Poppy wohnen wirst. Ende der Diskussion. Wenn du erst einmal dein eigenes Geld verdienst, kannst du selbst über dein Leben bestimmen. Und jetzt geh und zieh dich an«, befahl sie.

»Nein. Und ich komme heute nicht mit«, schrie Jacinta.

In diesem Moment trat Noel ins Zimmer.

»Doch. Räum dieses Durcheinander auf und zieh dich an. Wir fahren in einer Stunde«, verkündete er gelassen.

Sprachlos vor Wut, schnappte Jacinda sich ihre Schuhe und stürmte hinaus. Eine Stunde später nahm sie neben Lauren auf dem Rücksitz des Familienautos Platz. Ohne Michael eines Blickes zu würdigen, verschränkte sie die Arme und starrte wortlos aus dem Fenster, während der Wagen mit ihrem Vater am Steuer Sydney hinter sich ließ.

Nach zehn Minuten Fahrt wählte sie besorgt Tims Mobilfunknummer. Aber nach zweimaligem Läuten hatte das Telefon keinen Empfang mehr. Jacinda stieß einen lautlosen Fluch aus, tippte »Ich vermisse dich« und schickte die SMS ab. Sie war sicher, dass er die Nachrichten erhalten würde, sobald sie das Funkloch hinter sich hatten. Also lehnte sie sich zurück und fühlte sich ein wenig besser.

Danielle entdeckte das Ortsschild von Come-What-May zuerst. »So ein altmodischer Name. Ich frage mich, wie jemand auf so eine Idee kommt.«

»Vielleicht ist es eine Schwesterstadt von Come-By-Chance«, mutmaßte Noel, womit er ein winziges Städtchen in Neusüdwales meinte. »Es könnte sein, dass es verwandtschaftliche Beziehungen gibt.«

»Das hast du gerade erfunden, oder, Liebling?« Lachend tätschelte Danielle ihrem Mann den Arm.

Ihre Fröhlichkeit wirkte gekünstelt. Jacintas schlechte Laune hatte sich auf die anderen übertragen.

»Was für ein reizendes Häuschen! Schau, Jazz«, jubelte Danielle, als sie an einem Haus vorbeikamen, vor dem bunte Blumen prangten.

Jacinta brummelte nur mürrisch vor sich hin. Ihre Miene verfinsterte sich, als sie langsam die Hauptstraße des hübschen Fischerdorfes entlangrollten.

Das beeindruckende Rathaus war, wie Noel eigens betonte, zu Anfang des neunzehnten Jahrhunderts aus Sandstein erbaut worden. Hinter dem Rathaus befanden sich eine kleine Ladenzeile und die frisch gestrichene katholische Kirche. Die presbyterianische Kirche am anderen Ende der Straße machte im Gegensatz dazu einen heruntergekommenen und vernachlässigten Eindruck. Nachdem Noel allen einen weiteren Vortrag gehalten hatte, diesmal über die religiösen Gepflogenheiten auf dem Land, bog er in eine schattige, holperige Straße ein, die an einem winzigen Schulhaus vorbeiführte, und stoppte vor einem windschiefen Zaun, an dem ein gewaltiger Jacarandabaum wuchs.

»Hier wären wir«, verkündete er und wies auf das verrostete Schild über einem eingesackten Tor, auf dem noch die Buchstaben »ookaburr« auszumachen waren. Das große Schild einer Immobilienfirma, auf dem ein Aufkleber mit der Aufschrift »Verkauft« prangte, stand neben dem Tor.

»Ach herrje, offenbar wirklich«, rief Danielle. Alle stiegen aus dem Auto. »Glaubst du, dass Mum eine kluge Entscheidung getroffen hat?«, flüsterte Danielle Noel zu, während sie das verfallene Sandsteinhaus mit dem rostigen Blechdach und dem von Unkraut und Gestrüpp überwucherten Garten musterte.

»Das ist ja eine Hütte«, entsetzte sich Jacinta, die neben ihre Mutter getreten war, um das Haus durch das Tor besser in Augenschein nehmen zu können.

»Es ist ein denkmalgeschütztes Haus. Sei bitte höflich«, erwiderte Danielle.

In diesem Moment erschien Amelia hinter dem zerschlissenen Fliegengitter an der Eingangstür und eilte ihnen auf dem mit Unkraut bewachsenen Gartenweg entgegen. Sie trug eine wehende Bluse aus orangefarbenem Chiffon über einem langen violett und braun gemusterten Samtrock. Um ihre Locken hatte sie einen riesigen Turban in Türkis und Orange geschlungen. An ihren Ohrläppchen baumelten filigrane halbmondförmige Silberohrringe. Eine Kette aus Holzperlen zierte ihren ausladenden Busen.

»Willkommen in unserem neuen Zuhause«, meinte Amelia. Ihr Gesicht war vor Aufregung gerötet, als sie alle mit einem Kuss begrüßte.

»Ich stelle fest, dass du Herausforderungen liebst«, merkte Noel an.

Amelia lachte. »Ich gebe zu, dass der erste Eindruck nicht sonderlich gut ist. Aber das Haus besitzt das, was Immobilienmakler als Potenzial bezeichnen! Ein paar Reparaturen und ein neuer Anstrich, und ihr werdet es nicht wiedererkennen. Hinter dem Haus unter zwei riesigen Jacarandabäumen gibt es eine gemütliche Terrasse, die sich wundervoll zum Frühstücken eignet. Poppy hat schon mit dem Renovieren angefangen und als Erstes den alten Kamin im Wohnzimmer abgerissen. Wir haben noch so viel vor. Kommt rein, ich zeige euch alles. Ich habe ein neues, selbst entworfenes Bleiglasfenster mitgebracht, das ich in die Eingangstür einsetzen lassen will. Außerdem zwei wunderschöne Feng-Shui-Löwen, die rechts und links davon das Haus bewachen werden. Meine Jadevasen, die unserem Leben Reichtum und Überfluss schenken sollen, passen auch ausgezeichnet hierher.«

Sie wandte sich an Jacinta.

»Ich bin so froh, dass du beschlossen hast, heute mitzukommen, mein liebes Kind.« Sie hakte ihre Enkelin mit festem Griff unter, tätschelte ihr den Arm und trat in die winzige Diele.

Das Innere des Hauses übertraf Jacintas schlimmste Befürchtungen. Verglichen mit dem hellen Sonnenschein draußen, herrschte drinnen bedrückende Dunkelheit. Hässliche, zerschlissene Tapeten wellten sich ihr im Dämmerlicht entgegen, und die feuchte Luft roch nach Schimmel. Jacinta fühlte sich, als hätte sie jemand in einen Tunnel gestoßen.

Rechts öffnete sich eine Tür zu einem einigermaßen geräumiges Zimmer. Geradeaus befand sich ein schmaler Flur, der in den hinteren Teil des Hauses führte. Amelia schob die Besucher durch die Tür auf der linken Seite in einen Raum, bei dem es sich, wie Jacinta vermutete, um das Wohnzimmer handelte.

»Ziemlich eng«, murmelte Danielle und blickte sich in dem unmöblierten Zimmer um. Auch hier war es düster, und zwar hauptsächlich deshalb, weil Moos und Schmutz die Fensterscheiben bedeckten. Ausladende Zweige reichten bis ans Glas und nahmen noch mehr Licht. Am anderen Ende des Raums klaffte ein unschönes Loch, wo Poppy den alten Kamin entfernt hatte. Der Schutthaufen blockierte den Durchgang zur winzigen Küche.

»Was ist mit all deinen Möbeln und Dekorationsstücken? Willst du nach Blue Mists wirklich in so einem kleinen Haus wohnen, Mum?«, erkundigte Danielle sich besorgt. Ihre Stimme hallte in dem leeren Raum wider.

Jacinta lehnte sich an die Tür und versuchte, nicht daran zu denken, wie schrecklich sie alles fand.

Amelia hakte Danielle unter.

»Ach, Liebes, sieh doch nicht immer gleich schwarz. Die Hälfte des Krams, den wir im Laufe der Jahre angesammelt haben, brauchen wir gar nicht. Ich suche schon seit einer

Ewigkeit nach einem Grund, ihn loszuwerden, und der Umzug ist meine Chance. Und wozu muss man so viel Platz haben? Ich dachte, dass ich die reizende Vase, die du und Noel mir geschenkt habt, genau hierher stelle. Sie wird diese Ecke sicher ein wenig freundlicher machen.« Amelia wies auf eine Ecke neben der Küchentür. »Und jetzt kommt und schaut euch den Rest an.«

»Dieses Drecksloch freundlicher zu machen ist unmöglich«, murmelte Jacinta, als sie ihrer Mutter und ihrer Großmutter den finsteren Flur entlang zu den Schlafzimmern folgte.

Offenbar schien niemand einen Gedanken daran zu verschwenden, dass sie tatsächlich hier wohnen sollte. Aber vielleicht würde es ja doch nicht so weit kommen. Selbst Mum fand es beengt. Möglicherweise ... Gerade war es Jacinta fast gelungen, sich einzureden, dass ihre Mutter nun endlich Einsicht zeigen und feststellen würde, dass es für ihre Tochter unzumutbar war, ihr hübsches Zuhause gegen so eine Bruchbude einzutauschen, als sie Danielles begeisterten Ausruf hörte. Ihre Mutter hatte zwei leuchtend blaue und rote Rosellasittiche entdeckt, die in einem Busch vor dem Schlafzimmerfenster saßen.

»Die Natur vor der Türschwelle. Poppy wird entzückt sein«, jubelte sie.

»Das ist er bereits. Dieses Haus verbreitet positive Energie. Ich liebe es«, erwiderte Amelia. Sie stellte sich neben Danielle, um mit ihr die Vögel zu betrachten.

»Und welches ist mein Zimmer? Hoffentlich nicht das hier«, rief Jacinta, die in das winzige Nebenzimmer gegangen war. Es schien kaum groß genug für ein Bett und eine

Kommode zu sein. Der einzige Vorteil war, dass durch das zerbrochene Fenster Sonnenlicht hereinströmte.

»Nein, nicht das«, antwortete Amelia und schaute Jacinta über die Schulter. »Das wird Poppys Ankleidezimmer. Er braucht Platz für sich. Du schläfst auf der Veranda. So kannst du dich ausbreiten, und wir haben unsere Privatsphäre. Natürlich müssen wir sie zuerst verglasen lassen.«

Jacinta blieb vor Schreck der Mund offen stehen.

»Das ist ein Scherz, oder?«, fragte sie mit einem nervösen Auflachen.

»Jazz, bitte«, mahnte Danielle.

»Das ist ganz und gar kein Scherz, sondern mein bitterer Ernst. Entweder schläfst du auf der Veranda oder in einem kleinen Zimmer hinten im Haus. Aber es ist wirklich klein. Du wirst schon sehen, dass das die beste Lösung für uns alle ist«, erwiderte Amelia ungerührt.

Jacinta wandte den anderen den Rücken zu, um die Tränen der Verzweiflung zu verbergen, die plötzlich in ihr aufstiegen.

Ich werde mir das Haus nicht weiter anschauen. So geht das nicht. Ich lasse nicht zu, dass sie so etwas mit mir machen, tobte es lautlos in ihr, und sie starrte hinaus auf die Baumwipfel, während Amelia und Danielle angeregt plaudernd ins Esszimmer zurückkehrten.

Schließlich marschierte Jacinta, fest entschlossen, dieser Farce ein Ende zu bereiten, in Richtung Wohnzimmer. Vor der angelehnten Tür hielt sie inne. Ihre Mutter redete noch, und ihr Tonfall war besorgniserregend drängend.

»Wirst du mit ihr zurechtkommen? Zurzeit ist sie wirklich recht anstrengend.«

»Liebes, wir haben schon schlimmere Dinge gemeistert. Grüble nicht so viel. Jazz beruhigt sich wieder.«

»Vielleicht sollte ich nicht mitgehen, sondern Noel sagen, dass ich bleibe ...«

»Das wirst du auf gar keinen Fall tun«, rief Amelia. »Jetzt habt Noel und du endlich Zeit, um miteinander allein zu sein, und die habt ihr euch verdient. Außerdem hast du mir erzählt, dass er dich an seinem neuen Arbeitsplatz braucht. Also habt Spaß miteinander. Sicher wirst du oft nach Australien kommen, um die Mädchen zu besuchen. Sie können auch zu euch fliegen. Jacinta muss lernen, sich anzupassen.«

»Das habe ich gehört«, verkündete Jacinta und trat ins Zimmer. »Warum bin ich diejenige, die sich anpassen muss? Alle anderen tun ja auch, was ihnen gefällt.«

»Wir wollen uns den Garten ansehen, wo ich die Caféterrasse einrichten werde«, unterbrach Amelia rasch. »Wir haben uns überlegt, Sonnensegel aus Leinen aufzuspannen. Vielleicht nehmen wir auch große Sonnenschirme. Ihr werdet sehen, was ich mit den Jacarandabäumen gemeint habe. Im Sommer wird das traumhaft sein. Ich habe einen Springbrunnen bestellt, um eine friedliche Stimmung im Garten zu schaffen. Lasst euch zeigen, wo ich ihn aufstellen möchte.«

Immer noch erbost über die Vorstellung, auf der Veranda schlafen zu müssen, stolzierte Jacinta hinaus. Beim Anblick des Gartens blieb ihr vor Schreck fast das Herz stehen.

Niemand hatte dem Wildwuchs der Natur Einhalt geboten. Moos und Unkraut drückten die vielfach geborstenen Platten des Gartenwegs hoch. Gewaltige Spinnennetze spannten sich wie kunstvolle Baldachine zwischen den wuchernden Büschen, ihre Fäden glitzerten in der Sonne. Jacinta nahm sich fest vor, einen großen Bogen um sie zu machen.

Einige bunt zusammengewürfelte Tische und Stühle aus Holz, Plastik und Schmiedeeisen, manche verbogen, andere mit fehlenden Beinen, standen verstreut auf der Terrasse. Ein riesiger Jacarandabaum ragte über der Szene auf. Ein zweiter, ebenso großer, wuchs neben dem Zaun. Zusammen tauchten sie den gesamten Terrassenbereich in Schatten. Durch die zart gefiederten Blätter schimmerte das Sonnenlicht, und zusammen mit den ausladenden, dicken Äste wirkten sie wie ein wunderschöner überdimensionaler Sonnenschirm aus Spitze.

Wenigstens wird es im Sommer kühl sein, dachte Jacinta.

Plötzlich stieg ihr der leckere Duft von Grillwürstchen in die Nase. Als sie sich suchend umblickte, entdeckte sie Poppy neben einem großen Busch. Er trug eine lange Kochschürze und hatte eine riesige Grillzange in der Hand. Hinter ihm stand ein kleiner tragbarer Grill. Poppy wirkte entspannt und zufrieden. Zu seinen Füßen lag laut schnarchend Lamington, der schwarze Labrador der Newports.

»Hallo, Jacinta. Willkommen in unserem ziemlich unordentlichen neuen Zuhause. Ich hoffe, du hast gut geschlafen«, meinte Poppy und winkte ihr fröhlich mit der Zange zu.

Obwohl Jacinta es niemals zugegeben hätte, fürchtete sie sich ein wenig vor ihrem strengen Großvater. Sie lächelte ihm gequält zu und wünschte, sie könne die Erinnerung an die Szene von gestern auslöschen. Rasch kauerte sie sich hin und fing an, Lamingtons Ohr zu kraulen. Der Hund wedelte mit dem Schwanz und klopfte damit auf die Pflastersteine. Vor lauter Freude über den Besuch stemmte er sich hoch und schmiegte sich, immer noch wedelnd, an Jacinta.

»Hallo, alter Junge. Freust du dich, mich zu sehen?«, fragte sie, das Gesicht nah an seinem Kopf, und war erleichtert über die Ablenkung.

Dann richtete sie sich auf und wartete verlegen, bis Poppy die Würstchen gewendet hatte. Obwohl ihr keine einzige lobende Bemerkung über das neue Haus ihrer Großeltern einfiel, wollte sie nicht, dass ihr Großvater auch noch den letzten Rest Respekt vor ihr verlor.

»Sieht lecker aus«, meinte sie schließlich.

»Stimmt«, erwiderte Poppy. »Deine Großmutter und ich freuen uns schon darauf, dass du bei uns wohnen wirst.«

In diesem Moment flogen drei Kookaburras hoch hinauf in den Jacarandabaum und begannen zu rufen und zu keckern. Erschrocken machte Jacinta einen Schritt rückwärts, stolperte gegen einen der Tische und stieß einen kleinen Holzstapel um. Eine Asselfamilie kam zum Vorschein. Jacinta, die noch nie viel für das Getier im Garten übriggehabt hatte, stieß einen Schrei aus und zog rasch die Hand weg. Sie errötete und beäugte die Insekten argwöhnisch.

»Sie gehören zu den fleißigsten Arbeitern der Natur«, verkündete Poppy bewundernd.

Gefolgt von Danielle, kam Amelia aus dem Haus gelaufen.

»Aller guten Dinge sind drei! Drei Jacarandas, wenn man

den vor dem Haus mitzählt, drei Kookaburras. Was habe ich dir über positive Energie gesagt, Poppy? Das hat mich überzeugt, das Haus zu kaufen«, rief Amelia. Ihre blauen Augen waren vor Freude geweitet. »Ist das nicht zauberhaft? Der Ort, an dem die Kookaburras lachen.«

Der größte Kookaburra schwebte herunter und landete nur wenige Meter von Jacinta entfernt auf der Lehne eines schmiedeeisernen Stuhls. Nachdem er sie ein paar Sekunden lang misstrauisch betrachtet hatte, hüpfte er in ein nahe gelegenes Blumenbeet, pickte mit dem Schnabel eine große Nacktschnecke auf und flog wieder hinauf auf den Stuhl, wo er seine Beute einige Male gegen das Metall schlug, um sie zu töten, und verschlang sie dann. Zufrieden neigte er den Kopf, drehte sich um, bedachte sein Publikum noch einmal mit einem Blick, ließ etwas Kot auf die Sitzfläche des Stuhls fallen und flatterte in den Baum.

»Sie können ziemlich zutraulich werden«, stellte Amelia fest.

»Aber sie machen auch ziemlich viel kaputt«, warnte Danielle.

»Kookaburras bringen Regen. Das ist gut«, wandte Amelia ein.

Jacinta starrte angewidert auf den Stuhl. Eine winzige Hütte in der Einöde. Vögel, die auf den Esstisch kackten. Eine Veranda als Schlafzimmer. Und ohne Auto kein Entrinnen. Sie schob sich das Haar aus dem Gesicht und hatte Mühe, Wut und Abscheu zu unterdrücken.

»Wir wollen uns um das Mittagessen kümmern. Poppy und Noel fragen sich wahrscheinlich schon, ob wir sie verhungern lassen«, schlug Amelia vor. »Es gibt übrigens Sandwiches und Bratwürstchen. Und Tee aus der Thermoskanne. Der Küchenherd funktioniert nicht. Komm, Lamington, alter Junge, wir holen dir frisches Wasser.« Sie bückte sich nach dem Wassernapf.

»Jazz, du kannst den Tisch decken«, rief sie, über die Schulter gewandt.

»Ich habe keinen Hunger«, erwiderte Jacinta.

Amelia antwortete nicht.

»Das macht doch Spaß«, meinte Danielle und zog sich einen windschiefen Plastikstuhl heran.

»Das Haus ist in seinem jetzigen Zustand echt brandgefährdet. Die Bäume reichen viel zu nah heran. Die Buschfeuersaison ist noch nicht vorbei. Ihr müsst sofort etwas deswegen unternehmen«, sagte Noel.

»Das werden wir, mein Junge«, antwortete Poppy vergnügt und holte sich ein Bier.

Jacinta schwelgte in Tagträumen, während Poppy Vorträge über das Verputzen von Wänden und das Verspachteln von Rissen hielt, wohingegen Danielle und Amelia die Inneneinrichtung erörterten.

Ausnahmsweise froh, dass niemand auf sie achtete, streckte sie die Hand aus und griff nach dem letzten Würstchen. Als sie es gerade in den Ketchup tunken wollte, kam der kecke Kookaburra angeflogen, der ihnen vorhin schon einen Besuch abgestattet hatte, und schnappte es ihr weg. Mit einem Angstschrei sprang Jacinta auf und fegte dabei ihren Teller und das Besteck vom Tisch.

»Ganz schön frech, diese Kookaburras«, meinte Poppy mit einem Auflachen und fing Jacintas Glas auf, bevor es umkippte. Alle kicherten. Das hieß, alle bis auf Jacinta.

Zitternd vor Wut und Angst, sah sie die anderen an.

»Ich finde das überhaupt nicht komisch! Das Biest hat mir fast den Finger abgebissen.« Sie wollte schon davonstolzieren, blieb aber stehen, als ihr Mobiltelefon läutete. Vielleicht ist es Tim, dachte sie verzweifelt. Nein, Vicki war am Apparat. Ein wenig enttäuscht hielt sie sich das Telefon ans Ohr und begann gerade, laut zu schimpfen, als die Verbindung abbrach.

»Nichts funktioniert, verdammt!«, schrie sie und hob anklagend die Arme zum Himmel.

»Versuch es ein Stück vor dem Haus. Hier ist der Empfang ziemlich unzuverlässig«, schlug Poppy vor.

»Oh«, sagte Jacinta voller Hoffnung und fing im nächsten Moment wieder an zu fluchen, da nun der Akku den Geist aufgab.

Sie atmete erleichtert auf, als sie sich am späten Nachmittag endlich verabschiedeten und zurück nach Sydney fuhren.

Zu Hause angekommen, lief sie ins Haus und rief sofort Tim an, konnte ihn jedoch wieder nicht erreichen. Enttäuscht wählte sie Vickis Nummer. Die beiden Mädchen telefonierten zwei Stunden lang. Als Jacinta schließlich auflegte, war sie sicher, dass sie vor Verzweiflung, weil Tim nichts von sich hören ließ, die ganze Nacht kein Auge zutun würde. Aber die frische Luft und die Sonne verfehlten ihre Wirkung nicht, und sie schlief ein, sobald ihr Kopf das Kissen berührte.

In den nächsten Tagen drückte sich Jacinta im Haus herum, hütete das Telefon und betete, dass es läuten möge und dass Tim sie wie verabredet besuchen würde. Allerdings fehlte ihr der Mut, ihn selbst anzurufen.

Am Donnerstag war sie völlig niedergeschlagen und fest überzeugt, dass er nicht kommen würde. Begleitet vom leisen Surren der Deckenventilatoren, sah sie gelangweilt zu, wie ihre Mutter den angebrannten Rand von einem frisch gebackenen, noch ofenwarmen Kuchen abkratzte und ihn auf ein Kuchengitter stürzte, wo er prompt auseinanderbrach.

»Mist, die Mühe hätte ich mir sparen können. Es ist einfach zwecklos«, empörte sich Danielle. »Wenn du etwas von deiner Großmutter lernen wirst, ist das das Kochen. Bei mir hat sie sich zwar redlich Mühe gegeben, aber wahrscheinlich hat das Gen meine Generation übersprungen.«

»Schmeckt aber ganz gut«, erwiderte Jacinta und nahm sich ein Stück Kuchen, das noch am Boden der Kuchenform klebte. Als das Telefon läutete, schreckten sie beide zusammen. Jacinta sah ihre Mutter an.

»Sicher Phyllis, die wissen will, ob Noel und ich am Samstag zu dem Abendessen im Rotary Club kommen. Kannst du rangehen?«, meinte Danielle, die Kuchenkrümel an den Fingern hatte.

Jacinta nickte und hob ab.

»Hallo«, meldete sie sich leicht gelangweilt.

»Ich freue mich auch, deine Stimme zu hören«, klang ihr eine Männerstimme im Ohr. Jacinta errötete und stieß ein nicht sehr damenhaftes Quietschen aus.

»Es ist Tim«, flüsterte sie ihrer Mutter zu.

»Tim! Warum hast du mich nicht mobil angerufen? Ich dachte schon, du wärst krank oder wolltest nicht mehr mit mir reden«, sagte sie. »Moment«, fügte sie atemlos hinzu und verdrückte sich aus der Küche. Im Flur lehnte sie sich schwer an die Wand und versuchte, ihre Gedanken zu ordnen. Sie zitterte am ganzen Körper. »Tim«, wiederholte sie. »Wie geht es dir? Wo bist du? Warum hast du dich nicht gemeldet?«

»Ich bin zu einem außerplanmäßigen Rugbytraining draußen in Bourke vergattert worden.«

Tim war vor Kurzem ins Team der New South Wales Waratahs aufgenommen worden, eine der erfolgreichsten vierzehn Rugbymannschaften Australiens, die gegen die besten Teams der südlichen Erdhalbkugel antrat. Er war zwar ein guter Polospieler, doch seine wahre Leidenschaft gehörte dem Rugby.

»Der Empfang war miserabel, und dann war mein Akku leer. Ich bin in Sydney. Was hältst du davon, morgen mit mir an den Strand zu fahren?«, fragte Tim lässig.

Jacinta atmete erleichtert auf und verzog dann gequält das Gesicht.

»Mist, ich muss etwas mit meiner Mum erledigen.« Am anderen Ende der Leitung herrschte Schweigen. »Hier hat sich in den letzten Tagen einiges getan.«

Sie senkte die Stimme.

»Es ist alles ziemlich unschön. Ich erzähle es dir, wenn wir uns sehen.« Wieder verzog sie das Gesicht. Um des lieben Friedens willen hatte sie Danielle versprochen, mit ihr zum Einkaufen zu gehen. »Mum, können wir das Einkaufen nicht auf nächste Woche verschieben?«

»Du weißt genau, dass das unmöglich ist, Jazz«, seufzte Danielle. Bevor nächste Woche die Schule wieder anfing, hatten sie noch jede Menge zu erledigen.

Schließlich meinte Tim, er habe auch am Samstag Zeit, seinem letzten Tag in Sydney, bevor er zu einem dreiwöchigen Trainingslehrgang in Queensland aufbrechen würde. Jacinta fiel ein Stein vom Herzen. Nachdem sie die letzten Tage in der Überzeugung verbracht hatte, er habe sie wegen der aufregenden Samantha fallen gelassen, schwebte sie nun im siebten Himmel. Den restlichen Freitag war sie zuckersüß zu ihrer Mutter und bockte nur ein wenig, als Danielle darauf bestand, dass sie sich feste Schuhe und fürs Internat langweilige und preiswerte Bettwäsche kaufte.

Am Samstag erwachte Jacinta vor dem Morgengrauen. Sie lag da und beobachtete, wie sich der Himmel langsam erhellte. Vor Aufregung hatte sie Schmetterlinge im Bauch. Sie sprang aus dem Bett und unter die Dusche, wusch sich die Haare und bearbeitete sie mit dem Föhn. Danach zog sie ihren Lieblingsbikini, die Designershorts und das T-Shirt an, das Tim in Hunter Valley so bewundert hatte, und besprühte sich mit einer ordentlichen Dosis Parfüm. Beim Frühstück konnte sie nicht mehr aufhören zu lächeln.

Tim hatte sich mit Tiger und Vicki verabredet. Obwohl Jacinta ihn eigentlich lieber für sich gehabt hätte, beschloss sie, gute Miene zum bösen Spiel zu machen. Solange sie nur mit Tim zusammen sein konnte, war alles gut, dachte sie, während sie zufrieden den Kühlschrank durchwühlte und Aufschnitt, leckeren Käse, Alkopops und einen Apfel-Walnuss-Kuchen aus der hiesigen Konditorei in einem großen Picknickkorb verstaute.

Tim hatte sich verspätet. Als er, einen grinsenden Tiger auf dem Beifahrersitz, mit seinem silberfarbenen Porsche vorfuhr, lief Jazz, hin- und hergerissen zwischen Wut und Verzweiflung, hinaus, um ihn zu begrüßen. Danielle folgte ihr mit einer Tüte frischer Brötchen.

»Guten Morgen, Mrs Wakehurst«, sagte Tim höflich.

»Hallo, Tim, Tiger. Ich möchte ja nicht, dass ihr verhungert«, erwiderte Danielle gekünstelt fröhlich. »Fahr mit dem Ding bloß langsam«, fügte sie hinzu und wies mit dem Kopf auf das Auto.

»Mum!«, stöhnte Jazz und verdrehte die Augen.

Als Tiger darauf bestand, dass sie sich nach vorn neben Tim setzte, besserte sich ihre Laune allmählich. Sie holten Vicki aus ihrer drei Straßen entfernten Luxusvilla ab und verließen Palm Beach, begleitet von lautstarken Debatten.

»Okay, Leute, wohin?«, fragte Tim.

»Manly«, rief Vicki.

»Kiama«, schlug Jazz vor, die so viel Abstand wie möglich zwischen sich und dem Haus ihrer Großeltern wissen wollte.

»Terrigal«, meinte Tiger.

Jazz sah Vicki seufzend an. Terrigal lag auf dem Weg nach Come-What-May.

»Was hast du gegen Terrigal?«, erkundigte sich Tiger, der die Blicke der Mädchen bemerkt hatte.

»Das ist ziemlich heikel und keine gute Idee. Jazz erzählt euch später alles«, erklärte Vicki.

Schließlich einigten sie sich auf Manly. Jazz lehnte sich zufrieden zurück und malte sich aus, wie sie mit den Fingern durch Tims dichtes braunes Haar fuhr. Unterdessen fachsimpelten die beiden Männer über verschlagene Bälle, verschenkte Tore und misslungene Pässe.

»Und was sind das nun für geheimnisvolle Dinge, die sich bei euch getan haben?«, fragte Tim nach dem Mittagessen, als sie am Strand von Manly saßen und sich an Eis mit Schokoüberzug gütlich taten. Vicki und Tiger spielten ein paar Meter entfernt Volleyball. Die Bucht bildete einen geschwungenen Bogen aus weißem, glitzerndem Sand. Das Wasser war blau, so weit das Auge blickte.

Tim strich mit dem Finger über Jacintas gebräunte Arme, sodass ihr Herz einen Schlag aussetzte.

»Mum und Dad gehen wieder ins Ausland, nach Dubai«, begann sie bemüht lässig. »Nur, dass es diesmal anders ist.« Sie leckte die Unterseite ihrer Eiscremetüte ab.

»Ja? Haben wir das Haus dann für uns und können massenweise Feten veranstalten, während sie weg sind?«, erwiderte Tim mit einem frechen Grinsen.

»Schön wär's«, antwortete Jazz. »Sie wollen drei Jahre wegbleiben.«

»Drei Jahre! Hast du das nicht mit drei Monaten verwechselt?«

»Nein, es sind Jahre.« Tränen traten ihr in die Augen. »Oh Tim, es ist so schrecklich. Ich habe es erst auf Omas Geburtstagsfeier erfahren. Ich muss ins Internat und aus dem Haus raus.«

»Was? Wollen deine Eltern das Haus in Palm Beach etwa verkaufen?«

»Nicht verkaufen, sondern vermieten. Ich soll bei Oma Amelia und Poppy wohnen.«

»Ein paar Jahre in Blue Mists sind doch kein Weltuntergang.«

»Es kommt noch schlimmer«, flüsterte Jazz. »Meine Großeltern haben Blue Mists verkauft und sich ein Haus an der Küste zugelegt. Es steht in einem winzigen Dorf und ist ein totales Wrack.« Ihre Stimme erstarb.

»Oh«, sagte Tim. Er griff nach dem Einwickelpapier, in das die Sandwiches verpackt gewesen waren, knüllte es fest zusammen und warf es nach einer Coladose. »Was ist nur los mit deiner Familie?«, fragte er bemüht scherzhaft.

»Sie sind alle absolut durchgeknallt«, witzelte Jazz, doch ihre Stimme klang belegt.

»Ziemlich hart von deinen Eltern, dich einfach so damit zu überrumpeln«, meinte Tim und sammelte die Einwickelpapiere ein.

Vicki kam, den Volleyball im Arm, angelaufen und purzelte lachend in den Sand, als Tiger sich von hinten auf sie stürzte und sie wie beim Rugby zu Boden riss. Die beiden wälzten sich lachend und keuchend auf den Boden.

»Nun, wir können uns ja am Wochenende und in den Ferien immer noch bei Vicki treffen, richtig?«, erwiderte Tim vergnügt. Er nahm den Ball und warf ihn Tiger zu, der sich inzwischen aufgerappelt hatte. Vicki sprang um die beiden herum und schaffte es schließlich, den Ball wieder zu erobern.

»Stopp, es reicht, ich bin völlig kaputt«, japste sie, als Tim und Tiger ihr den Ball entreißen wollten. »Ist alles in Ordnung, Jazz. Du siehst plötzlich so trübsinnig aus.«

»Alles bestens«, antwortete Jazz, obwohl sich das ganz und gar nicht so verhielt.

»Apropos bei mir: Steht die Verabredung zu Pizza und Videos heute Abend bei dir noch?«, erkundigte sich Vicki und sah die anderen an.

»Was meinst du, Jazz? Manchmal fühle ich mich in Gegenwart deiner Mutter richtig unwohl«, verkündete Tim.

Jazz lief feuerrot an. Die Situation entwickelte sich völlig anders als erhofft. »Klar«, antwortete sie. Sie griff nach den Coladosen und steuerte mit Tränen in den Augen auf den nächstbesten Papierkorb zu. Plötzlich spürte sie Tims Arm um ihre Taille.

»Entschuldige. Das war mies von mir. Übrigens haben sich die Pläne geändert. Weil ich heute Abend ziemlich früh los muss, habe ich den anderen gesagt, dass sie sich den restlichen Tag allein vergnügen können.« Als er die Lippen auf ihren Nacken drückte, seufzte Jazz erleichtert auf und erwiderte seinen Kuss.

Am Nachmittag bummelten sie vergnügt durch die Läden in Manly und kauften sich eine Pizza zum Mitnehmen, und als die Schatten länger wurden, suchten sie sich ein einsames Plätzchen am Strand. Die untergehende Sonne verwandelte den Sand in geschmolzenes Gold. Die Luft war warm und von einem salzigen Dunst erfüllt. Jazz setzte sich in den Sand und fing an, den Pizzakarton zu öffnen.

»Du bist wunderschön, Jazz«, flüsterte Tim, zog sie in seine Arme und küsste sie.

Jacinta ließ sich in die Umarmung sinken. Lange küssten sie sich, und seine Hände glitten über ihren Körper, bis sie vor Sehnsucht zu vergehen glaubte. Als er die Hand zwischen ihre Beine schob, stöhnte sie lustvoll auf. Sonst war nur das sanfte Schlagen der Wellen an den dunklen Strand zu hören. Schließlich setzte Tim sich auf und sah auf die Uhr.

»Wo ist die Pizza? Ich verhungere.«

»Rufst du mich aus Queensland an oder schreibst mir eine SMS, falls du keine Verbindung kriegst?«, fragte Jazz eine Weile später besorgt, als sie eng umschlungen vor ihrem Haus standen.

»Klar«, meinte Tim und gab ihr einen letzten langen Kuss. Viel zu bald machte er sich los, schaute wieder auf die Uhr und sprang ins Auto.

»Ich muss los. Ich habe dich ja gewarnt. Morgen muss ich früh aufstehen. Bis bald!« Lächelnd und winkend fuhr er davon.

Jazz versuchte, seinen Geruch festzuhalten, während das Motorengeräusch seines Autos in der warmen Nachtluft verklang. Langsam wandte sie sich zum Haus um. Er hatte nicht Schluss gemacht, und sie liebte ihn mehr als je zuvor. Fröhlich hüpfte sie hinauf in ihr Zimmer, fest überzeugt, dass sie zumindest die nächsten Wochen überstehen würde.

4

Jazz saß mitten in ihrem Zimmer auf dem Boden und betrachtete den verstreuten Inhalt ihres Kleiderschranks und ihrer Schubladen. Draußen rüttelte ein heißer böiger Wind an den Bäumen und brachte die Fensterscheiben mit beeindruckend herbstlicher Wucht zum Klirren. Wellen schlugen donnernd an den Strand und wirbelten zornige Gischtwolken auf, was gut zu Jazz' Wut und Verzweiflung passte.

Gestern war ihr Vater nach Dubai geflogen. Seitdem packte ihre Mutter ordentlich den ganzen Haushalt zusammen und verhandelte in halsbrecherischem Tempo mit Immobilienmaklern, um passende Mieter für das Haus zu finden. Trotz allen Bettelns und Flehens würde Jazz in zwei Tagen als Internatsschülerin ins Heronswood College für junge Damen übersiedelten. In der letzten Stunde hatte sie sich der großen Herausforderung gestellt, alles in ihrem Zimmer zu sortieren und zu entscheiden, was sie unbedingt brauchte, was eingelagert werden musste und was sie möglicherweise wegwerfen konnte.

Auf aus ihrem Englischheft gerissene Blätter hatte sie »Behalten«, »Schule«, »Lager« und »Müll« geschrieben. Hinter ihr auf ihrem großen Bett lag neben dem Schild »Behalten« ein stetig anwachsender Stapel säuberlich gefalteter Lieblingsröcke, -oberteile, -hosen, -kleider, -handtaschen und -schuhe. Der Zettel »Schule« lehnte an einigen unter dem Fenster aufgeschichteten Koffern, die ihre

Schuluniform, neckische Nachtwäsche sowie Spitzenunterwäsche enthielten. Daneben befand sich ein ebenfalls wachsender Stoß aus Kleidung für Freizeit und Wochenende. Auf der linken Zimmerseite dienten zwei fleckige uralte T-Shirts als Alibi für »Müll«. Jazz warf einen Rock mit kaputtem Reißverschluss dazu. Im nächsten Moment öffnete sich die Tür, und ihre Mutter kam herein.

»Schön, dass du endlich angefangen hast«, stellte Danielle fest und betrachtete das Durcheinander, ohne auf Jazz' finstere Miene zu achten. Sie hob eine fadenscheinige hellblaue Strickjacke aus Kaschmir auf. »Die kann weg. Du hast sie schon seit Ewigkeiten.«

»Nein, kann sie nicht. Das ist meine Lieblingsjacke«, rief Jazz aus, sprang auf und riss ihrer Mutter die Strickjacke aus der Hand.

Danielle verschränkte seufzend die Arme.

»Liebes, du wirst den Großteil deiner Sachen aussortieren müssen. Bei Oma ist einfach nicht genug Platz dafür.«

Jazz ließ die Schultern hängen.

»Aber ich hänge daran und brauche sie«, jammerte sie und breitete in einer theatralischen Geste die Arme über den Kleidern aus. »Wenn ihr nicht meine Bedürfnisse missachtet und euch dafür entschieden hättet, wegzuziehen, wäre das alles nicht notwendig.«

»Bitte streite dich heute nicht mit mir herum, Jazz. Vier Umzugskartons sind die Obergrenze. Wirf die Hälfte dieses Krams weg, sonst tue ich es. Und Beeilung.«

»Vier! Das ist doch nicht dein Ernst. Was ist mit Einlagern? Du hast gesagt, wir könnten die Sachen einlagern, die wir nicht unterkriegen«, flehte Jazz.

»Ich bin nicht bereit, so hohe Lagerkosten zu bezahlen«, entgegnete Danielle spitz. Sie hielt inne. »Sechs Kartons, aber dann ist wirklich Schluss.« Sie ging hinaus.

Jazz griff nah einer rosa, mit Kristallen besetzten Sandale, schleuderte sie gegen die Tür und lehnte sich schwer ans Bett.

Nach zwei weiteren, von Auseinandersetzungen geprägten Tagen waren Jazz' Sachen endlich gepackt. Da bis zum Umzugstag noch zwei Wochen Zeit waren, konnte sie sicher sein, ihre Habe danach im *Kookaburra* wieder vorzufinden. Noch erstaunlicher war, dass sie und ihre Mutter weiterhin miteinander sprachen.

Am Donnerstag fuhr Danielle Jazz dann nach Heronswood, wo sie ihr erstes Schuljahr als Internatsschülerin beginnen sollte.

Das im Jahr 1892 gegründete Heronswood College für junge Damen bestand aus einem eleganten, mehrstöckigen Backsteingebäude mit sich verjüngenden Säulen am Eingang und einem von Türmchen gekrönten Dach. Es lag inmitten einer grünen, gut gepflegten Parkanlage in einem Vorort nördlich von Sydney. Die Schule genoss den Ruf, Mädchen zu gebildeten und verantwortungsvollen Bürgerinnen zu formen, die auf dem Arbeitsmarkt gefragt waren, und gehörte zu den angesehensten Internaten Australiens. Strenge Disziplin, Respekt gegenüber den Mitmenschen und seit Kurzem auch Bestnoten bei den Abschlussprüfungen zählten zu den Zielen der Schule. Das gesellschaftliche Prestige der Schule besaß einen hohen Stellenwert, und jede, die es zu gefährden drohte, wurde rasch und ohne großes Federlesen vor die Tür gesetzt.

Die stellvertretende Schulleiterin Mrs Marion Pink war die erste, der Jazz begegnete, als sie durch die hohen Eichentüren in die kühle Vorhalle der Schule trat. Mrs Pink war eine zierliche attraktive Frau mit durchdringendem Blick und spitzer Zunge.

»Willkommen daheim, Jacinta. Ich hoffe, dass Sie in Ihrem Jahr als Internatsschülerin der zwölften Klasse erfolgreicher sein werden als bisher«, meinte sie mit einem kurzen Lächeln.

»Ich werde mein Bestes versuchen«, antwortete Jazz fröhlich.

Jazz war überrascht, dass ihr die ersten beiden Wochen im Internat tatsächlich gefielen. Zu ihrer Freude wurde ihr ein blassgrün gestrichenes Einzelzimmer im zweiten Flur von Manly zugeteilt, einem der vier Häuser des Internats von Heronswood.

Sie lebte sich rasch im Alltag ein und verbrachte ihre Freizeit damit, ihr Zimmer einzurichten. Ihre liebsten Bücher und Zeitschriften stellte sie in das kleine Regal, verteilte Dekorationsobjekte und Stofftiere und schmückte Wände und Schranktüren mit Familienfotos und Postern, damit es heimeliger wurde. Trotz der vielen neuen Regeln und Vorschriften empfand sie es beinahe als Erleichterung, nicht ständig ihre Mutter im Nacken zu haben. Außerdem verbrachte sie die Wochenenden weiterhin zu Hause, ging mit Vicki an den Strand, traf sich mit Tim und Tiger und trank sich bei der Feier ihres achtzehnten Geburtstags im Surfklub einen ordentlichen Schwips an.

Erst Anfang Juni wurde sie jäh mit der rauen Wirklichkeit konfrontiert. Vicki hatte sich den Wagen ihrer Mutter ausgeliehen und Jazz zu Hause abgesetzt. Als sie die Eingangstür aufriss, stand sie in einem leeren Haus.

»Mum«, rief sie. Plötzlich wurden ihr die Knie weich. Sie schlug die Hände vor den Mund und musste die Tränen unterdrücken. Als sie vorsichtig weiterging, hallten ihre Schritte auf den nackten Dielen im Raum wider. Ihr Zuhause – es war tatsächlich fort. In einer Zimmerecke lehnten zwei Koffer. Eine Tür knallte. Im nächsten Moment kam Danielle die Treppe hinuntergelaufen.

»Jazz, ich habe dich gehört. Wie geht es dir, Liebes? Ich habe alles gepackt und bin bereit zum Aufbruch. Es war ein schrecklich anstrengender Tag. Deine Großmutter ist oben und macht noch eine letzte Runde durch die Zimmer.«

Beim Abendessen mit ihrer Mutter und ihren Großeltern fühlte sich Jazz ausgesprochen seltsam und verschaffte ihrem aufgewühlten Inneren dadurch Luft, dass sie Danielle, die unbedingt noch Anweisungen in letzter Minute loswerden musste, ständig über den Mund fuhr.

»An Weihnachten kommst du uns besuchen«, sagte ihre Mutter beim Abschied unter Tränen. Danielle und Noel waren nämlich der Ansicht, dass ein früherer Besuch Jazz' Vorbereitungen auf die Abschlussprüfung stören würde.

Obwohl Jazz die Rückkehr in die Schule beinahe als Erleichterung empfand, verlor das Internatsleben nach einer Weile den Reiz des Neuen. Jazz fühlte sich unruhig und begann, sich zu langweilen. Den Schulstoff fand sie zum Gähnen. Und sie verabscheute das gnadenlose Läuten der Glocke, das die Schülerinnen weckte und sie zum Essen und zur Bettruhe rief. Deshalb verstieß sie immer wieder gegen die Vorschriften, die die Benutzung von Mobiltelefonen regelten, kam häufig zu spät zu den Mahlzeiten und zum Unterricht und hatte Sehnsucht nach Tim.

»Ich vermisse ihn so sehr«, flüsterte sie Vicki zu, als sie sich nach der morgendlichen Frühstückspause auf den Weg in den Unterricht für das Fach *Kultur und Gesellschaft* machten.

Da Jazz außer Englisch, Hauswirtschaft und Mathematik ein weiteres Fach belegen musste, hatte sie sich dafür entschieden, und zwar in dem Glauben, dass es nicht so anspruchsvoll war und sie etwas über Gesellschaftsthemen wie Mode erfahren würde. Bald jedoch musste sie feststellen, dass sich das ganz und gar nicht so verhielt. Das Thema der heutigen Lektion – »Wichtige australische Errungenschaften des zwanzigsten Jahrhunderts« – interessierte sie nicht im Geringsten.

Seufzend nahm sie an ihrem Pult Platz und holte die Lehrbücher aus der Tasche. Miss Silver, die Lehrerin, schrieb bereits eine Liste von Punkten unter die Überschrift an die Tafel. Jazz spürte, wie ihr Mobiltelefon in der Rocktasche vibrierte. Verstohlen holte sie es heraus und warf einen Blick auf den Bildschirm. Es war eine SMS von Tim.

»Hallo, meine Schöne, was machst du gerade?«, las sie grinsend. Sie sah Miss Silver an und tippte rasch: »Kultur und Gesellschaft, gähn. Australische Errungenschaften. Vorschläge erbeten.« Nachdem sie auf »Senden« gedrückt hatte, steckte sie das Telefon rasch wieder ein und begann, fleißig den Tafeltext abzuschreiben.

Doch schon zehn Minuten später waren alle guten Vorsätze wieder dahin. Jazz schob den letzten Roman von Marian Keynes unter ihre Lehrbücher und fing an zu lesen. So vertieft war sie in das jüngste Liebesdrama der Heldin, dass sie nicht bemerkte, wie Miss Silver durch die Sitzreihen auf sie zukam. Plötzlich stellte sie fest, dass im Klassenzimmer Totenstille herrschte, und hob den Kopf, und zwar gerade in dem Moment, als eine Hand sich ausstreckte und ihr den Roman entriss.

»He«, schrie Jazz unwillkürlich auf und versuchte, sich das Buch zurückzuholen. Als sie unsanft in die Wirklichkeit zurückkehrte, erstarrte sie.

»Eine unterhaltsame Schriftstellerin, aber ich weiß nicht, ob sie Ihnen beim Snowy-River-Wasserkraftwerk weiterhilft«, verkündete Miss Silver und hielt das Buch hoch.

»Sie schreibt toll, finden Sie nicht? Mir gefällt sie prima«, setzte Jazz voller Zuversicht an.

Miss Silver klappte das Buch zu und betrachtete Jazz mit finsterer Miene.

»Ich hatte gehofft, dass Ihr Betragen sich dieses Jahr so kurz vor den Abschlussprüfungen bessern würde, aber offenbar war ich zu optimistisch. Sie werden die folgenden Fragen zum heutigen Thema beantworten und mir das Ergebnis in zwei Tagen aushändigen. Willkommen zur ersten Strafarbeit des Schuljahrs, Jacinta.«

Sie knallte ein Blatt, auf dem mehrere Fragen standen, vor Jazz auf den Tisch. Jazz starrte sie zornig an und sackte in ihrem Stuhl zusammen.

Um das Maß vollzumachen, wurde sie zwei Tage später dabei erwischt, als sie Tim im Mathematikunterricht eine SMS schickte, worauf man ihr Mobiltelefon für eine Woche eingezog. Verärgert, allerdings wohl wissend, dass man ihr als Nächstes den Ausgang am Wochenende streichen würde, zwang sie sich zur Ruhe, gab sich Mühe, pünktlich zu erscheinen, und passte im Unterricht besser auf.

***

Bei der ersten Gelegenheit, die sich bot, verbrachte sie das Wochenende bei Vicki und ihrer Familie.

»Ich kann kaum fassen, wie schrecklich alles ist, seit Mum und Dad sich davongemacht haben«, jammerte sie.

Es war Samstagvormittag, und die beiden Mädchen saßen im Pyjama auf Vickis Bett. Draußen beleuchtete die Wintersonne das Panorama von Palm Beach. Jazz betrachtete die vertraute Aussicht und versuchte, nicht daran zu denken, dass ihr nur wenige Straßen entferntes Zuhause nun von Fremden bewohnt wurde. Es war seltsam, dass vielleicht jemand gerade von einem Bett in ihrem Zimmer und in ihrem Haus aus denselben Blick genoss.

»Ich fühle mich wie ein Waisenkind. Mir graut schon vor den Ferien«, verkündete sie dramatisch. »Wie soll ich es in einer elenden Hütte und viele Kilometer von meinen Freunden entfernt aushalten? Ich werde so einsam sein. Außerdem ist das Haus eine Bruchbude, die von Insekten und anderem Viehzeug nur so wimmelt.« Sie kniff die Augen zu, um die Tränen zu unterdrücken, die in ihr aufstiegen.

»He, so schlimm ist es nun auch wieder nicht. Tim und Tiger kommen gleich, und dann haben wir jede Menge Spaß. Wir müssen nicht einmal um eine bestimmte Zeit zu Hause sein!«

»Wirklich?«, wunderte sich Jazz.

»Ja! Mum interessiert es nicht mehr. Sie sagt, ich bin jetzt eine Frau und kann mein eigenes Leben führen.«

»Eine Frau. Ich wünschte, meine Mum würde auch so denken. Stattdessen hat sie Oma Amelia damit beauftragt, mich jede Woche zu kontrollieren. Das ist so peinlich.« Sie hielt inne. »Was hat deine Mum denn auf die Idee gebracht?«

»Du darfst nicht vergessen, dass sie so alt war wie ich heute, als sie mich gekriegt hat. Deshalb hält sie mich vermutlich für erwachsen genug, mit dem Leben zurechtzukommen. Außerdem bin ich mit Tiger zusammen.«

»Hast du mit Tiger – du weißt schon?«

»Natürlich. Du und Tim nicht?«

Errötend wandte Jazz sich ab.

»Wir sind noch nicht ganz so weit – ich meine ...«

Draußen auf der Straße ertönte eine Autohupe, worauf die Mädchen aufgeregt kreischend zum Fenster liefen.

»Sie sind da«, rief Jazz. »Oh mein Gott! Und wir sind noch gar nicht angezogen.«

Vicki lehnte die Schulter an die von Jazz, und sie winkten, während Tim in der Auffahrt parkte. Tim und Tiger stiegen aus, drehten sich um und winkten ebenfalls.

»Kommt runter und lasst uns rein«, sagte Tiger grinsend.

Jazz und Vicki wichen vom Fenster zurück und fingen hastig an, sich fertig zu machen. Während Vicki ihr Pyjamaoberteil auszog, eilte Jazz zurück ins Gästezimmer, wo sie geschlafen hatte, und sprang unter die Dusche. Sie hörte, wie Vicki die Treppe hinuntereilte. Wenige hektische Minuten später erschien Jazz, bekleidet mit einer langen Hose und einem warmen Wollpulli. Ihr Haar war noch tropfnass, als sie nach unten lief, um sich zu den anderen zu gesellen.

»Ich dachte, der heutige Tag würde niemals kommen. Ich habe dich so vermisst«, rief sie und warf sich Tim in die Arme. »Bitte sag, dass du das ganze Wochenende bleibst. Ich könnte es nicht ertragen, wenn es nur ein Tag wäre. Es ist genug Platz für dich. Frag Vicki. Ihre Eltern haben nichts dagegen, oder, Vicki?«

»Klar, aber lasst uns zuerst frühstücken. Jazz und ich haben die halbe Nacht geredet, und ich bin am Verhungern.«

»Wie könnt ihr die halbe Nacht reden, wenn ihr einander jeden Tag in der Schule seht?«, zog Tiger Vicki auf, legte die Arme um sie und küsste ihren Hals.

»He«, kicherte Vicki und küsste ihn auf die Lippen.

»Also, Leute, was unternehmen wir heute?«, fragte Tim, worauf eine lautstarke Debatte losbrach.

Eine halbe Stunde später machten sie sich auf den Weg in den Surfklub, wo sie den Tag mit Freunden verbrachten. Als die Sonne unterging, kauften sie sich Fish and Chips in Church Point. Ein kalter Wind beutelte sie, sodass ihre Wangen sich röteten und ihre Finger steif wurden. Trotzdem krempelte sich Tim zum Spaß die Jeans hoch und watete ins Wasser hinein.

»Wer als Letzter drin ist, bezahlt morgen das Mittagessen«, verkündete er lachend. »Mein Gott, ist das schweinekalt«, fügte er hinzu und sprang zitternd hin und her.

Jazz lief ins Wasser, stellte sich Tim gegenüber, ließ sich vom eisigen Wasser die Beine umspülen und versuchte, nicht auf die Kälte zu achten.

»Keine Ahnung, warum du so ein Theater machst, du Waschlappen«, hänselte sie ihn.

Tim marschierte auf sie zu und zog sie in seine Arme. »Und jetzt wird geschwommen«, rief er.

Jazz kreischte auf. Sie riss sich los und rannte, verfolgt von Tim, den Strand hinauf. Er holte sie mühelos ein, nahm sie in die Arme und küsste sie fest auf die Lippen.

Als es dunkel wurde und der Mond aufging, schlenderten sie den Strand entlang. Sie sprangen über Pfützen und umrundeten Haufen aus Seetang, während sich um sie herum die Nacht herabsenkte. Als er sie wieder sanft umarmte, hielt sie erwartungsvoll den Atem an.

»Ich habe dich vermisst, Kätzchen«, sagte er.

»Kätzchen? Ich bin nicht so sicher, ob mir das gefällt«, erwiderte Jazz. Ihr Puls beschleunigte sich.

»Ich finde, es passt, weil du abwechselnd kratzt und schnurrst«, flüsterte er.

»Und was mache ich jetzt gerade?«, antwortete Jazz leise.

Zärtlich hob er ihr Kinn an und küsste sie wieder auf den Mund, bis Jazz die Knie weich wurden. Als Tim die Arme fester um sie schloss, spürte sie das Pochen seines Herzens, während die Welt um sie verschwamm. Schließlich ließ er sie ganz vorsichtig los.

Tims liebevolle Art rührte sie an. Plötzlich empfand sie die Abwesenheit ihrer Eltern, ihre Auseinandersetzungen mit ihren Großeltern und den Umzug ins Internat als so überwältigend, und sie wusste, dass sie gleich zu weinen anfangen würde. Weil Tim es nicht sehen sollte, murmelte sie ein paar zusammenhanglose Satzfetzen und hastete den Strand hinauf.

Tim lief ihr nach.

»He, was ist los? Habe ich etwas falsch gemacht?«

»Nein, alles in Ordnung. Wirklich.« Jazz drehte sich um und eilte weiter den Strand entlang auf die mit Gras bewachsene Böschung zu.

»Schau, genau das habe ich gemeint«, sagte Tim, der ihr folgte. »Was?«

»Das mit dem Kratzen und Schnurren.«

Jazz wandte sich um und fuhr ihm spielerisch mit den Fingernägeln über die Wange. »Freundliches Kratzen«, meinte sie und küsste ihn rasch auf den Mund.

Am nächsten Tag trafen sich die vier zum Mittagessen bei Tigers Tante und Onkel, wo die beiden Jungen übernachteten. Es war ein wunderschönes altes Haus im Stil des frühen zwanzigsten Jahrhunderts, das an den nördlichen Stränden von Sydney lag. Jazz fand, dass ihre Großeltern besser ein Haus wie dieses hätten kaufen sollen, während sie am Tisch saßen, die Wintersonne genossen und sich an Steaks, Würstchen und verschiedenen Salaten labten. Am Abend schlenderten sie zum Golfklub und verbrachten ein paar Stunden mit Freunden.

Als sie sich schließlich trennten, war Jazz glücklich und todmüde. Doch nach einem Blick auf die Uhr schnappte sie erschrocken nach Luft.

»Oh nein! Ich komme zu spät!« Sie sprang auf. Vor fast einer Stunde hätte sie wieder im Internat sein sollen. »Ich muss zurück in die Schule, sonst streichen sie mir den Wochenendausgang«, rief sie, griff nach ihrer Tasche und suchte hektisch ihre Jacke. Da ihre Sachen noch bei Vicki waren, würde sie sie zuvor abholen müssen.

Tim lief ihr nach.

»Ich fahre dich hin«, schlug er vor.

»Danke«, erwiderte Jazz besorgt.

Hastig winkte sie den anderen zu und eilte mit Tim zum Auto. Eine halbe Stunde später traf sie in der Schule ein.

»Sie sind fast zwei Stunden zu spät dran«, verkündete die Hausmutter. »Das ist schlicht und ergreifend verantwortungslos. Ich streiche für das restliche Halbjahr Ihren Wochenendausgang.«

»Aber ich konnte nicht weg. Ich war bei Freunden eingeladen«, protestierte Jazz.

»Sie kennen die Hausordnung, Jacinta. Wir haben sie aus Sicherheitsgründen aufgestellt, damit wir immer wissen, wo Sie sich gerade aufhalten. Solange Sie im Internat leben, vertreten wir Ihre Eltern. Wir haben ihnen gegenüber Pflichten, insbesondere in Ihrem Fall, weil Ihre Eltern im Ausland sind. Wenn Sie zu spät kommen, verlieren Sie Ihren Wochenendausgang. Das tun wir, weil Sie uns wichtig sind.«

Jacinta trollte sich bedrückt.

»Verdammte Schulordnung. Sie haben mir für das restliche Halbjahr den Wochenendausgang entzogen. Es ist entsetzlich, Tim. Wie soll ich das überleben?«, flüsterte sie ins Mobiltelefon, wohl wissend, wie dünn die Zimmerwände waren. Sie war dankbar, dass man das Telefon nicht auch noch beschlagnahmt hatte. An die Schulferien, die sie im *Kookaburra* würde verbringen müssen, wollte sie lieber gar nicht denken.

»Du schaffst das schon, Kätzchen«, antwortete Tim.

»Ich hasse diese Schule«, sagte Jazz.

Die Tür ging auf, und die Hausmutter steckte den Kopf herein. »Alles in Ordnung?«, fragte sie.

Mit klopfendem Herzen versteckte Jazz ihr Telefon unter der Bettdecke. Sie hatte ganz vergessen, dass die monatliche Kontrolle der Zimmer der Oberstufenschülerinnen heute stattfand.

»Ja, Hausmutter«, erwiderte sie mit Unschuldsmiene.

»Ausgezeichnet. Also gute Nacht, Liebes.«

Als die Tür sich schloss, atmete Jazz erleichtert auf. Dann rief sie Tim zurück. Eine halbe Stunde später beendete sie das Gespräch, drehte sich um und stellte sich vor, sie läge in Tims Armen. Kurz darauf war sie eingeschlafen.

Am nächsten Tag informierte sie Amelia darüber, dass ihr Wochenendausgang für das restliche Halbjahr gestrichen sei. Amelias kühle, gleichmütige Reaktion sorgte dafür, dass Jazz noch mehr vor den Schulferien graute.

Aber sie hätte sich keine Sorgen zu machen brauchen. Da Amelia mit der Einrichtung des Cafés beschäftigt war und Poppy im Garten arbeitete, blieb sie die meiste Zeit sich selbst überlassen. Das einzige Problem bestand darin, dass sie beim Abwasch helfen musste, da die neue Geschirrspülmaschine noch nicht geliefert worden war.

Jazz war übellaunig und bedrückt, vermisste ihre Freunde und war verärgert über ihr winziges Zimmer, sodass sie sich nicht aufraffen konnte, ihre Kartons auszupacken. Zum ersten Mal im Leben zählte sie die Tage bis zum Schulanfang.

5

Obwohl Jazz sich anfangs über die Rückkehr nach Heronswood freute, dauerte es nicht lange, bis sich wieder Gereiztheit und ein Gefühl der Beengung einstellten. Da die Abschlussprüfungen vor der Tür standen, hatten ihre Mitschülerinnen angefangen, fleißig zu lernen. Doch Jazz arbeitete lustlos und kassierte weitere Strafen wegen mangelnder Aufmerksamkeit oder verspätet abgegebener Hausaufgaben. Vicki schien die Einzige zu sein, die sie wirklich verstand. Jeden Nachmittag blickte Jazz neidisch ihrer Freundin nach, die in ihrem neuen blauen Wagen davonfuhr, ein Geschenk ihres Vaters während der letzten Schulferien.

Nach einer Weile jedoch begann Jazz, sich an ihre Bücher zu setzen. Da sie fand, dass gemeinsames Lernen mehr Spaß machte, überredete sie Vicki, länger zu bleiben und mit ihr zu büffeln. Die Beine auf dem Schreibtisch, saß Jazz da und starrte in den Regen hinaus, der gegen die Fensterscheibe prasselte. Auf ihren Knien lag eine aufgeschlagene Ausgabe von Shakespeares *Viel Lärm um nichts*. Vicki lag bäuchlings auf dem Bett und las in einer Klatschpostille.

Das Halbjahr war zur Hälfte vorbei, und in vier Tagen sollte eine große Schulkonferenz stattfinden, zu dem Schulleiter von über einhundert Privatschulen aus ganz Neusüdwales anreisen würden. Dass die Konferenz in Heronswood abgehalten wurde, war eine große Ehre für die Direktorin Mrs Vera Ashley. Seit zwei Wochen schon hielt sie den Schülerinnen Vorträge darüber, wie wichtig es sei, stets Disziplin, gutes Benehmen und Fleiß an den Tag zu legen, ein weiterer Punkt, der Jazz ein Dorn im Auge war.

»Mir ist langweilig«, verkündete sie mit einem Gähnen, stand auf und streckte sich, dass die Gelenke knackten. »Mich langweilen die Prüfungen, mich langweilt das Lernen, die dauernden Gardinenpredigten der Lehrerinnen und das ständige Gerede über Noten. Das Leben muss doch noch mehr zu bieten haben!«

Sie trat ans Fenster und sah zu, wie der Regen zwei Stockwerke unter ihr auf den Schulhof fiel.

»Mir geht es genauso. Aber wir sollten uns ein bisschen anstrengen. Mum hat mir gestern Abend zum ersten Mal seit einer Million Jahren eine Standpauke gehalten, und das fand ich ein wenig besorgniserregend«, entgegnete Vicki keck.

»Wir müssen etwas unternehmen, um Leben in die Bude zu bringen«, meinte Jazz geistesabwesend.

»Vergiss es«, erwiderte Vicki und schlug ihr Lehrbuch auf.

Seufzend öffnete Jazz das Fenster und betrachtete den quadratischen Hof. Der Regen wurde schwächer und hörte schließlich auf. Die Spätnachmittagssonne spähte hinter den Wolken hervor und spiegelte sich glitzernd in den Pfützen auf dem nassen Asphalt. Jazz beugte sich vor und schaute nach oben. Auf dem Dachfirst fing sich das Sonnenlicht in der Wetterfahne – einem eleganten Hahn mit Schwanz, Federn und Kamm. Der wunderschöne Wetterhahn war Handarbeit und ein Geschenk eines in den Ruhestand gegangenen Mitglieds des Schulausschusses anlässlich des hundertjährigen Gründungsjubiläums der Schule.

Nachdem Jazz den Wetterhahn eine Weile betrachtet hatte, zog sie den Kopf wieder zurück.

»Ich habe eine Idee! Der Wetterhahn! Das müsste klappen«, rief sie und wirbelte aufgeregt zu Vicki herum.

»Was müsste klappen?« Vicki musterte sie verdattert.

»So bringen wir Leben in die Bude.« Rasch schloss Jazz die Zimmertür. »Wir verkleiden ihn.« Sie kicherte. »Man kann doch keinen nackten Hahn auf ein Schuldach stellen. Mit Hut und Krawatte würde er viel seriöser aussehen, meinst du nicht?«

Vickis Augen weiteten sich, als sie verstand.

»Aha«, erwiderte sie und begann zu kichern. »Und wie genau willst du das anstellen?«

»Nicht ich, wir«, entgegnete Jazz.

»Ich fürchte ...«

»Wo ist deine Abenteuerlust?«

»Ich habe keine«, gab Vicki rasch zurück. »Und wie willst du es anstellen?«, fügte sie neugierig hinzu.

»Komm und schau dir das an. Ich brauche nur aus dem Fenster zu klettern.«

»Und runterzufallen und dir den Hals zu brechen. Selbst wenn du das überlebst, wirst du bestimmt erwischt, weil uns jemand beobachtet hat.«

»Nein, hör zu!« Jazz' Blick wanderte zur Tür, weil draußen Schritte zu hören waren.

Vicki zu überreden dauerte nur ein paar Minuten. Dann erörterten die beiden Mädchen, aufgeregt flüsternd und immer wieder von Gekicher unterbrochen, ihren Plan.

»Ein Risiko gibt es immer, das gehört zum Spaß dazu. Um diese Uhrzeit sind alle mit Lernen beschäftigt oder gehen zum Abendgottesdienst. Also wird sich niemand draußen herumtreiben und uns sehen. Komm, wir tun es!«, meinte sie und stand auf. Als auf dem Flur schwere Schritte erklangen, erstarrte sie.

»Die Hausmutter«, raunte Vicki. »Man kann die Uhr nach ihr stellen.«

»Klar! Einen Sherry vor dem Abendessen, meine Liebe«, säuselte Jazz, während die Schritte leiser wurden. »Ich glaube, sie hat noch nie im Leben etwas Spontanes getan.« Sie lockerte ihre Krawatte. »Los, komm. Hast du deinen Hut?«

»Wir sollten die Namensschilder abtrennen. Hast du eine Schere?«, fragte Vicki und betrachtete ihren Hut.

»Ach herrje, das hätte ich fast vergessen.« Jazz unterdrückte ein Kichern und nahm eine Schere vom Frisiertisch.

Rasch entfernten sie die Namensschilder und öffneten dann vorsichtig die Zimmertür. Als die große Turmuhr die Stunde schlug, zuckten die beiden Mädchen erschrocken zusammen. Doch nachdem sie sich beruhigt hatten, schlichen sie auf Zehenspitzen den verlassenen Flur entlang.

Der einfachste Weg zum Wetterhahn führte vom anderen Ende des Flurs aus quer über das Dach. Von dort musste man nur ein kurzes Stück hinunterspringen und war vom Boden aus kaum zu sehen. Das Betreten des Daches war zwar streng verboten, aber die Fenster, die Richtung Dach lagen, waren groß, um Luft und Licht hereinzulassen. Außerdem ließen sich die Fensterbretter verhältnismäßig einfach erreichen. Deshalb stiegen die Oberstufenschülerinnen häufig hinaus, setzten sich vor die Fenster, schnappten frische Luft oder rauchten heimlich eine Zigarette.

Jazz stopfte sich Vickis Hut vorn in die Bluse und vergewisserte sich, dass sich ihre Krawatte leicht über den Kopf ziehen ließ.

»Also los«, verkündete sie und grinste Vicki an. Ihr Puls schlug schneller, als sie auf das Dach trat.

»Mach weiter! Es kann nichts passieren. Niemand in Sicht«, flüsterte Vicki. Dann schloss sie das Fenster wieder und sah zu.

Jazz kletterte hinunter auf den Dachfirst und tastete sich vorsichtig über die nassen Ziegel. Hier draußen erschien ihr der Boden plötzlich sehr weit entfernt. Ihre Hände wurden feucht, und das Herz hämmerte in ihrer Brust. Sie holte tief Luft, kroch ein paar Meter weiter, hielt inne und lauschte. Nichts war zu hören. Als sie sich umsah, konnte sie einen Zipfel des Hofes ausmachen. Eine einsame Gestalt erschien. Jazz stockte der Atem, und sie betete, dass die Person nicht nach oben schauen möge. Aber sie setzte ihren Weg fort.

Mit einem erleichterten Seufzer robbte Jazz weiter, bis ihr plötzlich der Fuß abrutschte. Als sie sich an den Dachpfannen festkrallte, brach sie sich einen Fingernagel ab. Inzwischen hatte sie Herzrasen. Ärgerlich begutachtete sie den Schaden. Fest entschlossen, dass der abgebrochene Nagel nicht umsonst gewesen sein sollte, arbeitete sie sich zum Wetterhahn vor. Allerdings entpuppte sich dieser als höher als gedacht. Außerdem war das Dach an dieser Stelle steiler, weshalb es schwieriger werden würde als erwartet, den Hahn zu verkleiden.

Da Jazz befürchtete, entdeckt zu werden, wenn sie aufstand, und auch Angst hatte, wieder auszurutschen, versuchte sie kauernd, dem Hahn die Krawatte über den Kamm zu streifen. Dreimal klappte es nicht, bis es ihr schließlich, unbequem auf den Ziegeln kniend, gelang, sie ihm überzuwerfen. Danach streckte sie den Arm aus, stülpte ihm Vickis Hut in einem kecken Winkel auf den Kopf und kroch vorsichtig über das Dach zurück zum Fenster.

Vicki erwartete sie. »Gut gemacht«, flüsterte sie.

»Sieht er nicht klasse aus?«, rief Jazz, deren Herzschlag sich allmählich verlangsamte.

»Superklasse«, bestätigte Vicki.

Sie hatten Mühe, ein Lachen zu unterdrücken, als sie zurück in Jazz' Zimmer liefen und sich aufs Bett fallen ließen.

»Das müsste Leben in die Bude bringen«, stellte Jazz fest und griff nach ihrer Ausgabe von *Viel Lärm um nichts*. »Und jetzt wird gebüffelt, einverstanden?«

Ihr Streich wurde am nächsten Morgen von ein paar Zehntklässlerinnen entdeckt. Eine von ihnen zeigte mit dem Finger nach oben und bog sich vor Lachen, und bald bewunderte die ganze Schule den Schulhut und die Krawatte, die am Wetterhahn flatterte. Zwar bereitete die Aufsicht führende Lehrerin der Erheiterung ein rasches Ende, doch trotz all ihrer Bemühungen erschien um die Mittagszeit ein Reporter eines lokalen Radiosenders. Sofort nach dem Mittagessen berief die vor Wut kochende Direktorin empört eine Schulversammlung ein und hielt einen langatmigen Vortrag darüber, dass es ein ernstes Vergehen sei, Schuleigentum zu verunglimpfen. Sie fügte die Drohung hinzu, der oder die Schuldigen würden ganz sicher erwischt und angemessen bestraft werden. Beim Zuhören hatten Jazz und Vicki ihre liebe Not, ernst zu bleiben, und konnten einander nicht in die Augen sehen.

Zwei Tage später, Hut und Krawatte waren schließlich geborgen worden, wurden die beiden zu ihrer Überraschung ins Büro der Schulleiterin zitiert.

»Sie kann nicht wissen, dass es meine Krawatte und dein Hut sind«, flüsterte Jazz mit dem Brustton der Überzeugung.

»Ich glaube, Sie haben mir etwas mitzuteilen«, meinte Mrs Ashley mit einem missbilligenden Blick auf Jazz.

»Ich?« Jazz setzte eine Unschuldsmiene auf.

Vera Ashley streckte Jazz' Krawatte über den Schreibtisch. »Die hier wurde heute Morgen vom Wetterhahn entfernt. Ich nehme an, sie gehört Ihnen«, fügte sie voller Abscheu hinzu.

Jazz erwiderte zwar keck ihren Blick, spürte jedoch, wie sie erbleichte. »Und was bringt Sie darauf, dass es meine ist?«, entgegnete sie tapfer.

»Dass Ihre Initialen darauf stehen.«

Jazz' Augen huschten zwischen dem Gesicht der Direktorin und der Krawatte hin und her. »Meine Initialen?« Sie sah Vicki an.

»Ihre Initialen. JDW, um genau zu sein«, gab Vera Ashley zurück und drehte die Krawatte herum, sodass verblasste, mit dem Kugelschreiber geschriebene Buchstaben in Sicht kamen. »Zufälligerweise sind Sie derzeit die einzige JDW an dieser Schule.«

Jazz wurde vor Entsetzen ganz heiß, als ihr einfiel, dass

sie während einer besonders langweiligen Unterrichtsstunde vor zwei Wochen auf ihrer Krawatte herumgekritzelt hatte. Wie hatte sie das vergessen können?

»Und nun zu Ihnen, Vicki. Da Sie beide unzertrennlich sind, haben wir eins und eins zusammengezählt und sind zu dem Schluss gekommen, dass der Hut Ihrer ist.«

»Das ist ungerecht«, versuchte Vicki, sich aus der Affäre zu ziehen.

»Vicki hat nichts damit zu tun. Es war ganz allein meine Idee. Ich habe mir ihren Hut ausgeliehen, ohne dass sie es wusste.« Jazz war immer noch fassungslos wegen ihrer eigenen Nachlässigkeit.

»Sehr ehrenwert von Ihnen, Jacinta, aber leider nicht die Wahrheit. Oder, Vicki? Möchten Sie Ihre Mittäterschaft abstreiten?«

»Ich«, stammelte Vicki. »Es war doch nur ein Scherz. Wir wollten keinen Schaden anrichten«, beichtete sie und brach in Tränen aus.

»Nun, Vicki, Sie haben aber Schaden angerichtet. Und zwar eine ganze Menge. Heute musste ich mich mit Medienvertretern herumärgern, die mehr aus der Sache machen wollten, als sie in Wirklichkeit ist – nämlich ein dummer Streich zweier ausgesprochen verantwortungsloser und alberner Mädchen, die es eigentlich besser wissen müssten. Ich schäme mich sehr für Sie beide.«

Sie hielt inne, damit ihre Worte sich setzen konnten.

»Ich bin tief enttäuscht von Ihrem Verhalten. Von Ihnen beiden. Jacinta, ich befasse mich zuerst mit Ihnen. Mir ist bewusst, dass Ihre Eltern sich im Ausland aufhalten, und ich möchte ihnen nicht mit Ihrem kindischen Betragen

Sorge bereiten. Deshalb werde ich so mit Ihnen verfahren, wie sie es von mir erwarten würden. Sozusagen als Stellvertreterin.«

Jacinta hörte nur mit halbem Ohr hin, als die Direktorin all ihre Sünden der Vergangenheit aufzählte, sie wegen ihres mangelnden Respekts vor fremdem Eigentum und ihren Mitmenschen zurechtwies und ihr eine lange Liste von Strafen präsentierte. Dazu gehörten eine Ausgangssperre an den Wochenenden und nach dem Unterricht für das restliche Halbjahr, gemeinnützige Arbeit in der Freizeit, ein Verbot, den Aufenthaltsraum der Oberstufe zu benutzen, und die Anordnung zusätzlicher Hausaufgaben. Erst als Vera Ashley sie aufforderte, ihr Mobiltelefon auszuhändigen, verlor Jazz die Fassung.

»Das war nur ein Scherz. Wir haben nichts kaputt gemacht«, rief sie. »Bitte lassen Sie mich mein Telefon behalten. Ich werde mir wirklich Mühe geben. Ich verspreche ...«

»Ein bisschen zu spät, fürchte ich, Jacinta. Ich werde außerdem heute Ihre Großmutter verständigen.«

Kochend vor Wut musste Jazz zuhören, wie Vicki mit ähnlichen Strafen bedacht wurde. Vicki musste ihr Telefon zwar nicht abgeben, durfte es jedoch nicht mehr in die Schule mitbringen. Außerdem wurde ihr für das restliche Halbjahr verboten, mit dem Auto zur Schule zu kommen.

»Hast du nicht behauptet, niemand würde uns erwischen?«, schimpfte Vicki, als sie das Büro der Schulleiterin endlich verlassen konnten.

»Ich war mir so sicher.«

»Wie konntest du deine Initialen vergessen?«, fragte Vicki anklagend.

Da Jazz ihr Patzer so peinlich war, schimpfte sie zurück, worauf Vicki davonmarschierte und den Rest der Woche kein Wort mehr mit ihr wechselte.

Am folgenden Montag vor der Morgenversammlung verspeiste Jazz auf dem Hof gerade einen Apfel und versuchte, nicht an das bedrückende Telefonat mit ihrer Großmutter zu denken, das sie im Zimmer der Hausmutter hatte führen müssen, um ihre Ausgangssperre zu erklären. Vicki kam auf sie zu und setzte sich neben sie.

»Was ist los?«, fragte Jazz besorgt, als sie die dunklen Ringe unter Vickis Augen bemerkte.

»Zwischen Tiger und mir ist es aus«, flüsterte Vicki und brach in Tränen aus.

»Oh Vicki, bist du sicher? Was ist passiert?«, erkundigte sich Jazz, legte den Arm um ihre Freundin und drückte sie fest an sich.

»Tiger und ich waren bei Tim, um ein paar Sachen von Tiger abzuholen. Ich dachte, wir hätten nur so zum Spaß herumgealbert«, stieß Vicki hervor. »Dann, auf dem Heimweg, warf Tiger mir plötzlich vor, ich hätte Tim angemacht. Ausgerechnet! Ich weiß doch, wie sehr er dich vergöttert.«

Ihre Augen blitzten zornig.

»Ich habe versucht, Tiger zu erklären, dass das nicht stimmt, dass ich niemals ... dass er sich das nur einbilden würde. Wir hatten einen schrecklichen Streit.« Sie hielt inne und kämpfte wieder mit den Tränen. »Oh Jazz, das kann doch nicht wahr sein – ich bin so unglücklich. Was soll ich nur machen?«

Jazz richtete sich auf und schob die Angst beiseite, die plötzlich in ihr hochstieg.

»Hast du seitdem mit Tiger geredet?«

»Sein Telefon ist immer besetzt. Ich habe ihm vor der Schule eine SMS geschrieben, aber er hat nicht geantwortet. Ich traue mich gar nicht, meine Nachrichten abzufragen. Sallys Freund hat vor zwei Wochen per SMS mit ihr Schluss gemacht.«

»So etwas würde Tiger nicht tun. Er würde es dir ins Gesicht sagen. Er ist der direkteste Mensch, den ich kenne. Gib mir mal dein Telefon, damit ich Tim anrufen kann.«

»Nein, nicht. Erstens dürfte ich es eigentlich gar nicht dabeihaben, und zweitens würdest du damit alles nur noch schlimmer machen.« Vicki förderte ein Taschentuch zutage und tupfte sich die geröteten Augen ab. »Ich warte ab, ob er auf meine SMS antwortet.«

Jazz stand auf, um das Kerngehäuse des Apfels in den Papierkorb zu werfen. Sie wünschte sich so sehr, mit Tim sprechen zu können. Ohne ihr Telefon fühlte sie sich von der Welt abgeschnitten, und die Tage bis zum Ende des Halbjahres erstreckten sich vor ihr wie eine Ewigkeit. Aber wenigstens hatten Vicki und sie sich versöhnt.

Zwei Tage später beruhigte sich die Lage zu ihrer Erleichterung: Tiger und Vicki waren wieder ein Paar. Kurz darauf kündigten die beiden Jungen an, sie seien ausgewählt worden, in der Klasse der unter Einundzwanzigjährigen bei den Weltmeisterschaften anzutreten, und würden am ersten Ferientag nach England aufbrechen.

»Jetzt sehe ich Tim überhaupt nicht mehr«, jammerte Jazz, die sich sofort hundeelend fühlte. Sie war ziemlich sicher gewesen, den Großteil der Ferien in Hunter Valley zu verbringen, was nach der erzwungenen Trennung und Funkstille himmlisch gewesen wäre. Außerdem hätte sie sich auf diese Weise weitere Standpauken von Amelia und Poppys tadelndes Schweigen erspart.

In den nächsten Wochen drückte sie sich niedergeschlagen herum, gab patzige Antworten und ließ die Schule schleifen. Eine Woche vor den Ferien kam Vicki nach der Morgenandacht, einen Umschlag schwenkend, auf Jazz zugelaufen. Ihre Augen funkelten.

»Rate mal, was ich hier habe!«

»Dein Zeugnis mit lauter Einsen?«

»Karten für *Starlight Express*. Vier, um genau zu sein. Und weißt du, wen ich einladen werde mitzukommen?«

»Karten? Wann? In den Ferien?«, merkte Jazz auf.

»Morgen Abend! Tiger hat sie mir gestern Abend gebracht.«

Die Enttäuschung stand Jazz ins Gesicht geschrieben. »Wie schön für dich«, meinte sie und wandte sich ab.

»Für dich auch! Ich habe Tim gesagt, dass du mitkommst. Du musst einfach«, flehte Vicki.

»In den Ferien wäre es richtig super, aber ich kann nicht, Vicki. Ich darf das nicht riskieren. Das Halbjahr endet erst in einer Woche. Wenn ich Mist baue, streicht Dad mir das Taschengeld. Oh, ich wünschte, das Leben wäre nicht so grausam«, stöhnte sie.

»He, was ist aus deiner Abenteuerlust geworden?«

»Das Halbjahr endet erst in einer Woche«, wiederholte Jazz. Ihre Gedanken überschlugen sich. »Aber vielleicht gibt es eine Möglichkeit«, fügte sie hinzu.

Im nächsten Augenblick ertönte der Gong. Jazz schulterte ihre Schultasche, hakte Vicki unter und ging mit ihr in den Unterricht. Zwischen den Stunden erläuterte sie rasch ihren Plan. Die Mahlzeiten bedeuteten ein kleines Problem. Doch sie hatte schon öfter die eine oder andere nahezu ohne Folgen ausfallen lassen. Außerdem waren ihre Mitschülerinnen daran gewöhnt, dass sie wegen ihrer vielen Zusatzaufgaben häufig fehlte. Ein weiterer Vorteil davon war, dass ihre Anwesenheit bei der abendlichen Lernstunde nicht kontrolliert wurde. Sie fürchtete nur, dass es der Hausmutter auffallen könnte, wenn sie über Nacht wegblieb.

»Die Hausmutter hat ihren freien Abend. Und sie hat die Zimmer der Obenstufenschülerinnen diesen Monat schon überprüft«, hielt Vicki Jazz vor Augen, während sie ihr Kleid und die Abendschuhe in ihrer Schultasche unter einer Strickjacke tarnte.

»Klar! Wenn ich mich also nach dem Unterricht und bei der Morgenandacht blicken lasse, müsste es hinhauen.« Vergnügt rieb Jazz sich die Hände.

Am folgenden Abend nach dem Essen ging sie brav in ihr Zimmer, vorgeblich, um zu lernen. Doch eine Viertelstunde später schlich sie sich vom Schulgelände, sprang in Vickis wartendes Auto und fuhr mit zu ihr nach Hause.

Zur großen Erleichterung der Mädchen war Vickis Mum bereits zu ihrer wöchentlichen Bridgerunde aufgebrochen, sodass sie sich die Erklärung für Jazz' plötzliches Erscheinen sparen konnten. Rasch zog Jazz das rosa Kleid an, das Tim so gut gefiel, und schlüpfte in ihre silbernen

Abendsandalen. Im nächsten Moment fuhr schon das Auto vor.

Jazz rannte den Flur entlang und warf sich in Tims Arme. Sie fand, dass er heute noch besser aussah als sonst. Als er Vicki ein Kompliment machte, wurde sie kurz von Eifersucht ergriffen, die sich jedoch sofort wieder legte, sobald er sie auf die Wange küsste und ihr den Arm um die Taille legte. Während sie zu ihm aufblickte, dachte sie, dass die heutige Nacht eine wunderbare Gelegenheit war, sich ihm endlich hinzugeben.

Starlight Express entpuppte sich als genauso spektakulär und aufregend, wie Jazz erwartet hatte. Als die Schauspieler in ihren funkelnden Kostümen auf Motorrädern über die Bühne und durchs Publikum rasten, konnte sie sich nicht entscheiden, ob die Vorstellung ewig dauern oder bald zu Ende sein sollte, damit sie Tim näherkommen konnte. Je länger sie neben ihm saß, desto mehr sehnte sie sich nach seinen Küssen und Berührungen.

Dann war das Musical vorbei. Die vier verließen, laut debattierend und Passagen aus den Liedern vor sich hin trällernd, das Theater.

»Also, Leute, Fish and Chips am Strand?«, fragte Tiger, als sie zwischen den anderen Zuschauern auf der zugigen Straße standen.

»Auf gar keinen Fall! Viel zu kalt«, protestierte Vicki. »Warum können wir nicht zu deinem Onkel und deiner Tante? Sie sind doch wieder verreist, oder?«, fügte sie mit einem wissenden Grinsen hinzu.

»Richtig«, erwiderte Tiger.

Beladen mit Pizzas, fuhren sie zum Haus von Tigers Verwandten, wo die Mädchen das Essen aufteilten und Tiger sich an der Hausbar seines Onkels bediente.

»Wusstet ihr eigentlich, dass der Pool beheizt ist?«, meinte Tiger nach einigen Drinks. Die leeren Pizzakartons waren beiseitegeschoben worden, und alle fühlten sich wohlig entspannt. »Warum schwimmen wir nicht eine Runde?«

»Ich bin dabei«, antwortete Vicki.

»Aber wir haben keine Badesachen mit«, wandte Jazz ein.

»Wen kümmert das?«, meinte Tiger.

Er ging hinaus und kehrte mit einem Stapel Handtücher zurück, die er mitten auf den Boden warf. Dann zog er sich aus, marschierte nackt zum Pool und sprang hinein.

»Das ist klasse, Leute. Kommt«, rief er und schwamm zum Whirlpool. Er kletterte aus dem Pool und legte den Hebel um, worauf das Wasser einladend zu blubbern begann.

Sofort zog Vicki ihr Kleid über den Kopf, öffnete ihren BH und ließ ihn zu Boden fallen. Danach schlüpfte sie unbefangen aus ihrem Spitzenhöschen.

»Also, kommt ihr jetzt oder nicht?«, fragte sie, als sie splitternackt vor Tim und Jazz stand. Tim errötete leicht und konnte den Blick nicht von ihren Brüsten abwenden. Rasch stand er auf und entkleidete sich ebenfalls.

»Komm mit«, meinte er knapp zu Jazz und folgte Vicki nach draußen.

Jazz zögerte. Sie konnte nicht fassen, wie offen Tim die ungezwungene Vicki angegafft hatte. Das Glücksgefühl war plötzlich wie weggeblasen, als sie sich auszog, sich in ein Handtuch wickelte, um sich zu Tiger in den Whirlpool zu gesellen.

»Das ist eine Wucht«, jubelte Vicki, setzte sich auf Tiger und biss ihn spielerisch in die Brust.

Vorsichtig stieg Jazz ins Wasser. Doch anstatt sich mit ihr zu beschäftigen, starrte Tim weiter Vicki an, was Jazz' Unbehagen schürte. »Ich glaube, ich verzichte lieber, Leute. Es war ein langer Tag«, meinte sie ausweichend, kletterte aus dem Becken und eilte ins Haus, wo sie niedergeschlagen Platz nahm. Der Abend hatte so schön angefangen. Doch nun konnte sie nicht anders als über Vicki und Tim nachzugrübeln. Als sie aufblickte, stand Tim nackt und tropfnass in der Tür.

»Was ist los?«, erkundigte er sich.

»Nichts. Ich bin müde. Es war ein langer Tag. Hast du was mit Vicki?«, stieß sie hervor.

»Was?«

»Also hatte Tiger doch recht. Ihr habt etwas miteinander«, wiederholte Jazz und sah Tim unverwandt an. »Wenn sie dir besser gefällt als ich ...«

»Sei nicht albern. Hast du dir die beiden in letzter Zeit genauer angeschaut?«, antwortete Tim. »Selbst wenn ich Interesse hätte, was nicht der Fall ist, hätte ich nicht die geringste Chance.«

Als Jazz hinaus zum Pool blickte, lag Vicki eng umschlungen auf Tiger. Jazz drehte sich zu Tim um. Ihr Handtuch verrutschte und gab ihre weißen Brüste frei. Verlegen zog sie das Handtuch wieder hoch, allerdings erst, als er sich umwandte, um seine Hose zu suchen.

»Offenbar interessierst du dich doch für sie«, sagte Jazz vorwurfsvoll.

Tim schlüpfte in seine Hose und kam auf sie zu.

»Manchmal stehst du wirklich auf der Leitung«, meinte er und blieb dicht vor ihr stehen. »Du solltest aufhören zu grübeln und das Leben einfach – geschehen lassen.«

Jazz erstarrte. Einerseits wäre sie am liebsten in seine Arme gesunken, andererseits wusste sie nicht, warum er sich umgedreht hatte. Wieder verrutschte ihr Handtuch, doch diesmal ließ sie es zu Boden fallen.

»So?«, fragte sie schüchtern.

»Genau so«, seufzte Tim auf. Sanft nahm er sie in die Arme und küsste sie. Jazz erschrak, als sie die harte Ausbuchtung in seiner Hose spürte. Er fasste sie an der Hand und zog sie zum Sofa.

»Ich werde dich vermissen, wenn du weg bist«, murmelte sie voller Sehnsucht, während seine Finger über ihre nackten Schultern glitten. Doch als seine Hand zu ihrer Brust wanderte, empfand sie anstelle der erwarteten Begierde und dem Wunsch, mit ihm zu verschmelzen, nur Verlegenheit und Verwirrung. Sie machte sich los und strich sich eine Haarlocke aus den Augen.

»Was ist?«, fragte Tim.

»Nichts ... ich ...«

Tim brachte sie mit einem Kuss zum Schweigen und liebkoste ihre nackten Brüste.

Jazz wich zurück. »Warum hast du dich dann vorher umgedreht und angezogen?«, entfuhr es ihr.

Tim setzte sich auf. »Dreimal darfst du raten«, erwiderte er und wollte weiter ihre Brüste streicheln.

Jazz rutschte von ihm weg und verschränkte die Arme. »Es tut mir leid, Tim. Ich muss dich etwas fragen.«

Tim versuchte erneut, sie zu küssen.

»Es geht um …«, beharrte Jazz.

Tim rang die Hände. »Vicki! Zwischen uns läuft nichts. Warum tust du das?«, fügte er gereizt hinzu.

»Was?«

»Aus einer Mücke einen Elefanten machen.«

»Wo Rauch ist, ist auch Feuer«, zischte Jazz.

»Was soll denn das jetzt wieder heißen? Was treibst du für ein Spiel, Jazz? Was willst du von mir?«, rief Tim. »Den ganzen Abend empfange ich von dir Signale, dass du mich wirklich magst und willst – und sobald ich dich anfasse, fängst du mit irgendeiner dämlichen Äußerung an, die Tiger angeblich über Vicki gemacht hat. Hör auf damit.« Den Arm über die Augen gelegt, sank er gegen die Sofalehne.

Jazz hätte im Erdboden versinken können und war den Tränen nah. Sie versuchte, den Arm um Tim zu legen. »Es tut mir leid, Tim. Ich habe es nicht so gemeint. Ich wollte einfach nur sicher sein …«

»Es gibt keine Sicherheit, Jazz. Wann wirst du endlich begreifen, dass es im Leben nicht um Sicherheit geht. Ab und zu muss man auch etwas riskieren.«

»Etwas riskieren. Ist ja toll! Was glaubst du, was ich heute Abend getan habe?«, schrie Jazz, wich zurück und sah ihn böse an. Tim erwiderte verständnislos ihren Blick. Sie nahm das Handtuch und bedeckte damit ihre Brüste. »Die Schule. Eigentlich müsste ich schlafend in meinem Bettchen liegen. Wahrscheinlich werden sie mich rauswerfen, weil ich mit dir zusammen sein wollte.«

Tim lachte rau auf. »Hältst du es etwa für ein Risiko, eine Nacht bei einer Freundin zu verbringen? Wann wirst du endlich erwachsen?«, höhnte er. »Und nur zu deiner Information: Ich habe mich umgedreht, weil ich bei deinem Anblick einen Ständer gekriegt habe.«

»Oh«, antwortete Jazz verlegen.

Unschlüssig starrte sie ins Leere. Sie hatte doch nur die heikle Frage wegen Vicki klären wollen, aber offenbar hatte sie damit alles nur noch schlimmer gemacht. Sie beugte sich vor und küsste ihn vorsichtig erst auf die Wange, dann auf die Lippen.

»Tut mir leid. Manchmal verliere ich eben die Beherrschung«, flüsterte sie.

»Ich mag es, wenn du die Beherrschung verlierst«, meinte Tim, nahm ihr das Handtuch aus der Hand und zog sie an sich. »Und zwar sehr.« Er küsste sie zärtlich auf den Mund.

Diesmal erwiderte Jazz seinen Kuss. Ihre Befürchtungen wegen Vicki schwanden, als sie sich wieder küssten, und als Tim sanft die Hände über ihre weißen Schultern gleiten ließ und ihren Brustansatz liebkoste, sträubte sie sich nicht. Doch als er die Hand zwischen ihre Beine schieben wollte, murmelte sie eine Ausrede, entwand sich seinen Armen und machte sich auf die Suche nach ihrem Kleid. Zu ihrer Erleichterung erschienen Vicki und Tiger in der Tür.

»Es wird ein bisschen kühl draußen«, erklärte Vicki mit einem breiten Grinsen, sodass auch noch der letzte Rest von Jazz' romantischer Stimmung verflog. Die beiden verschwanden Händchen haltend im Haus, ohne die brodelnde Anspannung zu bemerken, die zwischen Jazz und Tim in der Luft lag.

Im Bett in Vickis Gästezimmer versuchte Jazz, den

Abend mit Tim Revue passieren zu lassen, doch sie wurde die Sorge nicht los, dass sie vielleicht alles verdorben hatte. Sie schlief unruhig und fühlte sich beim Aufwachen wie gerädert. Beim Anziehen und beim Frühstück sprachen die beiden Mädchen kein Wort.

Kurz vor der Morgenandacht trafen sie an der Schule ein und schlüpften, getrennt voneinander, mit den anderen Schülerinnen ins Gebäude. Nach der Morgenandacht kam eine Elftklässlerin auf Jazz zugelaufen.

»Da bist du ja! Wo warst du? Die Hausmutter ist außer sich. Sie hat den ganzen Jahrgang antreten lassen. Jetzt will sie dringend mit dir sprechen.«

»Mach nicht gleich so eine Panik«, entgegnete Jazz patzig, wurde jedoch von Entsetzen ergriffen. »Vermutlich, weil ich mir das Frühstück gespart habe«, meinte sie tapfer zu Vicki und ging auf schnellstem Wege zum Zimmer der Hausmutter.

»Wo waren Sie letzte Nacht?«, erkundigte sich die Hausmutter ruhig.

»Nirgendwo«, erwiderte Jazz in gespielter Überraschung.

»Jacinta, ich bin nicht auf den Kopf gefallen. Als gestern Schlafenszeit für die Oberstufe war, habe ich meine Runde gemacht. Dann noch einmal um zwei, weil sich eine Ihrer Mitschülerinnen nicht wohlfühlte. Und beide Male war Ihr Bett leer. Wir waren in großer Sorge.« Sie hielt inne.

»Ich habe bei einer Freundin übernachtet. Mir konnte nichts passieren«, räumte Jacinta widerwillig ein.

»Bei welcher Freundin und warum?«, fragte die Hausmutter.

»Das kann ich nicht sagen.«

Die Hausmutter seufzte ungeduldig auf.

»Sie müssen mir verraten, wo Sie gestern Nacht waren und was Sie getan haben, Jacinta.« Sie erntete nur Schweigen. »Gut, wenn Sie nicht reden wollen, bekommt eben die ganze Klasse Hausarrest.«

»Ich habe bei Vicki übernachtet«, gab Jazz mürrisch zu. »Sie hat nichts falsch gemacht«, fügte sie rasch hinzu.

»Das ist eine Frage der Betrachtungsweise. Gehen Sie und holen Sie Vicki. Ich muss mit Ihnen beiden sprechen.«

Jazz traf Vicki im Hauswirtschaftsunterricht an, wo sie gerade einen Salat zubereitete.

»Die Hausmutter will Vicki sofort sehen«, erklärte sie der Lehrerin.

»Was hast du ihr erzählt?«, wollte Vicki wissen, sobald sie vor dem Klassenzimmer waren.

»Ich habe versucht, dich rauszuhalten«, antwortete Jazz errötend.

Fünf Minuten später standen die beiden Mädchen vor der Hausmutter.

»Jacinta sagt, sie hätte die Nacht bei Ihnen verbracht. Ist das wahr?«

»Wir haben gelernt«, meinte Vicki und wich dem Blick der Hausmutter aus.

»Wenn ich Ihre Mutter anrufe, wird sie also bestätigen, dass Sie beide am gestrigen Abend zu Hause gewesen sind und gelernt haben?« Die Hausmutter zog die Augenbrauen hoch.

Vicky hob den Kopf. »Was interessiert es Sie, ob ich zu Hause war? Ich bin keine Internatsschülerin und Ihnen deshalb keine Rechenschaft schuldig.«

»Ich möchte Sie nicht verärgern, Vicky, sondern nur sicher sein, dass Sie sich nicht in Gefahr bringen«, erwiderte die Hausmutter freundlich.

»Das haben wir nicht. Wir haben nichts angestellt. Jazz ist meine Freundin. Sie musste mit jemandem reden. Deshalb ist sie zu mir gekommen. Wir haben ein langes Gespräch geführt und waren den ganzen Abend zu Hause.«

»Danke, Vicki. Ich bin froh, dass Jacinta wohlbehalten bei Ihnen zu Hause war. Ich werde Ihre Mutter anrufen, um mir Ihre Aussage bestätigen zu lassen. Wenn Sie und Jacinta gestern Abend zu Hause verbracht haben, gibt es keinen Grund zur Sorge.«

Jazz und Vicki wechselten einige ängstliche Blicke. Dann zuckte Vicki die Achseln. »Gut, vielleicht waren wir nicht den ganzen Abend zu Hause«, räumte sie widerstrebend ein. »Aber wir waren nicht in Gefahr.«

Das Lächeln der Hausmutter verflog. »Sie wussten beide ganz genau, dass Jacinta bis zum Ende des Halbjahrs Ausgehverbot hat. Ich werde Sie bei Mrs Cole melden«, fügte sie hinzu, womit sie die Erzieherin meinte, die in Jazz' Haus die Aufsicht führte.

»Warum hast du es ihr eigentlich verraten?«, zischte Vicki auf dem Rückweg zum Unterricht.

»Ich habe versucht, deinen Hals zu retten«, entgegnete Jazz. »Was können die uns schon groß tun?«

»Uns rausschmeißen«, antwortete Vicki schonungslos. »Eigentlich glaube ich nicht, dass Mrs Ashley den Mumm dazu hat, aber wer weiß. Jedenfalls wäre es heute nicht der einzige Grund, meinem Leben ein Ende zu bereiten.» Als sie Jazz' verständnislose Miene bemerkte, hielt sie inne.

»Ich habe mit Tiger Schluss gemacht. Es ging nicht anders. Es hat einfach nicht mehr geklappt zwischen uns. Jetzt kann alles nur noch besser werden. Bis später«, fügte sie gleichmütig hinzu und verschwand im Klassenzimmer.

»Wir werden niemals rausgeschmissen«, sagte sich Jazz.

Allerdings erhielt ihr Selbstbewusstsein einen argen Dämpfer, als ihre zuständige Erzieherin von der Angelegenheit erfuhr und sie und Vicki einzeln zur Direktorin zitiert wurden. Bekämen sie wieder eine Verwarnung, würden sie von der Schule verwiesen werden.

Dann rief auch noch Amelia an, um Jazz mitzuteilen, man habe sie in die Schule beordert. Außerdem wolle Danielle aus Dubai einfliegen.

In den nächsten beiden Tagen erwartete Jazz mit vor Anspannung zusammengekrampftem Magen die Ankunft ihrer Mutter. Sie wusste, dass sie ihre Eltern enttäuscht hatte. Sicher würden sie sich wegen ihres Verhaltens schämen. Tja, das geschah ihnen ganz recht. Warum hatten sie sich auch allein zurückgelassen?

»Warum musst du ständig Dramen veranstalten, die ich dann ausbügeln soll?«, schimpfte Danielle, noch bevor sie Jazz zur Begrüßung umarmt hatte.

»Wirst du dir je die Mühe machen, dir auch meine Seite der Geschichte anzuhören?«, gab Jazz patzig zurück, ohne ihre Großmutter eines Blickes zu würdigen.

Wortlos gingen sie zum Büro der Direktorin, wo sie von Mrs Ashley, dem Vorsitzenden des Schulausschusses und der Schulpsychologin erwartet wurden.

»Mrs Wakehurst, Mrs Newport, vielen Dank, dass Sie

gekommen sind«, begrüßte Mrs Ashley die beiden Frauen überschwänglich. »Ich bedaure es zutiefst, dass ich Sie von Ihren Verpflichtungen in Dubai abhalte, Mrs Wakehurst, doch seit Ihre Tochter Internatsschülerin ist, bereitet sie uns große Sorgen. Ich habe deshalb Mr Davis, den Vorsitzenden des Schulausschusses, und Mrs Grant, unsere Schulpsychologin, gebeten, dieser Besprechung beizuwohnen.«

Sie hielt inne, damit alle sich die Hand schütteln konnten.

»Obwohl wir Jacinta ausreichend Gelegenheit gegeben haben, sich richtig ins Zeug zu legen, unternimmt sie, wie ich fürchte, nichts, um sich auf die Abschlussprüfungen vorzubereiten, und zeigt auch keinerlei Bereitschaft, sich an die Regeln zu halten. Der letzte Punkt ist der Grund, warum ich dieses Treffen anberaumt habe. Jacinta hat sich nun schon den zweiten schweren Verstoß gegen die Schulordnung in nur einem Halbjahr geleistet.«

Wie erstarrt lauschte Jazz dem Wortschwall der Direktorin und fühlte sich wie eine Zuschauerin in einem Theaterstück, in dem für sie keine Rolle vorgesehen war. Als der Vorsitzende des Schulausschusses das Medienecho erwähnte, das der verkleidete Wetterhahn ausgelöst hatte, hätte sie beinahe laut losgelacht. Ständig schweifte sie gedanklich ab, hätte sich am liebsten in Luft aufgelöst und hatte Schwierigkeiten, dem Gespräch folgen.

»Wie Sie wissen, Mrs Newport, geht uns die Sicherheit unserer Schülerinnen über alles, weshalb ich nicht den Eindruck erwecken möchte, dass wir nachlässig mit den uns anvertrauten Mädchen umgehen«, verkündete der Ausschussvorsitzende. »Leider scheint Jacinta nicht zu begreifen, dass die Regeln nur zu ihrem Besten sind. Der letzte Zwischenfall, also das nächtliche Fernbleiben, ohne jemanden davon in Kenntnis zu setzen, ist schlichtweg unverzeihlich. Deshalb halten der Schulausschuss und Mrs Ashley es ebenso wie unsere Kollegin Mrs Grant für das Beste und in Jacintas Interesse, sie sofort von der Schule zu entfernen, damit sie ihre Ausbildung in einem passenderen Umfeld fortsetzen kann. Das heißt, dass sie in diesem Jahr nicht die Abschlussprüfung bei uns ablegen wird.«

Amelia und Danielle schnappten unwillkürlich nach Luft.

»Aber man könnte doch ...«, begann Danielle.

»Wir wissen die Unterstützung, die Sie und Ihre Familie unserer Schule angedeihen ließen, wirklich zu schätzen. Deshalb bedauern wir es sehr, Jacintas Aufenthalt beenden zu müssen. Wie Ihnen sicher klar ist, ist uns diese Entscheidung nicht leichtgefallen«, meinte Vera Ashley. »Ich wünsche, dass sie ihre Sachen packt und die Schule noch heute Abend verlässt.«

Sie erhob sich.

»Wir sind sehr enttäuscht, dass es so weit kommen musste, doch wir halten es für die sinnvollste Lösung für alle Beteiligten.«

Als Jazz das Büro verließ, fühlte sie sich schwindelig und sah alles durch einen Nebel.

»Abschlussprüfungen sind nicht das ganze Leben«, verkündete sie auf dem Weg zum Manly House. »Schaut euch nur die vielen Prominenten an, die es auch ohne zu etwas gebracht haben«, fügte sie tapfer hinzu und versuchte, nicht darauf zu achten, dass Danielle sich verstohlen die Augen abtupfte.

»Wie konntest du das nur tun?«, fragte Danielle mit schwacher Stimme.

»Am besten helfen wir dir, deine Sachen einzusammeln«, meinte Amelia sachlich. »Ich glaube, das gehört dir.« Sie reichte Jazz ihr Mobiltelefon, das die Direktorin ihr beim Abschied ausgehändigt hatte.

Wortlos nahm Jazz es entgegen und zog die Strickjacke fester um sich. Das Problem war weder der Rauswurf noch die Abschlussprüfung, ja, nicht einmal der Zorn ihrer Mutter. Am meisten graute ihr vor dem enttäuschten Gesicht ihres Vaters.

»Du weißt doch, dass ich noch nie eine gute Schülerin war«, teilte sie ihrer Mutter mit und stürmte dann nach oben in ihr Zimmer.

Die Fahrt zu ihrer Großmutter verlief in angespanntem Schweigen.

»Ich bin froh, die Schule und diesen ganzen Müll endlich hinter mir zu haben«, verkündete Jazz, als sie nach der Ankunft aus dem Auto sprang.

Beim Anblick des Hauses begann ihr Herz ängstlich zu klopfen, aber sie schob das Gefühl beiseite. Bei der ersten Gelegenheit rief sie Vicki an und stellte fest, dass auch sie der Schule verwiesen worden war. Allerdings freuten sich Vickis Eltern, nun das Schulgeld sparen zu können. Welche Folgen es für Vicki haben würde, dass sie keinen Schulabschluss hatte, schien sie nicht zu interessieren.

»Wenn es ihnen egal ist, braucht es mich auch nicht zu

kümmern. Das alles ist doch einfach nur zum Totlachen«, meinte Vicki und legte auf.

Später am folgenden Nachmittag stürmte Jazz, verärgert über die Kammer, die sie nun als ihr Zimmer bezeichnen musste, und erschöpft nach einem weiteren Streit mit ihrer Mutter, aus der Küche in den Garten hinaus. Sie wünschte sich ganz weit weg. Für sie war das Haus nach wie vor eine Ruine, und um das Maß vollzumachen, hatte ihre Mutter verkündet, es werde dieses Weihnachten keine Vergnügungsreise nach Dubai geben.

In ihrer Tasche vibrierte das Mobiltelefon. Jazz holte es heraus, und ihr Herz machte einen Satz, als sie feststellte, dass Tim ihr eine SMS geschickt hatte. Doch beim Lesen des Textes erstarrte sie schlagartig.

»Mit uns ist es aus. Ich bin mit Vicki zusammen. Ruf nicht an und schreib nicht.«

Wie betäubt sank Jazz auf die Steinmauer und versuchte nachzudenken. Aber ihr Verstand war wie leer gefegt. Noch einmal betrachtete sie den winzigen Bildschirm. Die Nachricht hatte sich nicht verändert. Die schonungslosen und kränkenden Worte blinkten ihr ungerührt entgegen. Ungläubig wählte sie Tims Nummer. Das Telefon läutete zwar, doch die Verbindung brach sofort ab. Jazz überprüfte den Empfang – daran konnte es nicht liegen. Zorn stieg in ihr hoch. Nach dem dritten Versuch rief sie Vicki an.

»Hallo, Jazz. Genießt du die Freiheit?«, erkundigte sich Vicki fröhlich.

Jazz musste die Tränen zurückdrängen, die plötzlich in ihr aufstiegen. »Stimmt es? Du und Tim?«, stieß sie hervor.

»Oh, hat er es dir erzählt? Du wusstest es doch ohnehin.

Tu nicht so. Das war ja nicht zu übersehen. Und andere Mütter haben auch schöne Söhne. Es kann nur besser werden«, fügte sie lachend hinzu. »Und wie gefällt es dir im Café auf dem Lande?«

Fassungslos starrte Jazz auf das Telefon und beendete schließlich das Gespräch. Ganze zehn Minuten saß sie da und blickte entsetzt ins Leere. Das war viel schlimmer als alle Standpauken von Mrs Ashley zusammen! Vicki! Ihre Freundin – ehemalige Freundin. Wie konnte sie ihr so etwas antun? Sie hatte ihr vertraut. So viel hatten sie zusammen erlebt. Und nun ging sie mit Tim. Ohne sich etwas dabei zu denken.

Eine lautlose Träne kullerte Jazz die Wange hinunter. Sie wischte sie ärgerlich weg. Wie benommen stand sie auf, setzte sich wieder und erhob sich erneut. Nachdem sie ihr Telefon zornig gemustert hatte, schleuderte sie es so weit wie möglich ins Gebüsch, nur um kurz darauf auf der Suche danach hinterherzukriechen.

»Jazz, du musst deine Sachen aus dem Flur wegräumen. Du versperrst allen den Weg«, rief Danielle und trat aus dem Haus. »Was machst du denn da?«, fügte sie hinzu, als Jazz unter einem Busch hervorkam.

»Nichts«, erwiderte Jazz rasch, wischte das Telefon an ihrer Jeans ab und steckte es ein.

»Du bist ja so blass. Fehlt dir etwas?«

»Warum musst du immer um mich herumglucken? Flieg doch wieder nach Dubai«, zischte Jazz.

Sie stürmte an ihrer Mutter vorbei ins Haus und fing an, hektisch an den Koffern herumzuzerren. Durchgeschwitzt und erschöpft ließ sie sich dann aufs Bett fallen, betrachtete das vollgestopfte Zimmer und trat nach einem Pappkarton. Nach einer Weile nahm sie einen Stoß Zeitschriften, die sie aus der Schule mitgebracht hatte, aber nun wegwerfen wollte, und ging damit den Flur entlang. Die Küchentür stand einen Spaltweit offen. Die Stimme ihrer Großmutter wehte zu ihr hinaus.

»Eines Tages musst du es ihr sagen.«

»Nein, muss ich nicht. Sie soll es nie erfahren«, entgegnete ihre Mutter aufgebracht. »Es ist zu kompliziert. Besser, wir lassen alles so, wie es ist.«

»Wem was sagen?«, fragte Jazz und trat in die Küche. Danielle, die am Tisch saß und Amelia beim Kochen zusah, sprang sofort mit schuldbewusster Miene auf.

»Nichts, was dich etwas angeht. Ich erledige das«, fügte sie hinzu. Sie stieß Amelia beinahe zur Seite und fing an, Eier in einer Schale aufzuschlagen.

»Zum Abendessen gibt es Rührei und Spinat. Hast du Hunger?«, erkundigte ihre Großmutter sich freundlich.

6

Jazz wurde vom Licht geweckt, das in die Veranda strömte. Sobald sie die Augen aufschlug, kehrte das flaue Gefühl, ausgelöst von Tims niederschmetternder SMS und Vickis gleichgültigen Bemerkungen, zurück. Ihre Mutter war am vergangenen Nachmittag wieder nach Dubai geflogen. Niedergeschlagen sah Jazz sich in dem winzigen Raum um, der nun ihr Zimmer war und wo sich ungeöffnete Kartons mit ihren Besitztümern türmten. Ihre Kleider von gestern lagen in einem Haufen auf dem Boden. Sie hörte, wie ihre Großmutter irgendwo im Haus herumhantierte.

Jazz zog die Decke über den Kopf und schloss die Augen. Als sie versuchte einzuschlafen, gingen ihr traurige Gedanken im Kopf herum. Schließlich nickte sie dennoch ein und wurde einige Stunden später davon geweckt, dass ihre Großmutter an die Tür klopfte.

»Da du gestern Abend so müde warst, habe ich dich durchschlafen lassen. Gleich gibt es Mittagessen. Möchtest du dich zu uns setzen?«, fragte Amelia und steckte den Kopf zur Tür herein.

»Nein danke«, murmelte Jazz unter der Decke hervor.

Ihre Großmutter ging und schloss leise die Tür hinter sich.

Zur Teezeit stand Jazz endlich auf, schlurfte mit zerzaustem Haar und im Pyjama in die Küche und machte sich ein Erdnussbutterbrot. Das schmutzige Messer und das mit Krümeln und Erdnussbutter bedeckte Brettchen ließ sie liegen. Dann schleppte sie sich hinaus in den Garten, wo sie sich auf eine Bank setzte und in das Brot biss. Ein paar Meter entfernt saß ein älteres Paar auf Amelias und Poppys neuen schmiedeeisernen Möbeln und trank Tee. Der Mann winkte Jazz lächelnd zu. Doch Jazz wandte sich ab und kaute weiter. Sie fühlte sich wie betäubt.

Ihre Großmutter erschien in der Tür.

»Hast du gut geschlafen?«, fragte sie und musterte ihre Enkelin missbilligend. »Warum duschst du nicht, ziehst dich an und packst endlich deine Sachen aus? Ich würde dir ja gern helfen, aber ich muss für morgen backen.«

Jazz brummelte etwas vor sich hin und ging ins Haus. Doch zurück in ihrem Zimmer, gelang es ihr einfach nicht, etwas Sinnvolles zu tun. Stattdessen legte sie sich wieder ins Bett, stöpselte Ohrhörer ein und starrte an die Decke.

Beim Abendessen war es das Gleiche. Jazz schützte Müdigkeit vor und weigerte sich, ihren Großeltern Gesellschaft zu leisten. Als sie gegen Mitternacht bemerkte, wie hungrig sie war, schlich sie sich in die Küche, nahm sich etwas zu essen und eine große Flasche Cola aus dem Kühlschrank und ging wieder in ihr Zimmer.

Die nächste Woche verbrachte Jazz trotz der freundlichen Aufforderungen ihrer Großmutter, endlich aufzustehen und ihr Zimmer aufzuräumen, und Poppys missbilligenden Schweigens zum Großteil im Bett. Wenn sie doch einmal erschien, schlurfte sie im Pyjama durchs Haus, antwortete nur mürrisch und einsilbig und hinterließ überall Unordnung. Schließlich, beim Abendessen am folgenden Sonntag, riss Amelia der Geduldsfaden. Die bis jetzt geschäftigste Woche im *Kookaburra* lag hinter ihr. Es gab immer noch keine funktionierende Spülmaschine, und das Mädchen, das im Café aushalf, war nicht zur Arbeit erschienen. Auf einem der Gartentische, den Jazz mit Marmelade bekleckst hatte, wimmelte es nun von Ameisen.

»Du kannst nicht im Schlafanzug herumlaufen, Jacinta. Wir betreiben ein Geschäft. Ist dir nicht klar, welchen Eindruck dein Verhalten auf unsere Gäste macht? Du benimmst dich egoistisch und gedankenlos. In Zukunft stehst du um eine vernünftige Uhrzeit auf, duschst und kümmerst dich um dein Zimmer. Du wohnst nicht im Hotel.«

»Deine Großmutter meint damit, dass sie sich freuen würde, wenn du endlich etwas zum Haushalt beiträgst«, fügte Poppy hinzu und blickte von seiner Rindfleischpastete auf. »Das bedeutet, wie sie bereits sagte, dass du aufstehst, dich anziehst, deine Hilfe anbietest und dich höflich benimmst.« Er widmete sich wieder seinem Teller.

Jazz blickte ihre Großeltern schmollend und voller Zorn an. Dann schob sie mit hochroten Wangen ihren Teller weg.

»Ich habe keinen Hunger.«

Mit diesen Worten sprang sie auf, rannte in ihr Zimmer und knallte die Tür zu.

Am Vormittag des folgenden Tages kam Jazz vollständig angezogen in die Küche. Sie füllte eine Schale mit Frühstücksflocken, schlüpfte hinaus und setzte sich in einer Ecke der Veranda auf eine Bank. Nachdem sie aufgegessen hatte, sah sie sich im Garten um. Von ihrer Großmutter oder Cafégästen fehlte jede Spur. Gehorsam brachte sie die Schale zurück in die Küche, spülte sie, trocknete sie ab und schlenderte anschließend herum. Poppy war gerade damit beschäftigt, ein Blumenbeet umzugraben. Lamington lag neben ihm in der Sonne. Als Jazz sich näherte, schlug der Hund ein Auge auf und wedelte mit dem Schwanz. Mit verschränkten Armen und ausdrucksloser Miene beobachtete Jazz, wie Poppy sorgfältig die Erdschollen wendete und den Boden mit dem Rechen glättete. Nach einer Weile drehte er sich um.

»Guten Morgen, Jacinta. Ich habe dich gar nicht gesehen. Ist das nicht ein wunderschöner Tag?«, meinte er freundlich.

Jazz brummte nur etwas. »Was willst du pflanzen?«, erkundigte sie sich schließlich.

»Diese kleinen Schätzchen hier«, erwiderte Poppy und wies auf eine Kiste mit Setzlingen. »Rosmarin, Oregano, Schnittlauch, Majoran.«

Für seine zweiundachtzig Jahre war Poppy bemerkenswert rüstig und gut in Form. Schweigend sah Jazz zu, wie er die Pflänzchen vorsichtig aus den Töpfen nahm, sie teilte und die Setzlinge in die fruchtbare, frisch umgegrabene Erde pflanzte. Danach trat er einen Schritt zurück, um das Ergebnis zu begutachten.

»In gewisser Weise kann ich deine Gefühle verstehen«, begann er, lehnte sich auf seinen Spaten und richtete sich auf. »Es ist kein Spaß, wenn die ganze Welt plötzlich kopfsteht. Als ich so alt war wie du, ist mir etwas Ähnliches passiert. Mein Zuhause war fort, meine Familie ebenfalls, und das alles ohne Vorwarnung. Natürlich war das während des Krieges.« Er seufzte auf. »Das Leben ist schon sonderbar. Kein Wunder, dass du zornig und aufgebracht bist. Reich mir mal die Harke rüber.«

Jazz' Schultern entspannten sich ein wenig. Im nächsten Moment schien es, als sei in ihr ein Damm niedergerissen worden. Es kostete sie Mühe, nicht in Tränen auszubrechen, so erleichtert war sie, dass sie tatsächlich jemand verstand und nachvollziehen konnte, was sie durchmachte. Beinahe hätte sie ihm von Tim und Vicki und ihrer inneren Leere und Verwirrung erzählt. Doch sie verkniff es sich, da sie befürchtete, dadurch das Thema Schulausschluss wieder aufs Tapet zu bringen.

»Ich weiß, dass ich nicht vollkommen bin«, sagte sie stattdessen. »Aber ich wünschte, es würden mich nicht alle wie ein behindertes Kind behandeln. Ich kann nämlich eine ganze Menge.«

»Und wen meinst du mit ›alle‹?«

»Mum, meine Lehrerinnen und Oma Amelia. Niemand traut mir etwas zu.«

»Hm«, brummte Poppy und harkte weiter sein Kräuterbeet.

Seufzend blickte Jazz sich um.

»Dieses Haus ist so klein! Wie haltet ihr es nach eurer wunderschönen Villa in Blue Mists bloß aus, hier zu wohnen?«, fragte sie.

Poppy richtete sich auf und überlegte eine Weile.

»Deine Großmutter macht es glücklich. Seit ich sie kenne, wünscht sie sich, ein Café zu führen. Und mich kümmert es nicht, wo ich lebe, solange ich nur meinen kleinen Garten habe. Es ist nett in Come-What-May. Das genügt mir. Möchtest du mir beim Pflanzen helfen?«

Zum Glück spielte Poppy nicht auf ihr Verhalten im vergangenen Monat an. Jazz nahm den Behälter mit den Setzlingen und lauschte, als er ihr erklärte, wie man sie teilte und pflanzte. Nachdem sie den Topf auf Kriechgetier untersucht hatte, drehte sie ihn um, worauf ihr Erde und Setzlinge durch die Finger rutschten.

»Oh, entschuldige«, rief sie.

»Heb sie einfach wieder auf«, wies Poppy sie an und ging ihr dabei zur Hand. »Zum Glück sind sie ziemlich robust«, ergänzte er.

Hochrot vor Verlegenheit sammelte Jazz die Setzlinge ein und legte sie auf die umgegrabene Erde. Beim nächsten Behälter sah sie sich besser vor. Sanft drückte sie die Setzlinge in zwei ordentlichen Reihen in den Boden und kauerte sich dann, stolz auf ihre Leistung, auf die Fersen.

»Woher nimmst du nur deinen Tatendrang?«, erkundigte sie sich nach einer Weile.

»Meinst du, weil ich ein alter Krauterer und über achtzig bin? Ich liebe das Leben, Jazz. Da es das einzige ist, das wir haben, versuche ich, das Beste daraus zu machen.«

»Aber warum bist du immer so glücklich?«, hakte sie nach.

»Ebenfalls, weil ich das Leben liebe. Ich habe auch schon seine weniger schönen Seiten gesehen. Schau dich um. Schau dir an, wo wir wohnen. Es ist so idyllisch, so friedlich, so erfüllend.«

»So ruhig und langweilig soll das wohl heißen.«

»Warum gehst du nicht mit Lamington spazieren? Er braucht Bewegung«, schlug Poppy vor, ohne sich davon beirren zu lassen, und wies mit dem Kopf auf den schlafenden Labrador.

Als Lamington das Wort »spazieren« hörte, setzte er sich sofort auf und wedelte mit dem Schwanz.

»Geh und erkunde diese wundervolle Welt. Erschnuppere sie, ertaste sie, erspüre sie. Ich garantiere dir, dass du dich dann besser fühlst«, sprach Poppy weiter. »Von hier führt ein hübscher Weg zum Strand. Wenn du Lust hast, kannst du ja den Pfad die Klippe hinauf zum alten Leuchtturm nehmen. Lamington gefällt die Idee offenbar auch, oder, alter Junge?«

Jazz seufzte auf. Die schlichte Weltsicht ihres Großvaters war ihr rätselhaft.

»Komm, Hund, wir wollen tun, was der Mann sagt«, erwiderte sie bemüht scherzhaft, um ihr Unbehagen zu überspielen. Sie ging ins Haus, um die Leine zu holen. Lamington folgte ihr begeistert hechelnd.

Wenn Jazz aus dem Wohnzimmerfenster des *Kookaburra* spähte, konnte sie durch die Bäume einen Blick auf die Bucht erhaschen. Sie schlenderte die ruhige Dorfstraße entlang und war erstaunlich guter Stimmung. Lamington trottete vergnügt neben ihr her. Als sie den ausgetretenen Pfad erreichte, der über ein kleines Stück Buschland führte, hatte sich ihre Laune schon erheblich gebessert.

Zwischen den Bäumen fühlte man sich wie in einer anderen Welt. Es war kühl und dämmrig, und da sich kein Lüftchen regte, auch erstaunlich still. Jazz konnte sich nicht erinnern, je eine solche Stille erlebt zu haben. Ehrfürchtig schaute sie sich um und hörte das Klopfen ihres eigenen Herzens, ihre Atemzüge und das Tappen von Lamingtons Pfoten auf dem Boden. Es war, als führe der Busch ein Eigenleben. Jazz wagte kaum weiterzugehen, um ihn bloß nicht zu stören.

Sonnenstrahlen fielen durch die Äste, fingen jedes Staubteilchen ein, ließen die graugrünen Blätter der Eukalyptusbäume silbrig schimmern und funkelten auf den Farnen am Fuße der Stämme. Als im Unterholz ein Zweig knackte, zuckte Jazz zusammen und stieß im nächsten Moment einen Schrei aus, weil sie in ein Spinnennetz geraten war. Sie unterdrückte ein hysterisches Auflachen, wischte die Spinnweben ab und setzte ihren Weg fort.

Ein Vogel sang in einem Baumwipfel, und Jazz sah etwas Grünes aufblitzen, als ein anderer durchs Geäst flatterte. Ein kleines Tier huschte im Dickicht umher. Plötzlich ängstlich, zog Jazz Lamington eilig den Pfad entlang ins grelle Sonnenlicht. Vor ihr beschrieb der Fishermen's Beach eine sanfte Kurve innerhalb der kleinen Bucht. An manchen Stellen erstreckte sich der Busch bis hinunter zum Strand.

»Das schaut gut aus, Hund«, verkündete Jazz. Vorsichtig umrundete sie mit Austernschalen überkrustete Felsen und Gestein, bis sie den weichen gelben Sand erreicht hatte. Links konnte sie Hausdächer über die Baumkronen ragen sehen. Als sie sich schützend die Hand über die Augen hielt und sich weiter umblickte, entdeckte sie den Leuchtturm, den Poppy erwähnt hatte. Die felsige Landzunge, auf der er stand, fiel in flachen Steinplatten zum Wasser hin ab. Zwei optimistische Angler standen dort und hielten ihre Angelruten in die Brandung.

Jazz ließ Lamington von der Leine und bückte sich, um aus dem von der Flut angeschwemmten Treibholz ein Stöckchen auszuwählen. Sie warf es in Richtung Meer und beobachtete, wie Lamington fröhlich hinterherlief. Dann schlenderte sie zum Strand hinunter, atmete die frische

Meeresluft ein und suchte im Geröll nach hübschen Muscheln, wie sie es so oft in Palm Beach getan hatte. Sie hob eine nahezu makellose Austernschale mit blau-grün schillerndem Perlmutt auf und fuhr mit dem Finger über die glatte Innenseite. So plötzlich, wie ihre Laune sich gebessert hatte, wurde sie wieder von tiefer Niedergeschlagenheit gepackt. Zu vieles erinnerte sie an ihr altes Zuhause und ihr altes Leben. Und doch war es völlig anders.

Überwältigt von der Enttäuschung über den Verrat ihrer Freunde, sank Jazz auf einen Felsen. Wie hatten sie ihr so etwas antun können? Warum hatte sie nichts davon bemerkt?

Sie schlug die Hände vors Gesicht und brach in Tränen aus. Ihre Schultern zuckten, und heiße Tränen rannen ihr übers Gesicht, als sie ihren wochenlang aufgestauten Gefühlen freien Lauf ließ. Während Möwen über ihr kreisten, wich ihr Hass auf Tim und Vicki einem Zorn auf ihre Großmutter, der sie anscheinend völlig gleichgültig war. Da schob sich mitten in ihrer Verzweiflung eine kalte, feuchte Nase durch ihre Finger, und eine warme Zunge leckte ihre salzigen Wangen.

Jazz fuhr hoch.

»Ach, Hund«, seufzte sie, schluchzte laut auf und begann wieder zu weinen. Winselnd stupste Lamington sie mit der Schnauze an und legte ihr dann den Kopf auf den Schoß. Jazz lächelte ihn unter Tränen an und streichelte sein weiches, warmes Fell. »Du verstehst mich, oder?«, flüsterte sie mit vor Trauer zugeschnürter Kehle.

Eine Weile saßen sie so da. Jazz' Finger glitten langsam durch Lamingtons Fell, seine Schnauze ruhte auf ihrem

Schoß, und die Wellen schlugen an den Strand. Schließlich beugte sich Jazz mit einem Seufzer vor, küsste Lamington auf den Kopf und stand auf.

»Lass uns nach Hause gehen, Lamington«, sagte sie und leinte ihn an. »Nach Hause.«

Nun hatte sie es endlich ausgesprochen. Ja, im Moment war es ihr Zuhause, und vielleicht würde es ja gar nicht so schlimm werden. Froh über sein wortloses Verständnis und seine Gesellschaft, betrachtete sie den Hund neben sich. Während sie durch den kühlen, dämmrigen Busch schlenderten, dachte Jazz über die Worte ihres Großvaters nach. Das Leben! Auch wenn es ihr nicht gelingen würde, immer glücklich zu sein, hatten der weite Strand und der friedliche Busch sie heute ein wenig beruhigt.

Bei ihrer Ankunft im *Kookaburra* fand sie ihre Großmutter völlig aufgelöst vor. Ein Reisebus voller hungriger Senioren war überraschend eingetroffen. In den nächsten Stunden war Jazz damit beschäftigt, Geschirr zu spülen und abzuräumen. Sie versuchte auch, sich nicht zu ärgern, wenn die Gäste sie herumkommandierten. Am Abend war sie so müde, dass sie nicht einmal mehr die Kraft hatte zu widersprechen.

Am nächsten Morgen wurde sie bei Sonnenaufgang von einer kalten, feuchten Schnauze geweckt, die sich unter die Bettdecke und in ihr Gesicht schob.

»Verschwinde, Lamington«, schimpfte sie und versetzte dem Hund einen Schubs. Doch Lamington blieb beharrlich, wedelte mit dem Schwanz, bis er an Wand und Bett schlug, und winselte und hechelte dabei abwechselnd.

»Gut, du hast gewonnen«, rief Jazz schließlich lachend

und warf die Decke beiseite. Sie zitterte in der kalten Morgenluft, als sie den Pyjama auszog und in Shorts und T-Shirt schlüpfte. »Gehen wir Gassi«, meinte sie leise.

Während sie einen Pulli und Turnschuhe anzog, fragte sie sich, warum sie nach der Pfeife eines Hundes tanzte. Allerdings waren der Sonnenaufgang und der Frühnebel, der zwischen den Bäumen hing, so wunderschön, dass sie nicht widerstehen konnte. Von da an war ein frühmorgendlicher Spaziergang mit Lamington Jazz' Start in den Tag.

Ende September brachte Lauren einen Jungen zur Welt, den sie Brendan nannte. Die ganze Familie flog nach Queensland, um die Geburt zu feiern. Danielle, die ihrer Tochter mit dem Baby helfen wollte, blieb ein wenig länger.

Eines Morgens Anfang Oktober ging Jazz, wie immer voller Vorfreude, durch den ihr inzwischen vertrauten Busch. Sonnenstrahlen drangen durch die Eukalyptusbäume, die im dunstigen Licht silbrig schimmerten. Tautropfen funkelten in riesigen Spinnennetzen. Ein aufgeschrecktes Känguru hüpfte durchs Gebüsch davon, und ein grünes Aufblitzen in den Bäumen zeugte von den Papageien, die sich dort tummelten. Im nächsten Moment sah Jazz den Kookaburra auf dem Boden. Während sie ihn beobachtete, rührte sich der Vogel nicht von der Stelle, und als er mit den Flügeln schlagen wollte, stellte Jazz fest, dass er verletzt war.

»Sitz, Lamington«, befahl sie dem Hund.

Dann zog sie ihr Hemd aus und näherte sich vorsichtig

dem Vogel. Nach einigen Versuchen gelang es ihr, ihn in das Kleidungsstück zu wickeln. Das kostbare Bündel auf dem Arm, trat sie zurück auf den Pfad. Sofort begann Lamington, sie schnuppernd und winselnd zu umkreisen.

»Sitz«, wiederholte Jazz. Nachdem sie den Kookaburra sorgfältig in ihr Hemd gehüllt hatte, ließ sie Lamington bei Fuß gehen. Die Leine hinter sich herschleifend, folgte der Hund ihr gehorsam nach Hause. Jazz machte sich sofort auf die Suche nach Poppy und traf ihn in der Gartenlaube an.

»Bring ihn zum Tierarzt. Hoffentlich kann er ihn retten«, sagte Poppy nach einem Blick in das Hemd.

In der kommenden Woche besuchte Jazz jeden Tag die Tierarztpraxis, um nach dem Kookaburra zu sehen. Sobald er sich einigermaßen erholt hatte, nahm sie ihn mit nach Hause. Langsam heilte sein Flügel. Der Vogel wurde mit der Zeit sehr zahm, und als er endlich wieder fliegen konnte, flatterte er sofort hinauf in einen der hohen Jacarandabäume. Danach kehrte er jeden Morgen zu Jazz zurück und ließ sich von ihr mit Hähnchenfleisch oder Wurststückchen füttern. Sie beschloss, ihn Hero zu nennen.

»Sieht aus, als hätten wir ein Familienmaskottchen«, witzelte Poppy, während er beobachtete, wie der Kookaburra Jazz aus der Hand fraß. »Verdammte streunende Katzen. Sie richten in der Natur großen Schaden an. Gut, dass du den Vogel gerettet hast.«

***

»Poppy ist wegen des Kookaburra sehr stolz auf dich«, meinte Oma Amelia, als sie und Jazz den Abendbrottisch abräumten. Erschöpft und immer noch verunsichert gegenüber ihrer Großmutter, die von früh bis spät mit dem Café beschäftigt war, brach Jazz prompt in Tränen aus.

»Ach herrje, sei nicht traurig. Er hat sich doch wieder gut erholt«, sagte Amelia. »Sicher war es ein Schock für dich, ihn in diesem Zustand zu finden.«

Sie legte Jazz den Arm um die Schulter, worauf das Mädchen noch heftiger zu weinen begann.

»Es ist nur ein Vogel, mein Kind«, murmelte Amelia verdattert.

Endlich verebbten Jazz' Schluchzer.

»Ich dachte, es wäre dir egal«, stieß sie hervor.

»Der Vogel?«, erkundigte sich Amelia, die noch immer nicht verstand.

»Nein, alles, was ich tue«, erwiderte Jazz unter Tränen.

Sofort legte ihre Großmutter die Spülbürste weg, zog die Gummihandschuhe aus und drückte ihre Enkelin an sich.

»Ach du dummes Gänschen. Natürlich interessiert mich das. Was bringt dich denn bloß auf diese Idee?«

Endlich konnte Jazz der Trauer und Verzweiflung Luft machen, die schon seit Wochen ihr Leben bestimmten. Vickis Verrat, Tims Gefühllosigkeit und ihre eigene Scham, weil sie aus einer teuren Privatschule geflogen war und die Abschlussprüfung versäumt hatte. Danielle, die immer noch böse auf Jazz war, hatte bisher keine andere Schule gefunden, an der sie die Prüfung nachholen konnte. Und irgendwann war das Thema in Vergessenheit geraten.

»Das Problem ist nicht, dass Dad mir das Taschengeld gestrichen hat und dass sie weggezogen sind. Auch nicht, dass ich jetzt hier wohnen soll. Ich habe Mum und Dad enttäuscht. Und dabei will ich ihnen doch Freude machen und möchte, dass sie zufrieden mit mir und stolz auf mich sind.«

»Das sind sie doch«, fiel Amelia ihr mit Nachdruck ins Wort.

»Aber du und Poppy, ihr hasst mich ...«

»Das ist ausgemachter Unsinn«, widersprach ihre Großmutter streng. »Poppy und ich haben dich sehr lieb. Und zwar schon immer. Auch deine Eltern lieben dich. Und wenn deine Freunde so mit dir umspringen, kannst du froh sein, dass du sie los bist. Was die andere Sache betrifft, die ist sie Schnee von gestern. Lass die Vergangenheit ruhen. Ich gebe dir ein paar Notfalltropfen mit wundervoll beruhigenden Blütenessenzen, damit du wieder ins Gleichgewicht kommst, und koche dir einen Kamillentee. Dann brauche ich deine Hilfe, weil ich für morgen Teekuchen backen muss. Glaubst du, du kannst ein paar Kuchenbleche für mich einfetten und mit Mehl bestäuben?«

Jazz wischte sich die Augen ab und lächelte zittrig. »Ich denke, das müsste zu machen sein, Oma.«

Um halb elf steckte Poppy den Kopf zur Küchentür herein. »Wenn meine Frauen glücklich sind, bin ich es auch«, verkündete er strahlend. Als Jazz um Mitternacht ins Bett fiel, fühlte sie sich ihren Großeltern so nah wie noch nie.

Einige Tage später erbot sie sich, Teekuchen für ihre Großmutter zu backen.

»Können wir diesmal pikante machen?«, fragte sie aufgeregt.

»Wenn du möchtest. Hol Petersilie und Schnittlauch

von Poppys Beet«, antwortete Amelia, froh über die Begeisterung ihrer Enkelin.

Jazz lief in den Garten und kehrte kurz darauf mit einem großen Strauß frischer Kräuter zurück.

»Wunderbar«, rief ihre Großmutter aus und nahm die Petersilie entgegen. »Ach herrje, Jazz«, fügte sie kurz darauf hinzu. »Du solltest nur ein paar Zweiglein abpflücken, nicht gleich die ganze Pflanze an der Wurzel ausreißen.«

»Oje«, erwiderte Jazz bestürzt.

»Davon haben wir mehr als genug«, meinte Poppy später, als sie ihm ihren Fehler beichtete. Jazz lächelte erleichtert.

Da die Spülmaschine endlich repariert war, musste Jazz nicht mehr ständig Geschirr spülen und hatte deshalb Zeit, ihrer Großmutter beim Backen zu helfen. Und sie stellte fest, dass es ihr großen Spaß machte. Ihr erster Versuch – Haferkekse – brachte ihr viel Beifall von den Cafégästen ein und war rasch ausverkauft. Allerdings entpuppte sich ihr erster Biskuitkuchen als Reinfall.

»Aber ich habe doch alles genauso gemacht, wie es in dem dämlichen Rezept stand«, schimpfte Jazz, während sie die festgebackenen Reste abkratzte und in den Mülleimer warf. Doch ein paar Tage später hatte sie mehr Erfolg damit.

»Warum belegst du keinen Kochkurs bei der Volkshochschule? Du hättest bestimmt Spaß daran«, schlug Amelia beim Zwiebelschneiden vor. Jazz zuckte die Achseln und fuhr fort, einen Kürbis zu schälen, denn sie waren gerade damit beschäftigt, die Tagessuppe zu kochen.

»Hol mir bitte ein bisschen Schnittlauch, Petersilie und

Rosmarin«, sagte Amelia und reichte Jazz die Küchenschere.

»Traust du mir das zu?«, fragte Jazz mit einem Grinsen.

»Los, verschwinde«, entgegnete ihre Großmutter.

Als Jazz an diesem Abend in ihr Zimmer kam, starrte ihr von der Wand eine riesige Spinne entgegen. Mit einem Aufschrei stürmte sie hinaus in den Flur und flehte Poppy an, ihr zu helfen.

Er gab ihr ruhig ein Geschirrtuch.

»Fang sie ein«, meinte er. »Du lebst auf dem Land. Spinnen sind nützliche Tiere.«

Jazz starrte ihn entsetzt an. Dann griff sie nach dem Geschirrtuch und marschierte in ihr Zimmer, wo sie sich vorsichtig an die Spinne heranpirschte und das Geschirrtuch über dem Insekt schweben ließ. Doch als die Spinne die Wand hinaufhuschte, machte Jazz einen Satz rückwärts. Der zweite Versuch endete genauso.

»Poppy, hilf mir! Sie bewegt sich.«

»Sie hat eine Todesangst vor dir«, erwiderte Poppy, der sich endlich erweichen ließ, und nahm ihr das Geschirrtuch ab. Nachdem er die Spinne eingefangen hatte, trug er sie vorsichtig nach draußen und setzte sie auf einen Rosmarinbusch. »Schau, so wird es gemacht.«

Jazz atmete erleichtert auf.

»Danke, Poppy! Du bist ein Schatz«, rief sie, sprang um ihn herum und drückte ihm einen raschen Kuss auf die Wange.

»Das behauptest du jetzt«, antwortete Poppy ruhig. Aber er machte ein sehr zufriedenes Gesicht.

7

Eines Morgens Anfang Dezember schlenderte Jazz mit Lamington zum Fishermen's Beach hinunter, als ein kräftiger Australischer Schäferhund bellend und schnüffelnd auf sie zugestürmt kam. Lamingtons Fell sträubte sich, und er blieb wie erstarrt stehen. Argwöhnisch umkreisten sich die beiden Hunde. Dann trottete Lamington zum Wasser. Der Schäferhund umtänzelte ihn kläffend.

»Keine Angst vor Reggie. Er will sich nur aufspielen«, rief eine Stimme.

Als Jazz sich umdrehte, sah sie eine schlanke Brünette, die ein knappes T-Shirt und weite Shorts trug. Sie hatte sich eine Sonnenbrille ins lange, schimmernde Haar geschoben. Neben ihr her hüpfte ein kleines Mädchen in einem leuchtend rosa T-Shirt und weißen, mit bunten Buchstaben bedruckten Shorts.

»Hallo, ich bin Chelsea, und das ist meine Freundin Tamara«, erklärte die junge Frau.

»Sie ist auch meine Freundin. Ich hatte am Mittwoch Geburtstag. Jetzt bin ich fünf«, verkündete das kleine Mädchen.

»Wirklich?«, erwiderte Jazz und versuchte, ein beeindrucktes Gesicht zu machen.

»Ja. Mein Daddy sagt, ich bin schon sehr alt ... älter als alle anderen«, antwortete Tamara.

Mit diesen Worten rannte sie hinter Reggie her. Dieser hatte inzwischen die Lust daran verloren, Lamington zu piesacken, weil dieser einfach nicht auf ihn achtete. Reggie lief den Strand hinauf, blieb stehen, schüttelte sich, sodass Tamara nass gespritzt wurde. Das kleine Mädchen kreischte begeistert und tollte um den Hund herum. Chelsea lachte.

»Du bist neu hier, richtig?«

»Irgendwie schon. Ich heiße Jacinta, aber alle nennen mich Jazz. Lamington ist der Hund meiner Großeltern. Ihnen gehört das *Kookaburra*. Ich wohne bei ihnen, solange meine Eltern im Ausland sind.«

Während Tamara vor ihnen hersprang, schlenderten die beiden älteren Mädchen plaudernd weiter. Chelsea berichtete, dass sie auf der anderen Seite von Come-What-May wohnte. Gerade sei sie von einem Jahr im Ausland zurückgekehrt, wo sie Architektur und Spanisch studiert habe.

»*Qué te gusta vivir aqui?* Das heißt auf Spanisch: ›Wohnst du gern hier?‹«, fragte sie mit einem breiten Grinsen.

Jazz grinste zurück. »Es ist anders«, entgegnete sie.

Tamara, die Muscheln gesammelt hatte, kam angelaufen. »Schaut, was ich gefunden habe«, begeisterte sie sich und streckte die Handfläche aus, auf der ein paar kleine cremefarbene Muscheln lagen.

»Die sind aber hübsch«, sagte Chelsea.

»Können wir zu unserem Geheimversteck gehen? Du hast versprochen, du gehst mit mir zum Geheimversteck«, bettelte Tamara, sprang aufgeregt hin und her und zupfte an Chelseas Shorts.

»Das machen wir auch, Ehrenwort. Allerdings nicht heute, weil es zu lange dauern würde und ich dich zu deiner Mum zurückbringen muss. Vielleicht morgen.«

Kurz verfinsterte sich Tamaras Miene, und sie zog einen

Schmollmund. Doch dann rannte sie los, hob ein Stöckchen auf und warf es in Richtung Wasser. Als die Hunde hinterhertollten, kicherte sie freudig. Reggie plantschte im Wasser herum, Lamington flitzte hechelnd über den Sand.

»Geheimversteck? Was für ein Geheimversteck?«, fragte Jazz.

»Das darf ich dir nicht verraten, weil es geheim ist. Ich sage dir nur so viel, dass es in der Nähe des alten Leuchtturms da oben ist.« Mit einem vielsagenden Lächeln wies Chelsea auf den oberen Rand der Klippe.

»Kann man von hier aus dort hinauf?«

»Das habe ich noch nie versucht. Vom Dorf aus führt ein leicht begehbarer Pfad hin. Warum kommst du morgen nicht einfach mit? Wir holen dich so gegen sieben am *Kookaburra* ab.«

»Super«, erwiderte Jazz.

Seit sie diese lebhafte junge Frau und ihre kleine Freundin getroffen hatte, sah die Zukunft für sie schon viel rosiger aus.

Am nächsten Morgen stand sie noch vor Lamington auf, zog sich hastig an und rief nach dem Hund. Draußen hüllte weißer Morgennebel das Tal ein. Chelsea und Tamara erschienen aus dem Dunst.

»Pst – es ist wirklich ganz streng geheim. Aber du darfst trotzdem mit«, verkündete Tamara aufgeregt mit geweiteten Augen.

Die drei Mädchen, beide Hunde an der Leine, marschierten den Hügel hinauf und einen kurzen Pfad entlang, der durch Bäume und Gestrüpp führte und auf einer von Gras und Unkraut überwucherten Brachfläche endete.

Am Ende der Landzunge erhob sich der alte Leuchtturm auf einer Klippe, den Jazz gestern vom Strand aus gesehen hatte, geisterhaft aus dem Nebel. Er wurde nicht mehr genutzt. Die Tür am Sockel war abgeschlossen und hatte einen neuen Anstrich bitter nötig. Über ihren Köpfen in den Baumwipfeln riefen die Vögel. Ein einsamer Regenpfeifer stolzierte durch das Gras.

»Ist das euer Geheimversteck?«, flüsterte Jazz mit einem wohligen Schaudern. Obwohl der Fußweg höchstens zwanzig Minuten gedauert hatte, war es, als hätten sie die Zivilisation viele Kilometer weit hinter sich gelassen.

»Noch ein kleines Stück«, antwortete Chelsea.

»Es ist sehr steil«, warnte Tamara und umklammerte Chelseas Hand. »Man muss gut aufpassen.«

Im Gänsemarsch gingen die drei am Leuchtturm vorbei und stiegen einen steilen Pfad hinab, der sich einige Meter weit von der mit einem Zaun gesicherten Felskante die Klippe hinunterschlängelte. Auf halbem Wege wurde er breiter und mündete am Eingang einer halb von einem Felsvorsprung verdeckten Höhle.

»Das ist das Geheimversteck«, raunte Tamara mit leuchtenden Augen. Sie winkte Jazz zu sich, ließ Chelseas Hand los und trat in die Höhle. Drinnen war es kühl, dunkel und trocken. In einer Ecke hatte jemand eine kleine Feuerstelle eingerichtet. Daneben lag ein Felsen, der wie ein Sitz geformt war. Tamara nahm prompt darauf Platz.

»Hierher kommen die Mädchen aus dem Dorf schon seit vielen Jahren, wenn sie Abstand und ihre Ruhe brauchen. Es heißt, früher hätten sich die Frauen der Aborigines in dieser Höhle versteckt. Man kann da sitzen, nachdenken, lachen und weinen. Irgendwo gibt es auch noch ein paar Höhlenmalereien. Als Kind habe ich mich oft hier verkrochen. Erst viel später habe ich herausgefunden, dass Mum immer wusste, wo ich war, aber nie etwas gesagt hat, weil mir nichts passieren konnte.«

Chelseas Stimme klang in der Stille seltsam laut. Sie ließ sich neben Tamara nieder und holte einen Apfel aus der Tasche.

»Die ebene Fläche draußen war einmal ein kleines Blumenbeet voller Buschkräuter.«

»Wirklich?«, rief Jazz.

Sie strich mit den Fingern über die hübschen Linien aus Pflanzenfarben auf dem verwitterten Sandstein über ihrem Kopf. Während sie das raue Gefühl unter ihren Fingerspitzen genoss, dachte sie über die Frauen nach, die im Laufe der Generationen hierhergekommen waren.

»Was für eine wundervolle Aussicht. Außerdem ist es recht gemütlich«, meinte sie und blickte, erstaunt von der Ruhe, die sich plötzlich über sie gesenkt hatte, aufs Meer hinaus.

»Hör mal.« Tamara legte den Finger an die Lippen.

Jazz lauschte dem Geräusch der Wellen, die unter ihr an den Felsen schlugen. Dann sah sie zur Seite, wo ein winziger Zaunkönig so nah herangekommen war, dass sie ihn beinahe hätte berühren können.

»Ich bin sehr gern hier«, sagte Chelsea. »Während meines Auslandsaufenthalts habe ich diesen Ort vermisst. Immer wenn es mir zu viel wurde, habe ich an die Höhle gedacht.« Sie aß ihren Apfel auf und erhob sich. »Wir gehen besser zurück«, schlug sie vor und hielt Tamara die Hand hin.

Als sie den oberen Rand der Klippe erreichten, waren sie durchgeschwitzt und außer Atem. Tamara, die sich rasch wieder erholte, hüpfte vergnügt vor den beiden Mädchen her, die in Richtung Dorf schlenderten. Chelsea erzählte von ihrem spanischen Freund, der in der Erbfolge um den Thron an fünfzehnter Stelle stand.

»José war so romantisch. Ich fand es wirklich toll mit ihm. Ich kann kaum fassen, dass es vorbei ist und ich wieder zu Hause bin. Inzwischen kommt es mir vor wie ein Traum.«

»Glaubst du, du siehst ihn wieder?«, fragte Jazz.

»Keine Ahnung. Es war schön, und wir haben versprochen, einander zu schreiben. Aber er ist ein spanischer Prinz, und ich bin nur ein einfaches australisches Mädchen. Außerdem liebe ich dieses Land. Was ist mit dir?«

Jazz betrachtete Chelsea ein wenig neidisch und zuckte dann die Achseln. »Mein Freund hat mich gerade wegen meiner besten Freundin sitzen gelassen«, erwiderte sie leichthin.

»Autsch! Das war aber gar nicht nett von ihm. Bist du darüber hinweg?«

»Eigentlich schon«, antwortete Jazz und bemerkte plötzlich zu ihrer großen Erleichterung, dass sich das tatsächlich so verhielt. »Vermisst du Europa? Wie hältst du es nach diesem Abenteuer in so einem kleinen Nest aus?«

»Hier bin ich zu Hause«, meinte Chelsea nur. »Mir gefällt es. Dass das Dorf so klein ist, ist ja gerade der Vorteil. Alle kennen und helfen einander, ganz anders als in der Großstadt, wo sich keiner um den anderen kümmert. Außerdem wohnen in Come-That-May viele interessante

Leute. Deine Großeltern zum Beispiel, die das alte Haus übernommen und renoviert haben. Es muss sehr aufregend sein, im *Kookaburra* zu wohnen.«

»Findest du wirklich?«, rief Jazz erstaunt.

»Ja! Du wirst schon noch dahinterkommen. Das Dorf hat so viel Charakter, dass man es fast als eigenständige Person bezeichnen könnte. Ich muss dich mit den Leuten von der Brandbekämpfung bekannt machen, du weißt schon, der freiwilligen Feuerwehr«, erklärte sie, als Jazz sie verständnislos ansah. »Hast du je daran gedacht, dich ehrenamtlich zu engagieren? Ich bin seit drei Jahren dabei. Die Arbeit ist nicht leicht, macht aber Riesenspaß. Wirklich eine tolle Truppe.«

»Das könnte ich nie. Ich hätte viel zu große Angst«, erwiderte Jazz bewundernd. Für sie waren Feuerwehrleute beinahe so etwas wie Märchenhelden, die leuchtend gelbe Uniformen trugen und lodernde Brände und Überschwemmungen bekämpften. Die Vorstellung, ihnen im wirklichen Leben zu begegnen, hatte etwas Einschüchterndes an sich.

Einige Tage später jedoch begleitete sie Chelsea zur Feuerwache, wo die freiwilligen Helfer gerade eine Übung abhielten.

»Offenbar hast du Chelsea schon kennengelernt«, stellte Rob, ein großer, kräftig gebauter Feuerwehrmann von Mitte vierzig, lachend fest. Er legte seine Gerätschaften weg, schlang Chelsea den Arm um die Taille und drückte sie an sich.

»Nicht schlecht für eine alte Frau«, witzelte er.

»Was soll das heißen, alt!«, rief Chelsea in gespielter Empörung.

»Bist du nicht gerade zwanzig geworden? Das ist alt.«

»Finde ich gar nicht«, gab Chelsea scherzhaft zurück und wandte sich an Jazz. »Rob ist so ein netter Kerl. Er hat mir geholfen, als ich Mitglied geworden bin. Anfangs hat man ein bisschen Angst vor ihm, aber im Ernstfall ist er genau der Mensch, den man neben sich wissen will. Als ich zur freiwilligen Feuerwehr gegangen bin, hatte ich keine Ahnung, was mich erwartet. Doch meine Freunde waren so begeistert, und der Mannschaftsgeist in der Truppe ist legendär. Die freiwillige Feuerwehr löscht nicht nur Buschfeuer, sondern ist auch bei vielen anderen Notfällen im Einsatz: Hausbränden, Verkehrsunfällen, Such- und Rettungsaktionen, Überschwemmungen und Sturmschäden. Wir haben auch schon bei Flugzeugabstürzen und Zugunglücken Leben gerettet. Wenn eine Flammenwand diese Schlucht entlangrast, ist die freiwillige Feuerwehr zur Stelle«, meinte sie und wies den Hügel hinauf.

»Allerdings gibt es auch noch andere Aufgaben, als einen Schlauch zu halten. Wenn du nicht in der Brandbekämpfung tätig sein willst, kannst du den Funk- oder Telefondienst übernehmen oder bei der Versorgungsbrigade mitmachen, die bei einem Notfall die Helfer verpflegt. Für alle diese Bereiche gibt es eine eigene Ausbildung. Anfangs musst du dich in einem Lehrgang qualifizieren, und danach finden laufend Übungen statt. Langweilig wird es also nie! Am nächsten Wochenende veranstalten wir eine Notfallübung am anderen Ende des Dorfs.

Wir brennen das Unterholz ab, um Buschfeuern vorzubeugen.«

»Wirklich?«, erwiderte Jazz beeindruckt.

Als das Wetter um die Weihnachtszeit immer wärmer wurde, bekam Jazz' Großmutter es mit der Angst zu tun. Sie setzte Jazz und Poppy zu, damit sie im Garten totes Laub und abgeknickte Zweige einsammelten, und suchte ständig den Horizont nach Rauch ab. Poppy widersprach, alles sei blitzblank aufgeräumt, und fügte hinzu, dass sie es vielleicht ein wenig übertriebe.

»Wir haben dieses Haus hauptsächlich wegen seiner sicheren Lage gekauft«, beruhigte er sie.

»Ich habe zu lang in den Blue Mountains gewohnt. Man kann in der Buschfeuersaison nicht vorsichtig genug sein«, entgegnete Amelia spitz.

In Blue Mists hatten Buschfeuer eine wirkliche Bedrohung bedeutet und waren oft bis auf wenige Meter an das Haus herangekommen. Amelia marschierte in die Küche, machte sich dort zu schaffen, sortierte Gemüse und überprüfte die Lebensmittelbestellung.

Jazz folgte ihr. »Hat es hier früher schon einmal gebrannt?«, erkundigte sie sich, griff nach einem Apfel und wollte hineinbeißen.

»Den brauche ich noch«, tadelte Amelia. »Du könntest ein paar davon für den Apfelkuchen klein schneiden.«

Jazz legte den Apfel weg und holte Schneidebrett und Messer. Inzwischen kannte sie ihre Großmutter gut genug, um zu wissen, dass sie nicht unfreundlich sein wollte. Sie machte sich nur Sorgen.

Amelia, die sich inzwischen ein wenig beruhigt hatte, sprach weiter.

»Weihnachten 1984 war Come-What-May von einer Flammenwand umgeben. Kein Haus brannte ab, und es wurde auch niemand verletzt, doch das Feuer wütete im umliegenden Busch. Es war ziemlich knapp, und die Leute hatten großes Glück, nicht ihr Zuhause zu verlieren.« Sie blickte Jazz an, die immer schneller Äpfel schälte und zerkleinerte, und tätschelte ihr die Hand. »Wir sind in Sicherheit. Poppy hat recht. Das *Kookaburra* ist so gut geschützt, wie es in dieser Gegend überhaupt möglich ist. Ansonsten wäre ich nie damit einverstanden gewesen, es zu kaufen.«

Trotz der Beschwichtigungen ihrer Großmutter begann Jazz plötzlich, großes Interesse an der Sauberkeit im Garten zu entwickeln, rechte Laub zusammen und sammelte abgefallene Zweige ein, ohne dass man sie dazu hätte auffordern müssen. Die Möglichkeit eines Buschfeuers war auf einmal kein Fernsehereignis mehr, sondern Realität, und der nahe Busch erinnerte sie ständig an die Gefahr, die dem ganzen Dorf drohte.

»Das Schlimmste ist umherfliegende Glut. Auch wenn das Feuer selbst das Dorf gar nicht erreicht, kann der Wind Glut heranwehen, die dann auf einem Gebäude landet und unbemerkt vor sich hin schwelt. Auf einmal schlagen dann Flammen hoch, und das Haus ist nicht mehr zu retten«, erklärte Poppy eines späten Nachmittags, als er, Jazz und Amelia mit Chelsea und ihren Eltern zusammensaßen und sich an kalten Getränken gütlich taten.

Gähnend blickte Jazz in den Busch. Er wirkte so friedlich. Sonnenstrahlen fielen durch die Äste der Eukalyptusbäume und färbten ihre Blätter golden. Es war schwer vorstellbar, dass etwas diese Ruhe stören könnte.

Hero und seine neue Gefährtin saßen rufend im Geäst. Kurz darauf flatterte Hero, ein wenig schief wegen seines gebrochenen Flügels, herunter und beobachtete sie von einem nahe gelegenen Tisch aus.

»Hallo, Hero, Wo bleibt der Regen?«, flötete Jazz. »Ich dachte, dass Kookaburras Regen bringen«, fügte sie, an die anderen gewandt, hinzu.

»Richtig. Aber jeder macht mal einen Fehler«, witzelte Chelsea.

Als Chelseas Vater anfing, eine Buschfeueranekdote zu erzählen, ließ Jazz ihre Gedanken schweifen. Sie war so froh, endlich wieder eine gleichaltrige Freundin gefunden zu haben, und obwohl sie nach Vickis Verrat ein wenig Zeit gebraucht hatte, vertraute sie Chelsea inzwischen.

»Komm«, sagte sie zu ihrer Freundin. »Lass uns schwimmen gehen.« Gefolgt von Heros Gelächter, liefen die beiden Mädchen los.

Als Jazz und ihre Großmutter gerade das Weihnachtsessen planten, rief Danielle an und meldete, sie und Noel seien über die Feiertage von Freunden nach Barbados eingeladen worden. »Es ist geschäftlich sehr wichtig für Dad und gibt uns außerdem die Möglichkeit, Mark zu treffen«, erklärte Danielle.

Obwohl Jazz gewusst hatte, dass sie ihre Eltern an Weihnachten nicht sehen würde, war sie enttäuscht. Sie erzählte ihrer Mutter, dass sie ihrer Großmutter im Café beim Kochen half und so großen Spaß daran hatte, dass sie überlegte, sich für einen Kochkurs einzuschreiben.

Doch ihre Mutter unterbrach sie mitten im Satz. »Schön zu hören, dass du deiner Großmutter im Café zur Hand gehst. Es ist viel Arbeit für sie und deinen Großvater. Ich halte das Projekt noch immer für Wahnsinn. Aber sie sagt, es mache ihr Freude. Allerdings klang sie ein wenig müde. Wie geht es Poppy?«

Jazz fand, dass ihre Mutter sich ebenfalls müde anhörte. Sie hatte Lauren und Michael bei der Versorgung ihres neugeborenen Babys geholfen und war erst vor Kurzem nach Dubai zurückgekehrt.

»Poppy fühlt sich prima. Er baut im Garten Gemüse an und hält uns Vorträge über die Verhinderung von Buschfeuern.«

Allerdings schien Danielle nur mit halbem Ohr hinzuhören. »Tja, schön, dass ihr euch gut vertragt. Es wird seltsam sein, an Weihnachten nicht zusammen zu sein. Du fehlst uns sehr, Liebes. Lass uns am Weihnachtstag wieder miteinander telefonieren.« Mit diesen Worten legte sie auf.

Jazz wusste nicht, ob sie sich ärgern oder erleichtert sein sollte. Sie liebte ihre Eltern und vermisste sie, hatte jedoch den Eindruck, dass ihre Fehltritte im letzten Schuljahr noch immer belastend zwischen ihnen standen. Außerdem machte es sie traurig, dass ihre Mutter nichts zu ihrem Vorhaben gesagt hatte, sich weiterzubilden. Eine Weile stand sie da und starrte ins Leere.

»Ich mache einen Spaziergang«, verkündete sie ein paar Minuten später und rief nach Lamington.

Bei ihrer Rückkehr fühlte sie sich ruhiger und besserer

Stimmung und wandte sich wieder dem Thema Weihnachtsessen zu.

Am Weihnachtsabend braute Jazz einen stark mit Nelken und anderen Gewürzen versetzten Weihnachtspunsch zusammen, den sie am Tag der offenen Tür im *Kookaburra* an das ganze Dorf ausschenkte. Die Gäste kosteten begeistert und baten um mehr, was Jazz sehr stolz machte.

Trotz aller Unkenrufe in Sachen Buschfeuer verliefen Weihnachten und Silvester ohne Zwischenfälle. Der Januar begann heiß und trocken, und die Temperaturen stiegen stetig.

Erst Anfang Februar, zwei Tage vor Schulbeginn, wurde die Bedrohung durch ein Buschfeuer zur Realität. Ein Brand, der beinahe einhundert Kilometer entfernt im dichten Busch geschwelt hatte, loderte nach einem sengend heißen, windigen Tag plötzlich auf. Die Feuerwehr machte sich einsatzbereit. Doch obwohl der heftige und böige Nordwestwind die Flammen in Richtung Küste trieb, blieb Come-What-May verschont. Wind und Hitze ließen auch in den nächsten drei Tagen nicht nach. An vielen Orten flammten vereinzelte Feuer auf, aber im Dorf fühlte man sich weiterhin sicher.

Dann jedoch baute sich vor der Küste unerwartet ein Tiefdruckgebiet auf, und der Wind drehte nach Süden. Ein unheimlicher rötlicher Schimmer lag über dem Land. Die Luft war dunstig vom Qualm. Begünstigt durch die Hitze und genährt von Bäumen und Unterholz, wälzten sich die Flammen auf das Dorf zu, das bald von fliegender Glut erreicht wurde. Alle Dorfbewohner spritzten ihre Dächer mit dem Gartenschlauch ab und löschten kleinere Flammennester mit Wassereimern.

Der beißende Geruch nach brennendem Holz stieg Jazz in die Nase, als sie einen Eimer Wasser über einem Grasbüschel auskippte, das von der Glut eines Blatts in Brand gesetzt worden war. Verbranntes, glühendes Laub wurde vom Wind herangetragen und senkte sich wie schwarze Schneeflocken über den Garten.

»Hilf mir mit der Leiter und dreh den Wasserhahn auf, wenn ich es dir sage«, befahl Poppy, als ein brennendes Blatt auf dem Dach landete. Rasch lehnten sie die Leiter an die Hauswand und klemmten sie mit einigen Steinen fest, damit Poppy hinaufsteigen konnte. Jazz reichte ihm den Gartenschlauch.

»Los«, rief Poppy.

Jazz hastete zum Wasserhahn und drehte ihn auf. Noch während sie sich wieder umwandte, geriet die Leiter plötzlich ins Schwanken, und ein Stein rutschte darunter hervor. Jazz lief hin und versuchte, ihn wieder hineinzuschieben.

»Poppy, die Leiter kippt! Poppy!«, rief sie, während die Leiter langsam nach links sackte.

»Klemm noch einen Stein drunter«, wies Poppy sie an und richtete den Schlauch auf die Regenrinne. Die Leiter rutschte weiter. »Du musst sie festhalten, Jazz. Ich komme runter.« Er ließ den Gartenschlauch fallen. Voller Angst stemmte Jazz sich mit ihrem ganzen Gewicht gegen die Leiter. Sie würde nicht mehr lange durchhalten.

»Ich hab sie, Jazz. Hilf deinem Opa«, hörte sie da eine laute Stimme dicht an ihrem Ohr.

Jock, ihr kräftiger Nachbar, der auch sein Dach abgespritzt hatte, stützte zu ihrer großen Erleichterung die Leiter.

»Hier, Poppy«, rief sie und streckte die Hand aus.

Dankbar griff Poppy danach und kletterte, ziemlich blass im Gesicht, die letzten Sprossen hinunter.

»Sie hätten sich alle Knochen brechen können, alter Junge. Gut, dass Jazz da war«, meinte Jock und legte die Leiter seitlich auf den Boden. »Ich muss los und beim Löschen helfen. Jazz, kümmere dich um deinen Großvater.«

»Danke, Jock. Danke, Jazz«, meinte Poppy und wies mit dem Kopf auf seine Enkelin. »Ich habe ja schon immer gesagt, dass sie nicht nur hübsch ist.«

Mit einem breiten Grinsen hastete Jock davon.

»Na super, Poppy. Echt zum Totlachen. Du hast mir einen ordentlichen Schreck eingejagt«, erwiderte Jazz verlegen, allerdings auch mit sich zufrieden. »Was hältst du davon, wenn ich das Dach abspritze?«

Als sie die Leiter aufheben wollte, bemerkte sie, dass ihre Hände noch immer zitterten. Sie hatte wirklich geglaubt, dass die Leiter mit Poppy darauf umkippen würde. Außerdem taten ihr die Finger weh. Jazz wischte sich die Hände an der Jeans ab und lockerte die Schultern. Die linke fühlte sich eindeutig lädiert an.

»Gute Idee«, stimmte Amelia zu. Als sie aus dem Haus eilte, war das Drama gerade zu Ende gewesen. »Ich habe dir doch gleich gesagt, du sollst es Jazz erledigen lassen.«

Jazz fing an, die Leiter hinaufzuklettern, als Carol MacNamara, Tamaras hochschwangere Mutter, den Pfad heraufgerannt kam. Sie hatte ihren zweijährigen Sohn Cory auf dem Arm.

»Hallo, Carol. Alles in Ordnung?«, rief Jazz.

»Ist Tamara bei euch?«, keuchte Carol. Sie hielt inne, um Luft zu holen, und rutschte ihren Sohn auf die andere Hüfte. Die Besorgnis stand ihr ins Gesicht geschrieben.

»Tut mir leid, Mrs MacNamara, ist sie nicht. Wollte sie denn zu uns?«, erwiderte Jazz und richtete den Schlauch auf die Regenrinnen.

»Haben Sie sie gesehen, Mrs Newport?«, erkundigte Carol sich aufgeregt.

»Nein, meine Liebe. Heute war sie nicht da. Wollte sie denn zu uns?«, wiederholte Amelia. Auch sie verzog besorgt das Gesicht.

»Ich weiß nicht. Genau das macht mir ja so zu schaffen. Ich dachte, sie wäre bei Chelsea, aber ich habe gerade erfahren, dass die am anderen Ende des Dorfes mit Löscharbeiten beschäftigt ist. Ich habe an all ihren Lieblingsplätzen nachgeschaut. Sie ist wie vom Erdboden verschluckt.« Wieder rutschte sie Cory zurecht und kämpfte mit den Tränen.

»Lassen Sie mich ihn nehmen. Hallo, Cory. Du bist ein braver Junge«, sagte Amelia und zog den kleinen Jungen fest in ihre Arme. »Wann haben Sie sie denn zuletzt gesehen?«

»Das ist ja das Beängstigende. Die ganze Woche ist sie schon so sonderbar und ziemlich anstrengend. Heute Nachmittag hat sie sich schrecklich aufgeregt und meinte dauernd, sie müsse einen Spaziergang machen, weil ›er sie brauche‹. Sie kennen Sie ja. Ständig erfindet sie etwas. Ich habe sie angefahren, sie soll mit den albernen Mätzchen aufhören. Schließlich hätten wir uns um das Feuer zu kümmern, und sie müsste deshalb zu Hause bleiben. Daraufhin ist sie außer sich geraten. Und sobald ich ihr den Rücken zugekehrt habe, ist sie dann verschwunden. Ich weiß nicht mehr aus noch ein.«

»Hat sie sonst noch etwas gesagt? Irgendwelche Hinweise?«, fragte Amelia. Cory begann zu weinen.

»Ich habe nur festgestellt, dass eine halbe Tüte Milch und eine Packung Saft fehlen. Die ganze Zeit hat sie über Abenteuer und Geheimverstecke geredet. Wo soll ich noch suchen?«, fügte sie hinzu und nahm ihren Sohn wieder in die Arme.

Nachdem sie ihn rasch getröstet hatte, steckte sie ihm den Schnuller, der mit einer Sicherheitsnadel an seinem T-Shirt befestigt war, wieder in den Mund und stellte ihn vorsichtig auf den Boden. Er stand da, blickte sich um und umklammerte die Hand seiner Mutter.

»Ich glaube, ich weiß, wo sie ist«, rief Jazz, die beim Abspritzen der Regenrinnen mit halbem Ohr zugehört hatte. Schnell kletterte sie von der Leiter. Nachdem sie Amelia den Schlauch gereicht hatte, lief sie los, um den Wasserhahn abzudrehen.

»Wo?«, erkundigte sich Carol voller Hoffnung.

»In der Höhle unterhalb des alten Leuchtturms. Tamara nennt sie ihr Geheimversteck. Sie, Chelsea und ich waren letztens dort.«

»Die Höhle! Ach herrje, ich habe ihr doch verboten, allein auf der Landzunge herumzulungern. Ich dachte, sie erfindet das alles bloß«, erwiderte Carol noch immer mit ängstlicher Miene. Als sie Cory hochhob und losgehen wollte, hielt Amelia sie am Arm fest.

»In Ihrem Zustand können Sie da nicht hin. Es ist ein

Fußmarsch von mindestens zwanzig Minuten, und Sie sind völlig erschöpft. Wir wollen doch nicht, dass Sie ausgerechnet jetzt Ihr Baby bekommen. Jazz soll sie suchen.«

»Überlassen Sie das ruhig mir, Mrs MacNamara«, sagte Jazz rasch.

»Ich schaue zuerst, wie es um die Feuer steht«, meinte Amelia, verschwand im Haus und kehrte kurz darauf zurück. »Im Radio heißt es, dass es auf der anderen Seite des Dorfes brennt. Außerdem haben wir starken Westwind, der die Flammen vom Leuchtturm wegtreibt. Also kann Tamara in der Höhle nichts passieren. Allerdings muss sie jemand holen. Hier, nimm das mit.« Sie drückte Jazz eine Wasserflasche und zwei Pullover in der Hand.

»Sei vorsichtig«, sagte sie und küsste Jazz rasch auf die Wange. Dann hielt sie Cory die Hand hin. »Komm, kleiner Mann, wir kochen deiner Mum eine Tasse Tee.«

Hastig band Jazz sich die Pullis um die Taille und rannte los.

8

Der heiße, böige Wind versengte ihr das Gesicht und trieb ihr die Tränen in die Augen, als sie die Straße hinunterlief. Die Luft war dunstig und verqualmt. Beim Anblick der dichten Rauchwolken, die am anderen Ende des Dorfes in den Himmel stiegen, schlug ihr Herz schneller. Aber zum Glück musste sie in die entgegengesetzte Richtung.

Kurz darauf hatte sie ihre Lieblingsstelle im Busch erreicht. Heute jedoch herrschte unter dem Blätterdach keine idyllische Ruhe. Alles war knochentrocken. Zweige knackten unter ihren Füßen, und der Geruch nach heißem, trockenem Holz stieg ihr in die Nase, ein Hinweis darauf, dass alles jeden Moment in Flammen aufgehen konnte.

Jazz stürmte aus dem Busch ins Tageslicht und atmete erleichtert auf. Dann eilte sie durch ausgebleichtes, kniehohes Gras und Unkraut auf den Leuchtturm zu. Nach einer Weile musste sie keuchend die Hände auf die Knie stützen, um Luft zu holen, wischte sich den Schweiß von der Stirn und hastete weiter durch das Gras. Beim Laufen blickte sie immer wieder besorgt zum Himmel. Hinter ihr erhoben sich dichte Rauchsäulen in die Luft.

Jazz umrundete im Zickzackkurs den Leuchtturm und rannte den Pfad entlang, der sich die Klippe hinunterschlängelte. Sie hatte gar nicht mehr in Erinnerung gehabt, wie steil der Pfad war, und war an manchen Stellen froh darüber, dass ein Zaun sie vom Abgrund trennte. Plötzlich bekam sie Angst um die kleine Tamara.

Wo sollte sie noch suchen, wenn sie sie hier nicht fand? Jazz lief schneller und betete, dass sie das kleine Mädchen in der sicheren Höhle antreffen würde. Keuchend bog sie um die letzte Ecke und wurde langsamer, sobald sie den Höhleneingang erreichte. Ihr Herz setzte einen Schlag aus, als sie in die Dunkelheit spähte. Die Höhle schien leer zu sein. Im nächsten Moment jedoch bemerkte sie neben dem Eingang eine Pappschachtel. Und daneben – am liebsten hätte Jazz vor Erleichterung geweint – lag eine tief schlafende Tamara. Sie hatte ihren Pullover unter den Kopf geschoben. Ein winziges Kätzchen schmiegte sich in ihre Arme.

Jazz näherte sich dem kleinen Mädchen und kniete sich neben sie. Ihr Atem ging immer noch rau und stoßweise. Tamara rührte sich nicht. Jazz betrachtete sie lächelnd und sah sich dann um. Sie stellte fest, dass der Pappkarton mit Gras gefüllt war. Ein alter Lappen war zu einem Bettchen gefaltet, und daneben befanden sich eine Untertasse mit frischer Milch, Tamaras leerer Saftkarton und ein paar Brotkrümel.

Jazz schmunzelte in sich hinein. »Tamara, Schätzchen, aufwachen.« Sie rüttelte das kleine Mädchen sanft an der Schulter.

Schlaftrunken öffnete Tamara die Augen. »Chelsea, bist du das?«

»Ich bin es, Jazz.«

»Wo ist Chelsea? Sie hat versprochen zu kommen«, erwiderte Tamara und drückte das Kätzchen fest an sich.

»Chelsea hat keine Zeit. Deshalb bin ich gekommen. Dir kann nichts passieren. Wen haben wir denn da?«, meinte Jazz beruhigend.

»Das ist Sparkles«, verkündete Tamara stolz und setzte sich auf. »Pst, es ist streng geheim. Niemand darf von ihm wissen. Und er ist sehr müde.«

»Dann soll er sich ausruhen. Deine Mami macht sich große Sorgen um dich. Wir müssen dich nach Hause bringen«, antwortete Jazz.

Tamaras Augen füllten sich mit Tränen. »Ich kann nicht«, entgegnete sie kopfschüttelnd und blickte Jazz an. »Mami erlaubt mir nicht, eine Katze zu haben.« Sie begann zu weinen.

»Alles wird gut, Schätzchen«, tröstete Jazz. »Hast du ihn hier versorgt?«

Tamara nickte, und die Tränen flossen noch heftiger. »Ich habe ihn lieb. Er braucht mich«, schluchzte sie und tätschelte laut schniefend den Kopf des Katerchens.

Besorgt blickte Jazz in Richtung Höhleneingang. Die ersten Rauchwolken waberten in die Höhle.

»Wir müssen nach Hause«, verkündete sie mit Nachdruck, stand auf und streckte die Hand aus.

»Ich kann nicht. Das habe ich dir doch schon erklärt! Mummy wird mir nicht erlauben, Sparkles zu behalten. Sie findet, dass Katzen Krankheiten übertragen. Aber ich mag ihn so gern«, rief Tamara und drückte den kleinen Kater fester an sich.

»Deine Mummy hat dich sehr lieb und möchte nur nicht, dass dir etwas zustößt. Deshalb müssen wir dich so schnell wie möglich nach Hause bringen.«

Jazz' Verzweiflung wuchs von Minute zu Minute. Sie ging in die Hocke, betrachtete das verängstigte Gesicht des Mädchens und streichelte der Kleinen sanft den Arm. »Weißt du was, Tamara. Wir, also du, ich und Sparkles, machen uns auf einen Abenteuerausflug.«

Tamaras Miene erhellte sich. Sie stand auf und griff nach Jazz' Hand. »Komm, Sparkles, ein Abenteuer.«

Erleichtert schob Jazz Tamara mit ihrem Kätzchen zum Höhleneingang, wo sie erschrocken innehielt. Qualm und glühende Holzstückchen wehten durch die Luft, und die Sichtweite war auf wenige Meter gesunken. Selbst der Pfad am Abhang war in Dunst gehüllt. Trotz des Windes hörte sie das Heulen von Feuerwehrsirenen. Kurz wurde Jazz von Panik erfasst. Sie hatte keine Ahnung, wie steil dieser Pfad noch wurde und ob er zum Strand führte. Doch der Rauch schnitt ihnen der Rückweg bergauf ab.

Jazz ging in die Knie und legte den Arm um das kleine Mädchen.

»Wir wollen ein Spiel spielen. Lass uns tun, als wären wir Kriegerinnen, die Sparkles vor dem bösen Ungeheuer retten, das überall weißen Rauch hinpustet«, schlug sie verzweifelt vor.

»Das hat das Ungeheuer gemacht?«, fragte Tamara.

»Ja.«

»Dann ist es wirklich ein böses Ungeheuer.«

»Ein sehr böses Ungeheuer, aber unten am Strand sind wir sicher vor ihm.« Jazz knotete sich den Pulli von der Taille und band ihn sich wie eine Schlinge um den Hals. »Gib mir Sparkles und nimm das da«, sagte sie und reichte Tamara den zweiten Pulli. »Ich verstecke ihn vor dem Ungeheuer. Dann trage ich dich huckepack den Hügel hinunter.«

Sie steckte sich die Wasserflasche ins Taillenbündchen, legte das Kätzchen vorsichtig in die Schlinge und breitete ihr T-Shirt darüber. Das kleine pelzige Bündel beulte es zwar aus, schien aber festen Halt zu haben.

»Ich möchte, dass du tief Luft holst und den Pulli über dein Gesicht ziehst, bis wir unten sind, damit das Ungeheuer uns nicht hört«, fuhr Jazz fort und machte vor, was sie meinte.

Tamara kletterte auf ihren Rücken und legte ihr die Hände um den Hals. Jazz stützte das Hinterteil des kleinen Mädchens mit einer Hand und sicherte mit der anderen den kleinen Kater, bevor sie aus der Höhle in den beißenden Rauch hinaustrat.

In den nächsten Minuten galt Jazz' ganze Aufmerksamkeit dem steilen Pfad die Klippe hinunter. Tamara wog zwar nicht viel, doch da Jazz das Kätzchen festhalten musste, hatte sie häufig Mühe, nicht das Gleichgewicht zu verlieren. Je tiefer sie kamen, desto steiniger wurde der Weg. Jazz musste große Felsen umrunden. Die Erde war vom Regen weggespült worden, und dazwischen wucherte kräftiges Gestrüpp. Dieser Pfad war offenbar schon seit Jahren nicht mehr benutzt worden. Bei jeder Biegung hoffte sie, er möge endlich breiter und ebener werden und am Strand enden.

Obwohl sie an dieser Stelle vor den heißen Windböen geschützt waren, herrschte eine stickige Hitze. Jazz spürte, wie ihr zwischen den Schulterblättern der Schweiß hinunterlief und ihr außerdem in den Augen brannte. Ihre Kehle wurde immer trockener, als sie sich den Abhang hinuntertastete, und Tamara schien zunehmend schwerer zu werden. An einer Stelle musste Jazz sie sogar absetzen und mit ihr auf dem Po die Felsen hinunterrutschen. Kurz darauf stolperten sie beide in ein Brombeergestrüpp und zerkratzten sich die Arme. Tamara versuchte zwar, tapfer zu sein, doch müde und durchgeschwitzt, wie sie war, fing sie nach einer Weile an zu weinen.

»Schau, ich kann den Strand sehen«, versuchte Jazz sie aufzumuntern, obwohl es bis dahin noch ein gutes Stück zu sein schien.

Endlich, nach weiteren zehn Minuten Gewaltmarsch durch das Unterholz, erreichten sie schweißtriefend und erschöpft den Strand. Erleichtert und mit zitternden Knien ging Jazz über den gelben Sand, ließ Tamara mit einem Seufzer auf den weichen Boden sinken und wäre beinahe selbst zusammengesackt.

»Mir tun die Augen weh«, keuchte Tamara. Ihre Wangen waren mit Ruß und Tränen verschmiert, und von einer Brombeerranke hatte sie einen blutigen Kratzer am Arm. Jazz untersuchte ihn und tätschelte ihn sanft.

»Du bist ein sehr tapferes Mädchen. Gleich sind wir zu Hause. Trink einen Schluck.« Sie reichte Tamara die Wasserflasche, stillte danach selbst ihren Durst und benetzte dann ihren und Tamaras Nacken. Kurz blickte sie den Strand entlang, wobei sie versuchte, nicht an ihre schmerzenden Arme und Beine zu denken. Als sie zurück zum Dorf schaute, stellte sie erfreut fest, dass sich die dicke Rauchwolke aufgelöst hatte.

»Komm, wir bringen dich zu deiner Mami«, meinte sie und streckte die Hand aus.

»Was ist mit Sparkles? Mami wird sehr böse sein.« Wieder schien Tamara den Tränen nah.

»Weißt du was? Ich sage einfach, dass Sparkles mir gehört. Du kannst ihn dann bei mir besuchen. Er wäre immer noch deine Katze, aber das bleibt unser Geheimnis. Niemand wird es erfahren.«

»Hast du das gehört, Sparkles? Ich bleibe deine Mami.« Tamara strahlte Jazz begeistert an. »Wir haben das böse Ungeheuer ausgetrickst, ja?«, fragte sie lachend.

»Ich glaube schon.« Jazz rappelte sich auf und streckte die Hand aus. Gemeinsam gingen sie zurück ins Dorf. Als sie die Hauptstraße erreichten, kam ihnen ein Feuerwehrmann, gefolgt vom Reporter eines Fernsehsenders und einem Kamerateam, entgegen.

»Da seid ihr ja«, rief der Feuerwehrmann und funkte sofort den *Kookaburra* an. Fünf Minuten später hielt ein Auto mit Amelia am Steuer am Straßenrand. Carol sprang heraus, rannte auf die beiden zu und schloss Tamara in die Arme.

»Wir dachten, ihr wärt beide verbrannt«, schluchzte Carol in Tamaras Haar. Tränen liefen ihr über die Wangen. »Auf der Landzunge ist alles verkohlt. Wir wussten nicht, ob ihr ...« Ihre Stimme erstarb.

»Uns geht es gut. Tamara saß wohlbehalten in der Höhle und hat auf mein Kätzchen aufgepasst«, erklärte Jazz.

Carol nahm Jazz in die Arme. Auch Amelia legte wortlos die Arme um sie und drückte sie an sich. Die Fernsehkamera surrte, während das ganze Dorf die vier lautstark debattierend umringte.

»Ich wusste gar nicht, dass du eine Katze hast«, meinte

Amelia verwirrt und musterte Sparkles, der aus den Tiefen von Jazz' Pulli die Szene beobachtete.

»Jetzt habe ich eine.« Jazz lachte. »Tamara will mir helfen, sich um sie zu kümmern.« Sie legte den Finger an die Lippen. »Carol mag keine Katzen. Ich erzähle dir später die ganze Geschichte.«

»Aha«, sagte Amelia.

Im nächsten Moment spürte Jazz etwas auf der Wange. Als sie mit der Hand darüberwischte, stellte sie fest, dass es regnete. Vor lauter Erschöpfung fing sie zu lachen an.

»Der Wind hat plötzlich umgeschlagen, sodass er das Feuer in eine unerwartete Richtung getrieben hat«, stellte Poppy später am Abend fest, als sie gemütlich in ihrem kleinen Wohnzimmer beisammensaßen. Obwohl der Wind kühler als der vorher herrschende Westwind war, fegte er mit Macht über das knochentrockene Land. Das Feuer selbst führte zu zusätzlicher Luftbewegung, und so waren die Brände durch das dürre Gras bis zum Leuchtturm gerast und hatten blitzschnell das Stück Busch verschlungen, durch das Jazz kurz zuvor gelaufen war und wo sie sich eigentlich sicher gefühlt hatte. Nun war die Landzunge eine verkohlte Narbe in der Landschaft. Der eben noch idyllische Busch hatte sich in ein Gewirr aus geschwärzten Baumstämmen und qualmenden Ästen verwandelt. Die Feuerwehrleute waren, unterstützt von einem leichten Nieselregen, noch immer mit Löscharbeiten beschäftigt.

»Ich hoffe, dass ich so etwas nie wieder erleben muss«, meinte Amelia, als sie sich mit Jazz die Abendnachrichten ansah.

Die Feuergefahr war gebannt, denn der Wetterbericht kündigte sinkende Temperaturen und weitere Regenfälle an. Schlaftrunken schlug Jazz ein Auge auf, als das Dorf erwähnt wurde.

Im nächsten Moment fuhr sie hoch, denn sie erkannte ihr eigenes Konterfei: Mit zerzaustem Haar, rußverschmierten Wangen und ausgebeultem T-Shirt umarmte sie Carol und Tamara. Entsetzt lauschte sie, während der Reporter sie als die »heldenhafte Retterin von Come-What-May« bezeichnete. »Noch im letzten Jahr wurde die achtzehnjährige Jacinta Wakehurst aus einer exklusiven Privatschule geworfen. Heute jedoch ist aus dem wilden Mädchen die Heldin des sonst so ruhigen Dorfes Come-What-May an der Nordküste von Neusüdwales geworden. Jacinta hat ihr eigenes Leben aufs Spiel gesetzt, um die fünfjährige Tamara MacNamara zu retten, und damit die Herzen der eingeschworenen Gemeinschaft erobert. Nur wenige in Come-What-May werden je diesen Tag vergessen, an dem Jacinta Wakehurst dafür gesorgt hat, dass der Name des kleinen Dorfes an der Küste in aller Munde ist.«

»Was reden die da? Ich bin doch nur eine Klippe hinuntergeklettert! Außerdem sehe ich zum Fürchten aus«, beschwerte sich Jazz und lachte verlegen. »Das mit der Schule hätten sie ruhig weglassen können.«

»Du warst sehr tapfer, Jazz, und hast dir die Anerkennung verdient. Dein Poppy und ich sind stolz auf dich.«

Als Poppy ihr von seinem Lehnsessel aus zunickte, wurde Jazz von ihrer Liebe und ihrem Lob ganz warm ums Herz.

9

Am nächsten Morgen sprang Jazz früh aus dem Bett, zog sich rasch an, rief nach Lamington und machte sich auf den Weg, um Chelsea zu treffen. Trotz der Strapazen des vergangenen Tages fühlte sie sich ausgelassen und froher Stimmung. Am Rand des Buschs, wo Chelsea sie erwartete, legte sich ihre gute Laune allerdings schlagartig, denn sie erkannte den Ort kaum wieder.

An der Stelle der kühlen grünen Oase, die sie wegen ihrer üppigen Pflanzenwelt und den sanft hereinströmenden Sonnenstrahlen zu lieben gelernt hatte, befand sich nun eine Mondlandschaft, wo eine grelle Sonne auf angesengte Baumstämme mit verkohlten Blättern und eine vom Feuer verwüsteten Erde herniederbrannte. Einige Baumstümpfe qualmten noch. Über dem Land lag ein unheimliches Schweigen, und der beißende Geruch nach verbranntem Holz und Qualm hing in der Luft. Erschrocken bemerkte Jazz, dass sie durch den geschwärzten Busch freie Sicht bis zum Rand der Klippe hatte. Zu ihrer Erleichterung war der alte Leuchtturm jedoch unbeschädigt geblieben.

Wortlos schlenderten Jazz und Chelsea über den schmalen vom Feuer verwüsteten Streifen Gras und blickten sich ungläubig um.

»Poppy sagt, das alles gehöre zum Kreislauf der Natur. Wenn du mich fragst, finde ich die Natur ziemlich beängstigend«, meinte Jazz mit leicht zitternder Stimme.

»Nicht halb so beängstigend wie die Warterei gestern, bis wir wussten, ob du in Sicherheit bist.« Die Szenerie schien Chelsea ebenso zu erschüttern. »Das war eine großartige Leistung.«

»Ich habe den Brand doch nicht bekämpft, sondern du. Ich denke, dass ihr alle ein Theater um die falsche Person macht. Ihr von der freiwilligen Feuerwehr seid die wahren Helden.« Jazz schauderte plötzlich. »Es ist ziemlich gruselig hier. Lass uns umkehren.« Sie wandte sich um und marschierte in Richtung Dorf.

Schweigend gingen sie weiter, bis sie zu der Stelle kamen, wo die kleine Grundschule des Dorfes gestanden hatte, und schnappten erschrocken nach Luft.

»Ich habe gehört, dass die Schule einen Funkenregen abgekriegt hat, hätte aber nicht vermutet, dass es so schlimm war«, flüsterte Chelsea mit Tränen in den Augen. »Ich bin als Kind hier zur Schule gegangen.«

Das gesamte Gebäude war niedergebrannt. Nur eine Mauer stand noch, der Rest hatte sich in einen Haufen aus geschwärzten verbogenen Metallstreben, Wellblech, Schutt und Asche verwandelt. In einer Ecke lehnte ein Stapel, der wahrscheinlich einmal aus Schulbüchern bestanden hatte, neben einem verbeulten Pult aus Metall. Eine einsame Krähe stakste vorsichtig auf einen verkohlten Ast zu, der quer über den Schulhof gefallen war.

Jazz betrachtete die Ruine, dachte an Tamara, die in wenigen Tagen hätte eingeschult werden sollen, und brach in Tränen aus. Chelsea legte den Arm um sie.

»Ich fasse nicht, dass wir das alles überlebt haben«, murmelte sie. »Es ist entsetzlich.«

Mit einer unwirschen Bewegung fuhr Jazz sich mit dem Handrücken über die Augen und unterdrückte ein Aufschluchzen.

»He, ist das nicht Rob?«, sagte sie, als der kräftige Feuerwehrmann zielstrebig auf sie zusteuerte. In einer Hand schwenkt er seinen Feuerwehrhelm. Seine mit Asche beschmierte gelbe Hose und Jacke bildeten einen willkommenen Kontrast zu all dem Grau und Schwarz um sie herum.

»Hallo, Jazz, ich habe gehofft, dass ich dir heute begegnen würde. Ich möchte dich und deine Großmutter um einen Gefallen bitten. Bob und ein paar andere Jungs von unserer Mannschaft wollen sich heute in der Feuerwache treffen, um den Löschzug und die Ausrüstung vor dem nächsten Einsatz ein bisschen zu säubern. Es brennen noch immer ein paar Feuer, die wir im Auge behalten müssen. Deshalb habe ich mich gefragt, ob du und deine Großmutter mittags nicht ein paar Sandwiches für die Männer machen könntet.«

»Klar, kein Problem. Wird erledigt«, erwiderte Jazz rasch. »Um wie viele Personen geht es?«

»Ach, keine Ahnung. Sechs von der Besatzung des Löschzugs und noch ein paar Leute von der Wache«, antwortete Rob, rieb sich das Kinn und betrachtete die Verheerung.

»Dann sagen wir mal ein Dutzend«, meinte Jazz vergnügt und froh, eine Aufgabe zu haben. »Und wie ich euch kenne, werdet ihr heute Abend und mindestens noch in der nächsten Woche Hunger haben, wenn ihr zurückkommt. Ich organisiere ein paar Grillwürstchen für euch und das Abendessen für die nächsten Tage. Und wenn ihr schön fleißig seid, backe ich euch extra einen Schokokuchen«, fügte sie mit einem kecken Grinsen hinzu.

»Dann sollte ich besser gleich nach Hause gehen«, wandte sie sich an Chelsea und umarmte sie rasch.

Wie erwartet, war ihre Großmutter sofort einverstanden, die freiwilligen Helfer zu verpflegen, und schickte Jazz zum Metzger, um Würstchen und Brot zu kaufen.

»Wir können auch ein paar Bleche von deinen Haferkeksen backen, um zu sehen, wie sie ankommen«, schlug Jazz vor, während sie die Brote belegten und den Speiseplan für die nächste Woche aufstellten.

Die Schule war nicht als einziges Gebäude Raub der Flammen geworden. Zwei Familien hatten ihre Häuser verloren, andere Anwesen waren schwer beschädigt. In den nächsten Tagen trafen Hilfspakete im Dorf ein, sodass im Postamt bald der Lagerplatz ausging, bis jemand den Gedanken hatte, den alten Stall des *Kookaburra* zu benutzen.

»Warum bin ich nicht selbst darauf gekommen«, rief Amelia und machte sich gleich mit dem Besen an die Arbeit.

»Du warst ziemlich beschäftigt damit, die Helfer durchzufüttern«, merkte Poppy keuchend an, während er einen großen Pappkarton mit Kleidung auf den anwachsenden Stapel wuchtete.

»Vorsicht, übertreib es nicht, Poppy«, warnte Amelia.

»Mach nicht so ein Theater, Frau. Was einen nicht umbringt, macht einen stark«, entgegnete Poppy und küsste sie auf die verschwitzte Wange.

Als Nächstes fiel jemandem ein, dass die Kinder ein Klassenzimmer brauchten, bis die Schulcontainer eintrafen, und bald half Jazz der Lehrerin, in einer Ecke des Kuhstalls einen alten Teppich zu verlegen und Tische aufzustellen.

»Eigentlich war das nicht unser Plan, als wir das Haus gekauft haben, aber offenbar haben wir einen Weg gefunden, uns nützlich zu machen«, sagte Amelia.

An dem Tag, an dem zur allgemeinen Begeisterung die neuen Schulcontainer geliefert wurden, buk Jazz ihren ersten Schokoladencremekuchen. Das Rezept hatte sie aus dem Kochkurs der Volkshochschule, den sie seit Kurzem besuchte. Der Kuchen sackte zwar in der Mitte zusammen, und die Schokoglasur tropfte von den Seiten, doch das kümmerte niemanden. Der Kuchen war nach der Frühstückspause bis auf den letzten Krümel vertilgt. Strahlend vor Stolz kehrte Jazz nach Hause zurück.

Jazz' Einstellung war nicht das Einzige, was sich nach dem Buschfeuer veränderte. Auch die Kundschaft des *Kookaburra* wandelte sich.

Da auch die Büroräume der Schule nur noch ausgebrannte Ruinen waren, wurde das Café zum Lehrerzimmer umfunktioniert, in dem regelmäßig Besprechungen stattfanden. Der Direktor bestellte Gebäck für Schulveranstaltungen, die freiwillige Feuerwehr traf sich zum Mittagessen, und immer mehr Dorfbewohner schauten einfach so vorbei. Das bedeutete zwar mehr Arbeit für das *Kookaburra*, allerdings auch mehr Umsatz, während Jazz zunehmend Begeisterung für das Kochen entwickelte.

Was eigentlich als kleine Anlaufstelle für die Senioren von Come-What-May begonnen hatte, wurde innerhalb weniger Monate zum wichtigsten Treffpunkt aller Altersgruppen. Amelia schwebte im siebten Himmel, Poppy erhielt Gelegenheit, seinen grünen Daumen unter Beweis zu stellen, und Jazz lernte auch die jüngeren Mitglieder der Gemeinde kennen. Als sich herumsprach, wie lecker Jazz' Schokokuchen waren, erschienen nach der samstäglichen Sportveranstaltung sogar Väter mit ihren Kindern.

Der einzige Wermutstropfen in Jazz' Leben war ihre mangelnde Mobilität, denn die Fahrt zu ihrem wöchentlichen Kochkurs nach Newcastle dauerte pro Strecke beinahe zwei Stunden. Anfangs hatte sie die Berichte über die miserablen Busverbindungen abgetan, überzeugt, einer ihrer Mitschüler könnte sie im Auto mitnehmen.

Doch nachdem sie zum dritten Mal hintereinander an einem eiskalten Freitagabend im strömenden Regen an der Bushaltestelle gestrandet und zu ihrer Verlegenheit gezwungen gewesen war, Poppy wieder einmal von seiner Lieblingssendung wegzuholen, beschloss sie, den Führerschein zu machen. Da Tim einige Male auf dem Grundstück seiner Eltern im Hunter Valley mit ihr geübt hatte, war sie sicher, dass sie nicht lange brauchen würde, um das Fahren zu lernen.

»Das ist eine ausgezeichnete Idee, Jacinta, mein Kind, aber es wird dein Problem nicht sofort lösen«, erwiderte Poppy geheimnisvoll.

»Doch, das wird es! Natürlich wird es das«, protestierte Jazz. »Was soll das heißen?«

»Du musst nicht nur das Fahren lernen, sondern brauchst erstens ein Auto und zweitens als Anfängerin einen Führerscheininhaber, der dich begleitet, bist du eine unbeschränkte Fahrerlaubnis hast. Und jemand muss das bezahlen.« Er verstummte und blickte auf die Straße, während die Scheibenwischer gegen einen plötzlichen Regenschauer ankämpften.

Jazz lehnte sich in ihrem Sitz zurück und verschränkte die Arme. »Warum muss alles immer so kompliziert sein?«, schnappte sie und schaute mürrisch in die Nacht hinaus.

Da es im *Kookaburra* dank zusätzlicher Bestellungen und Reservierungen immer höher herging, musste Jazz sich mit der ärgerlichen Tatsache abfinden, dass sich ihr Mobilitätsproblem für den Moment offenbar nicht lösen ließ.

Zwei Wochen später, zum Glück war es endlich einmal ein ruhiger Tag gewesen, brachte Amelia das Thema wieder aufs Tapet.

»Ich finde es prima, dass du den Führerschein machen und dir ein Auto anschaffen willst. Dein Großvater und ich haben darüber gesprochen, wie wir das finanziell am besten regeln, und würden dir gern helfen. Du unterstützt uns sehr im Geschäft und hast in den letzten beiden Wochen bewiesen, wie fleißig du zupacken kannst. Dir ein Auto zu schenken, können wir uns nicht leisten, weil wir immer noch mit Anfangsschwierigkeiten zu kämpfen haben, aber wir denken, es ist an der Zeit, dir für deine Mitarbeit ein richtiges Gehalt zu bezahlen. Wenn ich morgen deine Mutter anrufe, um ihr zu erzählen, was wir entschieden haben, werde ich sie fragen, ob sie und dein Dad bereit wären, dir ein Auto zu kaufen.«

»Ein richtiges Gehalt«, jubelte Jazz, klatschte erfreut in die Hände, sprang auf und fiel ihren Großeltern um den

Hals. Da Poppy gesagt hatte, sie brauche einen Führerscheininhaber, der sie begleitete, rief sie eine andere Kursteilnehmerin an, die in der Nähe wohnte und eine Fahrerlaubnis hatte, allerdings derzeit kein Auto besaß. »Problem gelöst«, verkündete sie fröhlich nach dem Telefonat.

Danielle war sehr erleichtert zu hören, dass Jacinta endlich mit ihren Großeltern an einem Strang zog. Sie lud Jazz ein, sie für einige Wochen in Dubai zu besuchen, und schlug vor, das Thema Auto dann zu besprechen. Amelia erklärte sie, sie und Noel bestünden darauf, dass Jazz ihre Fahrstunden selbst finanzierte. Und sie fügte hinzu, dass in dieser Angelegenheit erst dann weitere Schritte unternommen werden würden, wenn Jazz ihren Großeltern Miete bezahlte.

»Zu Hause Miete bezahlen?«, fragte Jazz entsetzt, nachdem ihre Großmutter ihr den Inhalt des Gesprächs wiedergegeben hatte.

»So lautet die Bedingung. Das tun nämlich alle normalen Menschen. Und bevor du dich weiter aufregst: Dein Vater ist einverstanden, dir ein Auto zu kaufen«, fügte ihre Großmutter hinzu.

»Aber das hier ist doch mein Zuhause«, wiederholte Jazz entgeistert.

»Und wer, glaubst du, bezahlt die Rechnungen? Das Geld wächst nicht an den Bäumen«, entgegnete Amelia streng.

Jazz verschränkte die Arme.

»Das ist ja super! Erst wollt ihr mir ein Gehalt zahlen, und dann holt ihr es euch in Form von Miete zurück«, schrie sie, wütend darüber, dass ihr Mutter sogar aus der Entfernung Einfluss auf ihr Leben nahm.

»Ich denke, wir sollten uns alle beruhigen. Lass mich erklären«, erwiderte Poppy gelassen. »Wenn wir dir als Miete zehn Prozent von deinem Gehalt abziehen, ist das ungefähr ein Viertel dessen, was es dich kosten würde, allein zu wohnen. Außerdem bleiben dir so noch immer neunzig Prozent, sodass du es kaum bemerken würdest. Du hättest ein Dach über dem Kopf, etwas zu essen, einen fahrbaren Untersatz und ein bisschen Taschengeld. Und wenn du deine Karten richtig ausspielst, könntest du deinen tattrigen Großvater überreden, im Notfall als lizenzierter Fahrer einzuspringen. Was hältst du davon?«

Überrascht über den humoristischen Ton ihres Großvaters, blickte Jazz auf und grinste breit. »Auch wenn du tust, als ob du alt wärst, bist du auf keinen Fall tattrig! Entschuldige, dass ich gerade so patzig war, Oma.« Sie fiel ihrer Großmutter um den Hals und klatschte dann begeistert in die Hände. »Ein eigenes Auto und ein richtiges Gehalt!«

In der kommenden Woche absolvierte Jazz die erste Fahrstunde. Dann war es bald Zeit für den Flug nach Dubai. Fröhlich stieg sie in die Maschine. Sie freute sich schon darauf, das Haus ihrer Eltern zu sehen. Außerdem vermisste sie sie mehr, als sie sich eingestehen wollte, und konnte es kaum erwarten, ihnen von ihrer neu entdeckten Liebe zum Kochen zu erzählen und ihre Kenntnisse vorzuführen.

Danielle empfing sie am Flughafen mit offenen Armen. »Kind, du hast mir so gefehlt.« Sie umarmte sie fest, trat dann einen Schritt zurück, fasste Jazz an den Schultern und musterte ihr Gesicht. »Du siehst wunderbar aus. Ich muss dir unbedingt alles zeigen. Komm, wir holen dein Gepäck.«

Sie hakte Jazz unter.

»Ich wünschte, ich hätte dich öfter besuchen können, aber dein Dad hat so viel um die Ohren. Es läuft beruflich sehr gut für ihn.«

Auf der Fahrt zur Luxuswohnung ihrer Eltern kam Jazz aus dem Staunen gar nicht mehr heraus. Noch nie hatte sie so viele beeindruckende und ungewöhnlich geformte Wolkenkratzer und bunte Lichter gesehen.

Am nächsten Tag machte ihre Mutter mit ihr eine kurze Stadtbesichtigung. Ehrfürchtig betrachtete Jazz die prachtvollen Dubai Towers, deren hohe, geschwungene Pfeiler wie silberne Flammen in den Himmel ragten. Sie gönnten sich ein oppulentes Mittagessen im Restaurant der obersten Etage eines Wolkenkratzers.

Jazz konnte sich nicht entscheiden, ob sie sich lieber mit den zahlreichen verlockend gewürzten Speisen, die man ihr servierte, beschäftigen oder den atemberaubenden Blick über die von Menschenhand geschaffenen Inseln genießen sollte, die in Form einer gewaltigen Palme in das Arabische Meer hineinragten.

Am Abend, beim Essen in einem anderen luxuriösen Hotel, wäre sie fast während einer Bauchtanzdarbietung eingeschlafen und fiel schließlich erschöpft, aber überglücklich ins Bett.

Am nächsten Tag stellte ihre Mutter sie ihrer Freundin Rose und deren Tochter Tiffany vor, die etwa in Jazz' Alter war. Als Tiffany vorschlug, gemeinsam den legendären Goldbasar zu besuchen, war Jazz sofort einverstanden. In ein weites, langärmeliges Baumwolloberteil und ein hübsches buntes Kopftuch gehüllt, einer Leihgabe von Tiffany, begutachtete sie begeistert die riesige Auswahl an goldenen und silbernen Schmuckstücken.

»Leider nur zum Anschauen, nicht zum Anfassen. Außer, man hat das Glück, etwas geschenkt zu bekommen«, meinte Tiffany lachend und betastete das kunstvoll gravierte Medaillon an ihrem Hals.

Jazz spähte in das mit funkelndem Gold und Edelsteinen überladene Schaufenster und fragte sich, ob ihr Vater ihr wohl nicht nur ein Auto, sondern auch eine Goldkette kaufen würde.

Zum ersten Mal, seit sie denken konnte, war ihr Vater den Großteil der Zeit tatsächlich anwesend und interessierte sich für das, was sie tat. Doch obwohl er sich zu ihrer Freude nach einer ausführlichen Diskussion zur Anschaffung eines Autos bereiterklärte, war ein Gespräch über ihre Liebe zum Kochen mit ihm nicht möglich. Stets läutete zufällig das Telefon, Gäste trafen ein, oder ihre Mutter scheuchte sie zu einem weiteren Einkaufsbummel oder gesellschaftlichen Ereignis.

Am Tag vor ihrer Abreise gelang es Jazz endlich, ihren Vater abzufangen. Stolz berichtete sie ihm, dass sie bei der Planung der Speisekarte im *Kookaburra* mithalf und dabei ihre im Kochkurs erworbenen Kenntnisse anwendete.

»Seit wann möchtest du nicht mehr Modedesignerin werden?«, fragte Noel geradeheraus.

Jazz starrte ihren Vater an und errötete. Mit verschränkten Armen ließ sie sich in den seidenen Liegestuhl fallen.

»Ich koche wirklich sehr gern. Oma und ich kreieren unsere eigenen Kookaburra-Suppen.«

»Kookaburra-Suppen? Ist das eine Version der berühmten

australischen Kakadusuppe? Man kocht den Kookaburra mit einem Stein, isst dann den Stein und wirft den Vogel weg?« Brüllend vor Lachen legte ihr Vater den Kopf in den Nacken.

Jazz zuckte zusammen und zwang sich zu einem Lächeln. »Nein, Dad. Das sind hausgemachte Gemüsesuppen.«

»Ich weiß nicht, ob man mit hausgemachter Suppe einen Hund hinter dem Ofen hervorlocken kann, aber wenigstens hilfst du deinen Großeltern, was deine Mutter und mich sehr erleichtert. Da wir noch eine Weile hierbleiben werden, ist es schön zu wissen, dass du dich benimmst. Allerdings solltest du dir ernsthafte Gedanken über deine Zukunft machen. Schließlich kannst du nicht für immer bei deinen Großeltern wohnen. Du musst entscheiden, was du mit deinem Leben anfangen willst, und eine Ausbildung beginnen.«

»Aber genau das tue ich ja, Dad«, entgegnete Jazz ungeduldig. »Ich habe über meine Zukunft nachgedacht, und ich will kochen. Ich liebe es. Ich besuche einen Kochkurs. Das versuche ich dir schon die ganze Zeit zu erzählen. Das ist es, was ich mir für mein Leben wünsche.«

Ihr Vater wirkte nicht sehr beeindruckt, doch ehe er etwas antworten konnte, läutete sein Mobiltelefon, und er musste fort.

Am nächsten Tag wollte Jazz sich ihrer Mutter anvertrauen.

»Liebes, dein Vater möchte nur, dass es dir gut geht«, erwiderte Danielle. »Such dir einfach eine nützliche Beschäftigung und pack es an. Danke, dass du Oma und Poppy so eine Unterstützung bist.«

Sie steuerten auf die Abflughalle zu, wo Jazz das Flugzeug nach Australien besteigen sollte.

»Du kannst uns jederzeit anrufen oder mailen. Du solltest das Gefühl haben, dass wir ganz in der Nähe sind. Richte deiner Oma und Poppy Grüße von mir aus und meldete dich, wenn du wohlbehalten im *Kookaburra* angekommen bist. Tschüs, mein Kind. Ich hab dich lieb.«

Mit Tränen in den Augen umarmte Jazz ihre Mutter und trat durch die Türen des Abflugbereichs. Es gelang ihr, sich zu beherrschen, bis sie auf ihrem Platz saß. Doch als das Flugzeug dröhnend die Startbahn entlangraste, öffneten sich die Schleusen.

Während Jazz beobachtete, wie der Boden sich entfernte und Dubai in der Tiefe verschwand, liefen ihr die Tränen über die Wangen, und ihre Schultern wurden von lautlosen Schluchzern geschüttelt. Ihre Mutter war offenbar zu sehr mit ihrem aufregenden neuen Leben beschäftigt, um Jazz wirklich zur Kenntnis zu nehmen.

Jazz wusste nicht, wann sie ihre Eltern wiedersehen würde. Sie spielte in ihrem Leben nicht mehr die Hauptrolle, womit sie sich nur schwer abfinden konnte. Ihr Vater interessierte sich weder für ihre Zukunftspläne noch dafür, dass sie bereits begonnen hatte, die dafür nötigen Qualifikationen zu erwerben. Es kümmerte ihn nicht – oder er war wieder einmal nicht mit ihrer Entscheidung einverstanden. Sie wusste nicht, was schlimmer war.

10

Jazz war froh, zu Hause zu sein, und bald hatte der Alltag im *Kookaburra* sie wieder. Sie genoss ihre morgendlichen Spaziergänge mit Lamington und hielt auf dem Weg zum Gartentor hinaus stets Ausschau nach Hero in den hohen Jacarandabäumen. Zu ihrer Freude ragen bereits die ersten grünen Schösslinge vorwitzig aus dem Boden, da der Busch nach den Bränden wieder zum Leben erwachte.

Abends stand sie da, atmete die frischen Gerüche der Natur ein, lauschte dem Quaken der Frösche und kam zu dem Schluss, dass sie diesen Ort inzwischen liebte. Der Tag, an dem sie ihre Fahranfänger-Nummernschilder erhielt, war einer der glücklichsten ihres Lebens.

Nachdem sie Poppy eine Woche lang ununterbrochen in den Ohren gelegen hatte, ihr beim Aussuchen eines Autos zu helfen, und einigen hitzigen Telefonaten nach Dubai, kaufte sie einen nagelneuen, knallroten Honda mit beigen Wildledersitzen, Chromleisten und personalisiertem Nummernschild.

Die Geschäfte im *Kookaburra* liefen immer besser. Jazz, nun endlich unabhängig, fuhr jede Woche zu ihrem Kochkurs und erbot sich, Einkäufe für das Café zu erledigen, wozu Poppy sie gern begleitete.

Hier ist wirklich die Hölle los, dachte sie zufrieden, während sie spätabends eine Geburtstagstorte mit Schokoglasur bestrich.

Das Haus war still. Jazz trat zurück, um ihr Werk kritisch zu begutachten. Die Schrift war ein wenig schief geraten, doch an den kleinen Körbchen mit Zuckerveilchen in der Mitte würde niemand etwas auszusetzen haben. Mit einem Seufzer stellte sie die Torte in den Kühlschrank, machte sauber und ging zu Bett.

Am folgenden Morgen wurde sie davon geweckt, dass Lamington mit dem Schwanz gegen den Bettpfosten schlug. Sie öffnete die Augen und bemerkte, dass sie verschlafen hatte.

»Heute ist mein freier Tag, schon vergessen?«, gähnte sie, setzte sich auf und streckte sich. Durch das Fenster strömte Sonnenlicht herein. Der Tag war viel zu schön, um ihn im Bett zu verbringen. »Was hältst du von einem Strandspaziergang, Lamington?«, fragte sie, zauste sein Fell und küsste ihn auf den Kopf.

Chelsea musste für eine Prüfung lernen. Sie hatten sich zwar später auf einen Kaffee im *Red Gum Hotel* verabredet, aber Jazz brauchte zuerst Bewegung. Also rannte sie aus dem Haus und durch den Busch auf den alten Leuchtturm zu. Die Landschaft war zwar noch immer dunkelbraun verbrannt, doch hie und da war das erste helle Grün zu erkennen. Vergnügt vor sich hin summend, lief Jazz an der Höhle vorbei und die Klippe hinunter zum Strand. Unten angekommen, ließ sie Lamington von der Leine und folgte ihm raschen Schrittes.

Der Strand vor ihr beschrieb einen weiten Boden. Wellen brachen sich, Gischt versprühend, im Sand. Ein kalter Herbstwind umwehte Jazz' nackten Knöchel, als sie weitermarschierte und die salzige Luft einatmete. Es war so schön, lebendig zu sein.

Einige Wellenreiter trotzten der Kälte, und Jazz blieb stehen, um sie zu beobachten. Die meisten von ihnen kannte sie, doch einer war dabei, den sie noch nie gesehen hatte. Eine Weile betrachtete sie ihn und war ziemlich beeindruckt, als er eine gewaltige Welle absurfte. Jazz drehte sich um und fing an zu lachen, denn Lamington hatte einen Seestern gefunden, den er nun abwechselnd anbellte und ängstlich mit der Schnauze anstupste.

»Der ist doch tot, du dummer Hund«, rief Jazz und bückte sich, um den Seestern in Augenschein zu nehmen. Als sie hinter sich eine Männerstimme hörte, zuckte sie vor Schreck zusammen.

»Interessante Tiere, findest du nicht?«

Sie wirbelte herum und stand vor dem Surfer, dem sie gerade noch zugeschaut hatte. Überrascht schnappte sie nach Luft. Große blaue Augen sahen sie aus einem sonnengebräunten Gesicht herausfordernd an. Das blonde Haar war vom Salzwasser durchnässt und zurückgestrichen. Ein schwarzer Neoprenanzug schmiegte sich an seine breiten Schultern und die schmale Taille. Nachdem er den Riemen des Surfbretts gelöst hatte, kam er auf sie zu.

»Entschuldige, ich wollte dich nicht erschrecken. Die letzte Welle hat mich ein bisschen schnell an den Strand gesetzt.«

Sein Blick glitt bewundernd über sie und blieb an dem Hund neben ihr hängen. »Das ist Lamington, Mrs Newports Labrador, richtig?«

Jazz errötete heftig. »Offenbar kennt hier jeder jeden. Ich bin ihre Enkelin Jazz. Und du?«

»Ich heiße Brad, Brad Simons. Deine Großeltern habe

ich kennengelernt, als sie gerade angefangen hatten, das *Kookaburra* zu renovieren. Sie waren im *Red Gum* einen trinken. Mein Schwager ist dort Geschäftsführer. Ich arbeite in Sydney, aber verbringe die Wochenenden hier, um dem Trubel zu entfliehen.« Er bückte sich nach seinem Surfbrett und klemmte es lässig unter den Arm.

»Warum kommst du nicht mit ins *Red Gum* und trinkst einen Kaffee mit mir. Das heißt, falls du nicht zu beschäftigt bist.«

Jazz zögerte. Er war wirklich niedlich und außerdem ein sehr guter Surfer.

»Du wirst es nicht glauben, aber ich bin in etwa einer Stunde mit meiner Freundin Chelsea dort verabredet. Vielleicht kennst du sie.«

»Nein, aber ich würde sie gern kennenlernen. Also, ja oder nein?«

»Ich muss erst Lamington nach Hause bringen.« Jazz war noch unsicher.

»Kein Problem. Mein Auto steht da drüben. Er kann hinten auf der Ladefläche sitzen.« Er wies auf einen blitzblanken blauen Pick-up, der am Anfang des Strandes stand, halb hinter den Dünen versteckt.

»Ja, das müsste klappen«, erwiderte Jazz. Ihr Puls schlug schneller, und sie bemerkte, wie durchtrainiert und gut aussehend er war.

Geschickt umfasste Brad Lamingtons Beine und hob ihn mühelos auf die Ladefläche. Als Jazz mit einem zufriedenen Seufzer neben Brad Platz nahm, wurde ihr klar, dass sie seit Tim von keinem Mann mehr so begeistert gewesen war.

Bei ihrer Ankunft saß Chelsea schon an einem Tisch auf der Caféterrasse des *Red Gum*.

»Ein Traumtyp. Wo hast du den denn aufgegabelt?«, raunte sie, als Brad loslief, um zu duschen und sich umzuziehen.

»Am Strand, wo sonst?«, flüsterte Jazz zurück. »Vielleicht ist er ein Langweiler. Ich kenne ihn ja nicht.«

»Klar, und ich bin eine Weltklassesurferin mit Superfigur«, entgegnete Chelsea.

Beim Kaffee erzählte Brad, er sei als Assistent bei einem großen Finanzinvestor in Sydney tätig. Seine ältere Schwester Rita und ihr Mann Geoff hätten das *Red Gum Hotel* vor acht Monaten übernommen. Deshalb fuhr Brad stets gern nach Come-What-May, wenn er ein freies Wochenende hatte.

Am nächsten Freitag lud er Jazz nach Newcastle ins Kino und anschließend in ein bekanntes, teures Restaurant ein. Im Laufe der kommenden Wochen verbrachten die beiden immer mehr Zeit miteinander, und Jazz stellte fest, dass sie trotz ihres Vorsatzes, sich nicht mehr auf jemanden einzulassen, im Begriff war, sich in Brad zu verlieben.

Sie genoss es, wie er sie mit Aufmerksamkeiten überschüttete, und er war so anziehend, romantisch und rücksichtsvoll, dass ihr bohrender Schmerz nach der Trennung vom Tim nachließ. Es dauerte nicht lang, bis sie ihm völlig verfallen war. Ihr Kopf drehte sich, und sie telefonierte stundenlang mit ihm oder schickte ihm SMS, obwohl sie eigentlich hätte arbeiten sollen. Wenn er anrief und seinen Besuch am Freitagabend ankündigte, schwänzte sie ihren Kochkurs, um sich mit ihm zu treffen.

Als sie ihrer Großmutter eines späten Freitagabends Mitte Juni mitteilte, sie werde am nächsten Tag ausgehen, erntete sie heftigen Protest.

»Oh Jazz! Du weißt doch, wie schrecklich viel wir zu tun haben. Eigentlich dachte ich, wir hätten uns auf deine freien Tage geeinigt. Wir haben Unmengen von Plätzchenbestellungen, die bis Sonntagabend fertig sein müssen. Außerdem brauche ich dich zum Kellnern. Du warst einverstanden, mir zu helfen. Also wirst du Brad sagen müssen, dass du dieses Wochenende keine Zeit hast.«

Aber Jazz schlug ihre Einwände in den Wind und verabredete sich trotzdem mit Brad. Als sie später die eindeutig angespannte Stimmung im Haus spürte, wurde ihr klar, dass sie es diesmal übertrieben hatte. Jazz nahm sich zwar fest vor, die Sache wiedergutzumachen, doch in der nächsten Woche traf eine SMS von Brad ein, in der er ihr eine besondere Überraschung versprach und sie bat, zum Strand zu kommen. Ohne nachzudenken, lief Jazz aus dem Haus.

Brad erwartete sie am Anfang des sandigen Pfades, der zum Strand führte, und wirkte gleichzeitig aufgeregt und schüchtern.

»Ich habe ein Geburtstagsgeschenk für dich«, verkündete er errötend und zauberte ein kleines Päckchen hinter seinem Rücken hervor. »Okay, ein verspätetes Geschenk oder ein verfrühtes für das nächste Jahr. Aber bis dahin kann ich unmöglich warten«, sprach er rasch und mit ziemlich rot angelaufenen Ohren weiter. »Hier.«

Er drückte ihr das ordentlich eingewickelte Päckchen in die Hand.

»Ach, du bist so lieb«, begeisterte sich Jazz.

Zuerst öffnete sie die Karte, dann das Päckchen und stieß einen Freudenschrei aus. Es war das hübsche rosafarben und grün eingebundene Tagebuch mit dem kleinen Vorhängeschloss, das sie bei ihrem letzten Besuch in Newcastle bewundert hatte.

»Oh, danke. Es ist wunderschön. Ich dachte nicht, dass du zugehört hast.«

»Nun ja, und dann habe ich noch das hier.«

Brad zog einen schmalen Umschlag aus der Tasche und reichte ihn ihr. Es waren Tickets für ein All-inclusive-Wochenende in Surfers Paradise Ende Juli. Jazz sah ihn erstaunt an.

»Ich weiß, bis dahin ist es noch lange hin, doch ich kann mich nicht früher von der Arbeit loseisen. Das Angebot war so günstig, dass ich nicht widerstehen konnte. Also bin ich das Risiko eingegangen und habe gebucht. Falls du dir nicht im Café freinehmen ...«

»Nicht freinehmen?«, unterbrach Jazz ihn aufgeregt. »Natürlich kann ich, ich werde das schon hinkriegen. Ach, Brad, vielen Dank.«

Sie fiel ihm um den Hals und küsste ihn.

»Das ist ein wundervolles Geburtstagsgeschenk, vielen Dank«, wiederholte sie und küsste Brad zärtlich, als sie – vom *Kookaburra* aus nicht zu sehen – später am Nachmittag im geparkten Auto saßen. Mit einem Seufzer sah sie auf die Uhr. Es war kurz vor sechs. »Ich muss los.« Widerwillig stieg sie aus und warf ihm eine Kusshand zu.

Erst als sie schon fast an der Tür stand, erinnerte sie sich, dass sie ihrer Großmutter versprochen hatte, ihr heute

Nachmittag bei den Vorbereitungen für eine große Tischgesellschaft zu helfen.

Amelia, die gerade Hühnerfleisch in Blätterteig wickelte, blickte auf. Es war eine mühselige Tätigkeit, die Fingerspitzengefühl erforderte, denn die Blätterteigplatten brachen immer wieder.

»Wo warst du? Ich ersticke in Arbeit. Offenbar hast du vergessen, dass du mir zur Hand gehen wolltest. Als ich im *Red Gum* anrief, wusste niemand, wo du steckst. Ich habe mir Sorgen gemacht. Ich wünschte, du wärst nicht so gedankenlos, einfach zu verschwinden, ohne jemandem Bescheid zu sagen. Ist alles in Ordnung?«

»Ach Oma, es tut mir so leid«, rief Jazz verlegen. Allerdings konnte nichts ihre Hochstimmung dämpfen. »Ich habe tolle Neuigkeiten! Brad fährt mit mir Ende nächsten Monats nach Surfers Paradise. Heute Morgen hat er mir eine SMS geschickt, in der stand, er hätte eine Überraschung für mich. Die Sache mit heute tut mir wirklich leid, Oma.«

»Schon gut. Ich will alles ganz genau hören. Aber im Augenblick müssen wir das Abendessen vorbereiten. Kümmere dich um den grünen Salat. Und wasch die Salatblätter gründlich ab«, wies sie Jazz an und machte sich auf die Suche nach einer Pfanne.

Nachdem der letzte Gast endlich gegangen und alles wieder sauber und ordentlich war, schenkte Oma Amelia ihnen beiden eine Tasse Pfefferminztee ein. Dann setzten sie sich mit einem Teller Reiskräcker mit Ziegenkäse auf ihren Lieblingsplatz auf der Veranda. Ein fast voller Mond erleuchtete die Welt um sie herum.

»Erzähl schon, wie war dein Tag?«, forderte sie Jazz auf und wärmte sich die Hände an der Tasse.

Mehr Ermutigung hatte Jazz nicht nötig.

»Oh Oma, ich glaube, er ist der Richtige. Wirklich! Er ist liebevoll und einfühlsam und hat Humor und, und ... Oma, ich bin verliebt! Diesmal ist es anders.« Sie hielt inne. »Hättest du etwas dagegen, wenn ich mit ihm in Urlaub fahre?«

»Wenn du dir deiner Sache sicher bist. Allerdings gehst du damit eine Verpflichtung ein. Möchtest du das tatsächlich? Du bist noch sehr jung und hast das ganze Leben vor dir. Vielleicht solltest du nichts überstürzen.«

»Ach, Oma, ich liebe ihn so«, beteuerte Jazz.

»Nun, du bist volljährig. Aber sei vorsichtig. Und lass dir nicht wieder das Herz brechen. Also wenn es denn sein soll ...«, erwiderte ihre Großmutter.

Nachdem sie noch eine Weile geplaudert hatten, ging Amelia zu Bett. Jazz saß noch lange in der ruhigen dunklen Nacht, betrachtete den leuchtenden Mond und dachte an Brad, daran, wie sehr sie diesen Ort liebte, und an das schöne Gespräch mit ihrer Großmutter. Sie schwebte immer noch auf Wolke sieben, als sie sich ins Bett legte. Brad war so süß und viel netter als Tim. Viel, viel netter.

»Ich liebe ihn wirklich«, flüsterte sie beim Einschlafen.

Als sie am nächsten Morgen duschte und sich anzog, strahlte sie noch immer vor Glückseligkeit. Sie band ihr Haar zu einem festen Pferdeschwanz zusammen und ging nach unten zum Frühstücken. Poppy und Amelia saßen, ins Gespräch vertieft, am Tisch. Ihre Großmutter wirkte ungewöhnlich angespannt und nervös und starrte auf die Tischplatte. Erstaunt füllte Jazz eine Schale mit Frühstücksflocken und nahm Platz.

»Guten Morgen, Jazz«, sagte Poppy nach einer Weile.

»Ich fasse es nicht, dass sie es wirklich getan haben«, murmelte Amelia, ohne auf ihre Enkelin zu achten. »Das heißt, wir müssen bis Freitag Widerspruch einlegen, wenn wir eine Chance haben wollen, die Sache zu stoppen. Ich rufe sofort den Stadtrat an. Das ist eine Unverschämtheit.«

»Was ist eine Unverschämtheit?«, fragte Jazz, plötzlich besorgt. Niemand antwortete. »Es tut mir leid, dass ich gestern Nachmittag nicht gesagt habe, wo ich bin. Das war egoistisch von mir«, fuhr sie verlegen fort.

»Ach ja«, erwiderte Poppy und hob geistesabwesend den Kopf. »Deine Großmutter hat es mir erzählt. Sehr schön. Ich freue mich, dass du glücklich bist.« Er wandte sich wieder an Amelia. »Warum versuchst du es nicht? Allerdings würde ich mir keine allzu großen Hoffnungen machen.«

»Was versuchen? Was ist denn passiert?«, erkundigte sich Jazz.

Poppy betrachtete sie nachdenklich. »Wir haben ein kleines Problem, das das *Kookaburra* betrifft«, entgegnete er.

»Ein kleines Problem«, empörte sich Amelia. »So nennst du es also, wenn unser ganzer Traum zerstört werden soll? Ein kleines Problem?«

11

Deine Großmutter meint das hier. Du solltest es lesen. Schließlich geht es auch um dein Zuhause.« Poppy reichte Jazz ein zwei Wochen altes Schreiben des Stadtrats.

Jazz las es zunehmend ungläubig. »Aber ihr habt doch gesagt, dieses Land dürfe nicht bebaut werden«, sagte sie.

»Das dachten wir auch. Angeblich steht das Gebäude ja unter Denkmalschutz«, entgegnete ihre Großmutter spitz.

»Das stimmt nicht ganz, Liebling«, wandte Poppy freundlich ein.

»Doch«, zischte Amelia.

»Wenn ich mich recht entsinne, hieß es nur, das Café stehe auf der Liste der möglicherweise unter Denkmalschutz zu stellenden Gebäude.«

»Was bedeutet ›öffentliche Einsichtnahme und Anhörung‹?«, unterbrach Jazz.

»Dass der Stadtrat sämtliche Pläne im Rathaus auslegt und wir, also die Öffentlichkeit, aufgefordert sind, sie uns anzusehen und unsere Meinung dazu zu sagen ...«, begann Poppy.

»... die dann ignoriert wird«, beendete Amelia den Satz.

»Nicht unbedingt. Dahinter steht die Idee, eine faire ...«

»Jetzt fängst du schon wieder an«, schimpfte Amelia. »Lies doch nur, in welchem Ton der Brief geschrieben ist. ›Der ausgezeichnete Vorschlag des Geschäftsführers der angesehenen Immobiliengruppe Milhaven ...‹ Wenn das nicht bedeutet, dass die Entscheidung bereits gefallen ist, weiß ich auch nicht. Außerdem geben sie uns nur Zeit bis Freitag. Heute haben wir Mittwoch! Das ist doch albern. Welche Chance haben wir, dem Stadtrat bis dahin Vernunft beizubringen? Und bitte verlange jetzt nicht, dass wir uns beruhigen«, endete sie mit einem finsteren Blick in Poppys Richtung.

Wortlos sah Jazz zwischen ihren Großeltern hin und her. Noch nie hatte sie ihre Großmutter so aufgebracht und ihren Großvater so gleichmütig und unbeteiligt erlebt. Sie holte tief Luft.

»Was ist so schlimm daran, wenn die Nachbargrundstücke bebaut werden? Wäre das nicht gut für uns?«, versuchte sie, die Sache von der positiven Seite zu sehen.

Ihre Großmutter seufzte entnervt auf und setzte zu einer Antwort an.

»Ich übernehme das«, fiel Poppy ihr mit Nachdruck ins Wort. »Die Lage ist wie folgt: Das unbebaute Land, das an unseres angrenzt, gehört einem Immobilieninvestor. Das wussten wir von Anfang an, haben aber geglaubt, man würde dort ein Einfamilienhaus bauen, das den Cafébetrieb nicht stört. Wir haben vor dem Kauf gründliche Erkundigungen eingezogen. Nun wollen sie eine moderne Ferienanlage hochziehen.«

»Eine ›gehobene‹ Ferienanlage«, höhnte Amelia.

»Eine moderne Ferienanlage, und zwar hinter dem *Kookaburra*«, sprach Poppy ungerührt weiter. »Auf diese Weise führte die Zufahrt zur Ferienanlage über unser Grundstück. Als Folge davon würde das Café mehr Kunden bekommen. Die Immobilienfirma meint außerdem, das Bauvorhaben brächte dem Dorf Vorteile wie eine allgemeine Kanalisation, eine bessere Wasserversorgung, Anschluss ans staatliche Stromnetz und mehr Arbeitsplätze.«

»Ist es dann nicht gut für uns und das Dorf?«, beharrte Jazz, die den Grund für die Aufregung noch nicht ganz verstand.

»Man plant außerdem, den alten Leuchtturm abzureißen und den Busch zu roden. Sie wollen uns ein Ersatzgrundstück anbieten, das sich in Buschland verwandeln ließe. Das hieße, dass der Pfad zur Höhle blockiert wird. Die Höhle, die sich ebenfalls auf dem Grund der Immobilienfirma befindet, würde sicher nicht mehr zugänglich sein oder aus Sicherheitsgründen sogar mit Beton gefüllt werden.«

»Was?«, fragte Jazz entsetzt. »Warum denn das?«

»Als Schutzmaßname gegen einen möglichen Erdrutsch als Folge der Bauarbeiten und als Grundlage für solide Fundamente.«

»Ich fasse es nicht! Das wunderschöne Buschland! Dürfen die das denn?«, rief Jazz, ließ sich in den nächstbesten Sessel fallen und starrte Poppy entgeistert an.

Amelia bohrte den Zeigefinger in den Brief.

»Ja, falls wir hier herumsitzen und Däumchen drehen. In drei Monaten sollen die Arbeiten beginnen. Wenn wir nichts dagegen unternehmen, können wir genauso gut unsere Sachen packen und verschwinden.«

»Was sollen wir denn tun?«, fragte Jazz.

»Keine Ahnung. Aber ich überlege mir etwas«, entgegnete Amelia. »Immobilieninvestoren! Stadträte! Das sind doch alle Ganoven. Denen mit ihrer Ferienanlage werde ich es zeigen.«

»Lasst uns zuerst die ausliegenden Pläne anschauen und uns gründlich informieren«, schlug Poppy gelassen vor.

»Wie schaffst du es nur, so ruhig zu bleiben?«, wollte Amelia wissen.

»Was bleibt mir anderes übrig?«, erwiderte Poppy.

»Es gibt bestimmt einen Ausweg«, sagte Jazz. »Könnten wir nicht …? Ist da vielleicht …? Oder … Nein, wartet! Hier lebt doch sicher irgendeine gefährdete Eulen- oder Froschart, die dann vom Aussterben bedroht wäre.«

»Warum findest du das nicht heraus, Jazz?«, forderte Poppy sie auf.

»Ja, Jazz, finde es heraus«, wiederholte Amelia. Sie stand auf und blickte kurz ins Leere. Dann putzte sie sich lautstark die Nase und begann, das Frühstücksgeschirr abzuräumen. Doch schon im nächsten Moment hielt sie inne. »Es ist eine Unverschämtheit, uns den Brief erst so spät zu schicken. Ich rufe sofort beim Stadtrat an.«

Während Jazz die Spülmaschine einräumte, teilte eine schnippische Sekretärin Amelia mit, alle Briefe seien gleichzeitig vor zwei Wochen abgeschickt worden. Sie habe keine Erklärung für die Verzögerung. Außerdem habe sich sonst niemand beschwert.

»Was die anderen getan oder nicht getan haben, ist mir egal. Es ist empörend«, schimpfte Amelia und knallte den Hörer hin. »Los, ihr zwei, wir müssen zum Rathaus und feststellen, was da gespielt wird.«

»Genau! Ich hole nur meine Handtasche«, rief Jazz und wischte sich rasch die Hände an einem Geschirrtuch ab.

Im Rathaus wurde schnell klar, dass Brian Milhaven, der Inhaber von Milhaven Immobilien, die Mitglieder des

Stadtrats auf sehr schlaue Weise von den Vorteilen seines Projekts für Come-What-May überzeugt hatte. Der Bauunternehmer hatte ein ausführliches Umweltgutachten vorgelegt, in dem umfangreiche Bestände von in dieser Gegend nicht heimischen Eichen und Ulmen verzeichnet waren. Ihre Beseitigung in Kombination mit dem Vorhaben, das Land mit einheimischer Vegetation zu bepflanzen, entspräche genau den Empfehlungen des Umweltministeriums.

Brian schlug auch vor, auf dem Gelände der Ferienanlage ein Kulturzentrum für Aborigines einzurichten, um die Bedeutung der Eingeborenen hervorzuheben und ihr Leben im Busch vor der Ankunft der Europäer zu zeigen.

»Also wollen sie die Höhle mit ihrer jahrhundertealten Geschichte zerstören und dafür ein Alibi-Museum hinstellen, das niemand besuchen wird. Und zwar in einer hässlichen modernen Ferienanlage, die kein Mensch will. Und warum können sie den Leuchtturm nicht stehen lassen? Er gehört zum Dorf. Für wen halten diese Leute sich eigentlich?«, meinte Jazz verärgert, als sie wieder zu Hause waren.

»Das nennt man Fortschritt«, spöttelte Poppy.

»Wir müssen diese Ganoven doch irgendwie stoppen können«, beharrte Jazz.

»Jedenfalls werden wir unser Bestes versuchen. Geh und schau, ob du etwas über gefährdete Arten herausfindest. Unterdessen werde ich für heute Abend eine Versammlung organisieren«, antwortete ihre Großmutter und griff zum Telefon.

Um sieben hatte sich eine große Anzahl von Einheimischen im *Kookaburra* versammelt. Während Jazz Tee und Kuchen herumreichte, erläuterte Amelia das Bauvorhaben und schlug vor, eine Unterschriftensammlung dagegen zu veranstalten.

»Wir haben bis Büroschluss am Freitag Zeit, so viele Unterschriften wie möglich zusammenzubekommen. Jazz und Chelsea haben sich bereit erklärt, dabei zu helfen«, fügte Amelia hinzu, als die beiden Mädchen hastig fotokopierte Listen verteilten.

»Ich spreche morgen mit dem Lehrerkollegium und melde mich wieder bei Ihnen«, sagte der Rektor sofort.

Auch andere boten ihre Hilfe an. Nach einer halben Stunde hatten sich die Anwesenden darauf geeinigt, zuerst Unterschriften zu sammeln und dann beim Stadtrat gegen das Bauvorhaben zu protestieren.

In den nächsten Tagen klapperten Jazz und Chelsea in Windeseile das ganze Dorf ab und sammelten Unterschriften. Am Freitag um fünf hatten sie eine beachtliche Liste beisammen, auf die sich auch der noch amtierende Bürgermeister, der Arzt, der Rektor und sogar ein paar abtrünnige Mitglieder des Stadtrats eingetragen hatten.

»Das wird sie ins Grübeln bringen«, meinte Amelia triumphierend, als sie und Jazz aus dem Rathaus kamen, wo sie gerade die Liste abgegeben hatten. Jazz hakte ihre Großmutter unter und drückte ihr den Arm.

»Das haben wir prima gemacht, Oma«, erwiderte sie grinsend.

»Ich kann es nicht glauben, dass sie so etwas fertigbringen«, sagte sie später am Abend am Telefon zu Brad. »Dieser hinterlistige Immobilieninvestor behauptet, es sei ein zukunftsweisendes Projekt für alle. Allerdings nicht für das *Kookaburra.* Es würde alles kaputt machen. Früher fand ich das Haus beengt, aber heute könnte ich den Gedanken nicht ertragen, dass unser kleines Zuhause zerstört wird.«

»Das klingt gar nicht gut. Wie heißt denn die Firma?«, erkundigte Brad sich beiläufig.

»Milhaven Immobilien. Irgendwelche Großkotze, die glauben, sie könnten auf allen herumtrampeln, wie es ihnen passt«, entgegnete Jazz.

Am Telefon herrschte einen Moment Schweigen.

»Ich vermisse dich wirklich, Jazz. Bald liegen wir zusammen in Surfers Paradise am Strand. Müssen wir jetzt unbedingt über dieses Thema reden? Ich meine – vielleicht hat das Vorhaben dieser Leute langfristig ja etwas Gutes. Man kann sich nicht gegen den Fortschritt stemmen.«

»Das Schlimmste habe ich dir noch gar nicht erzählt. Sie wollen den alten Leuchtturm abreißen, die Höhle sperren und sie zubetonieren.«

»Wäre das so ein Verlust?«, erwiderte Brad in gelangweiltem Ton. »Der Leuchtturm wird doch schon seit Jahrzehnten nicht mehr genutzt und ist sicher brand- und einsturzgefährdet.«

»Natürlich wäre es ein Verlust. Wenn der Leuchtturm so baufällig wäre, hätte das bestimmt schon jemand gemerkt«, entgegnete Jazz und fragte sich, warum sie sich auf einmal stritten.

»Ich finde, dass du dich viel zu sehr in die Sache reinhängst, Jazz«, meinte Brad. »Verschwinde dort und genieße das Leben. Oder willst du für den Rest deiner Tage in einem Kuhdorf Kuchen backen?«

Jazz schnappte nach Luft. »Was soll das heißen?«

»Entschuldige, Jazz. Es ist nur, dass ich dich so vermisse. Ich habe eine anstrengende Woche in Sydney hinter mir. Im Moment will ich dich nur an einen sonnigen Strand entführen und – und deinen wunderschönen Körper mit Küssen bedecken.«

Obwohl Jazz freudig errötete, hatte sie die Bemerkung über ihre Arbeit im *Kookaburra* wirklich getroffen.

»Was hältst du davon, morgen eine Spazierfahrt die Küste entlang zu machen?«, fragte Brad. »Im Büro ist es momentan ruhig. Ich könnte freinehmen.«

Jazz hielt inne. Es klang sehr verlockend. »Ich kann nicht, Brad. Tut mir echt leid. Ich habe Oma versprochen, ihr dieses Wochenende zu helfen. Die Angelegenheit belastet sie ziemlich.«

»Manchmal glaube ich, dass du diesen Laden mehr liebst als mich«, gab Brad zurück.

»Nein, das stimmt nicht. Natürlich nicht«, protestierte Jazz. »Ich liebe dich mehr als das *Kookaburra* – viel mehr«, fügte sie leise und mit leicht belegter Stimme hinzu.

Als sie auflegte, fühlte sie sich ganz nervös und hatte ein schlechtes Gewissen. Etwas beschäftigte Brad, doch sie verstand nicht ganz, was es war.

Um sich aufzuheitern, beschloss sie, Carol, Tamara, Cory und die inzwischen fast fünf Monate alte Jade zu besuchen.

Da die Tür des Hauses offen stand, rief sie eine Begrüßung und trat ein. Carol saß im Wintergarten. Sie hatte gerade Jade gestillt und hob bei Jazz' Anblick erfreut den Kopf. Tamara, die neben ihr gespielt hatte, warf sich Jazz jubelnd in die Arme.

»Hallo, großes Mädchen«, sagte diese, hob Tamara hoch und küsste sie auf beide Wangen. »Hero und Sparkles richten dir liebe Grüße aus. Die habe ich deiner Mummy mitgebracht. Ich habe sie selbst gepflanzt«, verkündete sie stolz und schwenkte Salatköpfe und Kräuter, die sie in Poppys Garten geerntet hatte. »Wie geht es euch? Darf ich das Baby halten?«

»Natürlich«, erwiderte Carol, reichte ihr vorsichtig das schläfrige Baby und zog Tamara an sich. »Dann kann ich dich knuddeln, richtig?«, kicherte Tamara, kletterte sofort auf das Knie ihrer Mutter und steckte zufrieden den Daumen in den Mund. Im nächsten Moment kam Alan herein, Tamaras Dad.

»Hallo, Jazz. Zurzeit geht es ganz schön hoch her. Eure Unterschriftensammlung hat im Stadtrat für ziemlichen Wirbel gesorgt. Es stehen eine ganze Menge wichtiger Leute auf dieser Liste.« Er schenkte sich einen Kaffee ein.

Alan saß bereits seit einigen Jahren im Stadtrat und hatte vor, für das Bürgermeisteramt zu kandidieren. Er hatte immer ein paar spannende Anekdoten aus den Ratssitzungen zu erzählen. Nachdem er einen großen Schluck Kaffee getrunken hatte, betrachtete er Jazz und Jade.

»Ich hätte da etwas, das deine Großmutter interessieren könnte«, sagte er schließlich.

»Ach wirklich?«, antwortete Jazz, schaukelte Jade sanft und versuchte, nicht zu neugierig zu wirken. Inzwischen hatte sie nämlich gelernt, dass man Alan besser Zeit ließ.

»Richte ihr aus, ich hätte letztens mit dem jungen Nick Griffith geplaudert. Nick sagt, er hätte die Reisen der Stadtratsmitglieder in den letzten Monaten unter die Lupe genommen. Offenbar hat er etwas herausgefunden«, sagte Alan geheimnisvoll. Nick war Reporter beim *Village Chronicle*, der Lokalzeitung.

Zu Hause erzählte Jazz ihren Großeltern, was Alan gesagt hatte. Poppy rief daraufhin sofort Nick an, der ihm berichtete, er wisse von einem Stadtratsmitglied, das kostenlos eine Woche in einem Fünf-Sterne-Hotel in North Queensland verbracht habe. Das Hotel gehöre Milhaven Immobilien.

Nachdem Poppy aufgelegt hatte, machte er ein nachdenkliches Gesicht. »Spannend, aber es reicht nicht, um einen Zusammenhang zwischen seinem Urlaub und dem Bauvorhaben herzustellen.«

»Und was nun?«, fragte Jazz enttäuscht.

»Keine Ahnung«, erwiderte ihr Großvater.

»Wir überlegen uns etwas«, sagte ihre Großmutter sofort.

Allerdings bekam Jazz trotz der Zuversicht ihrer Großmutter langsam Zweifel. Sie selbst war bisher nicht auf gefährdete Pflanzen oder Tiere gestoßen, die nicht bereits in Erwägung gezogen worden waren. Allmählich erschien ihr der Plan, das Bauvorhaben zu stoppen, naiv und übertrieben optimistisch.

Außerdem liefen die Geschäfte im *Kookaburra* wieder besser. Es war, als wolle jeder noch ein letztes Mal die Chance nutzen, das Lokal zu besuchen, was Jazz gleichzeitig glücklich machte und an den Rand der Erschöpfung brachte, denn ihre Kochkünste, ihre Zeit und Kraft waren nun voll gefordert.

An dem Mittwoch, bevor Jazz mit Brad nach Queensland fliegen wollte, brachte sie gerade den Müll hinaus, als ihr Freund unerwartet die Auffahrt entlanggeschlendert kam.

»Was machst du denn hier?«, rief Jazz, ließ die Mülltüten fallen und warf sich in seine Arme.

»Ich konnte es nicht mehr erwarten, dich wiederzusehen«, antwortete Brad, küsste sie und strich ihr sanft das Haar aus dem Gesicht.

Jazz schmolz dahin. Genau das war der Grund, warum sie Brad so liebte – er sorgte dafür, dass sie sich wie der wichtigste Mensch auf der Welt fühlte.

»Kannst du dich für eine Stunde verdrücken?«, fragte Brad.

Froh über einen Grund, der angespannten Stimmung im Haus zu entrinnen, warf Jazz rasch den Müll weg, eilte hinein, wusch sich die Hände, griff nach Handtasche und Jacke, rief Poppy zu, sie müsse kurz weg, und erschien beschwingten Schrittes wieder vor der Tür.

»In drei Tagen fliegen wir in den Urlaub. Ich bin so aufgeregt«, jubelte sie und hielt Brad das Gesicht entgegen.

»Ja«, stimmte Brad zu. Er küsste sie und legte ihr den Arm um die Taille.

»Was ist denn mit deinem Pick-up passiert?«, erkundigte sie sich und blieb stehen, um den eleganten blauen Mercedes zu bewundern.

»Ich hatte einen kleinen Unfall. Deshalb darf ich den hier benutzen. Nicht schlecht für ein Firmenauto, was?«, erwiderte Brad.

»Hättest es schlechter treffen können«, meinte sie. Sie umrundete den Wagen, um ihn zu begutachten. Im nächsten Moment wich sie zurück und starrte auf das diskrete Emblem an der Tür.

»M.I.G. – wo habe ich das schon einmal gesehen?« Sie hielt inne und starrte Brad an, als ihr schlagartig die Wahrheit dämmerte. M.I.G. – Milhaven-Immobilien-Gruppe! Das konnte doch nicht wahr sein!

»Du fährst ein Auto, das diesem Mann gehört?«, schrie sie auf und machte einen Satz wie von der Tarantel gestochen.

»Warum denn auch nicht?«, protestierte Brad, lief allerdings rot an.

»Wie kannst du nur?«, fragte Jazz wütend.

»Es ist ganz einfach. Und bevor du noch etwas sagst, solltest du wissen, dass Brian Milhaven mein Vater ist«, entgegnete Brad zornig.

»Dein Vater! Da lachen ja die Hühner!«

»Ganz recht, mein Vater, und du solltest dich besser daran gewöhnen, denn ich arbeite inzwischen bei ihm«, fügte Brad hinzu, der sich wieder gefasst hatte. »Das ist doch kein Weltuntergang. Ich habe schon seit einer Weile überlegt, ob ich Dad um einen Job bitten soll. Ich brauchte nur noch einen kleinen Schubs. Das Wissen, dass ich dann näher bei dir sein würde, hat den Ausschlag gegeben. Außerdem hatte ich schon seit Monaten die Nase voll von der Stelle in Sydney. Jetzt können wir uns öfter sehen. Ich dachte, du würdest dich freuen.«

Jazz blickte Brad mit offenem Mund an. Im nächsten Moment sackte sie gegen das Auto.

»Ich glaube es nicht, dass du mir so etwas antun kannst. Dir war von Anfang an klar, dass dein Dad das *Kookaburra* vernichten will, und du hast nichts dagegen unternommen? Du hast mich sogar gefragt, welche Immobilienfirma beteiligt ist.«

Sie fühlte sich gefährlich ruhig.

»Simons. Brad Simons. Was ist aus Milhaven geworden?«

»Simons ist der Name meiner Mutter. Nach der Trennung meiner Eltern habe ich ihn angenommen. Und was die Immobilienfirma angeht, war ich nicht sicher.«

»Ich dachte, du hasst deinen Vater.«

»Das war einmal. Dinge können sich ändern. Ich finde seine Pläne für Come-What-May echt cool. Es wird langsam Zeit, dass sich in diesem Nest etwas tut.«

»Ach wirklich? Was mich betrifft, spielt sich das Einzige, was sich hier tun wird, zwischen uns beiden ab. Es ist nämlich vorbei.« Sie verschränkte die Arme fest vor der Brust und sah ihn, mit den Tränen kämpfend, an.

»Können wir nicht darüber reden? Jazz, ich liebe dich.«

»Dafür ist es zu spät«, zischte Jazz. »Du hast mich die ganze Zeit angelogen. Ich könnte dir nie wieder trauen.« Tränen liefen ihr die Wangen hinunter.

»Jazz – was ist mit unserem Urlaub?«, beharrte Brad.

»Nimm jemand anderen mit. Es ist mir egal.«

Zornig wischte sie sich die Tränen ab, machte auf dem Absatz kehrt und marschierte ins Haus. Alles war so wunderbar gewesen. Und nun hatte er es kaputt gemacht.

***

In dieser Nacht lag Jazz wach und starrte an die Decke. Lautlose Tränen rannen ihr die Wangen hinunter.

»Ich liebe ihn immer noch«, flüsterte sie in die Dunkelheit hinein. »Ich liebe ihn.«

Sie seufzte tief. Sie hatte wirklich geglaubt, dass er der Richtige wäre und dass sie ihr Leben miteinander verbringen würden. Doch nun war alles aus. Sie hatte gedacht, ihn zu kennen. Aber war das bei einem anderen Menschen überhaupt möglich? Und wie sollte sie ihm je trauen können? Die Antwort war ganz einfach: gar nicht. Zwischen ihr und Brad war es endgültig vorbei.

Jazz drehte sich herum, blickte in die schwarze Nacht hinaus und versuchte nicht, auf den bohrenden Schmerz und die Sehnsucht zu achten. Wieder war ihr das Herz gebrochen worden.

»Alles in Ordnung? Möchtest du darüber reden?«, fragte Chelsea am nächsten Tag Jazz auf einem Spaziergang zum Leuchtturm.

»Lieber nicht. Ich komme mir so dumm vor. Er hat mich nach Strich und Faden belogen. Oma sagt, die Wunden würden heilen, und ich würde jemanden kennenlernen, der besser zu mir passt. Aber ich glaube das nicht. Das Problem ist, dass ich ihn noch liebe.« Ihre Stimme erstarb. »Warum gerate ich nur immer an Mistkerle, Chelsea?«

Gestern hatte sie ihren Freund verloren, und als ob das nicht genügt hätte, sollte sie auch noch zum zweiten Mal ihr Zuhause verlieren.

12

Jazz wurde von lautem Klopfen geweckt. Im nächsten Moment riss ihre Großmutter ihr die Bettdecke weg: »Steh auf, Jazz. Es ist Zeit, deine Wut richtig einzusetzen. Die Baufirma ist da, und wir brauchen deine Hilfe.« Sie eilte aus dem Zimmer.

Jazz taumelte aus dem Bett und spähte schlaftrunken über die Veranda. Als sie feststellte, dass Poppy einen dicken Spazierstock aus Holz in der Hand trug, den er ihres Wissens nach noch nie benutzt hatte, war sie sofort hellwach. Gefolgt von Amelia, marschierte Poppy zielstrebig die Straße hinunter und einem herannahenden Lastwagen entgegen.

Hastig kleidete Jazz sich an und lief zu den anderen hinüber. Als sie sie erreicht hatte, war Amelia, die hitzig mit einem der Bauarbeiter debattierte, bereits von einer kleinen Gruppe aufgebrachter Anwohner umringt. Kurz darauf fuhr ein verbeulter, mit Werkzeug beladener Pick-up vor, auf dem in großen Buchstaben das Logo der Milhaven-Gruppe prangte. Ein hochgewachsener attraktiver Mann Mitte fünfzig stieg aus.

Poppy legte Amelia beschwichtigend die Hand auf den Arm. »Wir waren uns einig, dass wir das auf zivilisierte und ruhige Weise regeln wollen«, erinnerte er sie leise.

Das Mobiltelefon am Ohr, kam der Mann auf sie zu.

»Mr und Mrs Newport, ich bin Brian Milhaven.« Mit einem höflichen Nicken steckte er das Telefon weg.

»Mir ist klar, wer Sie sind, und Sie haben kein Recht, so

etwas zu tun«, herrschte Amelia ihn an. »Dieses Grundstück war für ein Einfamilienhaus vorgesehen. Das wissen Sie ganz genau.«

»Ja, und lassen Sie den Leuchtturm in Ruhe«, rief Jazz, stellte sich neben ihre Großmutter und funkelte Brian Milhaven zornig an.

Der Mann würdigte sie kaum eines Blickes und wandte sich stattdessen an Poppy.

»Ich verstehe zwar Ihre Einwände und die einiger anderer Anwohner, aber ich muss Sie daran erinnern, dass der Stadtrat dieses Projekt genehmigt hat.«

»Genehmigt, da lachen ja die Hühner«, höhnte Amelia, erbost über das frauenfeindliche Verhalten des Mannes.

»Damit möchte meine Frau sagen ...«, setzte Poppy rasch an.

»Ich möchte damit sagen, dass ihr Bauvorhaben eine Schande ist. Niemand hier will die Ferienanlage.«

»Hören Sie, Mrs Newport, Sie sind doch eine kluge Frau und kennen die Vereinbarungen. Also beenden wir dieses Gespräch am besten friedlich. Sie gehen zurück in ihr gut besuchtes Café, wo die Geschäfte dank meines Projekts bald noch besser laufen werden, und lassen mich und meine Männer unsere Arbeit machen.«

»Warum sind Sie nicht lieber so freundlich und weisen Ihre Männer an, die Laster von diesem Grundstück zu fahren und sich daran zu halten, dass hier nur ein Einfamilienhaus gebaut werden darf?«, entgegnete Amelia mit lauter Stimme. Auf ihren Wangen erschienen rote Flecke.

»Ganz richtig«, stimmte Lim zu, der das Postamt im Dorf betrieb. Sofort redeten alle wild durcheinander.

Brian Milhaven betrachtete die Anwesenden mit einem kalten Blick.

»Ich möchte Sie daran erinnern, dass Sie alle unbefugt mein Land betreten haben. Deshalb fordere ich Sie noch einmal auf, sich zu entfernen, damit meine Männer mit der Arbeit beginnen können.«

Ein gewaltiger Traktor rumpelte die Straße entlang auf das Grundstück zu, hatte jedoch keine andere Wahl, als an der Grenze stehen zu bleiben, wenn er die Demonstranten nicht überrollen wollte. Der Anblick des Fahrzeugs versetzte die Menschen noch mehr in Wut, und sie fingen wieder an durcheinanderzuschreien.

»Stellt euch in einer Reihe auf und versperrt ihm den Weg«, befahl Amelia.

»Eine gute Idee, Oma. Hier, nimm meine Hand«, sagte Jazz und reichte die andere Hand der hiesigen Hebamme.

»Ich hielte es für besser, den Rückzug anzutreten«, raunte der Schuldirektor Amelia ins Ohr.

»Feigling«, zischte Amelia. Sie sah Poppy Hilfe suchend an, die Bestürzung stand ihr ins Gesicht geschrieben.

Brian Milhaven, unfähig, sich Gehör zu verschaffen, und vor Wut rot im Gesicht, gab dem Traktorfahrer ein Zeichen. »Fahren Sie los, Bill. Machen Sie sie platt, wenn es sein muss«, rief er laut.

Der Traktor setzte sich in Bewegung. Als der Motor laut zu tuckern begann, wichen die Demonstranten zurück. Schließlich hielten sie sich unbefugt auf einem fremden Grundstück auf. Selbst Amelia musste einsehen, dass es so nicht klappen würde.

»Okay, Schätzchen, der Spaß ist vorbei. Wenn Sie und

Ihre Leute sich nicht gleich dünnemachen, sehe ich mich gezwungen, die Polizei zu verständigen.«

»Nur über meine Leiche«, rief Jazz. Sie stürmte vorwärts und stellte sich dem Traktor in den Weg, sodass dieser anhalten musste.

»Mach Platz, du dämliche Göre, sonst fahren wir dich über den Haufen«, brüllte Brian Milhaven.

»Dann müssen Sie mich auch über den Haufen fahren«, verkündete Amelia mit neu gefasstem Mut und eilte an die Seite ihrer Enkelin. »Hier, nimm das hier.«

Sie förderte eine kurze rostige Kette mit Vorhängeschloss zutage und drückte Jazz ein Ende mitsamt einem Fahrradschloss in die Hand. Ehe sie jemand daran hindern konnte, warf sie ihr Ende der Kette über die Vorderachse des Traktors, schlang es sich dann um die Taille, kettete sich an und warf den Schlüssel ins Gebüsch.

»Oma!«, rief Jazz überrascht. Das Adrenalin pulste durch ihre Adern, als sie sich ebenfalls ankettete, die Nummern an dem Fahrradschloss herumdrehte und Brian Milhaven triumphierend ansah.

»Ach herrje«, sagte Poppy leise und stellte sich zu den beiden Frauen.

»Sie sind doch ein kluger Mann. Was machen Sie nun?«, verkündete Amelia übermütig. Jazz fing an zu kichern.

»Verdammter Mist«, brummte Bill und stieg kopfschüttelnd vom Traktor.

Während alle auf die Polizei warteten, beruhigten sich die Gemüter langsam. Mit finsterer Miene zündete Brian sich eine Zigarette an und nahm ein paar Anrufe entgegen. Ein paar Dorfbewohner standen unschlüssig und mit ziemlich verlegenen Mienen herum. Andere verschwanden unauffällig.

»Ich hätte nie gedacht, dass ich dich einmal so erleben würde«, meinte Jazz bewundernd.

»Ich auch nicht. Aber nun ist es passiert, und ich glaube, wir haben unsere Forderungen unmissverständlich klargemacht«, erwiderte Amelia, während das Blitzlicht einer Kamera sie in den Augen blendete. Sie senkte die Stimme und beugte sich zu Jazz hinüber. »Ich lasse nicht zu, dass diese Dreckskerle unser Leben zerstören. Das war mein Traum – und jetzt ist es auch deiner. Ich gestatte nicht, dass er einfach so zunichtegemacht wird.«

Eine halbe Stunde später erschien Cameron, der Dorfpolizist, in Begleitung eines jungen Kollegen, der einen großen Bolzenschneider bei sich hatte und Jazz und Amelia losschnitt.

»Ich tue das nur ungern, Mrs Newport, aber ich muss Sie beide wegen Hausfriedensbruchs festnehmen und Sie bitten, mich aufs Polizeirevier zu begleiten«, sagte Cameron. Amelia sah ihn finster an, und Jazz fand die Situation plötzlich überhaupt nicht mehr komisch.

Sie wurden des »Hausfriedensbruchs und des unbefugten Betretens eines Grundstücks« beschuldigt und gleich vom Richter vorgeladen. Die Gerichtsverhandlung würde in drei Wochen stattfinden.

»Ich weiß nicht, ob wir etwas erreicht haben, doch vielen Dank, dass du mich unterstützt hast. Das war mutig von dir. Wenn wir uns schuldig bekennen, kommen wir bestimmt mit einer Verwarnung davon«, meinte Amelia zu Jazz, als sie aus dem Polizeirevier auf die Straße traten.

Jazz machte ein erleichtertes Gesicht. »Was hält Poppy davon?«, fragte sie, während ihr Großvater mit dem Auto vorfuhr.

Amelia zuckte die Achseln. »Bis jetzt hat er nicht von Scheidung gesprochen«, erwiderte sie lachend und umarmte Jazz rasch.

»Ich glaube, ich besuche Chelsea«, antwortete Jazz und küsste ihre Großmutter auf die Wange.

Dankbar für die Bewegung und die Zeit zum Nachdenken, machte sie sich auf den Weg zu Chelseas Haus. Nun, da sich die Aufregung gelegt hatte, war sie nicht sicher, wie sie die Lage einschätzen sollte. Das couragierte Auftreten ihrer Großmutter hatte sie überrascht, auch wenn sie inzwischen ganz ähnlich empfand.

Mittlerweile war ihr nämlich klar geworden, wie viel ihr selbst daran lag, den ganz besonderen Charme des *Kookaburra* zu erhalten. Und dennoch wusste sie tief in ihrem Innersten, dass die heutige Aktion zwar mutig, aber im Grunde genommen wirkungslos gewesen war. Die Baufirma hatte gewonnen. Dieser grässliche Brian Milhaven war der Sieger. Und Brad ... An Brad wollte sie lieber gar nicht denken.

Bis sie bei Chelsea ankam, war das Triumphgefühl verflogen und sie selbst den Tränen nah. Chelsea, die Amelia und Jazz durch Zurufe unterstützt hatte, als sie abgeführt wurden, stand vor dem Haus. Sie war mit einem jungen Aborigine ins Gespräch vertieft, den Jazz als Archie erkannte, den jüngeren Bruder eines von Chelseas Mitstudenten.

»Hallo, Archie«, begrüßte sie ihn.

»Ich fasse es nicht, dass du verhaftet worden bist. Alles in Ordnung?«, erkundigte sich Chelsea.

»So etwas hätte ich meiner Oma gar nicht zugetraut«, erwiderte Jazz mit einem kecken Grinsen.

»Die hat es faustdick hinter den Ohren. Du musst mir erzählen, wie es auf dem Polizeirevier gelaufen ist. Aber zuerst solltest du dir anhören, was Archie zu sagen hat«, entgegnete Chelsea.

Eine Stunde später rannte Jazz, gefolgt von Chelsea und Archie, zurück zum *Kookaburra* und stürmte zur Tür hinein.

»Oma! Wo bist du? Wir haben die Lösung«, rief sie.

Ihre Großmutter saß am Schreibtisch und erledigte die Buchhaltung. Als sie aufblickte, schien sie nicht sehr beeindruckt.

»Nein, wirklich, pass auf. Wir haben die Antwort gefunden ... oder besser, Archie. Er sagt, sein ganzer Stamm sei in der Nähe des Leuchtturms begraben.«

»Das stimmt, Mrs Newport«, bestätigte Chelsea aufgeregt. »Archie weiß es aus Berichten seiner Verwandten. Die Höhle hat in ihrem Leben eine wichtige Rolle gespielt und wurde nur von den Frauen benutzt. Die Männer haben am Strand gefischt und Schildkröten gefangen. Die Initiationsriten wurden ebenfalls in der Nähe der Begräbnisstätte abgehalten, und die befindet sich genau auf dem Grundstück neben dem *Kookaburra*.«

»Ist das wahr, Archie?«, erkundigte sich Amelia, nun schon ein wenig interessierter.

Archie nickte eifrig und schilderte noch einmal die Lage. Die Aborigines versuchten schon seit einer Weile, auf das

Thema aufmerksam zu machen, würden jedoch beharrlich ignoriert.

»Siehst du, es handelt sich um eine heilige Stätte der Aborigines. Wenn wir das dem Stadtrat mitteilen, müssen sie die Baumaßnahmen stoppen«, verkündete Jazz triumphierend.

Allerdings erhellte sich die Miene ihrer Großmutter wider Erwarten nicht.

»Ich weiß nicht, Liebes. Selbst wenn wir einen Brief an den Premierminister unseres Bundesstaates schreiben, gibt es keine Garantie dafür, dass die richtige Person ihn rechtzeitig liest.«

»Deine Oma hat recht«, meinte Chelsea ernst.

Archie machte ein enttäuschtes Gesicht.

»Wenn Sie wollen, können Sie mit meinem Großvater reden«, schlug er voller Hoffnung vor.

»Wir dürfen jetzt nicht das Handtuch werfen«, drängte Jazz, der vor Verzweiflung die Tränen in die Augen traten. »Wir haben eine Begründung, und sie müssen uns anhören.«

Sie nahm einen Apfel aus dem Obstkorb und biss hinein. Wieder drohte die Mutlosigkeit sie zu überwältigen. Ihre Großmutter hatte recht. Wenn sie einen Brief schrieben, konnte es durchaus geschehen, dass er monate- oder gar jahrelang nicht beachtet wurde. Also musste eine andere Lösung her.

Zwei Tage später eilte sie auf die Veranda, wo Amelia gerade die Tische abwischte.

»Er kommt nach Come-What-May! Er kommt hierher«, rief sie.

»Wer kommt wohin?«, fragte Amelia.

»Der Premierminister!«

»Was?«

»Ja! Ist das nicht wie ein Wunder? Am nächsten Donnerstag nimmt er an einer öffentlichen Sitzung im Gewerkschaftshaus teil«, erklärte Jazz aufgeregt.

Tamaras Mutter Carol hatte nebenbei erwähnt, der Premierminister habe sich im Rahmen des Wahlkampfes erboten, in der nahe gelegenen Stadt eine öffentliche Sitzung abzuhalten, um die Verbesserung der Arbeitsbedingungen in der Fleischfabrik zu erörtern.

Das Treffen war für den Nachmittag anberaumt. Als Jazz und Amelia eintrafen, war der Saal bereits brechend voll. Ungeduldig saßen sie in dem zugigen Raum, während der Premierminister, umringt von Mitgliedern des Stadtrats und seines Stabes, einen Vortrag über den Erhalt der heimischen Industrie und die Schaffung von Arbeitsplätzen hielt.

Seine Antwort auf die erste Frage aus dem Publikum schien für Jazz eine Ewigkeit zu dauern. Unruhig rutschte sie auf ihrem Stuhl herum und beobachtete gelangweilt, wie ein Kameramann vom Lokalsender sein Objektiv durch den Raum schweifen ließ. Nick Griffith, der ganz in ihrer Nähe stand, richtete sein Aufnahmegerät auf den Premierminister. Endlich war Amelia an der Reihe.

»Ist dem Herrn Premierminister bekannt, dass unser Stadtrat gerade ein Bauvorhaben genehmigt hat, das heilige Stätten der Aborigines in dieser Stadt entweihen wird?«, sagte sie. »Die Bulldozer sind bereits angerollt. Die hiesigen Aborigines sind empört, aber niemand schenkt ihnen Gehör.«

Es wurde totenstill im Raum. Der Kameramann schwenkte das Objektiv in Richtung Amelia und Jazz.

Der Premierminister setzte zu einer Antwort an.

»Ich habe Verständnis für Ihre Bedenken, bin jedoch sicher, dass der Stadtrat vor der Genehmigung des Projekts sämtliche Punkte in Erwägung gezogen hat.« Kurz hielt er inne, da ein Mitglied des Stadtrats ihm etwas ins Ohr flüsterte. »Soweit ich weiß, wurde ein ausführliches Umweltgutachten erstellt, in dem Einwänden wie diesen sorgfältig nachgegangen worden ist.« Seine beiden Mitarbeiter nickten im Gleichtakt.

»In der Umweltstudie werden die heiligen Stätten der Aborigines nicht erwähnt«, widersprach Amelia.

»Ich sichere Ihnen zu, dass sich der zuständige Minister der Sache annehmen wird«, erwiderte der Premierminister mit einem aufmunternden Lächeln.

»War es das?«, raunte Jazz ihrer Großmutter ins Ohr.

Amelia nickte. »Er hat uns abgewimmelt.«

»Das können Sie unserer Stadt nicht antun. Man darf nicht einfach historische Stätten zerstören«, rief Jazz.

»Wir wollen uns der nächsten Frage zuwenden«, verkündete ein Stadtratsmitglied mit Nachdruck.

Der Premierminister sah auf die Uhr und betrachtete dann die Anwesenden.

»Ich fürchte, ich muss Sie alle um Ihr Verständnis bitten, aber ich darf den Flug zu meinem nächsten Termin nicht verpassen. Auch wenn es sich um einen Kurzbesuch handelt, können Sie sicher sein, dass Ihre Anliegen gehört wurden. Vielen Dank, dass Sie gekommen sind.«

Begleitet von spärlichem Applaus, verließ er die Bühne. Die Zuschauer schickten sich zum Gehen an.

Anstatt dem Premierminister zu folgen, richtete der Kameramann sein Gerät wieder auf Jazz und Amelia. Amelia schilderte kurz, wie man sie und ihre Familie hereingelegt hatte. Anschließend erklärte Jazz, die heilige Stätte der Aborigines befinde sich auf der idyllischen Landzunge unweit des Leuchtturms, einem Wahrzeichen des Dorfes, und dem umliegenden Buschland. Nun wolle ein geldgieriger Immobilienkonzern ohne soziales Gewissen das alles zerstören.

Zehn Minuten später eilten Jazz und ihre Großmutter, inzwischen ein wenig zuversichtlicher, weil sie ihre Meinung hatten äußern können, nach Hause.

Am Abend schaltete Poppy den Fernseher ein. »Das gibt's ja nicht. Ihr habt es in die Nachrichten geschafft«, rief er.

Jazz und ihre Großmutter eilten aus der Küche herbei. »Der Premierminister nahm heute an einer öffentlichen Versammlung in der nördlichen Küstenregion von Neusüdwales teil«, meldete der Nachrichtensprecher gerade. »Thema der Veranstaltung war eine Verbesserung der Arbeitsbedingungen in der Fleischindustrie. Doch offenbar spielen sich die wirklich interessanten Vorgänge im nahe gelegenen kleinen Dorf Come-What-May ab, wo eine heilige Stätte der Aborigines entweiht werden soll. Die Höhle, um die es dabei geht, birgt die am besten erhaltenen Höhlenmalereien der Aborigines in Neusüdwales. Wir werden morgen Abend weiter berichten, nachdem wir mit den Ältesten der dortigen Aborigines und auch mit Jacinta Wakehurst, der Heldin des Buschfeuers, gesprochen haben, an die Sie sich vielleicht noch aus früheren Berichten erinnern.«

»Ich bin gespannt, wie sie die Sache verdrehen werden«, schimpfte Amelia.

»Oma, sei doch nicht so negativ«, protestierte Jazz. Im nächsten Moment läutete das Telefon. Es war einer der Produzenten der Nachrichtensendung.

»Sie wollen uns morgen live interviewen«, flüsterte Jazz und hielt mit einer Hand die Sprechmuschel zu.

»Was haben wir schon zu verlieren?«, erwiderte Amelia achselzuckend.

Während des Interviews fiel Jazz, immer noch aufgeregt wegen der Ereignisse der letzten Tage, dem Reporter und ihrer Großmutter ständig ins Wort. Ergebnis war, dass der gesendete Ausschnitt hauptsächlich Jazz zeigte. Sie wirkte zwar übereifrig und nervös, gab allerdings einige erstaunlich erwachsene Antworten. Anschließend gestatteten Jazz und Amelia sich die Hoffnung, dass sie vielleicht etwas bewirkt hatten. Und zwei Tage später verließen die Baufahrzeuge tatsächlich das Gelände.

»Ich fasse es nicht«, jubelte Amelia, als Jazz sie am Arm packte und zum Fenster zerrte. »Wer hätte das gedacht!«

Feixend beobachteten sie, wie der Traktor, an dem Jazz und Amelia sich festgekettet hatten, schwerfällig vom Grundstück auf die Straße holperte. Am nächsten Tag erfuhren sie, der Premierminister habe sich persönlich eingeschaltet und das Bauvorhaben gestoppt.

»Es ist vorbei! Es ist wirklich vorbei«, rief Amelia staunend und drückte Jazz fest an sich.

Plötzlich erschöpft, ließ sie sich auf den nächstbesten Stuhl sinken und schlug die Hände vors Gesicht. Als sie aufblickte, glitzerten Tränen in ihren Augen. »Jetzt kehrt endlich wieder Normalität ein.«

»Ich wette, Brian Milhaven kocht vor Wut. Warum hat

sich der Premierminister wohl zu diesem Schritt entschlossen?«, wunderte sich Jazz, der ebenfalls die Tränen in die Augen stiegen. Es war eine sehr aufwühlende Zeit gewesen.

»Vermutlich hatte er Angst um seine Wählerstimmen«, verkündete Poppy, der gerade hereinkam. »Ich würde ja gern von edlen Motiven ausgehen, aber ich wette, dass er der Sache ein Ende bereitet hat, damit seine Umfragewerte nicht sinken. So kurz vor den Wahlen kann sich kein Politiker leisten, die Öffentlichkeit gegen sich aufzubringen.«

Jazz starrte ihren Großvater an. Sie begriff noch immer nicht ganz, dass der Kampf vorbei war. Im nächsten Moment entspannten sich ihre Züge, und sie sprang auf.

»Muss uns das interessieren? Sie sind weg. Schluss mit der Ferienanlage«, begeisterte sie sich, zog ihre Großmutter auf die Füße und tanzte mit ihr im Zimmer herum. »Du hast es geschafft, Oma. Du hast es tatsächlich geschafft!«

»Ohne dich hätte ich es nie hingekriegt«, erwiderte ihre Großmutter, schniefte und räusperte sich. »Du bist ein liebes Mädchen.«

»Ich gratuliere euch beiden«, fügte Poppy stolz hinzu.

»Da das *Kookaburra* nun gerettet ist, muss ich euch etwas sagen«, meinte Jazz, als sie später auf der Veranda saßen und die Abenddämmerung bewunderten. Auf dem Tisch standen die Überreste des Abendessens und eine fast leere Champagnerflasche. Die Knospen der Jacarandabäume über ihren Köpfen waren kurz vor dem Aufplatzen.

»Solange du dich anschließend nicht am Hoftor festkettest«, frotzelte Poppy, ein Funkeln in den Augen, und goss den letzten Champagner in ihre Gläser.

»Das war Omas Idee«, protestierte Jazz. Ein zufriedenes Lächeln auf den Lippen, nahm Amelia sich Trauben aus der Glasschale auf dem Tisch.

Jazz holte tief Luft. »Ich weiß, dass ich seit der Trennung von Brad nicht gerade einfach war, doch ich habe, was meine Zukunft betrifft, eine Entscheidung gefällt. Ich, nun, ich möchte nach Paris gehen und eine professionelle Kochausbildung machen«, sprudelte sie hervor. Amelia verschluckte sich an einer Weintraube und fing an, heftig zu husten. Poppy hätte beinahe seinen Keks fallen gelassen.

»Das ist eine sehr nette Idee. Muss man sich dafür nicht bewerben?«, sagte Amelia schließlich, nachdem sie einen Schluck Champagner getrunken hatte, um sich zu beruhigen.

»Ich bin von der Kochschule *Le Cordon Bleu* in Paris angenommen worden. Im März hatte ich mich aus einer Laune heraus für den Kurs beworben und es dann wieder vergessen«, erklärte Jazz.

Der Brief, der ihr ein halbes Stipendium anbot und sie zu einem letzten Vorstellungsgespräch nach Paris einlud, war am Tag nach ihrer Trennung von Brad eingetroffen, weshalb sie zu niedergeschlagen gewesen war, um ihn zu öffnen. Nach dem Besuch des Premierministers hatte sie es dann endlich getan. »Der gesamte Kurs dauert zweieinhalb Jahre. Ich möchte Le Grand Diplôme machen: Cuisine et Patisserie«, erklärte sie mit falschem französischem Akzent. »In der ersten Oktoberwoche geht es los.«

»Ich erinnere mich an diesen Brief! Ich dachte, es wäre Werbung für ein Restaurant. Ein Stipendium? Hast du denn etwa schon zugesagt?«, erkundigte sich ihre Großmutter erschrocken.

»Ich habe die feste Absicht«, erwiderte Jazz.
»Oh Jazz«, seufzte ihre Großmutter.
»Womit willst du das bezahlen?«, fragte Poppy.
»Kein Problem, ich habe mir alles überlegt. Ich werde mein Auto verkaufen. Außerdem hatten wir so viel zu tun, dass mir gar keine Zeit geblieben ist, mein Gehalt auszugeben.« Allmählich wurde Jazz mulmig. »Ich habe geglaubt, ihr freut euch, dass ich etwas mit meinem Leben anfangen will.«
»Das tun wir, Liebes. Aber es kommt alles so plötzlich. Ich bin auch nicht sicher, ob du das Auto überhaupt verkaufen darfst. Du solltest besser mit deinen Eltern sprechen«, entgegnete Amelia.

Die nächsten Tage verliefen ziemlich hektisch. Jazz setzte sich mit der Kochschule in Paris in Verbindung, um herauszufinden, ob das Angebot noch galt. Dann musste sie entscheiden, was sie mitnehmen wollte, was vor ihrer Abreise noch zu erledigen war und wie sie am besten ihr Auto verkaufen konnte.
Sie rief ihre Eltern an, die nach ihrem anfänglichen Schock wegen der unerwarteten und überraschenden Entscheidung erleichtert waren, dass Jazz endlich berufliche Pläne schmiedete. Noel erklärte sich bereit, die Flugkosten und die restlichen Schulgebühren für das erste Jahr zu übernehmen und ihr außerdem während ihres Aufenthalts in Paris ein kleines Taschengeld zu zahlen. Befreit vom finanziellen Druck, war sie froh über Poppys Angebot, er werde das Auto benutzen und sich um Kfz-Steuer und Versicherung kümmern. Als sie noch einmal in Paris anrief, um sich alles bestätigen zu lassen, erfuhr sie zu ihrer Er-

leichterung, dass es sich bei dem letzten Gespräch um eine reine Formalität für ausländische Schüler handelte. Sie zahlte den großzügigen Scheck, den ihre Großmutter ihr aufnötigte, »um dich in den ersten drei Monaten zu unterstützen«, auf ihr Konto ein, buchte einen Flug und vergewisserte sich, dass ihr Pass noch gültig war.

»Jetzt brauchen wir dir nur noch etwas Passendes zum Anziehen zu kaufen«, sagte Amelia, die sich von Jazz' Abenteuerlust anstecken ließ.

»Ich fliege nach Paris, Oma. Dort kennt man sich mit Mode aus«, kicherte Jazz.

»Das weiß ich. Ich möchte dir nur ein paar Sachen mitgeben. Oh, und außerdem wirst du ein Wörterbuch brauchen.«

Am Tag vor ihrer Abreise trat Jazz ein letztes Mal auf die Veranda. Der Boden war von einem Teppich aus violetten Jacarandablüten bedeckt. Dann kam die Zeit, Abschied zu nehmen. Ihre Großeltern brachten sie zum Flughafen.

»Ich schreibe euch, Ehrenwort«, sagte sie und umarmte erst ihre Großmutter und dann Poppy.

»Wir haben dich beide sehr lieb«, sagte Poppy.

»Wirklich?«

»Wirklich«, erwiderte Poppy und küsste sie.

Erst als Jazz ins Flugzeug stieg, wurde ihr klar, dass sie ihre Heimat lange Zeit nicht wiedersehen würde.

II

13

In den nächsten beiden Wochen entpuppte sich Jazz' Leben als eine Aneinanderreihung von Überraschungen. Zu den erfreulichen Dingen gehörte, dass sie an einem klaren Herbsttag in Paris landete. Die Regentropfen eines vor Kurzem gefallenen Schauers funkelten auf dem berühmten Arc de Triomphe und den vergoldeten Statuen auf dem Place de la Concorde.

Das Taxi quälte sich durch den dichten Straßenverkehr. Beim Anblick des Eiffelturms machte ihr Herz einen Satz, und sie schaute gebannt aus dem Taxifenster, als sie am Seineufer entlang zu dem billigen Hotel fuhren, in dem sie für die erste Woche ein Zimmer reserviert hatte.

Am nächsten Tag nahm Jazz den Bus zum *Le Cordon Bleu*. Die Fahrt führte vorbei an prachtvollen historischen Gebäuden, sodass sie der recht unscheinbare Eingang der berühmten Kochschule ein wenig enttäuschte. Nachdem sie sich vergewissert hatte, ob sie auch wirklich für den Kurs eingeschrieben war, informierte sie sich über den Ablauf des Einführungstags und machte sich dann auf die Suche nach einer dauerhaften Bleibe.

Im Zimmervermittlungsbüro für Studenten mischte sich die Abenteuerlust zum ersten Mal mit Verlegenheit, als sie sich mit Englisch, miserablem Französisch und Zeichensprache einer eleganten, gelangweilt wirkenden Dame verständlich machen wollte, die, wie sie rasch bemerkte, das Englische fließend beherrschte.

»Sie kommen sehr spät. Die meisten Studentenzimmer sind schon vor Wochen vermietet worden. Sie haben Glück, dass wir noch ein paar im Angebot haben«, sagte die Frau und tippte etwas in ihren Computer ein. Dann gab sie Jazz einen Ausdruck und fügte hinzu, die drei aufgelisteten Adressen lägen alle ungefähr eine Stunde von der Schule entfernt. Jazz' Enttäuschung wuchs. »Haben Sie denn gar nichts in der Nähe?«, fragte sie, als sie an das frühmorgendliche Aufstehen dachte.

»*Non*«, entgegnete die Frau achselzuckend.

Seufzend machte sich Jazz auf den Weg zur nächsten Metrostation, wo sie dank der Anweisungen auf Französisch eine Viertelstunde brauchte, um herauszufinden, wie man eine Fahrkarte kaufte. Danach verfuhr sie sich zweimal und verbrachte eine Ewigkeit im Untergrund.

Das erste Zimmer, das am nächsten lag, entpuppte sich als Katastrophe. Sie wurde von einer kettenrauchenden Vermieterin mit schriller Stimme empfangen, die zudem nach abgestandenem Wein roch und in unverständlichem Französisch auf Jazz einredete, während sie ihr das schäbige Zimmer und die nach Fett stinkende Gemeinschaftsküche zeigte. Die Badezimmerfliesen waren schmutzig und hatten Risse, und die Toilettentür schloss nicht richtig. Mit einem erleichterten Schauder trat Jazz in die Herbstsonne hinaus und atmete frische Luft ein. Das zweite Zimmer war auch nicht besser und zudem einen langen Fußmarsch von der nächsten Metrostation entfernt.

Entmutigt, erschöpft und durstig wollte Jazz schon ein Taxi zurück ins Hotel nehmen, als ihr die eindringliche Warnung der Dame von der Agentur einfiel, dass an Studentenzimmern Mangel herrschte. Also straffte sie die Schultern, kaufte sich eine Flasche Wasser und ging weiter. Als sie wieder einmal aus einer Metrostation kam, stellte sie erfreut fest, dass dieses Viertel einladender wirkte. Hohe Bäume warfen ihre Schatten auf die breiten Bürgersteige. Da Jazz den Weg nicht kannte, ging sie in einen Tante-Emma-Laden, wo sie dem Besitzer die Adresse zeigte.

»*Vous êtes anglaise* – Sie sind Engländerin?«, fragte der Mann mit ernster Miene.

»Australierin«, antwortete Jazz.

»Ah, *australienne. Oui, je vous dirige* – Ich zeige Ihnen den Weg«, entgegnete der Mann, der nun freundlich lächelte. Er begleitete sie zur Tür und wies die Straße hinunter.

»Danke, *merci*«, sagte Jazz, ebenfalls lächelnd.

Dann marschierte sie selbstbewusst in die Richtung, in die er gedeutet hatte. Nachdem sie laut an eine hohe, windschiefe Eichentür geklopft hatte, wartete sie. Kurz darauf erklangen Schritte und das Rasseln eines Schlüssels. Die Tür öffnete sich und gab eine rundliche Frau mit dunklem Haar und einem sympathischen Lächeln frei. Ein kleines Kind spähte neugierig hinter ihrem gestärkten Rock mit Blumenmuster hervor. Ein leichter Duft nach Äpfeln wehte aus dem Haus. Jazz schöpfte wieder Hoffnung.

»*Bonjour. Vous êtes la jeune fille* aus Australien, *oui?* Ich bin Madeleine Bayard, und das ist Isobel«, erklärte die Frau und tätschelte ihrer Tochter den Kopf. »Ich habe viele Schüler vom *Le Cordon Bleu* hier. Sie sind sehr zufrieden. Wir freuen uns. Sie kochen *bon menu – très bon.*« Als Madame Bayard mit einer Hand Küsse in die Luft warf, musste Jazz lachen.

»*Entrez donc* – Kommen Sie nur herein. Ich zeige Ihnen das Zimmer.«

Madame Bayard führte Jazz zu einem antiken klapprigen Lift neben einer steinernen Wendeltreppe.

»Er ist sehr alt. Heute funktioniert er, morgen, wer weiß?« Sie zuckte die Achseln und stieg mit Isobel in den Aufzug.

Als Jazz im sechsten Stock in ein gut geschnittenes, helles und frisch gestrichenes Zimmer trat, besserte sich ihre Stimmung. Das Bett in der Ecke war mit einer hübschen geblümten Überdecke versehen.

Von dem Zimmer ging eine winzige, mit abgenutzten, aber sauberen Töpfen und Pfannen, einigen Utensilien und einem alten Herd ausgestattete Küche ab. Das Bad würde Jazz mit vier weiteren Mietern teilen müssen. Allerdings versicherte ihr Madame Bayard rasch, es gebe ausreichend warmes Wasser, und bisher habe sich niemand beklagt. Jazz konnte ihr Glück kaum fassen.

Sie ging zum Fenster und schnappte vor Freude nach Luft. Das Haus stand am Ende einer hübschen, von Bäumen gesäumten Straße, nur einen kurzen Fußweg von einer der vielen Kreuzungen mit fünf Einmündungen entfernt, wie Jazz sie in Paris schon häufig gesehen hatte. Sie schien nicht allzu belebt zu sein. Von ihrem Fenster aus konnte Jazz eine Bushaltestelle und den Eingang zur Metrostation erkennen.

Der Blick über die Dächer der eleganten steinernen Gebäude auf der anderen Straßenseite hinweg vermittelte den Eindruck von Weitläufigkeit. Der Duft frisch gebackener Croissants wehte zu Jazz hinauf, und sie hatte zum ersten

Mal seit ihrer Ankunft das Gefühl, dass sie gern hier wohnen würde.

Auf dem Weg nach unten erklärte Madame Bayard ihr die Einkaufsmöglichkeiten in der Nähe, zu denen ein kleiner Supermarkt, eine Weinhandlung, ein Wochenmarkt und der Lebensmittelladen gehörten, den sie bereits kannte.

»Ich nehme das Zimmer«, sagte Jazz mit einem breiten Lächeln. Nachdem sie alle Einzelheiten mit Madame Bayard geklärt hatte, trat sie wieder hinaus auf die Straße.

Leichtfüßig eilte sie die Stufen zur Metro hinunter. Ihr wäre es zwar lieber gewesen, nicht täglich so weit zum *Le Cordon Bleu* fahren zu müssen, doch Madame Bayards Haus war sauber und gemütlich, und außerdem hatte es keine Sprachprobleme gegeben. Wenn der Lift ausfiel, würde sie durch das Treppensteigen zumindest genug Bewegung bekommen. Und an das frühe Aufstehen würde sie sich eben gewöhnen müssen. Als sie in die U-Bahn stieg, war sie in Gedanken bei all den Anschaffungen, die für ihr neues kleines Zuhause nötig waren.

Am Einführungstag hastete Jazz durch den böigen Herbstwind die Stufen des *Le Cordon Bleu* hinauf und trat voller Aufregung in den Wintergarten. In dem großen, luftigen Saal mit der gläsernen Gewölbedecke drängten sich bereits die etwa siebzig Schüler des neuen Jahrgangs auf nach einem Podium ausgerichteten Stuhlreihen. Fröhliches Geplauder hallte durch die Luft.

»Vor dem Wind in Paris hat mich niemand gewarnt«, sagte Jazz schaudernd, während sie neben einer schlanken Chinesin Platz nahm. Das Mädchen blickte höflich auf und hielt ihr die Hand hin. »Ling Liu«, stellte sie sich mit einem unverbindlichen Lächeln vor.

Jazz nickte und lächelte ebenfalls. Sie blickte durch den Saal, als eine magere Frau von Anfang fünfzig, die ein elegant geschnittenes schwarz-weißes Kleid trug und besser auf die Titelseite der *Vogue* als in eine Kochschule gepasst hätte, kräftig gegen das Mikrofon klopfte und einen französischen Wortschwall auf die Zuhörer losließ.

»Ist ja super«, murmelte Jazz und lehnte sich verzweifelt zurück.

Sie fragte sich, ob wohl alle Französinnen so chic aussahen. Doch schon eine Minute später beugte sie sich erleichtert vor, denn eine ebenso gut angezogene junge Frau begann, den Vortrag ins Englische zu übersetzen. Allerdings zuckte Jazz schon nach dem dritten Satz zusammen, denn ganz in ihrer Nähe knisterte ein Mikrofon, und eine dunkelhaarige Frau fing an, in lautstarkem Japanisch auf eine andere Schülergruppe einzureden. Jazz spitzte die Ohren, um der englischen Übersetzung folgen zu können, und verstand zu ihrem Erstaunen sogar das meiste. Hauptsächlich ging es um die an der Schule geltenden Regeln, die Uniform und die Bedeutung des persönlichen Auftretens. Die Einführung dauerte eine Stunde.

»Das sollte wohl ein Scherz sein«, wandte Jazz sich an die Chinesin. Das Mädchen nickte. »Ling Liu«, wiederholte sie.

»Vergiss es. Du schaffst es sowieso nicht. Also kannst du dir die Mühe sparen«, erklang da eine laute Stimme mit französischem Akzent in ihrem Ohr.

Als Jazz sich erschrocken umdrehte, stand sie vor einem

hochgewachsenen, zerzausten Mann Mitte zwanzig. Er hatte dichte braune Locken und war unrasiert. Der junge Mann, der einen vollgepackten Rucksack mit sich herumschleppte, drängte sich an einem anderen Schüler vorbei durch die Stuhlreihen. Nachdem er Jazz finster gemustert hatte, zuckte er die Achseln.

»Die Briten schmeißen den Krempel fast immer hin. Ihr kommt her, beklagt euch über die Franzosen, versucht, uns eure Methoden aufzuzwingen, und wenn es dann hart auf hart geht, knickt ihr ein und fahrt wieder nach Hause. Warum sollte es bei dir anders sein?«

»*Tais-toi*, Camille. Halt die Klappe! Du bist ein Blödmann«, meinte ein hochgewachsenes, dunkelhäutiges Mädchen, bevor Jazz etwas entgegnen konnte. »Kümmere dich nicht um ihn. Er hat nur eine Todesangst, dass du ihn als schauderhaften Koch entlarven könntest. Hallo, ich bin Zina.« Lächelnd hielt das Mädchen Jazz die Hand hin.

Jazz schüttelte sie und betrachtete die leuchtenden braunen Augen in dem hübschen schmalen Gesicht. Blendend weiße Zähne hoben sich von der samtigen Haut ab. Ihren schwarzen Lockenschopf hatte Zina zu winzigen, von bunten Wollfäden durchzogenen Zöpfen gebändigt, die von einer silbernen und rosafarbenen Haarschleife zusammengehalten wurden. Ihr gutes Aussehen löste bei Jazz sofort Befangenheit aus.

»Oh, hallo, ich heiße Jacinta. Aber alle nennen mich Jazz. Ich bin Australierin und komme aus Sydney, zumindest ganz aus der Nähe. Sind die Jungs im Kurs alle so wie er?« Sie warf einen Blick auf Camille.

»Nein, doch du wirst dich durchsetzen müssen«, erwiderte Zina grinsend und zog die Augenbrauen hoch. Dann wandte sie sich an den jungen Mann. »Du liegst wieder einmal falsch, Camille«, meinte sie und fügte einen französischen Wortschwall hinzu, den Jazz nicht verstehen konnte.

Achselzuckend hielt Camille Jazz die Hand hin. »*Bonjour*. Nett, dich kennenzulernen«, sagte er mit einem Lächeln. Von seiner feindseligen Art war nichts mehr zu spüren.

»Ein Spinner, aber im Grunde genommen harmlos«, verkündete Zina mit einem theatralischen Flüstern. Jazz atmete auf.

Die anderen Schüler strömten aus dem Wintergarten, um unter der Führung von zwei Köchen des *Le Cordon Bleu* die Schule zu besichtigen. Die beiden Mädchen reihten sich rasch ein und begannen zu plaudern.

»Woher sprichst du so gut Französisch?«, fragte Jazz, während sie mit klappernden Schritten die Wendeltreppe hinunterliefen.

»Nun, das ist eine lange Geschichte«, antwortete Zina.

Zina war sechsundzwanzig und in Afrika geboren worden. Im Alter von zwei Jahren war sie mit ihren Eltern nach Marokko gezogen. Die ganze Familie beherrschte sieben Sprachen, einschließlich des Französischen. Zina hatte schon mit sechs Jahren Köchin werden wollen, als ihre Mutter ihr gezeigt hatte, wie man den »luftigsten Teig der Welt« herstellte, was sie wiederum von ihrer Mutter gelernt hatte. Camille hatte sie schon vor ihrer Bewerbung am *Le Cordon Bleu* kennengelernt, und sie teilten die Liebe zum Kochen und zum Essen.

Inzwischen hatten sie das Untergeschoss, die Schaltzentrale der Kochschule, erreicht. Der kräftige Duft von Fleischfond schlug ihnen entgegen. Als sie um die Ecke bogen, standen sie vor einem brodelnden Einbaukessel, in dem der Fond für den Unterricht kochte. An einer Pinnwand waren die Unterrichtseinheiten für diese Woche angebracht. Dahinter befanden sich zwei große begehbare Kühlkammern, die von Lebensmitteln überquollen.

»Hier«, erklärte der Koch, zum Glück auf Englisch, »arbeiten die Schüler abwechselnd mit der Belegschaft zusammen, holen Zutaten und bringen sie nach oben in die Klassenräume, in denen Sie unterrichtet werden, und in die Küchen, in denen Sie das Kochen lernen.«

Als er geendet hatte, meldete sich eine ärgerliche Stimme über die Gegensprechanlage: »*Fermez la porte* – Die Türen schließen.« Nach der dritten Aufforderung schloss ein Mitarbeiter missmutig die Tür eines Lastenaufzugs, der lautstark ratternd nach oben rumpelte.

»Nicht unbedingt der Inbegriff der Moderne«, raunte Jazz. Die beiden Mädchen grinsten einander an.

Die nächste Haltestelle war der Unterrichtsraum im Erdgeschoss. Auf einer Bühne in der Mitte stand eine große Kücheninsel mit einer Arbeitsfläche aus schwarzem Granit. Darum herum waren Stühle angeordnet wie in einem Hörsaal. Über die Kochinsel hing ein gewaltiger Spiegel, sodass die Schüler jede Handbewegung des Kochs verfolgen konnten.

Die Küche in der oberen Etage, wo Jazz' Kurs kochen würde, war erstaunlich klein und bot nur Platz für etwa zwölf Personen. An einer Wand waren große Backöfen aufgereiht, in einer Ecke befand sich ein Bereich zum Geschirrspülen. Jazz fuhr mit dem Finger über die glatte Oberfläche eines der Arbeitsplätze, während die Dolmetscherin die Regeln des Küchenchefs erläuterte. Das Geschirr wurde zwar in der Spülmaschine gereinigt, doch für die Sauberkeit der persönlichen Messer und der anderen Utensilien waren die Schüler selbst verantwortlich. Außerdem erwartete jeder Küchenchef, dass die Schüler ihren Arbeitsbereich in der Küche abends blitzblank hinterließen.

Jazz und Zina kauften die vorgeschriebene Kochausrüstung, zu der ein vollständiger Satz gefährlich aussehender Küchenmesser, verschiedene kleine Töpfe und Pfannen, Schürzen, Geschirrtücher, Waagen und andere Gerätschaften gehörten, die alle in eine lange, schmale Umhängetasche passten. Außerdem erwarben sie einen großen Ringordner mit dem Lehrstoff.

Danach trotteten sie nach unten in den überfüllten Umkleideraum, um ihre Uniformen zu erstehen. Im Gedränge fand Jazz eine Hose mit schwarz-weißem Hahnentrittmuster, die auch tatsächlich passte. Als sie in die weiße Jacke mit dem Emblem des *Le Cordon Bleu* schlüpfte, wurde sie von Aufregung ergriffen. Das alles geschah wirklich. Sie war in Paris und würde sich zur Köchin ausbilden lassen.

Den schweren Ringordner vor die Brust gedrückt, in den kühlen, regnerischen Nachmittag hinauszutreten machte die Angelegenheit für Jazz noch realer. Hinter ihr kamen Zina und Camille, der sich als ziemlich nett und ausgesprochen humorvoll entpuppt hatte. Es war ein anstrengender

Tag gewesen, und Jazz atmete erleichtert die kühle Luft ein. Der kalte Wind wehte immer noch und brachte das Laub im Rinnstein zum Rascheln. Plötzlich bemerkte Jazz, dass sie völlig ausgehungert war.

»Wisst ihr, wo man in der Nähe etwas zu essen kriegt?«, wandte sie sich an ihre neuen Freunde.

»Du kannst wohl Gedanken lesen. Ich kenne genau den richtigen Laden«, erwiderte Zina vergnügt. Die drei machten sich auf den Weg ins Lokal.

Am nächsten Tag traf Jazz in Hochstimmung zu ihrer ersten Unterrichtsstunde im Hörsaal ein. Sie trug die Cordon-Bleu-Uniform, bestehend aus weißer Jacke und Hahnentritthose. Beim Anblick ihrer identisch gekleideten Mitschüler, die bereits auf ihren Plätzen vor der Bühne saßen, wurde ihr ganz warm ums Herz. Küchenchef Adrien Dubois, in einer gut sitzenden weißen Jacke, mit dunkler Hose und einer hohen weißen Kochmütze aus Papier auf dem grau melierten Haar, stand an der Arbeitsfläche, kontrollierte gelassen die Zutaten und bereitete alles für die Unterrichtseinheit vor.

Jazz winkte Ling Liu zu, die neben einem japanischen Zwillingspaar saß, begrüßte Camille in der Reihe hinter sich und nahm Platz. Von Zina fehlte jede Spur. Heute sollten die Schüler einer Kochvorführung beiwohnen und das, was sie dabei gelernt hatten, am Nachmittag selbst in der Küche wiederholen. Bei der Vorstellung wurde Jazz ganz aufgeregt. Sie schlug ihr Heft auf und kramte gerade einen Stift aus der Tasche, als Zina sich neben sie setzte. Sie keuchte und machte ein besorgtes Gesicht.

»Pariser Busse«, sagte sie. »Unpünktlichkeit wird nicht gern gesehen.«

»Wo sind denn die Rezepte?«, flüsterte Jazz und blätterte hektisch ihr Unterrichtsmaterial durch. Am Vorabend hatte sie den gesamten Ordner durchgeschaut und fragte sich, ob sie diesen Teil wohl versehentlich verpasst hatte.

»Es gibt keine. Nur Listen mit Zutaten. Genau darum geht es ja«, entgegnete Zina leise.

»Was?«, entsetzte sich Jazz lauter als beabsichtigt.

»Pass auf und schreib mit«, antwortete Zina und rückte rasch ihre weiße Krawatte zurecht.

Monsieur Dubois warf lächelnd einen Blick in Jazz' Richtung. Sofort richtete sie sich kerzengerade auf und lächelte zurück. Er war ein hochgewachsener, kräftig gebauter Mann mit breiten Schultern, hatte dichte Augenbrauen und scharfe Augen. Als erfahrener Koch und Lehrer hatte er in Küchen auf der ganzen Welt gearbeitet und genoss wegen seiner Unterrichtsmethoden großes Ansehen.

»*Bonjour. Bienvenue au Cordon Bleu* – Willkommen zur ersten Unterrichtseinheit im *Le Cordon Bleu*«, verkündete er und sprach dann in raschem Französisch weiter. Jazz blieb vor Entsetzen der Mund offen stehen. Panisch sah sie sich nach ihren Mitschülern um, doch die meisten schienen kein Problem damit zu haben. Wie sollte sie um Himmels willen etwas lernen, wenn der Unterricht auf Französisch abgehalten wurde? Doch zu ihrer Erleichterung eilte im nächsten Moment eine junge Frau in weißer Jacke und dunkler Hose herein und begann, den Vortrag in perfektes Englisch zu übersetzen, ohne Luft zu holen.

»Monsieur Dubois sagt, Sie wundern sich vermutlich,

warum die Rezepte in Ihren Ordnern nur die Zutaten, aber keine Anleitungen enthalten. Der Grund ist, dass Sie hier sind, um zuzuhören, aufzupassen und zu lernen. Was Sie sehen, soll sich für immer in Ihr Gedächtnis einprägen. Das hoffen wir wenigstens.«

Ein Kichern lief durch den Raum.

Monsieur Dubois lächelte sein Publikum an. »*C'est vrais.*«

Auf seine einleitenden Worte zu den Themen Sicherheit – »Damit Sie sich nicht schneiden«, mit diesen Worten hielt er ein großes Messer hoch –, Hygiene und über die Bedeutung eines guten Fonds folgte die erste Vorführung. Es handelte sich um ein einfaches Fischgericht mit weißer Soße.

Jazz beugte sich vor und schrieb eifrig mit. Begleitet von einem steten französischen Redefluss zerkleinerte Monsieur Dubois mühelos und geschickt die Zutaten und richtete schließlich alles auf einem Teller an. Hin und wieder lachte Zina auf und versetzte Jazz einen Rippenstoß. Jazz machte sich verzweifelt Notizen und fühlte sich völlig überfordert.

In der Küche ging es vertraulicher zu als im Hörsaal, was Jazz noch mehr einschüchterte. Der neue Jahrgang war in Gruppen aufgeteilt worden. Jazz' Gruppe bestand aus zehn Mitgliedern: Ling Liu, Zina, Camille, die japanischen Zwillinge, die die meiste Zeit kicherten und auf Japanisch miteinander tuschelten, ein hochgewachsener, magerer Osteuropäer, ein nachdenklich wirkender, kahler junger Mann, eine Spanierin und eine Italienerin, beide Ende dreißig.

An ihrem Arbeitsplatz, einer Fläche kaum größer als ein

Schneidebrett, wischte sich Jazz verstohlen die schweißnassen Hände an der Hose ab, rückte ihre Schürze gerade und versuchte, ruhig durchzuatmen. Dann begann sie, ihr *mirepoix* zu schneiden. Wie sie inzwischen gelernt hatte, war das eine Mischung aus sehr fein geschnittenen Zwiebeln, Karotten und Sellerie, die man bei fast jeder Soße brauchte. Ihre Stückchen sahen ziemlich unregelmäßig aus. Außerdem konnte sie sich an nichts aus dem Unterricht erinnern.

Um das Maß vollzumachen, war die Dolmetscherin verschwunden, sodass Jazz auf ihr Gedächtnis, ihre hoffnungslos unzureichenden Notizen und die geflüsterten Übersetzungen von Zina angewiesen war, die es zum Glück geschafft hatte, den Arbeitsplatz neben ihr zu ergattern. Als Jazz ihr Gericht auf einem Teller drapierte, war sie überzeugt, noch nie so eine schlechte Soße gekocht zu haben. Außerdem hatte sie ihren Fisch bei ihrem Filetierversuch massakriert.

»*Pas mauvaise pour une première tentative*«, sagte Monsieur Dubois und nickte Jazz zu.

»Nicht schlecht für einen ersten Versuch«, zischte Zina leise. Jazz sah Monsieur Dubois erstaunt an und grinste.

»Vielleicht habe ich ja eine Chance«, meinte sie später, als die beiden Mädchen fröhlich aus dem Gebäude liefen.

»Warte, bis er mit der Suppe anfängt«, entgegnete Zina geheimnisvoll.

Auf dem Weg die Stufen der Metrostation hinauf zur Straße nahm Jazz sich fest vor, bis zum Ende der Woche alle französischen Bezeichnungen für Töpfe, Pfannen und Kochutensilien auswendig zu lernen. Doch als sie das Ende der Straße erreicht hatte, fühlte sie sich müde, und ihre Begeisterung war verflogen. Vor dem Lebensmittelladen, in dem der Mann ihr den Weg zu ihrer neuen Wohnung erklärt hatte, blieb sie stehen und starrte erschöpft in das mit überteuerten Waren vollgestellte Schaufenster. Sie fühlte sich völlig ausgehungert, hatte jedoch nichts Essbares zu Hause.

Rasch trat sie ein und kaufte Aufschnitt, Käse und etwas Brot. Dann wandte sie sich spontan dem Weinregal zu, griff nach einer Flasche Rotwein und versuchte, das Etikett zu entziffern.

Der freundliche Besitzer erschien hinter ihr. »*Ah, l'australienne. Bonsoir.*«

Jazz drehte sich lächelnd um. »*Oui, bonsoir.*«

»*Pardon, permettez-moi*«, fuhr der Ladenbesitzer kopfschüttelnd fort und nahm ihr sanft die Weinflasche aus der Hand. Nach einer kurzen Suche reichte er ihr eine Flasche Weißwein. »*Cela est meilleur* – Ich glaube, der ist besser für Sie«, sagte er freundlich.

»*Merci*«, erwiderte Jazz und errötete vor Freude.

Sie bezahlte für ihre Einkäufe. Als sie den Laden verließ, fühlte sie sich ein wenig dekadent.

Nachdem sie geduscht und ihren Pyjama angezogen hatte, richtete sie Aufschnitt, Käse und Brötchen auf einem Teller an und schenkte sich ein Glas Wein ein.

»Nun, ich bin in Frankreich, und nach der heutigen Plackerei habe ich es mir verdient«, verkündete sie und hob ihr Glas. Es war die erste selbst gekaufte Flasche Wein ihres Lebens, und sie kam sich seltsam, aber auch sehr erwachsen vor. Jazz trank einen Schluck und machte sich dann über ihr Abendessen her.

Danach saß sie lange Zeit da, beobachtete die Autos auf der Straße und ließ den Tag Revue passieren. Sie fragte sich, was ihre Großmutter in Australien wohl gerade tat, und hatte plötzlich Sehnsucht danach, mit ihr zu reden. Also sah sie auf die Uhr, doch sie zögerte, denn sie hatte keine Ahnung, wie spät es in Australien war, und wollte ihre Großeltern nicht aus dem Bett holen.

Stattdessen griff sie nach dem Tagebuch, das sie seit ihrer Ankunft in Paris führte, und fing an, die Ereignisse des heutigen Tages aufzuschreiben. Morgen war Samstag. Jazz hatte sich vorgenommen, die Stadt zu besichtigen und außerdem Postkarten und Briefmarken zu kaufen, um an ihre Familie und ihre Freunde zu schreiben. Ein wenig beschwipst vom Wein, wurde ihr bei diesem Gedanken ganz warm ums Herz.

Sechs Wochen später hatte sich die Lage drastisch geändert. Jazz brütete eine Erkältung aus und hatte den Verdacht, dass sie bald Husten bekommen würde. Außerdem machte ihr der Druck zu schaffen, in der Küche ständig Leistung bringen zu müssen. Ein kalter Novemberwind fuhr ihr durch den Mantel und zerrte an ihrem dunkelroten Kaschmirschal, als sie die Treppe der Metrostation hinaufkeuchte.

Heute wurde der Kochunterricht von Raymond Bonnet geleitet, und Jazz graute schon davor. Monsieur Bonnet war zwar ein ausgezeichneter Koch, kannte aber kein Pardon mit seinen Schülern.

»Wenn Sie gut sind, bekommen Sie Ihr Diplom. Wenn nicht, müssen Sie gehen«, hatte er Jazz' Kurs bereits am ersten Tag eingeschärft.

Es waren die einzigen englischen Worte, die Jazz seitdem von ihm gehört hatte. Heute stand eine klassische französische Gemüsesuppe auf dem Programm, ein sehr arbeitsintensives Gericht. Da sie es bereits durchgenommen hatten, wurde Qualität erwartet. Und um das Maß vollzumachen, würde keine Dolmetscherin anwesend sein. Jazz' Französisch war noch immer miserabel, weshalb sie sich auf Zinas Übersetzungskünste verließ. Allerdings kam ihre Freundin wieder einmal zu spät und musste sich deshalb mit einem Arbeitsplatz am anderen Ende des Raums begnügen. Also war von ihr keine Hilfe zu erwarten.

Jazz begann, das Gemüse zu zerkleinern. Fassungslos über ihre eigene Ungeschicklichkeit, musste sie mit ansehen, dass das Messer in ihren Zeigefinger eindrang wie in Butter. Erst als das Blut floss, reagierte sie, wickelte sich rasch ein Geschirrtuch um den Finger und eilte hinaus.

Nachdem sie, ein großes Pflaster am Finger, zurückgekehrt war, beäugte sie zweifelnd das Gemüse und fing vorsichtig an weiterzuschneiden. Hin und wieder blickte sie auf, wohl wissend, dass sie ein gutes Stück hinter dem restlichen Kurs herhinkte. Die japanischen Zwillinge flatterten umher wie winzige Wellensittiche. Von ihnen drohte keine Konkurrenz. Doch Ling Liu versetzte den Kurs mit ihrer Geschwindigkeit und ihrem Können in Staunen, obwohl sie kaum ein Wort Englisch oder Französisch sprach. Sie schöpfte bereits ihre kochend heiße Suppe in eine Schale, um sie Monsieur Bonnet zu präsentieren. Die anderen würden auch bald fertig sein.

Jazz bekam Herzklopfen und musste den Hustenreiz unterdrücken. Camille schnitt eine Grimasse, um sie aufzuheitern, und tat dann so, als würde er seinen Topf umschütten. Mehr hatte Jazz nicht gebraucht. Sie verkniff sich ein Kichern, schlug die Vorsicht in den Wind, gab es auf, Karotten und Sellerie in gleich große Stückchen schneiden zu wollen, zerhackte das Gemüse nur grob und warf es, gefolgt von einer Prise Salz und Gewürzen, in den brodelnden Topf. Während sie ihrer Suppe beim Kochen zusah, wurde sie ein wenig lockerer und wischte sich die Stirn ab. Die Farbe schien in Ordnung zu sein. Jazz kostete.

Oma wäre damit zufrieden, dachte sie, als Zina vortrat, um ihre Suppe zu präsentieren. Jazz überprüfte ihr Ergebnis noch einmal und schöpfte eine Portion in eine Schale. Im nächsten Moment jedoch machte sie vor Schreck einen Satz, sodass sie alles verschüttete, denn Monsieur Bonnet stieß einen markerschütternden Schrei aus.

»*Horrible! C'est horrible! – Schrecklich!*«

Im Raum herrschte Totenstille. Zina stand da wie erstarrt, als Monsieur Bonnet sie mit einem französischen Wortschwall überschüttete. Jazz hatte Mitleid mit ihrer Freundin, die wirkte, als würde sie am liebsten im Erdboden versinken. Alle beugten sich eifrig und schweigend über ihre Arbeit. Jazz, die ebenfalls mit dem Schlimmsten rechnete, war überrascht, als Monsieur Bonnet ihre Suppe nur beiläufig kostete und kaum Interesse am Resultat zeigte.

Als der Unterricht vorbei, alles blitzblank geputzt und die übrigen Schüler verschwunden waren, blieben Jazz und Zina allein zurück. Jazz war mit dem Säubern ihres Arbeitsplatzes beschäftigt, während Zina nur niedergeschlagen dasaß und das Durcheinander betrachtete.

»Ich mache deinen Arbeitsplatz sauber und räume alles weg. Du kannst dich umziehen und nach Hause gehen«, schlug Jazz vor und legte Zina den Arm um die Schulter.

Zina begann zu zittern. »Ich fasse es nicht. Es war so peinlich. Ich habe richtig gewürzt, das weiß ich ganz genau. Ich habe doch abgeschmeckt. Das mache ich immer!« Sie seufzte auf und fing mit fahrigen Bewegungen an aufzuräumen. »Tja, das war's dann wohl. Aus meiner Karriere als Köchin wird wohl nichts. Wenn ich es nicht einmal schaffe, eine Suppe zu kochen, kann ich mich nie wieder hier blicken lassen. Wie soll ich das meiner Familie beibringen? Noona und Mum werden so enttäuscht von mir sein«, schluchzte sie.

»Sei nicht albern. Das ist doch kein Weltuntergang. Der werte Herr ist nur mit dem falschen Fuß aufgestanden. Als Nächstes wird er sich mich vorknöpfen. Oder Ling Liu. Irgendwann wird auch sie einmal patzen«, sagte Jazz und umfasste Zinas Hände. »Ich putze, du gehst dich frisch machen, und dann suchen wir uns ein nettes Restaurant.«

Nachdem sie sich an in Rotwein geschmorten Rinderbäckchen und cremigem Kartoffelpüree, gefolgt von leckerem Gebäck mit Nüssen und Sahne, gütlich getan hatten, lebte Zina wieder auf. Ihre Niedergeschlagenheit verwandelte sich in Wut, und schließlich konnte sie über den Zwischenfall lachen. Sie unterhielten sich über ihre Familien, ihre Hoffnungen und ihre Träume. Zinas Ziel war noch immer, eine weltweit anerkannte Küchenchefin zu werden, weshalb ihr Monsieur Bonnets Kritik so naheging.

»Wenn einem etwas wichtig ist, macht man keine Abstriche«, erklärte sie.

Doch Jazz konnte die Leidenschaft ihrer Freundin nicht teilen, sosehr sie es auch versuchte und sich danach sehnte. »Meine Familie weiß, was sie will. Dad und Mum genießen den Luxus in Dubai. Meine Schwester hat ihren Mann und ihren Sohn Brendan. Und mein Bruder Mark befährt die Weltmeere. Und ich – keine Ahnung. Nach über einem Monat Zwiebelschneiden und Karottendünsten bin ich nicht mehr überzeugt, dass ich das für den Rest meines Lebens tun will.«

Sie überlegte einen Moment.

»He, ich könnte Mark anrufen«, schlug sie plötzlich aufgeregt vor. »Vielleicht können wir ja ein Wochenende am Mittelmeer verbringen. Als ich zuletzt von ihm gehört habe, war er in Südspanien.« Sie sah auf die Uhr. »Sicher stört es ihn nicht, dass es schon spät ist und ich ihn wecke.«

»Mum hat mir erzählt, dass du dich nach Paris verdrückt hast. Das war vielleicht eine Überraschung«, meinte Mark, nachdem Jazz ihm die Ereignisse der letzten Monate geschildert hatte.

»Zum Großteil macht es Spaß. Wenn du mir nicht glaubst, kannst du mit meiner Freundin Zina reden. Sie ist aus Marokko – nun, eigentlich aus Schwarzafrika, aber das ist eine lange Geschichte. Wir begießen gerade die Tatsache, dass Monsieur Bonnet sie im Unterricht angebrüllt hat.« Sie grinste Zina an und drückte dann auf Lauthören, sodass alle einander hören konnten. »Sie würde gern mitkommen, wenn ich dich besuche. Hier ist auch nicht alles Gold, was glänzt. Wo bist du eigentlich?«

»Offen gestanden habe ich im Moment ziemlich viel zu tun, Schwesterchen«, erwiderte Mark ein wenig abweisend.

»Ich habe ein paar Boote, die schleunigst überführt werden müssen. Danach kriege ich möglicherweise noch eines. Aber ich würde dich gern sehen, bevor du wieder nach Hause fliegst«, fügte er rasch hinzu.

Jazz war enttäuscht. »Oh«, sagte sie und versuchte, sich nichts anmerken zu lassen. »Tja, dann vielleicht nach Weihnachten.« Sie plauderten noch eine Weile. Dann klappte Jazz ihr Mobiltelefon zu und bemühte sich vergeblich, die gute Laune von vorhin wiederaufleben zu lassen.

Ihre Niedergeschlagenheit hielt die restliche Woche an, was auch für ihre Erkältung galt.

In Frankreich trennen Metzger den Kaninchen nie die Köpfe ab, damit die Kunden wissen, dass sie keine Katze kaufen. Jazz jedoch empfand es als abstoßende Quälerei, die toten Tiere zu häuten und zu zerlegen, ganz zu schweigen davon, dass die daraus zuzubereitenden Gerichte ziemlich kompliziert waren.

Dass Monsieur Bonnet die Vorbereitungen überwachte, erhöhte den Druck noch zusätzlich. Deshalb war Jazz ziemlich stolz auf sich, als sie ihm den Teller mit ihrem Versuch eines *Lapin à la moutarde* vorsetzte. Sie war zwar durchgeschwitzt und erschöpft, aber dennoch sicher, dass das Kaninchen in Senfsoße seine Zustimmung finden würde.

Monsieur Bonnet betrachtete den Teller erwartungsvoll und zückte Messer und Gabel, um zu kosten. Doch als er den Rand des Tellers berührte, zog er rasch die Hand zurück, und seine erfreute Miene wurde von Abscheu abgelöst. Dann sah er Jazz vorwurfsvoll an, stieß einen französischen Wortschwall hervor, schleuderte mit einer dramatischen Geste sein Besteck auf den Teller und ging wortlos davon. Jazz blickte ihm verdattert nach. Er hätte doch wenigstens kosten müssen! In ihrer Verwirrung hatte sie das Wort *chaude* – heiß – aufgeschnappt.

»Er hat Folgendes gesagt: ›Es ist ganz einfach – heißes Essen, heißer Teller, kaltes Essen, kalter Teller.‹ Dein Teller war kalt. Du hättest ihn anwärmen müssen«, flüsterte Zina. Diesmal war es Jazz, die sich vor Verlegenheit und Zorn wand.

Eines eisigen Morgens kehrte Jazz klatschnass von einer Exkursion zu einer der Markthallen in der Stadt zurück. Das Warenangebot hatte sie fasziniert, und die heiße Schokolade, die sie und Zina sich anschließend gegönnt hatten, war einfach köstlich gewesen. Doch im Laufe des Tages verschlimmerte sich ihre Erkältung, die sie eigentlich besiegt geglaubt hatte. Am Abend ging es ihr dann wirklich elend.

Wegen des defekten Heizstrahlers war es bitterkalt in ihrem Zimmer, und sie lag zitternd unter ihrer Decke. Am nächsten Tag hatte sie erhöhte Temperatur und fühlte sich wirklich krank. Zu allem Überfluss wurde sie ausgerechnet von Küchenchef Etienne Rousseau, einem sanftmütigeren Vertreter seiner Art, im Unterricht getadelt, weil sie nicht richtig abschmecken konnte. Jazz protestierte, dass es an der Erkältung liege, doch der Koch zuckte nur die Achseln. »Das interessiert mich nicht«, ließ er ihr durch den Dolmetscher ausrichten, einen jungen Mann, der heute zur Abwechslung einmal erschienen war. »Köche müssen abschmecken können. Und zwar immer. Wenn Sie Köchin werden wollen, schmecken Sie ab. Wenn nicht, dort ist die Tür.«

»Muss ich mir so einen Mist bieten lassen«, schimpfte Jazz nach dem Unterricht und stopfte ihre schmutzige Uniform in den Spind.

»Geh heim und leg dich in die Badewanne. Wir sehen uns morgen«, meinte Zina beruhigend.

»Darauf würde ich nicht wetten«, gab Jazz zurück.

»Hört sich gar nicht gut an! Vergiss nicht, viermal fehlen, und du fliegst, *ma amie*. Riskiere den Ausbildungserfolg nicht wegen einer Erkältung.«

»Ich bin nicht sicher, ob mich das interessiert«, gab Jazz schniefend zurück. Beim Aufwachen am nächsten Tag fühlte sie sich noch schlechter und beschloss, im Bett zu bleiben. Allerdings kühlte das Zimmer im Laufe des Vormittags so ab, dass sie gezwungen war aufzustehen. Ihr Schicksal verfluchend, zog sie zwei ihrer dicksten Pullis über den Pyjama, kochte sich einen heißen Tee, breitete ihren Mantel über die Bettdecke und legte sich wieder hin. Am Abend ging es ihr zwar besser, doch sie hatte keine Lust auf Unterricht.

Als sie an einem klirrend kalten, sonnigen Morgen erwachte, stand ihr Entschluss fest. Auch wenn ihr die wahre Leidenschaft für das Kochen fehlte, liebte sie es, ihre Umgebung zu erkunden. Also mummelte sie sich warm ein und verbrachte den Tag damit, Paris zu entdecken. Sie fuhr mit dem Bus ins Stadtzentrum, kaufte eine Giraffe aus weichem Gummi für ihren Neffen Brendan und schlenderte dann am Seineufer entlang, um die vielen Brücken zu betrachten.

Wie schon eine Woche nach ihrer Ankunft stellte sie sich unter den Eiffelturm und bewunderte noch einmal seine beeindruckende Ausstrahlung im winterlichen Dämmerlicht. Danach besichtigte sie Notre-Dame und zündete in der kühlen Kathedrale, wo Stimmengemurmel von der Gewölbedecke widerhallte, Kerzen für Amelia, Poppy und ihre Eltern an.

Nach dem Mittagessen in einem Café unweit des Place de l'Opéra besuchte sie die Tuillerien und setzte sich vor einen der berühmten Brunnen auf eine Bank. Das Plätschern des Wassers beruhigte sie und gab ihr Zeit zum Nachdenken. Kurz darauf erhob sie sich, putzte sich die Nase und kehrte nach Hause zurück. Sie hatte beschlossen, dass es sträflicher Leichtsinn gewesen wäre, einen weiteren Fehltag zu riskieren.

Am nächsten Tag ging sie wieder zum Unterricht. Ihre Abwesenheit schien niemandem aufgefallen zu sein. Erst als sie am Ende des nachmittäglichen Kochunterrichts dem Lehrer widersprach, entwickelten sich die Dinge rasch zum Schlechten. Der Kurs wurde von Denis Reynard geleitet, der zwar ein begabter Koch war, aber als unfreundlicher Zeitgenosse galt. Wenn die Schüler seine Ungeduld und seinen Hang zur Melodramatik ertrugen, hatte er ihnen allerdings viel zu vermitteln. Außerdem sprach er ein wenig Englisch.

»Ach, eine Schülerin, die eine eigene Meinung hat. Wie nett von Ihnen, dass Sie überhaupt erschienen sind, Mademoiselle Wakehurst. Ich hoffe, Sie sind wieder ganz genesen«, höhnte er.

Jazz straffte die Schultern und lächelte ihn selbstbewusst an, denn schließlich wurden die Schüler dazu ermuntert, Fragen zu stellen. Also öffnete sie den Mund, um ihren

Einwand zu wiederholen, klappte ihn aber vor Schreck über die nun folgende Tirade rasch wieder zu.

»Für wen halten Sie sich eigentlich? Entweder nehmen Sie den Unterricht ernst, oder Sie gehen. Ich dulde es nicht, dass Sie meine Zeit vergeuden. Sie sind nichts Besonderes. Sie sind nicht einmal gut. Falls Sie mit meinem Unterricht nicht einverstanden sind, zwingt Sie niemand, hier zu sein. Also wäre es vielleicht das Beste für uns alle, wenn Sie verschwinden und nicht wiederkommen«, fügte er als letzten Seitenhieb hinzu.

Jazz spürte, wie ihr die Röte in die Wangen stieg. Alles drehte sich um sie, sodass sie sich an der Marmorplatte ihres Arbeitsplatzes festhalten musste, und sie spürte die Blicke ihrer Mitschüler auf sich. Im nächsten Moment bekam sie einen Hustenanfall. Der Küchenchef rang die Hände und setzte seine Gardinenpredigt auf Französisch fort.

»Er sagt, du verseuchst uns und die Lebensmittel mit deinen Bakterien«, übersetzte Zina mitfühlend.

»Was soll ich tun?« Bedrückt betrachtete Jazz die rasch gerinnende Soße auf ihren Kalbsmedaillons.

»Lächeln«, antwortete Zina, weil ihr nichts Besseres einfiel.

Schweigend säuberte Jazz ihren Arbeitsplatz, räumte ihre Sachen in den Spind und verließ wortlos mit Zina das Gebäude.

»Heißt das, ich bin draußen? Hat er mich rausgeschmissen?« Jazz war vor Schreck noch immer schwindelig, als sie, Zina und Camille bei heißer Schokolade in einem Café saßen. »Darf er das?«

»Er darf alles. Er ist Franzose«, verkündete Camille.

»Das kann doch nicht sein«, meinte Jazz entsetzt.

»Hör auf damit, Camille«, schimpfte Zina. »Merkst du nicht, wie verstört sie ist?«

Camille zuckte die Achseln. »Verstört oder nicht, wen kümmert das? Wenn du in Frankreich überleben willst, musst du werden wie die Franzosen.«

»Ach«, rief Zina aus und wandte sich wieder an ihre Freundin. »Lass dich von Reynard, diesem Widerling, nicht unterkriegen. Du kochst gern, schon vergessen? Mir hast du erzählt, dass es die einzige Beschäftigung ist, bei der du dich wirklich gut fühlst.«

»Ich weiß nicht, ob mir das wichtig genug ist, um weiterzumachen, wenn ich mir dafür so etwas antun muss.«

»Ich glaube dir kein Wort«, entgegnete Zina.

Jazz zuckte die Achseln. »Ich glaube, ich gehe nach Hause und überlege.«

Sie und Zina hatten zwar beide im Unterricht einiges einstecken müssen, doch Jazz begann, daran zu zweifeln, ob sie wirklich Köchin werden wollte. War es die Mühe wert, ein Diplom am *Le Cordon Bleu* zu erwerben?

Sie dachte ans *Kookaburra* und ihre hochfliegenden Pläne mit dem kleinen Café. Auch dort hatte sie widersprochen, nur dass ihre Großeltern sie deswegen nicht beschimpften. Außerdem vermisste sie verzweifelt die warmen, sonnigen Tage, die gemächlichen Spaziergänge am Strand und das Keckern der Kookaburras vor ihrem Schlafzimmerfenster, das sie weckte. Ihre Großmutter mit ihrem gnadenlosen Tadel und ihrem liebevollen Verständnis fehlte ihr. Hatte sie, Jazz, wirklich den Wunsch und den Antrieb, die nötig waren, um eine angesehene Küchenchefin zu werden? Oder war ihr nur das Abenteuer verlockend erschienen? Würde sie nun, da sich die Wirklichkeit als grausam entpuppte und die ersten Rückschläge kamen, alles hinwerfen?

Noch nie im Leben hatte sie sich so elend gefühlt, nicht einmal, nachdem sie herausgefunden hatte, dass Tim sie mit Vicki betrog. Und dann war da auch noch Brad. Ihr Leben bestand aus einer Aneinanderreihung von Fehlern und falschen Entscheidungen.

»Was ist aus deinem Kämpfergeist geworden?«, fragte sie sich und blickte in den kleinen Badezimmerspiegel.

Am nächsten Morgen wurde sie zum Direktor zitiert.

»Ich stelle fest, dass Sie drei Fehltage haben. Zwei davon am Stück«, verkündete dieser in fließendem Englisch.

Er musterte das Formular in seiner Hand und sah Jazz dann über den Metallrand seiner Brille hinweg an.

»Sicher ist Ihnen bekannt, Mademoiselle Wakehurst, dass man Sie nach vier Fehltagen auffordern wird, den Kurs zu verlassen. Außerdem habe ich mit einem unzufriedenen Küchenchef zu tun.« Er hielt inne. »Wir am *Le Cordon Bleu* nehmen unsere Sache ernst. Ich muss Sie fragen, ob sich das bei Ihnen auch so verhält.«

Wieder machte er eine Pause. Jazz wartete verunsichert ab.

»In zwei Wochen findet die Zwischenprüfung statt«, fuhr der Direktor fest. »Vielleicht kennen Sie bis dahin ja die Antwort.«

Nach dem Gespräch war Jazz zornig. Sie schämte sich

und war nicht sicher, ob die Worte des Direktors als Drohung oder Ermahnung gedacht gewesen waren. Vielleicht hatte Monsieur Reynard recht, und es war Zeit, dass sie ihre Sachen packte und nach Hause flog.

Im Vorfeld der Prüfung hatte sie in ihrer Angst, Monsieur Reynard wieder gegenübertreten zu müssen, und voller Furcht, dass er diesmal einen Grund finden könnte, sie sofort aus dem Kurs zu werfen, die ganze Woche lang jeden Abend geübt, *Poulet sauté à l'estragon* zu kochen. Die Mahlzeiten teilte sie mit Madama Bayard und ihrer Familie, die von ihren Kochkünsten nicht genug bekommen konnten.

Zu Jazz' Erleichterung glänzte Monsieur Reynard jedoch durch Abwesenheit. Er wurde von einem freundlichen Küchenchef Ende vierzig vertreten, der Maurice Laurent hieß, viel seufzte und von ihren Bemühungen begeistert war.

Nachdem er ihr saftiges, perfekt gegartes und dezent mit Estragon gewürztes Huhn gekostet hatte, legte er mit einem tiefen Aufatmen die Gabel weg, lächelte sie traurig an und meinte langsam auf Englisch: »Sie könnten wirklich sehr gut sein, wenn Sie sich ein bisschen mehr Mühe geben würden.«

Bedrückt trollte Jazz sich aus dem Unterricht. Nachdem sie sich bei den anderen mit der Ausrede entschuldigt hatte, sie müsse noch Lebensmittel einkaufen, blickte sie ihnen nach, als sie auf die nächste Kneipe zusteuerten, und ging dann, in düstere Gedanken versunken, in entgegengesetzter Richtung davon. Da läutete ihr Mobiltelefon. Müde nahm sie es aus der Tasche, klappte es auf und hielt es sich ans Ohr, ohne einen Blick auf den Bildschirm zu werfen.

»Hallo«, meldete sie sich mit schleppender Stimme.

»Hast du Lust, Weihnachten auf einer Luxusjacht in der Karibik zu verbringen? Kost und Logis gratis«, meinte eine Männerstimme.

»Mark! Was? Ist das dein Ernst?«, jubelte Jazz.

»Absolut. Die Besitzer der Jacht sind einverstanden, dass ich über Weihnachten Familienangehörige mitbringe. Allerdings könntest du etwas zur Verpflegung beisteuern. Ich habe dir doch versprochen, dass ich dich einlade, sobald ich kann. Interesse?«

»Hast du Karibik gesagt?« Jazz versuchte, ihre wild durcheinanderwirbelnden Gedanken zu ordnen.

»Richtig. Strahlender Sonnenschein, kristallklares Wasser, Schnorcheln, Fischen, Segeln, Spazierengehen. Was das Herz begehrt. Du kennst ja den Spruch über Queensland: Heute wunderschön, morgen perfekt. Nun, auf St. Lucia trifft er wirklich zu!«

»Gleich nach meinen Prüfungen kommende Woche setze ich mich in den nächsten Flieger«, erwiderte Jazz.

Zehn Minuten später klappte sie mit einem zufriedenen Seufzer das Telefon zu. Abstand! Endlich Abstand! Kein Druck, sofort eine Entscheidung zu fällen. Sie musste nur noch das restliche Semester hinter sich bringen. Der Rest konnte warten. Eine Jacht in der Karibik!

Selbst das winterlich trübe Paris sah plötzlich wunderschön aus, als der Bus auf den Arc de Triomphe zufuhr. Plötzlich fühlte Jazz sich zum Bäumeausreißen.

14

Voller Vorfreude hastete Jacinta, ihren Koffer hinter sich herziehend, aus dem George Charles Airport auf der Karibikinsel St. Lucia. Als sie auf die belebte Straße hinaustrat, wehte ihr eine warme Brise entgegen. Jazz genoss die willkommene Wärme. Mark hatte sie angerufen, um ihr mitzuteilen, er müsse auf der Jacht bleiben, weil er Handwerker erwarte, und ihr eine Wegbeschreibung gegeben. Jazz hielt ein Taxi an und nannte die Adresse.

Eine Viertelstunde später erreichte sie den Jachthafen Rodney Bay, der sich an die Nordseite der Insel schmiegte und als einer der wichtigsten Stützpunkte für Jachten und Fischerboote in der Karibik galt. Über zweihundert Schiffe lagen hier vor Anker. Helles Sonnenlicht schien auf die Touristen, die am breiten Uferweg entlangschlenderten oder sich auf Restaurantterrassen an frischem Fisch gütlich taten. Die Luft roch nach Gewürzen, und in farbenfroh ausgestatteten Boutiquen lockten die neueste Mode und funkelnde Schmuckstücke. Zahlreiche Masten und schimmernde Schiffsrümpfe bildeten ein hübsches, hin- und herwogendes Panorama, und Segelboote tanzten auf dem türkisblauen Wasser.

Jazz war erst wenige Schritte gegangen, als sie hörte, dass jemand ihren Namen rief. Sie blickte auf und sah Mark auf sich zukommen. Er hatte einen kleinen, mit Lebensmitteln und Gerätschaften beladene Sackkarren bei sich.

»Ich dachte, du möchtest heute Abend vielleicht etwas

essen. Wie fühlst du dich, Schwesterchen? Du siehst gut aus«, meinte er und umarmte sie, nachdem er sie kurz gemustert hatte. »*Comment allez-vous? Parlez-vous français? Où est ma tante? Oui! Non?*«, witzelte er und grinste sie an.

Lachend fiel Jazz ihm noch einmal um den Hals. In den Monaten seiner Abwesenheit war Mark kräftiger geworden. Er sah sonnengebräunt und durchtrainiert aus, strotzte vor Gesundheit und wirkte erwachsener, als Jazz ihn in Erinnerung hatte.

»Es ist so schön, dich zu sehen. Das Leben auf See bekommt dir. Ich hatte nie gedacht, dass ich einmal Urlaub in der Karibik machen würde.«

»Warte, bis du das Hotel besichtigt hast«, erwiderte Mark, noch immer grinsend.

»Ich dachte, wir wohnen auf einer Segeljacht«, wunderte sich Jazz.

»Richtig. Folge mir.«

»Das ist sie?«, flüsterte Jazz ehrfürchtig und schnappte nach Luft. Sie schlug die Hand vor den Mund, als sie vor einem gewaltigen Katamaran stehen blieben, auf dessen schimmerndem weißem Rumpf der Name *Serenity* stand.

Ab der Wasserlinie war das Schiff leuchtend flaschengrün lackiert. Jazz betrachtete den endlos scheinenden Mast, das von grünem Tuch umhüllte Hauptsegel am Baum, die beiden zusammengerollten Fockmastsegel am Bug und die funkelnden Relings und Winden aus Edelstahl. Flache Stufen am Heck erleichterten das Ein- und Aussteigen.

»Mann«, entfuhr es ihr.

»Willkommen auf der *Serenity*, dem Wendepunkt deines

Lebens«, verkündete Mark mit einer großartigen Geste und hielt ihr die Hand hin.

Jazz trat in das geräumige Cockpit, das mit einem riesigen Steuerrad und einem angenehmen Schatten spendenden Dach aus Fiberglas ausgestattet war. Die Hauptkabine erwies sich sogar als noch luxuriöser. Sie besaß einen Esstisch aus poliertem Holz und ein weiches cremefarbenes Wildledersofa, sodass man sich wirklich eher wie in einem Luxushotel als auf einer Jacht fühlte. Eine Ecke des Raums wurde von der Unterhaltungselektronik eingenommen, und in der steuerbords gelegenen Küche fand sich noch mehr poliertes Holz und funkelnder Edelstahl. Die Schlafkabinen verfügten über Doppelbetten und jeweils ein eigenes Badezimmer.

»Und sie haben dich das Ding den ganzen Weg vom Mittelmeer bis hierher segeln lassen?«, fragte Jazz, nachdem sie es endlich gewagt hatte, sich auf das cremefarbene Sofa zu setzen. Mit einem zufriedenen Seufzer ließ sie die Finger über das weiche Wildleder gleiten.

»Ein hübsches Schiff, findest du nicht?«, antwortete Mark. »Sie ist fast neu und gehört einem italienischen Banker, einem gewissen Umberto Ponticelli. Er hat sie seiner Frau Donata als Hochzeitsgeschenk gekauft. Sie wollen die Flitterwochen an Bord verbringen und das Schiff am Ende der Saison vermieten.«

Er stand auf und blickte aus einem der großen Kabinenfenster. Dann drehte er sich schmunzelnd zu seiner Schwester um.

»Ich frage mich, was arme Leute mit ihrer Zeit anfangen?«

»Und wo ist der Skipper?«, erkundigte sich Jazz. »Ich dachte, ihr wäret zu zweit gewesen. Sag jetzt nicht, dass du das Kommando führst. Das würde mir Angst machen!«

»Bis heute war es auch nicht so«, entgegnete Mark spöttisch. »Der Skipper war ein Franzose namens Jacques Brun. Ich wurde als Besatzungsmitglied eingestellt. Hat mich nicht gestört. Da Jacques jede Menge Erfahrung auf dem Mittelmeer und auch schon einige Überführungen wie diese hinter sich hatte, habe ich mich bei ihm ziemlich sicher gefühlt. Außerdem hat er mir viel beigebracht. Die Abmachung lautete, dass wir die *Serenity* hierherbringen und bis zur Ankunft der Ponticellis an Bord bleiben. Aber dann haben wir eine E-Mail erhalten, in der stand, es habe Verzögerungen gegeben und die Eigner würden erst nach Weihnachten aufkreuzen. Im nächsten Moment verkündete Jacques, dass ich der Chef an Bord sei, und verdrückte sich. Ich muss zugeben, dass ich ein bisschen perplex war.«

»Das kann ich mir denken! Schaffst du es denn, das Schiff allein zu steuern?«, fragte Jazz besorgt.

»Ich war schon mit Schiffen wie der *Serenity* unterwegs, bin also recht zuversichtlich. Allerdings könnte ich Unterstützung brauchen, denn sie ist ziemlich viel Geld wert. Da habe ich an dich gedacht.« Er lächelte verlegen. »Als Gegenleistung für den Urlaub musst du mir helfen. Wir müssen bis zur Ankunft der Ponticellis Ende Dezember nur alles in Schuss halten. Damit ist der Auftrag erledigt.«

»Fahren wir damit aufs Meer hinaus?«, wollte Jazz wissen, gleichzeitig aufgeregt und ängstlich.

»Ja, aber du kriegst das hin. Als wir Kinder waren, konntest du ziemlich gut mit Segelbooten umgehen. Wenn ich mich recht entsinne, hast du gern herumkommandiert. Dieses Schiff funktioniert im Grunde genommen ganz ähnlich, es ist nur größer. Ich erkläre dir, was du tun sollst, und falls wir wirklich noch Leute brauchen, lässt sich am Hafen immer jemand finden. Charterjachten dieser Größe werden normalerweise von Ehepaaren betrieben, also kein Problem. Und jetzt such dir eine Kabine aus und richte dich häuslich ein, während ich diese Sachen wegräume.«

Jazz entschied sich für die geräumige Kabine steuerbords im Heck. Nachdem sie ihre Kleider in den kleinen Schrank gehängt und ihre Kosmetiksachen ins Badezimmer gestellt hatte, legte sie sich aufs Doppelbett und blickte sich zufrieden um. Sie hätte genauso gut in einem Fünf-Sterne-Hotel irgendwo auf der Welt sein können, nur mit dem Unterschied, dass sich dieses Hotel bewegte und sie sanft hin- und herschwankende Masten sehen konnte, wenn sie aus dem Fenster schaute. Die Stagen klapperten leise im Wind. Jazz fühlte sich wundervoll. Eine Weile lag sie träumend da und sprang dann auf, um Mark zur Hand zu gehen.

Sie verstauten die Lebensmittel und aßen ein paar hastig zubereitete Sandwiches zu Mittag. Danach stand Mark auf.

»Ich würde gern das automatische Ruder ausprobieren. Eigentlich sollte es gut funktionieren, aber ich muss es testen und die Instrumente neu einstellen. Hast du heute Nachmittag Lust auf eine kleine Spazierfahrt?«

»Da kannst du Gift drauf nehmen. Was soll ich tun?«, fragte Jazz. Sobald sie die Leinen gelöst hatten und anmutig aus dem Jachthafen glitten, kehrten die Segelkenntnisse ihrer Kindheit und damit auch ihr Selbstbewusstsein zurück. In einem sicheren Abstand zur Küste schaltete Mark das automatische Ruder ein, und sie verbrachten die nächste Viertelstunde damit, zu überprüfen, ob die Jacht den Kurs halten würde. Sie tat es.

»Offenbar klappt alles wie am Schnürchen«, verkündete Mark. »Wir müssen wenden, um die Instrumente neu zu justieren. Möchtest du das Steuer übernehmen?« Jazz stellte sich neben ihren Bruder und legte die Hände aufs Steuer. »Wenn du willst, kann es losgehen«, rief Mark mit Blick aufs Instrumentenbrett.

Nachdem Jazz sich vergewissert hatte, dass sich aus keiner Richtung eine andere Jacht näherte, drehte sie das Steuer kräftig herum. Das Schiff gehorchte sofort, und die Welt umkreiste sie anmutig, als die *Serenity* zweimal um die eigene Achse glitt.

»Sehr gut. Jetzt geradeaus«, wies Mark sie an.

Jazz richtete das Steuer aus, und sie fuhren langsam die Küste entlang.

»Scheint alles in Ordnung zu sein«, meinte Mark und übernahm mit einem zufriedenen Seufzer wieder das Steuer. »Was hältst du davon, wenn wir ein bisschen segeln und uns dann ein hübsches geschütztes Plätzchen für ein Picknick suchen?«

Jazz nickte lächelnd. Zum ersten Mal seit ihrem Aufbruch aus dem Jachthafen konnte sie sich entspannt umschauen. Auf der einen Seite erstreckte sich das offene Meer bis zum Horizont. Auf der anderen erhoben sich die berühmten Zwillingsvulkane von St. Lucia, auch als *Gros Piton* und *Petit Piton* bekannt, majestätisch aus dem üppigen Tropenwald, der bis zum Ufer reichte. Als Mark das Focksegel entrollte, fing sich der Wind darin. Die *Serenity* gewann an Fahrt. Mark schaltete den Motor ab, und dann durchpflügten sie gemächlich das klare türkisblaue Wasser.

Eine Stunde später raffte Mark das Segel wieder. Sie fuhren, vom Motor getrieben, in eine geschützte Bucht, wo sie vor Anker gingen. Nun ragten die Vulkane mächtig über ihnen auf. Auch ein paar andere Jachten und Motorboote unterschiedlicher Größe ankerten hier. Möwen kreisten über ihren Köpfen und landeten neben dem Schiff im Wasser.

»Das war Spitzenklasse«, verkündete Jazz, während sie die Ankerstange verstaute und zum Cockpit zurückkehrte. »Es ist traumhaft. Mir graut schon vor dem düsteren, trüben Paris.«

»Nicht schlecht, was? Möchtest du ein paar Tage hier draußen bleiben? Es gibt keinen Grund, im Jachthafen zu ankern. Die Stelle ist sicher, und die Ponticellis hätten nichts dagegen. Was hältst du davon, mir zu zeigen, was du in Paris gelernt hast, und das Abendessen zu kochen?«

»Einverstanden, aber erhoffe dir nicht zu viel. Wahrscheinlich fehlt die Hälfte der Zutaten.« Jazz verschwand in der Kombüse, wo sie zu ihrer Überraschung feststellte, wie viel Spaß es machte, unter eingeschränkten Bedingungen ein Essen zuzubereiten. Bald wehte der köstliche Duft eines würzigen Hühnercurrys ins Cockpit. Als sie gerade dabei war, zur Dekoration Tomatenblüten zu schnitzen, steckte Mark den Kopf zur Tür herein.

»Wir haben Besuch«, verkündete er und stellte ihr ein junges australisches Paar vor. Sam und Jane hatten beobachtet, wie die *Serenity* in die Bucht einfuhr, und waren von ihrem eigenen Katamaran, der *Magic Cloud*, herübergerudert. Sam und Jane segelten schon seit zwei Jahren um die Welt und hatten beschlossen, Weihnachten in St. Lucia zu verbringen.

»Kannst du das Essen für vier Personen strecken?«, fragte Mark, während die goldene Sonne am Horizont unterging.

»Kein Problem«, erwiderte Jazz.

»Gar nicht so schlecht«, meinte Mark, nachdem er von dem dampfenden Hühnercurry gekostet hatte.

»Tu nicht so überrascht! He, wie fändet ihr es, wenn wir an Weihnachten zusammen essen würden?«, schlug Jazz vor, als sich Sam und Jane später am Abend verabschiedeten.

»Wenn du kochst, kommen wir ganz bestimmt«, erwiderte Sam rasch. Jane nickte zustimmend.

»Wir sehen uns in Rodney Bay«, antwortete Jazz.

Sie blickte dem flackernden Schein der Taschenlampe nach, als die beiden zu ihrer Jacht zurückruderten. Das leise Plätschern der Paddel wehte über das Wasser.

»Es ist zu schön, um schlafen zu gehen. Wir wollen uns noch etwas zu trinken holen und die Sterne beobachten«, wandte sie sich an Mark.

Ausgerüstet mit Gläsern und der beim Abendessen angebrochenen Flasche Weißwein, folgte Jazz Mark zum Bug und ließ sich in der Hängematte nieder, das dort hing. Sie lehnte sich zurück und betrachtete die unzähligen funkelnden Sterne am Himmel.

Eine beruhigende Dunkelheit hüllte sie ein. Auf der Jacht war es still und friedlich. Eine Weile saßen sie da, lauschten den gedämpften Geräuschen der Nacht, dem Ruf eines einsamen Vogels und dem Schwappen der Wellen gegen die Schiffsrümpfe, bis Mark das Schweigen brach.

»Offenbar hast du wirklich kochen gelernt, Schwesterchen. Das Essen war eine Wucht. Wie bist du überhaupt auf den Gedanken gekommen, dich am *Le Cordon Bleu* anzumelden?«

»Eigentlich war es Zufall. Als ich bei Oma und Poppy einzog, habe ich entdeckt, welchen Spaß mir das Kochen macht. Davor hatte ich keine Ahnung. Oma und ich sind ein tolles Team.« Sie spähte durch den Rest in ihrem Weinglas ins Mondlicht. »Ich habe große Pläne mit dem *Kookaburra* und auch schon mit Oma darüber geredet. Deshalb wollte ich besser kochen lernen, und Paris hörte sich an wie ein Abenteuer – wenigstens habe ich es damals geglaubt.«

Ihre Miene wurde ernst.

»Heute Abend war es lustig, doch im *Le Cordon Bleu* ist das Kochen eine Plackerei. Man darf dort so hübsche Dinge tun wie zum Beispiel Kaninchen den Kopf abhacken, Hühnern die Gedärme aus dem Leib reißen und Fischen die Augen ausstechen. Man könnte glatt zur Vegetarierin werden. Außerdem brüllen die Küchenchefs einen an. Tja, zumindest manche. Einige sind auch schwer in Ordnung. Aber es ist viel Arbeit. Dazu muss man mit Leidenschaft kochen, und ... Nun ja ... die fehlt mir. Das ist das Hauptproblem.«

Plötzlich wehmütig, hielt sie inne. »Meine Freundin Zina hat sie«, fügte sie beinahe widerstrebend hinzu.

»Hat was?«, hakte Mark nach.

»Diese unbeirrbare Leidenschaft. Zina würde lieber sterben, als eine Unterrichtsstunde zu verpassen. Mir ist es eigentlich egal.« Sie zuckte die Achseln. »Nein, das stimmt nicht ganz. Es ist mir wichtig, nur nicht wichtig genug. Ich habe die schriftlichen und praktischen Prüfungen mit Mühe und Not geschafft, obwohl alle davon ausgegangen sind, dass ich viel besser abschneiden würde. Außerdem habe ich es vielleicht sogar hingekriegt, dass sie mich aus dem dämlichen Kurs schmeißen. Sie sind ziemlich streng in Sachen Fehlstunden. Hinzu kommt, dass der Direktor schon vor meinen katastrophalen Prüfungsnoten gar nicht zufrieden mit meinen Leistungen war. Wenn er nicht so gut Englisch sprechen würde, könnte ich es auf die Verständigungsschwierigkeiten schieben«, fügte sie trotzig hinzu, als unvermittelt ein Kloß in ihrer Kehle aufstieg.

Mark bekam einen Lachanfall, worauf Jazz sich gleich viel besser fühlte. Sie berichtete ihm von ihrem Zusammenstoß mit Monsieur Reynard und davon, dass sie vor ihrer Abreise nach St. Lucia vergessen hatte, noch einmal beim Direktor vorzusprechen. Das war der Grund, warum sie nun befürchtete, aus dem Kurs ausgeschlossen zu werden.

»Also wirst du dich mit eingekniffenem Schwanz wieder zurück ins Märchenland trollen?«

»Du könntest ruhig ein bisschen mehr Anteilnahme zeigen«, meint Jazz und versetzte ihm einen Schubs.

»Und was hast du als Nächstes vor?«

»Ich überlege mir etwas. Im Moment gefällt es mir hier recht gut.« Jazz stand auf und rieb sich die Rückseite der Beine, wo das Netz der Hängematte ein Muster aus roten Striemen hinterlassen hatte. »Ich gehe ins Bett. Es war ein langer Tag – aufregend, aber auch anstrengend.«

Während sich Mark am nächsten Tag auf der Jacht zu schaffen machte, verbrachte Jazz ihre Zeit mit Schlafen,

Schwimmen, Lesen und genüsslichem Faulenzen. Nach zwei glücklichen ähnlich verlaufenen Tagen kehrten sie nach Rodney Bay zurück, wo Jazz zum Einkaufen ging.

Neugierig auf das Warenangebot vor Ort und voller Vorfreude auf die Zubereitung des Weihnachtsessens, schlenderte sie über den Obst- und Gemüsemarkt und erkundigte sich, welche Fischarten es gab. Da auf St. Lucia kein Truthahn zu bekommen war, hatte sie beschlossen, an Weihnachten als Hauptgang Fisch zu servieren.

Auf St. Lucia wurden Englisch, Französisch und Patois gesprochen. Nachdem sich Jazz eine Weile damit abgemüht hatte, sich dem viel beschäftigten Obsthändler verständlich zu machen, erstand sie eine Auswahl frischer Früchte, unter anderem eine saftige Ananas, eine Handvoll Guaven und einige Granatäpfel. Danach war der Fischmarkt an der Reihe, wo sie erfuhr, wann und wo die hiesigen Fischer ihren Fang an Land brachten. Als sie an der Hafenmole ankam, hatte gerade ein vollbeladenes Fischerboot angelegt.

»Was ist denn heute zu empfehlen?«, fragte sie den Fischer mit dem wettergegerbten Gesicht, der gerade damit beschäftigt war, das Deck seines Bootes zu reinigen. Der Großteil seines Fangs stand bereits in Kisten am Kai. Nachdem sie eine Weile mit ihm geplaudert hatte, kaufte sie vier große Fische. Allerdings war sie nicht sicher, ob sie ihre Entscheidung für diese einheimische Spezialität nicht bereuen würde, denn einen ganzen Fisch zu filetieren gehörte nicht unbedingt zu ihren Lieblingsbeschäftigungen.

»Rate mal, was ich mitgebracht habe«, rief sie, als sie ihre Einkäufe an Bord der *Serenity* schleppte.

Mark erschien in der Kabinentür. »Hoppla, anscheinend hast du den ganzen Markt aufgekauft. Du sollst nicht die ganze Marine bekochen«, meinte er nach einem Blick auf ihre überquellenden Tüten.

»Bei der letzten Zählung waren wir zu sechst und werden vielleicht sogar noch mehr, wenn man sich ansieht, in welchem Tempo du Leute einlädst. Ich möchte einfach auf alles vorbereitet sein«, erwiderte Jazz gut gelaunt.

Sie räumte die Lebensmittel weg, schenkte sich ein kaltes Getränk ein, griff nach Stift und Notizbuch und setzte sich in den Schatten des Cockpits, um die Speisenfolge für das Weihnachtsessen zu planen. Sie entschied sich für Karotten-Ingwer-Suppe, Fischfilet in leichter Panade mit frischen Limetten, Weißweinsoße, Süßkartoffelpüree und grünen Salat. Zum Dessert sollte es Panna cotta aus Kokosmilch mit einer leichten Soße aus Guaven, Granatäpfeln und Mangos geben. Jazz wusste zwar, dass sie sich viel vorgenommen hatte, war aber in abenteuerlustiger Stimmung.

Als sie am frühen Morgen des 24. Dezember den nicht filetierten Fisch betrachtete, fragte sie sich, warum sie sich das alles aufgehalst hatte.

Bei Sonnenuntergang war sie völlig erschöpft und zweimal daran gescheitert, eine genießbare Panna cotta zustande zu bringen. Überzeugt, dass das Essen eine Katastrophe werden würde, gab sie es auf und beschloss, als Dessert Schokoladenmousse zu reichen.

Endlich zufrieden mit ihren Kochanstrengungen, begann sie dann, die Kabine zu schmücken. Mark half ihr dabei, und bald hatte sich der Raum in ein Farbenmeer aus

Rot und Grün verwandelt. Jazz bastelte eine kleine Tischdekoration aus hübschen Hibiskusblüten, Bananenblättern und anderen Pflanzen, die sie gekauft hatte, und hängte Lametta und Lichterketten in die Fenster. An jedem Platz stand eine steife, gefaltete rot-weiße Papierserviette und eine dicke Duftkerze in einer winzigen Untertasse.

Nachdem alles erledigt war, streckte sich Jazz und ging ins Cockpit. Als sie den Blick über den Hafen schweifen ließ, sah sie, dass die Läden mit bunten Weihnachtslämpchen dekoriert waren. Ein hoher mit Lichterketten behängter Weihnachtsbaum stand am Eingang zum Hafen. Die Mitglieder einer Band packten gerade ihre Instrumente zusammen.

Sie und Mark hatten beschlossen, zur Christmette zu gehen. Das hatte Jazz nicht mehr getan, seit sie vierzehn war. Rasch fuhr sie sich mit der Bürste durchs Haar und griff nach einer Strickjacke. Dann schlenderten sie und Mark zu der winzigen alten Kirche oben auf dem Hügel, die sich rasch mit weiteren Gläubigen füllte.

»Frohe Weihnachten, Bruderherz«, sagte sie müde, als sie wieder an Bord der *Serenity* gingen.

»Frohe Weihnachten, Schwesterchen«, erwiderte Mark und umarmte sie.

Es schienen nur wenige Minuten vergangen zu sein, als Mark sie am Weihnachtsmorgen mit einer dampfenden Tasse Tee weckte. Schlaftrunken schlug Jazz die Augen auf und wusste im ersten Moment nicht, wo sie war.

»Das ist aber nett. Ich dachte, ich hätte nur geträumt«, meinte sie und nahm die Tasse entgegen.

Nachdem Jazz sich geduscht und angezogen hatte, kramte sie ein bunt eingewickeltes Päckchen aus dem Schrank und eilte aufgeregt zum Frühstück. Mark hatte die Lichterketten und das Radio eingeschaltet, das Weihnachtslieder dudelte. Warmes Sonnenlicht beschien das Schiff.

»Frohe Weihnachten«, rief Jazz und gab Mark das Päckchen. Sie hatte ihm eine Miniatur des Eiffelturms und ein T-Shirt aus Paris mitgebracht, außerdem gab es eine dunkelblaue Schiffermütze von einem der Märkte auf St. Lucia, die von dem aufgestickten Wort *Captain* und den berühmten Vulkangipfeln geziert wurde. Mark freute sich sehr darüber und schenkte ihr zwei bunt geblümte Pareos, die sie über ihrem Bikini tragen konnte.

Sam und Jane erschienen als erste Gäste. Kurz darauf trafen Malik aus Westindien und der Amerikaner Jeremy ein, beides Jachtbesitzer, die Mark im hiesigen Kramladen kennengelernt hatte.

»Wie elegant«, begeisterte sich Jane, als sie in die Kabine trat, wo die Duftkerzen zwischen Blumenschmuck in ihren Untertassen brannten. Jazz errötete vor Freude.

Auch das Essen fand viel Zustimmung. Schließlich drängten sich acht Personen am Tisch und taten sich erfreut an Jazz' leckerer Suppe gütlich. Als der Fisch aufgetragen wurde, senkte sich Schweigen über die Gäste, die das Gericht bis auf den letzten Bissen vertilgten. Zu guter Letzt verteilte Jazz Schälchen mit schaumiger Schokoladenmousse

»Eigentlich sollte es Panna cotta geben, aber die ist schiefgegangen – zweimal«, gestand sie, während sie eine große Obstplatte auf den Tisch stellte.

»Was macht das schon? Die Mousse ist köstlich«, seufzte Jane.

Der Tag plätscherte angenehm dahin, als alle, gesättigt und mit einem Glas Wein in der Hand, Anekdoten von ihren Reisen erzählten, bis die Sonne rotgolden am Horizont unterging und es allmählich dämmerte.

»Es war ein tolles Weihnachtsfest, das ich lange nicht vergessen werde«, sagte Malik und schüttelte Jazz die Hand.

»Wenn du uns den Namen deines Restaurants verrätst, kommen wir dich besuchen«, meinte Jeremy.

»Ich glaube, das wird nicht passieren«, entgegnete Jazz lachend und winkte, als der letzte Gast in der Dunkelheit verschwand.

Am Tag nach dem zweiten Weihnachtsfeiertag erhielt Mark eine E-Mail von Umberto Ponticelli, in der er ihn bat, an Silvester Essen und Wein für zehn Personen zu organisieren.

»Mist, ich dachte, es wäre mein Job, Schiffe zu überführen«, schimpfte Mark.

Die Lage spitzte sich sogar noch zu, als er herausfand, dass der Geschäftsführer der Hafenverwaltung nichts von dem Auftrag der Ponticellis wusste, für diesen Anlass einen Koch anzuheuern.

»Die scheinen ein bisschen chaotisch zu sein. Vielleicht liegt es ja an der Liebe. Hast du nicht gesagt, dass sie in den Flitterwochen sind. Pass auf, im Notfall könnte ich ein Essen für zehn Personen hinkriegen. So schwierig ist das nicht. Schließlich habe ich gerade für acht gekocht, und es hat offenbar allen geschmeckt.«

Jazz hielt inne.

»Eigentlich hätte ich nichts dagegen. Und wenn ich schon dabei bin, könnte ich auch etwas Leckeres kochen, um sie an Bord zu begrüßen, damit sie sehen, dass ich das kann.«

»Super Idee und wirklich nett von dir. Aber was ist, wenn sie vor ihrer Ankunft schon etwas gegessen haben?«

»Die Verpflegung im Flieger kann man doch nicht als richtige Mahlzeit bezeichnen. Ich richte etwas her, das man warm oder kalt essen kann, dann spielt es keine Rolle. Auf diese Weise werden sie sich willkommen fühlen.« Jazz griff nach ihrem Notizbuch und begann zu schreiben.

»Für jemanden, der überlegt, ob er die Kochschule hinwerfen will, erweckst du einen ziemlich begeisterten Eindruck«, stellte Mark fest.

»Das ist es etwas anderes. Es macht Spaß und ist eine Herausforderung. Kein Küchenchef, der einen anbrüllt. Kein ›Wo ist Ihr *mirepoix?*‹. Dazu noch eine Küche, die leise schaukelt. Einfach klasse.«

Am späten Nachmittag trafen die Ponticellis ein, begleitet von großem Radau und einer Unmenge von Koffern. Jazz sah zuerst Donata Ponticellis gewaltigen Strohhut, als das Paar die Hafenmole entlangschlenderte. Ihnen folgten zwei Hafenmitarbeiter, die sich mit vollbeladenen Sackkarren abmühten. Umberto war ein kräftiger, attraktiver Mann Anfang fünfzig mit grau meliertem Haar, der Jazz an einen schlankeren Pavarotti erinnerte. Es überraschte sie, um wie viel jünger Donata war, die sie etwa auf ihr eigenes

Alter schätzte. Donata war mollig, mit großen dunklen Augen und einer samtigen Haut. Sie trug goldene Armbänder und große Ohrringe. Den ausladenden Hut hatte sie mit einem cremefarbenen Schal elegant unter dem Kinn festgebunden. Daraus, wie sie an Umbertos Lippen hing, schloss Jazz, dass sie sehr in ihn verliebt war.

Ein flauschiger weißer Hund von der Größe eines Kaninchens trippelte kläffend neben ihnen her. Doch als sie die Jacht erreichten, wich das Tier sofort ängstlich und mit eingeklemmtem Schwanz zurück. Alle Versuche, den Hund an Bord zu locken, stießen nur auf Winseln und Wimmern.

Nach dem dritten Anlauf nahm Donata den Hund in die Arme und trug ihn an Deck, wo er sich zappelnd befreite, in die Kabine rannte und sich dort hechelnd auf das nächstbeste Kissen fallen ließ. Jazz warf Mark einen verstohlenen Blick zu und half dann, das Gepäck an Bord zu bringen.

Nachdem sich alle einander vorgestellt hatten und das Gepäck in den verschiedenen Kabinen verstaut war, sah Umberto Ponticelli sich voller Besitzerstolz um und legte den Arm um seine Frau.

»Was hältst du davon, eine Weile hier zu wohnen, *amore mio?*« Donata lächelte liebevoll und antwortete etwas auf Italienisch.

Jazz lächelte höflich.

»Ich habe nach dem langen Flug einen kleinen Imbiss für Sie vorbereitet. Möchten Sie, dass ich serviere?«

»Das wäre sehr nett«, erwiderte Umberto und übersetzte rasch für Donata.

Während Jazz die Appetithäppchen und kalte Getränke brachte, erkundigte sich Umberto bei Mark nach dem Zustand der Jacht. Die Antworten schienen ihm zu gefallen.

»Und was ist mit dem Partyservice an Silvester?«, fragte er.

»Da habe ich leider keine guten Nachrichten, Sir. Es hat in der Hafenverwaltung ein Missverständnis gegeben. Niemand kann eine Auftragsbestätigung finden, und es ist schwierig, so kurzfristig einen Koch aufzutreiben. Allerdings ist meine Schwester ausgebildete Köchin und würde sich gern um ihr Abendessen kümmern, falls Sie einverstanden sind. Richtig, Jazz?«

»Absolut. Ich habe mir erlaubt, ein Menü zusammenzustellen.« Jazz förderte ihr Notizbuch zutage.

Umberto runzelte die Stirn und besprach sich mit seiner Frau, die den Hund auf ihrem Schoß streichelte.

»Meine Frau und ich werden das nach dem Essen entscheiden«, verkündete er.

Noch eine Sprache, die ich besser lernen sollte, dachte Jazz beim Abräumen.

Nachdem sie tagelang mit Mark allein an Bord gewesen war, schienen ihr plötzlich zu viele Menschen auf dem Schiff zu sein, und sie fühlte sich überflüssig.

Doch dieses Unbehagen legte sich am folgenden Morgen, als Donata zu ihr in die Kombüse kam und ihr in gebrochenem Englisch mitteilte, sie und Umberto würden sich sehr freuen, wenn Jazz die Silvesterfeier organisieren könnte. Beim Sprechen errötete sie. Jazz unterdrückte die Panik, die plötzlich in ihr aufstieg, begann, die Einzelheiten der Party zu erörtern. Zu ihrer Erleichterung stellte sie fest, dass Donatas Englisch eigentlich verhältnismäßig gut war. Sie war nur unglaublich schüchtern. Im Laufe der Unterhaltung erkannte Jazz, dass ihr die junge Frau immer sympathischer wurde.

Bei der Silvesterfeier klappte alles wie am Schnürchen, und Jazz hätte mit ihrem ersten professionellen Einsatz als Köchin nicht zufriedener sein können. Das Essen kam gut an, der Sonnenuntergang war ein Traum, das Feuerwerk, das um Mitternacht den Himmel erhellte, bot ein lautstarkes Spektakel, und die Drinks und der Imbiss spät in der Nacht fanden großen Anklang.

In den frühen Morgenstunden fiel Jazz, nach diesem Abend noch immer aufgeregt, ins Bett. Als sie dalag und lauschte, wie das Wasser gegen den Schiffsrumpf schwappte, ließ sie die Ereignisse Revue passieren. Nachdem sie sich erboten hatte, das Kochen zu übernehmen, meldeten sich sofort Bedenken. Doch als sie sich an die Vorstellung gewöhnt hatte, wurden diese von Begeisterung abgelöst.

Obwohl sie sich selbst unter großen Erfolgsdruck setzte, fühlte sie sich den ganzen Abend wundervoll. Außerdem war die Mahlzeit köstlich und ansprechend angerichtet gewesen, sagte sie sich zufrieden, als sie sich an das Lob der Gäste und den Beweis in Form von leeren Tellern erinnerte.

Und da war noch etwas. Jazz war nicht sicher, wann es geschehen war, doch die Mischung aus Vergnügen und banger Erwartung, die sie empfand, wenn sie eine Mahlzeit zubereitete und auf die Reaktionen wartete, hatte ihre Gefühlswelt verändert. Trotz der Herausforderungen, die zweifellos noch vor ihr lagen, wurde ihr klar, dass sie die

Ausbildung wirklich fortsetzen wollte, wenn sie an Paris und an das *Le Cordon Bleu* dachte.

***

Umberto stand draußen am Bug und überprüfte Leinen und Fender. Er begrüßte sie mit einem Lächeln, das Jazz erwiderte. Allerdings klang ihr »Guten Morgen!« fröhlicher, als sie sich fühlte. Heute war ihr und Marks letzter Tag an Bord der *Serenity*. Ihr Koffer stand gepackt in der ordentlich aufgeräumten Kabine. Die Abmachung war gewesen, dass Mark die Jacht nach St. Lucia überführen und nach der Ankunft der Ponticellis zurück nach England fliegen würde, um seinen nächsten Auftrag abzuholen.

Wehmütig sah Jazz sich um. Die Sonne brannte bereits heiß vom Himmel. Im Jachthafen von Rodney Bay herrschte Hochbetrieb. Ihr Traumurlaub war vorbei. Jazz spürte, wie ihr Tränen der Enttäuschung in die Augen traten.

»Donata und ich haben Ihnen einen Vorschlag zu machen«, riss Umberto sie aus ihren Gedanken. »Sie und Ihr Bruder haben bewiesen, dass Sie gut mit dieser Jacht umgehen können. Außerdem haben Sie nicht nur einmal, sondern gleich zweimal Ihre Kochkünste unter Beweis gestellt. Deshalb möchten wir Sie beide bitten, für den Rest der Saison als Skipper und Köchin für uns zu arbeiten. Wir würden regelmäßig Einladungen für sechs bis acht Personen geben, die Sie bewirten müssten. Sicher werden Ihnen noch viele köstliche Menüs einfallen. Sind Sie interessiert?«

Jazz war sprachlos vor Überraschung. Das Angebot war zu gut, um es abzulehnen. Eine Fortsetzung des Urlaubs an einem idyllischen Ort. Eine eigene Küche – oder besser Kombüse. Köstliche Mahlzeiten im kleinen Kreis. Eine sympathische Arbeitgeberin. Niemand, der ständig ihr Selbstbewusstsein untergrub.

»Ich ... ich ... Danke. Ich weiß gar nicht, was ich sagen soll. Ich muss darüber nachdenken«, stammelte sie.

»Verlockend, oder?«, fragte Mark, als sie sich außer Hörweite der Poncellis besprachen.

»Musst du nicht bald die nächste Jacht überführen?«

»Es ist trotzdem verführerisch.«

»Unglaublich«, erwiderte Jazz nachdenklich.

»Du klingst nicht überzeugt.«

Jazz sah ihren Bruder gleichzeitig verzweifelt und aufgeregt an.

»Das Angebot ist einfach fantastisch, aber ich muss den Ponticellis leider einen Korb geben. Als ich gestern Abend das Essen gemacht habe, ist etwas Seltsames und Interessantes passiert. Ich glaube, ich habe die Leidenschaft in mir entdeckt. Ich muss zurück nach Paris, um meine Diplomprüfung am *Le Cordon Bleu* abzulegen.«

»Du hast mir doch erzählt, die hätten dich rausgeworfen, Jazz«, entgegnete Mark verblüfft.

»Habe ich, aber ich bin nicht sicher. Und wenn es so ist, muss ich wenigstens versuchen zu erreichen, dass sie mich wieder aufnehmen. Ich habe noch so viel zu lernen.«

Vergnügt grinste sie ihren Bruder an.

»Das habe ich heute Morgen um zwanzig nach drei entschieden. Und außerdem werde ich mich endlich richtig mit der französischen Sprache beschäftigen.«

15

Zurück in Paris, sah Jazz ihre Post durch. Rasch überflog sie die Postkarte ihrer Eltern und las erfreut einen Brief ihrer Großmutter, den sie beiseitelegte, um ihn später gründlicher zu studieren. Zwischen einigen Rechnungen entdeckte sie zwei Briefe *vom Le Cordon Bleu*, in denen sie gebeten wurde, ihren Termin mit dem Direktor zu bestätigen. Der erste war im Dezember abgeschickt worden. Der zweite, der ihr mitteilte, sie habe den ersten Termin versäumt, war zwei Tage alt. Jazz bekam es mit der Angst zu tun.

Der Direktor ließ sie zwanzig Minuten warten.

»Ich vergewissere mich gern, dass mit meinen Schülern, insbesondere denen, die aus dem Ausland zu uns kommen, alles in Ordnung ist. Wie waren Ihre Weihnachtsferien, Jacinta?«, fragte er und forderte sie zum Platznehmen auf.

Nervös ließ Jazz sich auf der Stuhlkante nieder.

»Heißt das, dass ich noch zum Kurs gehöre?«, platzte sie nach einigen Minuten verlegenem Geplauder heraus. Sie hielt den Atem an. Der Direktor schwieg eine schiere Ewigkeit.

»Gibt es einen Grund, der dagegen spräche? Möchten Sie den Kurs abbrechen? Das wäre sehr enttäuschend«, entgegnete er ruhig. Er beugte sich vor und musterte sie eindringlich. »Die Gebühren werden nicht erstattet.«

»Nein, nein, nein, natürlich nicht. Das will ich auch gar nicht. Das heißt, ich möchte im Kurs bleiben. Es ist mir wirklich wichtig, meinen Abschluss zu machen. Aber Sie haben doch gesagt ... das heißt ... ich dachte ... Monsieur Reynard?«, beendete sie verlegen den Satz.

»Ach, Monsieur Reynard! Er war einer der angesehensten und fähigsten Küchenchefs am *Le Cordon Bleu*. Es ist eine große Ehre, dass Monsieur Reynard unsere Schüler unterrichtet hat. Wenn ich mich recht entsinne, hatten Sie und er eine Meinungsverschiedenheit, was Ihre Einstellung zum Unterricht betrifft.«

Der Direktor hielt ihr ihre häufige Abwesenheit vor Augen. Er sprach darüber, wie Reynard sie im Unterricht abgekanzelt hatte, und erwähnte auch die Regeln der Schule in Sachen Fehlzeiten und seine Frage, was ihre Haltung zur Ausbildung am *Le Cordon Bleu* anging.

»Und haben Sie eine Entscheidung gefällt?«

Jazz klopfte das Herz bis zum Halse. »Ja, das habe ich! Ich nehme das Kochen und die Ausbildung am *Le Cordon Bleu* wirklich ernst. Das ist mir während der Ferien klar geworden. Ich möchte mein erstes und zweites Diplom machen.«

»Zeugnis. Drei Zeugnisse im Kochen für das *Diplôme de Cuisine* und drei für das *Diplôme de Patisserie*. Die Schüler, die fleißig sind und beide Diplome erwerben, erhalten *Le Grand Diplôme*«, verbesserte der Direktor.

»Zeugnisse, das wollte ich ja sagen«, beteuerte Jazz und nickte heftig mit dem Kopf. »Und Monsieur Reynard?«, hakte sie nach.

»Wie ich Ihnen bereits erklärt habe, haben wir außergewöhnliches Glück mit unseren Köchen. Leider weilt Monsieur Reynard nicht mehr bei uns. Er hat beschlossen, als

Küchenchef in einem bekannten Restaurant in Hongkong anzufangen, eine große Chance für ihn, die er sich ehrlich verdient hat. Wir wünschen ihm viel Erfolg.« Der Direktor betrachtete Jazz mit ernster Miene. »Uns im *Le Cordon Bleu* liegen die Fortschritte unserer Schüler sehr am Herzen. Vielleicht ist das Ihr Glück. Sie standen kurz davor, von der Schule verwiesen zu werden. Aber nach gründlicher Überlegung und einem ausführlichen Gespräch mit Monsieur Reynard haben wir uns darauf geeinigt, Ihnen eine zweite Chance zu geben. Darf ich Sie daran erinnern, dass Sie bereits drei Ihrer erlaubten vier Fehltage aufgebraucht haben?«

»Also bin ich noch im Kurs?«

»Wir sind stolz auf unsere Auszubildenden. Ich hoffe, dass wir in Zukunft auch stolz auf Sie sein können«, entgegnete der Direktor mit leichtem Tadel in der Stimme.

Jazz atmete hörbar auf. »Und die anderen Küchenchefs?«

»Sie sind eine willensstarke junge Frau, Mademoiselle Wakehurst. Arbeiten Sie hart, geben Sie sich Mühe und erscheinen Sie zum Unterricht, dann werden alle zufrieden sein. Ich glaube, unsere Küchenchefs würden es auch zu schätzen wissen, wenn Sie besser Französisch lernen.«

»Das werde ich! Ehrenwort! *Merci. Je suis très ...* dankbar. Vielen, vielen Dank! *Merci beaucoup*«, rief Jazz erleichtert.

Sie war hochrot im Gesicht, als sie das Büro verließ und aus dem Gebäude zur Metro lief. Monsieur Reynard in Hongkong! Der Küchenchef des Grauens war fort!

Zurück in ihrer Wohnung, berichtete sie Madame Bayard atemlos, was geschehen war.

»Die Schlacht ist noch nicht geschlagen, aber wenigstens

kann ich jetzt weiterkämpfen«, sagte sie, mehr denn je dazu entschlossen, ihre Kritiker eines Besseren zu belehren.

»Das ist ja wundervoll. Wir müssen feiern«, begeisterte sich Madeleine Bayard und klatschte in die Hände. Am folgenden Tag trafen sich Jazz und Zina im Untergeschoss des *Le Cordon Bleu*, um den Stundenplan für das neue Semester zu sichten. Die Kurse waren neu eingeteilt worden, was hieß, dass Jazz und Zina nicht mehr in derselben Gruppe waren. Doch die Erleichterung, ihren eigenen Namen überhaupt schwarz auf weiß auf der Liste zu sehen, machte die Enttäuschung für Jazz erträglicher.

»Dann wäre dieses Problem also gelöst«, meinte Zina und hakte sie unter. Die beiden Mädchen schlenderten die Treppe hinauf.

»Camille vermutet, dass man Monsieur Reynard nahegelegt hat zu gehen«, raunte Zina zwei Tage später, als die Mädchen, in gestärkten weißen Jacken und Hosen mit Hahnentrittmuster, auf den Beginn der Unterrichtsstunde warteten. »Offenbar hat er nicht nur die Schüler gegen sich aufgebracht. Die anderen Küchenchefs waren auch nicht sehr glücklich damit, wie er mit uns umgesprungen ist. Doch wegen seiner Qualifikationen war es schwierig, ihn loszuwerden. Also *au revoir*, Fiesling, und *bienvenue*, neue Chancen und Fortgeschrittenenkurs.«

»*Absolument.*« Jazz hob ein imaginäres Glas. »*À la cuisine française.*«

Die Prüfung im Fortgeschrittenenkurs war für Mitte März angesetzt. Mit dem zunehmenden Druck wuchs Jazz' Heimweh, weshalb sie eines späten Abends unter dem Vorwand, neue Vorschläge fürs *Kookaburra* zu haben, ihre Großmutter anrief.

»Ich habe da ein tolles Gericht gelernt, das sich wunderbar für das Café eignen würde«, sagte sie. Die Stimme ihrer Großmutter verursachte ihr einen Kloß in der Kehle, und sie lauschte aufmerksam, als Amelia ihr die jüngsten Ereignisse zu Hause schilderte.

»Ich muss zugeben, dass es ohne dich ziemlich langweilig ist. In letzter Zeit hat sich niemand mehr an einen Traktor gekettet«, meinte ihre Großmutter kichernd.

»Ich vermisse dich und Poppy so sehr«, antwortete Jazz mit tränenerstickter Stimme.

»Mach deinen Abschluss und erfinde weiter neue Gerichte. Wenn du dann nach Hause kommst, können wir sie ausprobieren«, meinte ihre Großmutter aufmunternd. »Übrigens hat deine Mum gemeint, sie und dein Dad würden vielleicht dieses Jahr noch nach Paris kommen. Du solltest sie einmal anrufen. Sie hat es nicht leicht. Ein Anruf von dir würde sie aufheitern.«

»Weshalb hat sie es nicht leicht?«, fragte Jazz überrascht.

»Dein Dad arbeitet sehr hart, und sie haben viele gesellschaftliche Verpflichtungen. Das Leben im Ausland ist nicht immer eitel Sonnenschein. Außerdem fehlst du ihr mehr, als sie zugibt. Du fehlst uns allen, aber wir sind sehr stolz auf dich.«

»Oh«, sagte Jazz. »Ich melde mich bei ihr.« Als sie auflegte, fühlte sie sich schon viel besser und rief sofort ihre Mutter an.

Am nächsten Tag stürzte sie sich mit neuem Elan in die Prüfungsvorbereitungen und übte die Gerichte nach dem

Unterricht wieder und wieder. Als der Prüfungstag kam, hatten sie und ihre Mitschüler *poulet à la crème* und *canard à l'orange* gründlich satt. Selbst die Obdachlose neben der Metrostation, die Jazz manchmal mit Mahlzeiten versorgte, betrachtete die letzte Portion mit schicksalsergebener Miene.

Allerdings entpuppte sich die Prüfung trotz aller Befürchtungen als großer Erfolg. Abgesehen von einem kleinen Patzer mit einer zu wenig gewürzten Soße und einem nicht sehr gekonnt filetierten Fisch war Jazz diesmal mit den Ergebnissen zufrieden.

»Alles überstanden«, meinte sie vergnügt zu Zina und Camille, als sie sich mit einigen anderen Mitgliedern ihres Jahrgangs zur Feier des Tages einen Drink in ihrem Lieblingslokal gönnten.

»Für mich ist das eher eine Totenwache als eine Feier«, erwiderte Zina und wies mit dem Kopf auf zwei ihrer Mitschülerinnen, von denen die eine laut weinte. »Wahrscheinlich werden wir Adele im nächsten Semester nicht wiedersehen. Sie ist völlig am Ende, weil Monsieur Robert sie zur Schnecke gemacht hat. Und dabei ist der sonst die Ruhe in Person.«

Jazz lächelte dem Mädchen zu und hob ihr Glas. »Es gibt ein Leben nach dem Kochen«, sagte sie, um sie aufzumuntern. Adele lächelte unter Tränen.

»Nein, gibt es nicht«, rief da Zina, und die beiden fingen sofort an, heftig zu debattieren.

»Bevor ihr euch an die Gurgel geht, eine Frage: Sollen wir die Skier und Skistiefel hier mieten oder erst, wenn wir, wie seit Wochen geplant, im Skigebiet sind?«, unterbrach Camille.

Jazz und Zina drehten sich zu Camille um. »Blödmann«, riefen sie im Chor.

»Weißt du überhaupt, wo wir hinfahren?«, neckte ihn Zina und verdrehte die Augen. »Keine Sorge, ich habe auch für dich eine Ausrüstung reserviert«, fügte sie hinzu. »Ach, und mein Freund Harvey kommt mit, also sind wir zu viert.«

Drei Tage später trafen sie in Tignes in den französischen Alpen ein. Sie hatten sich für dieses Skigebiet entschieden, da es wegen seiner Hochlage auch spät in der Saison gute Schneebedingungen verhieß. Zum ersten Mal seit Langem war Jazz wirklich aufgeregt. Als sie sich im überheizten Umkleideraum der kleinen Berghütte, in der sie übernachteten, in ihre Skistiefel quälte, stiegen Erinnerungen an die Rennen in ihr auf, die sie sich mit ihrer Schwester und ihrem Bruder im Urlaub auf kanadischen Skipisten geliefert hatte. Sie freute sich schon darauf, ihre Freunde mit dem Schnee vertraut zu machen und ihnen zu helfen, das Skilaufen zu erlernen.

»Das wird sicher lustig«, sagte Jazz, richtete sich auf und grinste Zina an. Die schweren Skistiefel klapperten auf dem eisernen Gitterrost, als sie nach draußen trat.

Beim Anblick der in der Nachmittagssonne funkelnden Pisten, auf denen die Skifahrer wie kleine Pünktchen wirkten, stieß sie einen Freudenschrei aus. Geschickt stieg sie in die Bindungen, rückte ihre Sonnenbrille zurecht und stieß sich mit den Skistöcken ab.

»Der Schnee sieht prima aus«, meinte Harvey, warf sein Snowboard hinter sich in den Schnee und stellte sich lässig darauf.

»Ich glaube, wir haben uns jede Sekunde verdient«, verkündete Zina, die Anfängerin war, und legte vorsichtig ihre Skier auf den Boden. Unsicher trat sie in die Bindungen und wäre beinahe gestürzt. Rasch hielt Jazz sie am Arm fest und half ihr, die Skier festzuschnallen, während Harvey auf seinem Snowboard lossauste und ihnen zurief, sie würden sich am Lift treffen.

»Ein wahrer Freund«, lachte Jazz, wobei sie Zina weiter stützte.

Camille, der vorher ein einziges Mal beim Skilaufen gewesen war und ständig beteuerte, dieser Sport sei ein Kinderspiel, stellte sich ziemlich ungeschickt an. Auf dem Weg zum Sessellift fuhr er den Mädchen immer wieder über die Skier und fiel ständig hin, sodass er regelmäßig eine von ihnen mitriss. Jazz und Zina bogen sich vor Lachen.

Als er wieder einmal das Gleichgewicht verlor, machte Jazz rasch Platz und streckte die Hand aus, um ihn wieder hochzuziehen. Er bemühte sich zwar aufzustehen, aber seine Skier rutschten unter ihm weg, sodass er wieder einmal auf dem Rücken landete. Schließlich gab er es auf und blieb durchgeschwitzt und erschöpft im Schnee liegen. Prustend vor Lachen bückte sich Jazz, öffnete seine Bindungen und half ihm auf die Füße.

»Sport ist Mord«, schimpfte er, während er sich den Schnee von Skihose und Jacke schüttelte.

»Hast du Lust, dich mit Harvey auf dem Snowboard zu versuchen?«, hänselte Zina.

Camille sah sie erst finster an und versetzte ihr dann einen freundschaftlichen Schubs, der sie beide beinahe noch einmal in den Schnee geworfen hätte.

»Verrate mir das Geheimnis des perfekten Soufflés, und ich tue alles, was du verlangst«, erwiderte er theatralisch und inzwischen besserer Laune.

»Niemals«, entgegnete Zina und grinste, als sie sich an ihren Triumph im Unterricht erinnerte.

»Los, Leute, wenn wir noch lange herumstehen, schmilzt uns der Schnee weg«, rief Harvey, der zu ihnen zurückgekehrt war.

»Ist das nicht ein Traum?«, sagte Jazz.

Sie und Zina schwebten über dem Abgrund. Ihre Skier baumelten im Wind. Unter ihnen auf der Piste flitzten oder stolperten die Skifahrer herum.

»Zum Aussteigen rutsch mit dem Po an die Kante des Sitzes, kurz bevor ich den Sicherheitsbügel hebe, und beuge dich vor«, wies Jazz ihre Freundin an, als sie sich dem Gipfel näherten.

Nach einigen Metern löste sie den Sicherheitsbügel, stand auf und glitt mühelos den kurzen Hügel hinunter. Zina taumelte hinter ihr her. Im nächsten Moment verlor sie das Gleichgewicht, ihre Skispitzen überkreuzten sich, und sie landete zu Jazz' Füßen.

»Warum habe ich mich je von dir überreden lassen?« Als sie aufstehen wollte und feststellte, dass ihre Skier ständig bergab rutschten, fluchte sie laut auf Französisch und schob sich auf dem Po aus der Bahn der anderen Skifahrer, die den Sessellift verließen.

»Nach den ersten fünf Jahren wird es einfacher«, meinte Jazz. Sie öffnete ihr die Bindungen und zog Zina auf die Füße.

Sie befanden sich am Anfang einer verhältnismäßig anspruchslosen, blau markierten Piste. Harvey sauste auf seinem Snowboard an ihnen vorbei und verschwand rasch zwischen den anderen Skifahrern auf dem Hang, während Camille schwerfällig auf die Mädchen zukam. Angeführt von Jazz, fuhren sie langsam die Piste hinunter.

Nach halber Strecke stürzte Zina, die inzwischen vor Anstrengung völlig durchgeschwitzt war, schon wieder. Jazz steuerte rasch auf sie zu, um ihr beim Aufstehen zu helfen, und wandte sich dann wieder dem Abhang zu. Deshalb sah sie den Snowboarder nicht, der direkt auf sie zugeschleudert kam. Im nächsten Augenblick stieß Zina einen Schrei aus und kippte, ebenso wie Camille umgerissen von dem Unglücksfahrer, gegen Jazz.

Ehe sie sichs versahen, hatte sich der Snowboarder wieder aufgerappelt und fing an, sie auf Französisch zu anzuschreien, sie hielten sich auf dem falschen Teil der Piste auf. Sofort schimpften Zina und Camille zurück. Jazz, deren Französisch inzwischen recht gut war, ärgerte sich über die selbstgerechten Vorwürfe dieses ungehobelten Fremden, und hievte sich rasch auf die Füße.

»Aufhören«, rief sie auf Englisch, fuhr zu ihm hinüber und stemmte ihre Skistöcke zwischen ihnen in den Schnee. »Du hast uns umgefahren«, wandte sie sich an den Mann. »Du solltest dich entschuldigen.«

Der Mann stützte sich auf sein Snowboard. »Ich mich entschuldigen? Niemals! Ihr wart an der falschen Stelle.« Er zuckte die Achseln und musterte Jazz abschätzend.

Zornig funkelte Jazz ihn an. »Was meinst du mit falscher Stelle? Wir haben das gleiche Recht, auf dieser Piste zu sein, wie du! Du konntest doch sehen, dass die beiden Anfänger sind. Und wenn nicht, hast du umso mehr Grund, dich zu entschuldigen.«

»Ich entschuldige mich nicht«, beharrte der junge Mann auf Englisch.

»Doch, ansonsten werden alle wissen, dass du – kein Gentleman bist«, endete sie auf Französisch mit der einzigen Drohung, die ihr im Moment einfiel. Ärgerlicherweise sah er nämlich ziemlich gut aus.

»Aha«, sagte er und fing plötzlich zu lachen an. »Dass man mich nicht für einen Gentleman hält, muss ich natürlich unbedingt verhindern. Da ihr Engländer sehr überzeugend sein könnt, entschuldige ich mich bei deinen Freunden, aber nur, wenn du mit mir im Café Moritz eine heiße Schokolade trinkst. Ein Mädchen, das glaubt, immer recht zu haben, muss ich unbedingt kennenlernen.« Er zog den Handschuh aus und hielt Jazz die Hand hin. »Ich heiße Philippe.«

Dass er so keck mit ihr flirtete, brachte Jazz ebenfalls zum Lachen. »Sechs Uhr im Café Moritz? Nach dieser Darbietung lieber nicht. Außerdem bin ich Australierin, nicht Engländerin, und du hast dich noch immer nicht entschuldigt!«

»Stimmt«, erwiderte der junge Mann, weiterhin grinsend. Er wandte sich an die anderen. »Ich entschuldige mich dafür, dass ich euch beim Skilaufen gestört habe, und hoffe, ihr habt noch einen schönen Tag.« Er drehte sich um und verbeugte sich rasch vor Jazz. »Dann sehen wir uns im Café Moritz? Frag nach Philippe«, erinnerte er sie und fuhr davon.

»*Peut-être* – Vielleicht«, rief sie ihm nach.

»Warum auch nicht?«, meinte sie dann zu den anderen.

»Nach diesem Erlebnis könnte ich eine heiße Schokolade gebrauchen, vor allem, wenn ich dazu eingeladen werde!«

»Kein Gentleman! Was für ein Schwachsinn«, prustete Camille.

»Etwas Besseres ist mir nicht eingefallen«, antwortete Jazz und verzog das Gesicht. Ihre Wangen glühten.

»Das Café Moritz ist ein ziemlich schicker Schuppen. Das habe ich in einem Prospekt gelesen. Michelin-Sterne! Und sündhaft teuer«, verkündete Zina.

»Noch besser. Unser reizender Franzose ahnt es zwar noch nicht, aber er muss uns alle drei einladen.«

Um halb sieben kam Jazz mit ihren drei Freunden ins Café Moritz. Sie hatten alle einen Riesenhunger. Von Philippe fehlte jede Spur.

»Tja, offenbar hat er mich versetzt. Was machen wir nun? Wollt ihr das Geld riskieren und trotzdem etwas trinken?«, fragte Jazz gerade, als Philippe aus der Küchentür trat.

»Oh«, entfuhr es ihr.

Sie errötete bei seinem Anblick und musterte ihn verstohlen. Er war ungefähr Mitte zwanzig, hochgewachsen, attraktiv und schlank, hatte dunkles Haar und warme braune Augen. Seine Mundwinkel schienen sich nach oben zu wölben, auch wenn er nicht lächelte.

»Ich hätte nicht gedacht, dass du kommst«, meinte er überrascht.

»Ja, nach der jämmerlichen Entschuldigung auf der Piste wäre ich beinahe weggeblieben. Aber dann habe ich mir gedacht, dass du für uns alle eine Runde heiße Schokolade ausgeben solltest, damit wir dir verzeihen.« Sie sah sich um. »Ziemlich nobel hier.«

»Ich habe einen noch besseren Vorschlag. Ich koche euch ein Abendessen. Mein Cousin ist der Besitzer dieses Cafés und hat mich gebeten auszuhelfen, weil sein Koch krank geworden ist. Wenn ihr euch setzt, mache ich euch die besten Hamburger, die man in Tignes bekommen kann.« Er begleitete sie an einen Tisch und zog einen Stuhl heraus.

»Super, ich verhungere«, meinte Camille und nahm Platz.

»Ich auch. Was gibt es denn zum Hamburger?«, erkundige sich Harvey und setzte sich ebenfalls.

»Ist auch heiße Schokolade mit Orange im Angebot?«, wollte Zina wissen.

»Was ihr wollt«, erwiderte Philippe, worauf alle anfingen, das Menü zu erörtern.

»Bist du sicher, dass du dich in der Küche auskennst?«, fragte Jazz, der bei der Vorstellung, dass er das Abendessen kochen würde, plötzlich mulmig wurde. »Vielleicht kann ich dir helfen. Ich lerne gerade, professionell zu kochen. Zwar bin ich noch nicht fertig, aber schon eine Weile in der Ausbildung.«

»*Bien*. Eine prima Idee. Falls du das kannst, darfst du Kartoffeln schälen, während ich für deine Freunde wundervolle Hamburger brate. Folge mir«, entgegnete Philippe und ging voraus in die Küche.

Ein wenig verdutzt, trottete Jazz hinter ihm her. Sie brauchte nur wenige Sekunden, um festzustellen, dass er sich nicht nur ausgezeichnet auskannte, sondern über viel mehr Erfahrung verfügte als sie. Rasch überflog er die Bestellungen auf der Durchreiche, überprüfte die Fortschritte des Hilfskochs und bat eine Kellnerin, Jazz und ihren Freunden heiße Schokolade zu bringen. Dann führte er Jazz in die Kühlkammer, wo er im frischen Gemüse herumwühlte.

»Müll! Müll! Pfui! Nichts als Müll! Hier muss es doch auch noch etwas Essbares geben«, rief er ungeduldig und warf verärgert einige Gemüse beiseite. »Viel ist nicht da, aber ich glaube, ich kann für dich und deine Freunde etwas daraus zusammenbasteln.«

Während Jazz seine Anweisungen befolgte, ihm auf Zuruf eine Pfanne reichte und Rote Bete zerkleinerte, stellte Philippe eine einfache, aber köstliche und appetitliche Mahlzeit zusammen. Bald wurde ihr klar, dass er dabei die ganze Zeit versuchte, ihr etwas beizubringen.

»Wo hast du gelernt?«, erkundigte sie sich, als sie sich alle über das Essen hermachten.

»Zuerst am *Le Cordon Bleu* wie ihr und anschließend in verschiedenen Restaurants in ganz Frankreich. Meine Mutter hat mir schon in meiner Kindheit die Liebe zum Kochen und einige Grundkenntnisse vermittelt. Inzwischen führen wir zusammen ein Restaurant. Erst dadurch begreife ich wirklich, was Kochen bedeutet.«

»Du leitest ein Restaurant?«, rief Zina aus, worauf die anderen ihn mit neugierigen Fragen überhäuften.

»Und wie lange arbeitest du hier?«, wollte Camille wissen.

»Nur ein paar Tage«, erwiderte Philippe und wandte sich an Jazz. »Dass du kochen kannst, habe ich gesehen, aber wie steht es um deine Skifahrkünste? Soll ich dir morgen ein paar schwarze Abfahrten zeigen?«

»Das wäre schön, doch Zina und Camille sind Anfänger«, wandte Jazz rasch ein.

»Wir kommen schon allein klar. Erkunde nur mit Philippe die schwierigen Pisten. Wir werden uns auf dem Idiotenhügel tummeln, und dann treffen wir uns zum Mittagessen«, schlug Zina vor.

»Bist du einverstanden, Camille?«, fragte Jazz.

»Aber klar. Ich sehe keinen Grund, mich noch mehr zu blamieren«, sagte Camille.

Jazz lachte.

Am nächsten Tag heftete sich Jazz fröhlich an Philippes Fersen und ließ sich von ihm durch eine scheinbar endlose, strahlend weiße Schneelandschaft führen, die sie an eine frisch glasierte Hochzeitstorte erinnerte. Über anspruchslosere Pisten steuerten sie, beschienen von einer in einem hellblauen Himmel strahlenden Sonne, auf die steileren Hänge zu. Manchmal fuhr Philippe neben ihr her, manchmal bildete er die Vorhut.

Gerade hatten sie ein herausforderndes Stück zur Hälfte hinter sich, als die Strecke schmaler wurde. Der feste Schnee ging in vereiste Furchen über. Von ihrem Abenteuer, dem Aufenthalt in der Natur und dem Freiheitsgefühl, das sie in Paris so vermisst hatte, übermütig gemacht, passte Jazz nicht richtig auf. Ihr Ski rutschte auf dem Eis ab. Im nächsten Moment verlor sie das Gleichgewicht. Die Skier wurden unter ihr weggerissen, und sie schoss, halb auf dem Rücken liegend, bergab.

In der Zwischenzeit war Philippe hinter der nächsten Kurve verschwunden. Jazz klopfte das Herz bis zum Halse. Es gelang ihr zwar, sich ein Stück aufzurichten, doch sie glitt weiter den Hügel hinunter, ohne anhalten zu können.

An der nächsten Biegung stellte sie fest, dass die Piste wieder breiter wurde. Erleichtert sauste sie um die Ecke und prallte mit Philippe zusammen, sodass sie beide im Schnee landeten.

»Und wer muss sich jetzt entschuldigen?«, hänselte er sie, während er einen Ski rettete, der sich durch die Kollision gelöst hatte, und ihn Jazz zurückgab.

»Kommt überhaupt nicht infrage.« Jazz saß noch immer auf dem Boden und klopfte sich Schneeklumpen von der Jacke. »Wenn du eine Küche für mich findest, koche ich stattdessen etwas für dich«, erbot sie sich, ein fröhliches Funkeln in den Augen.

Sie stand auf. Der Wind hatte sich gelegt, und es war beinahe heiß in der Sonne. Rasch entfernte sie die Ärmel ihres Anoraks, steckte sie in die Taschen, zog den Reißverschluss zu, schlüpfte in ihre Handschuhe und trat wieder in die Bindungen.

»Apropos kochen. Hast du übermorgen schon etwas vor? Ich stecke ein bisschen in der Klemme. Meine Tante veranstaltet bei sich zu Hause eine große Party mit dreißig Gästen. Ich habe versprochen, für sie zu kochen. Und jetzt hat der andere Koch in letzter Minute abgesagt. Die Vorbereitungen dauern den ganzen Tag, und es wird bestimmt eine lange Nacht. Ich kann dir zwar nichts bezahlen, aber wir können tanzen, und es gibt etwas zu essen. Sicher hätten wir viel Spaß. Hast du Lust, mir zu helfen? Meine Tante wohnt eine knappe Stunde von hier. Wenn du einverstanden bist, schicke ich um halb fünf jemanden, der dich abholt, und kümmere mich darum, dass du anschließend wieder nach Hause gebracht wirst.«

Jazz bekam große Augen vor Begeisterung. »Liebend gern. Was hältst du davon, wenn ich die anderen zum Mitmachen überrede? Die Erfahrung wäre sicher etwas für sie.«

»Je mehr, desto besser«, antwortete Philippe.

In gemächlichem Tempo fuhren sie zum Mittagessen ins Tal. Wie Jazz erwartet hatte, waren ihre Freunde sofort Feuer und Flamme.

»Der Beginn war zwar nicht sehr glücklich, aber offenbar war es uns bestimmt, dich kennenzulernen«, meinte Zina, nur halb im Scherz.

»Im Leben weiß man nie, woher die nächste Mahlzeit kommt«, fügte Camille lachend hinzu.

»Stimmt«, erwiderte Philippe.

16

Im ersten Moment dachte Jazz, der Fahrer sei falsch abgebogen, als sie im Abendlicht durch ein gewaltiges schmiedeeisernes Tor fuhren. Dahinter begann eine weite, von Bäumen gesäumte Allee. Die Äste ragten wie schlanke Finger in den Himmel. Erstaunt riss Jazz die Augen auf: In Sicht kamen ein prachtvolles Schloss aus dem siebzehnten Jahrhundert mit roten Türmchen auf dem Dach und eine geschwungene mit Kies bestreute Auffahrt. Doch als Philippe aus der hohen, mit Schnitzereien verzierten Eichentür trat, legten sich ihre Zweifel schlagartig.

»Soll das ein Scherz sein? Wohnt deine Tante tatsächlich hier?«, fragte Jazz ehrfürchtig.

Sie stiegen aus dem Auto und bewunderten das steinerne Gebäude mit seinen zahlreichen Fenstern und den kleinen Park mit See, der sich vor dem Château erstreckte.

Jazz fühlte sich in ihren Jeans ziemlich schäbig, als sie Philippe folgte. Das Innere des Gebäudes erwies sich als noch beeindruckender, denn hinter der Tür befand sich eine geräumige Vorhalle, von der aus eine breite, geschwungene Treppe nach oben führte. Dienstbare Geister, in Schwarz gekleidet und mit gestärkten weißen Schürzen, liefen mit Tabletts voller Besteck, Porzellan, Servietten und Gläsern hin und her. Andere waren damit beschäftigt, letzte Hand an die auf hohen Podesten stehenden Blumenarrangements zu legen. Aus der Ferne wehte das Dröhnen mehrerer Staubsauger heran. Ein Butler führte das Kommando.

»Kommt, ich zeige auch alles«, schlug Philippe vor und führte die vier in ein großes Esszimmer, wo eine zierliche, elegante Frau von Mitte sechzig das Decken der Tische beaufsichtigte.

»Hier findet das Fest statt«, erklärte Philippe. »Das dort ist meine Tante Yvette. Ich stelle euch später vor. Und da amüsieren wir uns«, fuhr er fort und schob sie rasch in den riesigen Ballsaal.

Jazz schnappte begeistert nach Luft. Pastellgrüne Wände, dunkelgrün abgesetzt, wurden von üppigen dunkelgrünen Vorhängen unterbrochen, durch die das Abendlicht hereinfiel. Zwei enorme Kronleuchter aus Kristall hingen über dem frisch gebohnerten Parkettboden. Entlang der Wände standen elegante, wenn auch ein wenig abgenutzte Louis-Quinze-Stühle, deren ausgeblichene rote Bezüge den Raum wärmer wirken ließen. Die beiden Türen wurden von jeweils zwei hohen Blumenarrangements auf Podesten flankiert. Ein leichter Geruch nach Bohnerwachs mischte sich mit dem Duft von Gewächshausnelken. Doch trotz der aufwendigen Festvorbereitungen machte das Haus einen etwas vernachlässigten Eindruck.

»Das war die Besichtigungstour. Jetzt sollten wir lieber in die Küche gehen«, meinte Philippe und scheuchte sie einen zugigen Flur entlang.

Die Küche war zwar altmodisch, aber erstaunlich gut ausgestattet. Es gab vier Kochflächen mit jeweils einem großen Backofen darunter. Verglichen mit dem geschäftigen Treiben im Haus herrschte beinahe Totenstille.

Zwei Hausmädchen polierten Gläser, während ein junger Küchenhelfer Gemüse schälte. Der köstliche Duft von

Kalbfleischfond lag in der Luft. Philippe hatte so viel Fleisch, Gemüse und Soßen wie möglich bereits im Laufe des Tages hergerichtet. Nun verteilte er Schürzen und Haarnetze und schickte alle sofort an die Arbeit.

Seine Tante Yvette hatte einen teuren Geschmack und legte großen Wert auf Stil.

»Unaufdringlich elegant und dennoch luxuriös, so stelle ich mir den heutigen Abend vor«, verkündete sie, als sie endlich in die Küche gerauscht kam.

Jazz wunderte sich, wie eine so zart und zerbrechlich wirkende Frau scheinbar mühelos eine große Schar unterschiedlicher Menschen dirigieren konnte.

»Tante Yvette hat nichts Zerbrechliches an sich«, meinte Philippe, als Jazz ihn darauf ansprach. »Warum, glaubst du, bin ich hier? Tante Yvette ist nämlich kein Mensch, der sich mit einem Nein abfindet.«

Das Abendessen sollte um zehn Uhr serviert werden. Philippe hatte ein einfaches Menu mit zwei Hauptgerichten zur Auswahl und zwei Weinen pro Gang zusammengestellt. Nichts Übertriebenes also, aber dennoch passend für einen festlichen Anlass. Harvey wurde damit beauftragt, die Weine zu holen, während Camille die Aufgabe hatte, die Ente für die Vorspeise, Barbarieentenbrust aus dem Wok, vorzubereiten.

Zina begann mit der Herstellung des Sorbets aus Mango und Papaya, das es zwischen der Suppe und dem Hauptgang geben sollte. Und Philippe selbst befasste sich mit der zweiten Vorspeise, einer Terrine aus Perlhuhn, Wild, gerösteten Pistazien, luftgetrocknetem Speck, die mit einer Konfitüre aus Preiselbeeren serviert werden würde. Als Jazz die

Menüfolge las, fragte sie sich, wie um alles in der Welt sie nur rechtzeitig fertig werden sollten. Sie machte sich daran, die Pilze für eine Waldpilzsuppe zu putzen.

Während Jazz hart arbeitete, ununterbrochen schnitt, schälte, dünstete und briet, verlor sie jegliches Zeitgefühl. Es war einfach aufregend, für eine große Gesellschaft wie diese zu kochen, sodass sie beim Schlagen von Eischnee und Zerstoßen von Gewürzen ihre schmerzenden Arme vergaß. Als ihr heißes Fett auf den Handrücken spritzte, achtete sie nicht darauf. Und wenn sie hin und wieder innehielt, um sich mit einem Geschirrtuch den Schweiß von der Stirn zu wischen, grinste sie ihren Freunden zu.

Gegen halb neun trafen die ersten Gäste ein. Stimmengewirr und Gläserklappern wurden lauter, als sich das Haus mit Menschen füllte. Das zehnköpfige Orchester erschien kurz danach, sodass bald die Klänge klassischer Musik nach unten in die Küche wehten. Als Jazz die ankommenden Gäste hörte, fing ihr Herz an zu klopfen. Doch ehe sie sichs versah, war sie wieder so mit Kochen beschäftigt, dass sie an nichts anderes mehr denken konnte.

Trotz der Hetze, jeden Gang rechtzeitig aufzutragen, lief alles verhältnismäßig reibungslos. Bis auf die Tatsache, dass Jazz in ihrer Hektik ein Gericht anbrennen ließ, das weggeworfen werden musste, wofür sie sich hätte ohrfeigen können, und bis auf Zinas zu dunkel geratenen Karamell auf zwei Portionen *crème brûlée* gab es kaum einen Zwischenfall. Selbst Tante Yvette war begeistert und kam nach dem Dessert in die Küche, um sich zu bedanken.

Endlich war es Zeit für Kaffee und Likör. Zina, Harvey und Camille mischten sich mit der strengen Anweisung, sich zu amüsieren, unter die Gäste, während Philippe die Schürze auszog und Jazz ein Glas Champagner einschenkte.

»Den hast du dir verdient. Ich habe keine Ahnung, was ich ohne eure Hilfe gemacht hätte.«

»Wie hättest du es geschafft, wenn du uns nicht begegnet wärst?«, fragte Jazz und kostete von der Perlhuhnterrine.

»Keinen blassen Schimmer«, erwiderte Philippe und füllte ihr Glas nach. »Lass uns etwas essen und zu den anderen in den Ballsaal gehen.«

»Das soll wohl ein Scherz sein«, rief Jazz entsetzt. »Ich habe nur Jeans und T-Shirt an.«

»Spinnerin. Die Gäste haben zu fünf Gängen fünf unterschiedliche Weine getrunken. Glaubst du, dass uns da jemand bemerken oder sich für uns interessieren wird?«

»Mag sein, aber frisch machen sollten wir uns trotzdem.« Jazz aß ein Stück von dem Apfel-Brombeer-Streuselkuchen, der mit Zimteis serviert worden war. »Wir beide kochen ziemlich gut. Auf uns! Gehört deiner Tante das Schloss wirklich?«

»Es befindet sich seit fünf Generationen in Familienbesitz. Onkel Matisse ist vor drei Jahren gestorben. Die drei Kinder, meine Cousins, sind alle ausgezogen. Seitdem wohnt nur noch Tante Yvette hier. Wir haben versucht, sie davon zu überzeugen, dass es Wahnsinn ist, allein in einem zugigen Château mit sechzehn Schlafzimmern zu leben. Allein der Unterhalt verschlingt Unsummen, und das, obwohl sie nur hin und wieder Gäste hat. Aber so ist Tante Yvette nun einmal. Sie ist nach ihrer Hochzeit eingezogen und sieht keinen Grund, etwas daran zu ändern. Meine Mutter und sie sind in dieser Hinsicht wie Zwillinge: Man widerspricht ihnen nicht und versucht auch nicht, sie zu etwas zu überreden. Nur, dass meine Mutter geschäftstüchtiger ist. Lass uns tanzen gehen«, fügte er hinzu, stand auf und hielt Jazz die Hand hin.

Was die Gäste betraf, behielt er recht. Kaum jemand nahm es zur Kenntnis, als Jazz und Philippe auf die Tanzfläche traten.

»Ich hätte nie gedacht, dass Tanzen der letzte Gang eines Menüs sein könnte«, meinte Jazz, während Philippe mit ihr über die Tanzfläche schwebte und dabei sanft die Hand auf ihren Rücken legte. Als das Lied endete, stimmte die Kapelle einen schwungvollen Rock 'n' Roll an.

»Und tanzen kannst du auch noch«, rief Jazz, denn Philippe wirbelte sie herum und führte sie geschickt. Sie lachte auf und wurde allmählich lockerer.

Der ganze Tag war so aufregend gewesen, dass es guttat, Dampf abzulassen. Die Musik hörte auf zu spielen, und sie blieben atemlos stehen.

Philippe ging mit Jazz aus dem Ballsaal in die Orangerie, wo sie durch die großen Glasscheiben die von Reif bedeckte Parklandschaft betrachteten.

»Was für ein traumhafter Mond«, sagte Jazz begeistert. »Frostige Nächte wie diese haben etwas Magisches und Unwirkliches an sich.«

Sie drehte sich zu Philippe um. Er war ihr so nah, dass ihr Puls schneller schlug. Mit ihm zu tanzen hatte ihr mehr Freude gemacht als erwartet.

»Wir wollen es uns aus der Nähe anschauen«, schlug Philippe vor, schob sie mit sanftem Händedruck durch die Tür auf die gepflasterte Terrasse hinaus. Sie schauderte, da ihr kalte Nachtluft entgegenschlug. Philippe zog die Jacke aus und schlang sie ihr um die Schultern. Als er sie sanft umarmte, machte sie sich nicht los.

»Kommst du morgen wieder auf die Piste?«, fragte sie bemüht beiläufig, obwohl sie sich Philippes Nähe sehr wohl bewusst war.

Die Landschaft vor ihr wirkte im Mondlicht, das die mit einem weißen Hauch bedeckten Wiesen und den zum Teil zugefrorenen See beschien, scharf umrissen.

»Leider nein. Ich muss morgen nach Paris, um mit meinem Steuerberater zu sprechen. Spannend, nicht wahr? Meine Mutter besteht darauf, dass ich bei dem Termin dabei bin. Ihr gehört die Hälfte des Restaurants. Wie du siehst, wird mein Leben von starken Frauen bestimmt.«

»Oh.« Jazz versuchte, sich ihre Enttäuschung nicht anmerken zu lassen.

»Nicht, dass ich etwas gegen starke Frauen hätte. Der heutige Abend war wundervoll.« Philippes Lippen waren so dicht an ihrem Haar, dass sie seinen Atem auf der Wange spürte.

»War er«, stimmte Jazz zu. Ihr Herz klopfte schneller.

»Wir arbeiten so gut zusammen, dass es sicher auch im Bett fantastisch wäre«, murmelte Philippe. Er verschränkte die Finger mit ihren, bückte sich und küsste sie sanft auf den Mund.

Im ersten Moment erwiderte Jazz den Kuss, doch dann wich sie zurück.

»Wir arbeiten deshalb so gut zusammen, weil ich alles tue, was du verlangst. Was geschieht, wenn ich meinen Abschluss in der Tasche habe und dir sage, wie es in meiner

Küche laufen soll. Wäre es dann noch immer fantastisch im Bett?«, entgegnete sie.

»Es gibt nur einen Weg, das herauszufinden«, antwortete Philippe und zog sie wieder an sich.

»Vielleicht sollten wir mit dem Herausfinden besser noch warten«, meinte Jazz und machte einen Schritt zurück, obwohl ihr die Vorstellung gar nicht so unangenehm war.

»Mir hat der Abend sehr gut gefallen, Philippe, aber ich muss jetzt die anderen suchen und nach Hause fahren«, verkündete sie mit Nachdruck. »Wirklich schade, dass wir uns morgen nicht auf der Piste treffen. Ich hatte viel Spaß. Danke.«

»Dabei können wir es nicht belassen«, beharrte Philippe, umfasste weiter ihre Hand und führte sie an die Lippen. Er hielt inne und suchte nach den richtigen Worten. »Mein Restaurant braucht einen guten Souschef. Wenn du während deiner Ausbildung eine Teilzeitstelle möchtest, fang bei mir an. Ich kann nicht viel bezahlen, aber du wirst eine Menge lernen und kannst das umsetzen, was sie dir am *Le Cordon Bleu* beibringen. Man kann nie wissen. Vielleicht färbt ja etwas von meinem Michelin-Stern-Zauber auf dich ab.« Mit einem kecken Grinsen griff er in die Tasche und reichte ihr seine Visitenkarte.

»So gut bist du? Das macht mir ja richtig Angst«, erwiderte Jazz, nicht sicher, ob sie ihm glauben sollte. »Hast du einen Stift und eine andere Karte da?«

Ohne die Karte richtig anzuschauen, drehte sie sie um und kritzelte ihre Telefonnummer darauf. Erst dann las sie die Aufschrift. »Dir gehört das *La Table de Marguerite?* Du bist der Philippe D'Arbigne?«, rief sie, plötzlich verlegen.

»Ich lüge nicht. Es ist die reine Wahrheit. La Marguerite war meine Ururgroßmutter. Auch eine starke Frau.« Lächelnd steckte Philippe die Karte mit Jazz' Telefonnummer ein.

»Jeder kennt dich! Du bist ein Künstler!«

»Stimmt ebenfalls. Und du bist eine wunderschöne und begehrenswerte Frau, der ich leider versprochen habe, sie wohlbehalten nach Hause zu bringen. Oben wartet ein warmes, weiches Bett. Kann ich dich nicht überreden, mir Gesellschaft zu leisen?. Das wäre sehr französisch«, versuchte er es ein letztes Mal.

»Mag sein. Aber ich bin Australierin, schon vergessen?«, entgegnete Jazz lachend.

17

Jazz hörte erst lange nach Anfang des Abschlusskurses im Mai wieder von Philippe. Der Sommer hatte früh begonnen, und Paris zeigte sich in seiner ganzen Pracht.

Jazz hatte noch immer nicht ganz verarbeitet, dass der Mann, dem sie unterstellt hatte, er kenne sich nicht in der Küche des Café Moritz aus, und dem sie ahnungslos im beeindruckenden, wenn auch ein wenig heruntergekommenen Château seiner Tante zur Hand gegangen war, eines der angesehensten Restaurants in Paris führte. Zudem galt er als einer der besten Küchenchefs der Stadt, weshalb sie sich freute und geschmeichelt fühlte, als sie seine Stimme hörte. Dennoch war sie auf der Hut. Immerhin hatte er sich mit seinem Anruf fast zwei Monate Zeit gelassen. Sie verabredeten sich noch für den gleichen Tag nach dem Unterricht.

Eigentlich hatte sie gedacht, dass sie vor Ehrfurcht erstarren würde, und war deshalb erstaunt, wie rasch sich dieselbe Unbefangenheit wie während des Skiurlaubs wieder einstellte.

»Bekomme ich das berühmte *La Table de Maguerite* irgendwann zu sehen?«, fragte sie, während sie mit Philippe quer durch Paris fuhr.

»Später, später. Heute würde ich dir gern mein kleines Lieblingscafé in der Nähe von Notre-Dame zeigen. Es war ein anstrengender Tag im *La Marguerite*. Eine starke Frau am Tag ist genug.«

»Du und deine starken Frauen«, hänselte Jazz ihn lachend.

Philippe parkte in einer Seitenstraße. Dann schlenderten sie am Seineufer entlang. Schiffe tuckerten langsam vorbei, und der Gehweg wurde von kleinen Läden gesäumt, die Souvenirs für Touristen feilboten. Jazz warf einen Seitenblick auf Philippe. Sie freute sich mehr, ihn zu sehen, als sie zugegeben hätte, und ihr wurde klar, wie enttäuscht sie gewesen war, weil er sich so lange nicht gemeldet hatte.

»Du bist nach dem Fest bei deiner Tante ziemlich schnell abgekühlt«, sagte sie unvermittelt.

»Abgekühlt? Ich verstehe nicht ganz.«

»Du weißt schon. Erst hast du gesagt, dass du mich unbedingt wiedersehen möchtest – dass ich eine begehrenswerte Frau bin, dass du mit mir schlafen willst. Und dann Funkstille. Zwei Monate lang. Ich hätte genauso gut tot sein können«, erwiderte sie verärgert.

»Genau das habe ich gemeint. Starke Frauen kommen immer sofort auf den Punkt. Kein ›Wie schön, dich zu sehen. Ich freue mich so über deinen Anruf‹. *Non!* Nur, peng, peng, peng. Ob das an den feuerroten Haaren liegt?«

»War das damals dein Ernst, oder lag es am Champagner?«, fuhr Jazz fort, wohl wissend, dass sie sich ziemlich weit aus dem Fenster gelehnt hatte.

»Natürlich am Champagner!« Philippe grinste breit. »Jedes Wort war mein Ernst«, fügte er, plötzlich feierlich, hinzu, und seine Stimme liebkoste sie. »Du bist begehrenswert und wunderschön, und ich möchte mit dir schlafen. Welcher Mann würde das nicht wollen?«

»Einfach so? Peng, peng, peng. Und dann Schluss, aus

und vorbei?« Jazz wusste nicht, ob sie das als Kompliment oder als Beleidigung verstehen sollte.

»Warum nicht?«, entgegnete Philippe mit funkelnden Augen. »Wenn du dich ärgerst, bist du noch schöner. Jetzt will ich dich wirklich.«

Er drehte sie zu sich herum, und ehe sie Zeit zum Nachdenken hatte, umfasste er ihr Gesicht mit beiden Händen und küsste sie auf die Lippen. Im nächsten Moment trat er zurück und steckte die Hände in die Taschen. »Du bist zu verführerisch. Das ist gar nicht gut.«

»Nicht gut? Warum?«, fragte Jazz. Ihr schwirrte der Kopf.

»Es wäre so einfach gewesen und hätte *le grand amour* werden können, aber so haben wir keine Chance. Ich bin fast dreißig. Du bist Australierin und ein Kind. In wenigen Monaten gehst du wieder fort.«

Mit nachdenklicher Miene hielt er inne.

»Ich habe eine lange Beziehung hinter mir. Fünf Jahre, um genau zu sein. Meine Freundin war wunderschön und hieß Irène. An Weihnachten haben wir uns getrennt. Wir wussten beide, dass es enden musste.« Er blickte Jazz an. »Du bist zum falschen Zeitpunkt in mein Leben getreten. Ich bin im Moment nicht bereit, mich zu binden. Ich habe ein Restaurant zu leiten und möchte mir nicht wieder das Herz brechen lassen. Und das würdest du sicher tun, denn du wirst einen Jüngeren finden und mit der Zeit ...«

»Moment mal. Erstens bin ich kein Kind mehr, und zweitens solltest du aufhören, mein Leben für mich zu planen«, antwortete Jazz und baute sich vor ihm auf. »Du sagst, ich sei forsch und direkt. Was ist mit dir? Normalerweise fragt man das Mädchen, bevor man solche Dinge sagt. Hast du dir je überlegt, was ich möchte?«

»Du? Warum?«, antwortete Philippe, wieder mit einem spitzbübischen Funkeln in den Augen. »Ich weiß, dass ich recht habe, und das genügt mir.«

»So eine Arroganz habe ich noch nie erlebt«, rief Jazz, nicht sicher, ob sie lachen oder wütend werden sollte. »Was ist nur los mit euch Franzosen? Ihr seid einfach unmöglich. Camille ist genauso.« Sie verstummte. »Ich mag dich. Nein, ich mag dich sogar sehr. Aber du brauchst dir keine Sorgen zu machen. Ich möchte mich im Moment auch nicht binden. Wir können ja Freunde bleiben.«

»Nur Freunde?« Philippe strich ihr eine Haarlocke aus der Stirn und fuhr ihr mit dem Finger die Wange hinunter. »Für einen Franzosen ist das unmöglich.«

Jazz zuckte die Achseln, versuchte, sich ihre Enttäuschung nicht anmerken zu lassen, und steckte die Hände in die Taschen.

»Du bist eine sehr leidenschaftliche Frau. Das spüre ich, obwohl wir uns kaum berühren. Isst du trotzdem mit mir zu Abend?«

»Zeigst du mir trotzdem dein Restaurant?«

»Was hältst du vom nächsten Donnerstag? Aber komm zuerst mit mir auf den Markt.«

Am folgenden Donnerstag holte Philippe Jazz in aller Früh in ihrer Wohnung ab. Sie fuhren zu einer Markthalle, in der sich die Buden drängten. Jazz schlenderte zwischen den Ständen mit ihrem bunten Warenangebot umher, ließ das geschäftige Treiben auf sich wirken und lauschte

Philippe, während dieser die Vorzüge von Gänseleberpastete erörterte. Er gab Jazz einen würzigen Blauschimmelkäse zu kosten, hielt ihr eine reife Zitrone unter die Nase, und sie dachte daran, wie sehr sich dieser Marktbesuch von den anderen an den eiskalten Wintermorgen vor einigen Monaten unterschied.

Damals hatte sie sich noch gefragt, wie sie je Liebe zum Kochen entwickeln sollte. Inzwischen verstand sie Zinas und Camilles Leidenschaft. Es war ein schönes Gefühl. Für ihre Kochstunde am Nachmittag kaufte sie einige Zwiebeln, Bohnen und ein paar ausgefallene Käsesorten.

Anschließend stellten sie den mit Lebensmitteln beladenen Transporter des Restaurants ab, genehmigten sich ein Frühstück aus heißem Kaffee und frisch gebackenen Croissants und fuhren dann weiter ins *La Table de Marguerite*. Zu Jazz' Überraschung befand es sich in einem reizenden altmodischen Gebäude unweit der Champs-Élysées, das nicht zu den umliegenden Bürohäusern und Läden zu passen schien. Philippe rangierte den Transporter in eine schmale Nebengasse und parkte am Hintereingang des Restaurants. Als sie die Einkäufe ausluden, fühlte sich Jazz fast wie eine richtige Köchin und Mitarbeiterin des Restaurants.

»Mein Angebot bei Tante Yvettes Abendessen war ernst gemeint. Du kannst in Teilzeit bei mir arbeiten. Wir suchen immer talentierte Köche, die wir ausbilden können.«

»Hast du nicht gesagt, dass deine Mutter für Personalfragen zuständig ist. Wäre es nicht vielleicht besser, wenn du dich vorher mit ihr absprichst?« Jazz fand das Angebot verlockend, war aber nicht sicher, wie sie ihr Verhältnis zu Philippe einstufen sollte.

»Komm und lern sie kennen«, schlug Philippe vor.

Er schob Jazz durch die gut ausgestattete Küche in den Speiseraum. Ehrfürchtig betrachtete Jazz die auf Hochglanz polierte Vertäfelung und die Anrichten aus Rosenholz, die fast bis zum Boden reichenden cremefarbenen Tischtücher, die bequem gepolsterten Rosenholzstühle. Alles strahlte unaufdringliche Eleganz und Luxus aus. Im Lokal roch es frisch und ein wenig nach Holz. An einem der Tische war eine junge Kellnerin damit beschäftigt, geflochtene Brotkörbe mit weißen Stoffservietten auszulegen, während ein Kellner die Tische neu eindeckte.

Eine hochgewachsene, gut gekleidete Frau von Anfang fünfzig saß am Empfang und brütete über dem großen Buch mit den Reservierungen. Jazz fand, dass sie wie der Inbegriff einer Französin aussah. Allerdings hatte sie plötzlich Angst, die Frau könnte glauben, dass sie sich Philippe nur an den Hals werfen und eine gute Partie machen wollte. Als sie hereinkamen, eilte die Frau, das Buch in der Hand, auf sie zu.

»Ach, da bist du ja! Haben diese Leute wirklich für sechs Personen reserviert? Nicki hat den Anruf angenommen, und wir sind bereits überbelegt. Und hast du die Steakbestellung bestätigt? Keine Ahnung, wer sich um die Reservierungen gekümmert hat, aber es ist alles völlig durcheinander.« Sie sprach mit Philippe und zeigte auf die Eintragung, ohne auf Jazz zu achten.

»Mama, das ist meine Freundin Jacinta, die mir bei Tante Yvette geholfen hat. Jazz, das ist meine Mutter Odelia«, fiel Philippe ihr ins Wort.

Im ersten Moment wirkte die Frau verblüfft. Dann lächelte sie rasch und hielt Jazz die Hand hin.

»Sie müssen die Australierin sein«, sagte sie in stockendem Englisch. »Yvette meinte, Sie seien viel zu hübsch, um Köchin zu werden. Jean hat mir erzählt, der Abend sei ein großer Erfolg gewesen.« Dann wandte sich die Frau wieder auf Französisch an Philippe. »Dafür habe ich gerade keine Zeit. Wir haben schrecklich viel zu tun. Du weißt, dass es am Donnerstag oft hoch hergeht, und ich muss eine ganze Menge mit dir besprechen. Wann wollten sie das Fleisch liefern? Hast du die Bestellung kontrolliert?«

»Ja, Mama, habe ich. Lass mich mal nachsehen.« Stirnrunzelnd griff Philippe nach dem Buch, blätterte die Listen durch und fasste alles für seine Mutter zusammen. Danach zog er einen Stift aus der Tasche, strich zwei Namen durch und schrieb etwas daneben.

»Gib mir fünf Minuten, um die Sache aufzuklären. Ich bin sicher, dass es nicht so schlimm ist, wie du denkst.«

Seine Mutter schnalzte ungeduldig mit der Zunge.

»Das behauptest du immer.« Im nächsten Moment läutete das Telefon. Sie nahm sofort ab, stieß einen französischen Wortschwall aus und wies auf Philippe, der eine Antwort flüsterte.

»Ich brauche fünf Minuten«, wiederholte er und wandte sich an Jazz. »Tut mir schrecklich leid, aber du merkst ja, was hier für ein Chaos herrscht. Das sind die Freuden eines Restaurantchefs.«

»Ich kann auch wieder gehen, schon in Ordnung«, schlug Jazz verlegen vor.

»Ich möchte dir rasch die Küche zeigen«, erwiderte Philippe und ging voraus.

Die Küche war anders als der elegante Speiseraum mit funkelndem Edelstahl und blitzblanken Arbeitsflächen ausgestattet. Das einzige Zugeständnis an die Tradition war der abgenutzte hölzerne Metzgerblock in der Mitte.

»Wer ist Jean?«, erkundigte sich Jazz, während sie den Anblick auf sich wirken ließ.

»Ich. Jean ist mein erster Name. Nur meine Mutter nennt mich so. Ich kann es ihr einfach nicht abgewöhnen. Das Durcheinander tut mir wirklich leid. Hoffentlich hat meine Mutter dich nicht gekränkt. Sie kann ziemlich barsch sein, wenn sie sich unter Druck gesetzt fühlt. Wir sollten uns zu einem günstigeren Zeitpunkt erneut verabreden. Jetzt muss ich wieder zu Mama. Offenbar hat der Metzger die heutige Lieferung verwechselt. Wenn er nicht der beste in der Gegend wäre, hätte ich ihm schon längst den Auftrag entzogen. Aber das ist eine andere Geschichte. Ich rufe ich an.«

Ihre Tüte mit Lebensmitteln in der Hand und froh über seine aufmunternden Worte, trat Jazz auf die Straße hinaus. Obwohl sie sich über Odelias abweisende Art geärgert hatte und ebenso wie Philippe fest dazu entschlossen war, sich nicht auf eine feste Beziehung einzulassen, fand sie Gefallen an seiner Gesellschaft und wusste, was für eine Chance es war, ein paar Blicke hinter die Kulissen eines angesehenen Restaurants wie des *La Table de Marguerite* zu werfen.

Die Zeit verging gerade wie im Flug. Philippe hatte ihr heute gezeigt, was es wirklich bedeutete, seinen Lebensunterhalt mit Kochen zu verdienen. Außerdem war ihr Abschlussexamen, für das sie um die halbe Welt geflogen war, nur noch wenige Wochen entfernt.

Voller Vorfreude darauf, mit den heute erworbenen Käsesorten zu experimentieren, eilte sie in den Unterricht und fühlte sich ein wenig, als hätte sie die Schule geschwänzt.

Bei ihrer nächsten Begegnung schien ihr Odelia ein wenig zugänglicher zu sein. Es war ein ruhiger Abend mitten in der Woche. Philippe hatte einige Kollegen zum Abendessen ins *La Table de Marguerite* eingeladen. Die Runde tauschte Rezepte aus und versuchte, sich bei der dramatischen Schilderung von Küchenkatastrophen zu überbieten.

»Ich weiß noch, wie das Öl Feuer fing und über die Theke floss. Ich dachte, der ganze Laden würde in Flammen aufgehen. Beinahe hätte ich das Kochen aufgegeben. Es ist ein gefährlicher Spaß«, verkündete einer von Philippes Freunden, der ein erfolgreiches Restaurant unweit der Tuillerien führte. Alle lachten, und Odelia stellte Jazz sogar Fragen zur ihrer Ausbildung am *Le Cordon Bleu*.

»Wie ist seine Mutter denn so?«, erkundigte sich Zina, als sie und Jazz am nächsten Tag nach dem Unterricht ihre Sachen zusammenpackten.

»Sie ist sehr – französisch«, erwiderte Jazz. »Alles muss genau nach Plan laufen, und man darf bloß nicht zu spät zum Essen kommen. Als ich erzählte, dass wir das in Australien lockerer sehen, war sie ziemlich verdutzt.«

»Ein schwerer Fehler«, meinte Camille, der sich auf der Treppe zu ihnen gesellte.

Doch da es bis zur Abschlussprüfung nur noch wenige Wochen waren, war keine Zeit, um an etwas anderes als ans Kochen und ans Büffeln zu denken. Jazz' Mutter rief an, um ihr mitzuteilen, sie werde zur Abschlussfeier ganz sicher in Paris sein.

Philippe meldete sich am Abend vor der praktischen Prüfung, um ihr ein paar Tipps in letzter Minute zu geben und sie zu beruhigen.

»Für einen bloßen Freund ist er sehr aufmerksam«, meinte Zina, als die beiden Mädchen in die Lehrküche kamen, wo die Prüfung stattfinden sollte.

Jazz war zu aufgeregt, um zu antworten. Küchenchef Robert sollte die Prüfung abhalten. Eine Minute vor elf forderte er die Schüler auf, mit dem Kochen zu beginnen. Jazz war schwindelig, und sie hatte Mühe, ruhig zu bleiben, während sie kochte, hackte, filetierte, briet, abschmeckte, garnierte und anrichtete, als ob ihr Leben davon abhinge.

Verzweiflung ergriff sie, als Monsieur Robert »Messer weg, die Zeit ist um« rief, während der restliche Kurs erleichtert aufatmete. Sie wusste, dass ihr das Gericht nicht so gut gelungen war wie im Unterricht letzte Woche. Aber sie hatte sich Mühe gegeben und betete, dass es genügen würde, um die Prüfung zu bestehen.

Das tat es, und Zina und Camille hatten ebenfalls bestanden. Die drei machten vor Freude Luftsprünge.

»Sind wir nicht eine Wucht?«, jubelte Jazz. »Wir haben es geschafft! Ich bin ja so stolz auf uns.«

Sie fiel Zina und Camille um den Hals. Dann rief sie

voller Freude erst Philippe und dann ihre Eltern an. Anschließend gingen die drei in ihre Lieblingskneipe, um zu feiern.

Zwei Tage später schlenderte Jazz, erschöpft nach der harten Arbeit der letzten Wochen, mit Zina durch ein Kaufhaus und starrte auf die Waren, ohne sie wirklich zu sehen. Nicht einmal das prachtvolle vergoldete Inventar konnte sie aus ihrer Niedergeschlagenheit reißen.

»Du hängst rum wie ein nasser Sack«, schimpfte Zina und schob sie mit Nachdruck zur Handtaschenabteilung, wo sie eine Umhängetasche aus rotem Leder hochhielt, die jedes Ensemble aufgewertet hätte, und sie Jazz reichte. »Was hältst du von der?«

»Nicht schlecht«, meinte Jazz, schon ein wenig interessierter. Sie hängte sie probeweise um, warf dann einen Blick auf das Preisschild und stieß einen Schrei aus. »Das wäre fast mein ganzes Taschengeld, oder zumindest das, was davon noch übrig ist!«

Kichernd gingen die beiden Mädchen weiter.

Wenige Tage später trat Jazz vor, um ihr Diplom entgegenzunehmen. Stolz sah sie sich nach ihren Eltern um, die zur Abschlussfeier gekommen waren, und setzte sich wieder zu den übrigen Absolventen.

»Glückwunsch, Liebes«, sagte Danielle nach der Feier und küsste ihre Tochter.

»Ich fasse es nicht, dass meine kleine Prinzessin erwachsen und eine richtige Köchin geworden ist«, fügte ihr Vater so gefühlvoll wie selten hinzu.

»Weinst du etwa, Dad?«, fragte Jazz, der selbst die Tränen

in die Augen traten. »Du weinst doch sonst nie! Danke, dass du gekommen bist. Es bedeutet mir sehr viel.«

»Ja, aber jetzt genug davon. Wo ist das Essen? Angeblich ist das doch eine Kochschule.«

Lachend umarmte Jazz ihren Vater.

Am nächsten Tag überließen Danielle und Jazz Noel seinen Geschäftsterminen und unternahmen einen Einkaufsbummel.

»Man kann nicht nach Paris fahren, ohne einzukaufen«, verkündete ihre Mutter, als sie in ein Taxi stiegen. Kurz darauf standen sie in der Handtaschenabteilung eines Kaufhauses und betrachteten genau dieselbe rote Tasche, die Zina und Jazz bereits bewundert hatten.

»Die ist wirklich sehr hübsch und peppt jedes Kleid auf«, stellte Danielle fest. »Gefällt sie dir?«

»Sie ist aber sehr teuer, Mum«, erwiderte Jazz und zeigte ihr das Preisschild.

»Seit wann machst du dir Sorgen wegen Geld?«, fragte Danielle. Sie musterte erst das Preisschild und dann Jazz. »Immerhin schließt man nicht alle Tage eine Ausbildung ab. Wenn sie dir gefällt, kaufe ich sie dir. Du kannst mich ja dafür zur Feier des Tages zum Mittagessen einladen.«

»Wirklich?« Jazz hängte sich die Tasche um und sah sich im Spiegel an. »Sie ist wirklich elegant. Sehr französisch.«

Nachdem Danielle die Handtasche bezahlt hatte, traten sie Arm in Arm in die frische Luft hinaus.

»Mum, ich will dich schon seit einer Weile etwas fragen«, begann Jazz, als sie in einem ihrer bevorzugten Straßencafés unweit des Eiffelturms saßen. »Erinnerst du dich noch, dass du kurz nach meinem Einzug bei Oma gesagt hast, es gäbe da etwas, das du niemals jemandem erzählen würdest? Hast du damit mich gemeint?«

Danielle wurde einen Moment sehr still. Dann griff sie in ihre Handtasche und war plötzlich sehr mit der Suche nach einem Taschentuch beschäftigt.

»Wirklich? Ich weiß nicht, was du meinst, Liebes. Vermutlich hatte es etwas mit dem Beruf deines Vaters zu tun.« Sie griff nach der Speisekarte. »Ein paar der Sekretärinnen deines Vaters sind nicht gerade die hellsten und können ziemlich schwierig werden. Also, was wollen wir bestellen? Ach herrje, das ist ja alles auf Französisch.«

»Wir sind in Paris, Mum«, sagte Jazz lachend und übersetzte. Als sie die Hälfte der Speisekarte durchgearbeitet hatten, erschien ihr Lieblingskellner, begrüßte Jazz wie eine alte Freundin und zählte dann die Empfehlungen des Tages auf.

»François, das hier ist meine Mum. Sie spricht kein Französisch.«

»Ah, Ihre Frau Mutter«, rief der Kellner auf Englisch und verbeugte sich vor Danielle. »*Bonjour, Madame*, ich kümmere mich immer um diese hübsche Mademoiselle. Und ich werde dafür sorgen, dass Sie auch das Beste bekommen.«

»Ich habe gestern mein *Diplôme de Cuisine* erhalten«, verkündete Jazz.

»Wollen Sie bei uns anfangen?« Er lachte.

»Er ist so reizend«, meinte Jazz, nachdem er gegangen war, um ihre Bestellung weiterzugeben. »Immer guter Laune und hilfsbereit. Deshalb ist das auch mein Lieblingscafé.«

Bald kehrte François mit zwei Schalen dampfender Zwiebelsuppe und knusprigem, ofenfrischem Brot zurück. Die beiden Frauen griffen hungrig zu.

»Hast du Oma und Poppy schon Bescheid gegeben, wann du wieder nach Hause kommst?«, erkundigte sich Danielle, nahm sich noch ein Stück Brot und bestrich es dick mit reifem, weichem Camembert. Ein anderer Kellner schob einen Gebäckwagen an ihnen vorbei.

»Rufst du ihn bitte. Ich kann nicht widerstehen«, sagte Danielle und entschied sich für ein großes Stück Walnusskuchen.

»Darüber wollte ich mit dir reden«, erwiderte Jazz und aß ein Stück von ihrer karamellisierten Zitronentarte. »Ich bin nicht sicher, ob ich nach Hause möchte. Ich möchte eigentlich noch ein Jahr bleiben, den Pâtisseriekurs machen und das *Grand Diplôme* ablegen. Ich habe mit den anderen darüber gesprochen. Das *Grand Diplôme* öffnet einem wirklich Türen.«

»Noch ein Jahr? Warum nicht. Vielleicht könntest du ja auch ein wenig durch Europa reisen. Solche Dinge tut man am besten, wenn man noch jung und ungebunden ist.«

»Da ich schon einmal in Paris bin, wäre es dumm von mir, die Chance nicht zu nutzen. Die Sache ist nur, dass es finanziell ein wenig eng wird«, sagte Jazz zögerlich.

»Da müssen wir deinen Vater fragen.« Ihre Mutter aß noch ein Stück Kuchen. »Wie viel?«

»Es geht um das Schulgeld und die Miete. Ich habe angefangen, mich nach einer Teilzeitstelle umzuschauen, aber die Kursgebühren muss ich im Voraus bezahlen.«

»Herrje, bist du erwachsen geworden«, antwortete ihre

Mutter. »Wahrscheinlich könnten wir dir etwas leihen, aber ich muss zuerst mit deinem Vater reden. Sicher wäre er bereit, wieder die Kosten zu übernehmen, doch du musst irgendwann lernen, auf eigenen Füßen zu stehen.«

Die Anspielung ihrer Mutter auf ihre Reife war Jazz zwar sehr unangenehm, aber sie weigerte sich, sich davon die Laune verderben zu lassen. Nachdem Noel sich im Hotelzimmer ihre Begründung angehört hatte, hielt auch er ein Darlehen für die beste Lösung.

»Damit bist du nicht nur eine ausgebildete Köchin, sondern auch Geschäftsfrau. Ich bin sehr stolz darauf, wie du an die Sache herangehst, Jazz.«

Als Danielle und Noel am Ende der Woche zurück nach Dubai flogen, war Jazz gleichzeitig erleichtert und traurig über den Abschied. Obwohl sie die Zeit mit ihrer Mutter genossen und sich über die Anwesenheit ihrer Eltern bei der Abschlussfeier gefreut hatte, wusste sie ihre Freiheit und die Tatsache zu schätzen, dass sie in Frankreich nicht unter ihrer Fuchtel stand.

Der Pâtisseriekurs entpuppte sich als genauso herausfordernd und interessant, wie Jazz sich das erhofft hatte. Dass sie mit Zina zusammenarbeiten konnte, die ebenfalls daran teilnahm, machte es noch angenehmer. Manchmal versuchten sich die Mädchen gemeinsam an einem Gericht, dann wieder mühten sie sich allein ab.

Für Madame Bayard und ihre Familie bedeuteten die neuen Rezepte eine willkommene Abwechslung. Amüsiert über ihre Reaktion, erbot sich Jazz, für Madame Bayards Familienfeier einen *croquembouche* zuzubereiten,.

Ein *croquembouche* – wörtlich »kracht im Mund« – ist eine Pyramide aus übereinandergetürmten, mit Vanillecreme oder Sahne gefüllten und von Karamell oder Zuckerguss überzogenen kleinen Windbeuteln. Alles in allem keine leichte Aufgabe für Jazz.

»Ich kann nichts versprechen«, warnte sie, und sie behielt recht.

Bei dem Versuch, die Pyramide aufzuschichten, sackten die Windbeutel auf der einen Seite in sich zusammen, sodass das Ganze umkippte und auseinanderfiel. Da die Gäste jeden Moment erwartet wurden, klebte Jazz alles einfach wieder zusammen und versuchte, die Schäden mit einer dünnen Schicht Zuckerglasur zu überdecken. Das Ergebnis erinnerte eher an zusammengeklebte Karamellbonbons.

»Was soll ich tun? So kann ich das nicht servieren! Wenn mein Lehrer das sehen würde, bekäme er einen Herzanfall«, rief sie und starrte entsetzt auf das Fiasko.

»Die Kinder werden sich nicht daran stören. Isobel ganz sicher nicht. Wir sagen einfach, dass dieser *croquembouche* der Schiefe Turm von Pisa ist, eigens für sie gebacken und sehr schwierig zu machen«, tröstete Madame Bayard.

Nach der Feier kündete nur noch ein Pfützchen aus Karamell und Vanillecreme von der Katastrophe.

»So viel zum Thema: ›Eines Tages wird man von Ihnen erwarten, dass Sie das Ihren Gästen servieren. Wollen Sie sie zu Tode erschrecken?‹«, meinte Jazz, ihren verehrten Pâtissier nachäffend, zu Madame Bayard und leckte die süße, zähflüssige Masse vom Löffel.

»Ich bin sicher, dass auch Ihrem Lehrer hin und wieder ein Patzer unterläuft«, entgegnete Madame Bayard.

Aus Tagen wurden Wochen und aus Wochen Monate, in denen Jazz sich mit Feuereifer in den Unterricht stürzte und ihre Kenntnisse vertiefte. Selbst den Küchenchefs fiel auf, wie dramatisch sich Jazz in etwas mehr als einem Jahr verändert hatte. Mit ihrer Erfahrung und ihren Fähigkeiten nahm auch ihr Widerspruchsgeist zu. Sie vertrat im praktischen Unterricht ihre eigene Meinung, experimentierte gern und hatte immer wieder heftige Auseinandersetzungen mit ihren Lehrern.

Wie sie lernen musste, waren ihre Experimente nicht immer von Erfolg gekrönt. Bei der Zwischenprüfung Ende Dezember hatte sie für eine Torte eine ungewöhnliche Mischung aus Obst und Gemüse verwendet. Sie bekam zwar eine gute Note für die Technik, doch der eigenwillige Geschmack hätte beinahe zum Scheitern geführt.

»Kreativität ist eine schöne Sache, aber in diesem Kurs würde ich zur konservativen Lösung raten«, meinte Philippe, nachdem sie sich bitterlich über die schlechte Bewertung beklagt hatte.

»Wie soll man da jemals etwas hinkriegen, das neu, aufregend und eine eigene Erfindung ist? Ständig reden die Lehrer davon, man müsse ein Gericht als Markenzeichen entwickeln, das einen als Koch ausweist. Und wenn ich etwas völlig ...«

»Ausgefallenes«, warf Philippe höflich ein.

»Noch nie Dagewesenes, Neuartiges, meinetwegen auch Ausgefallenes versuche, werde ich verteufelt. Zugegeben, sehr lecker war es nicht. Offen gestanden schmeckte es sogar ziemlich scheußlich«, räumte sie lachend ein.

»Aber ich habe nur getan, was von mir verlangt wurde«, beharrte sie.

»Komm bloß nie auf den Gedanken, etwas Ungewöhnliches für meine Mutter zu kochen. Sie würde es dir für den Rest deiner Tage unter die Nase reiben«, warnte Philippe, wischte sich die Hände ab und zog die Schürze aus.

Es war ein Samstagnachmittag im April, und sie legten nach der Arbeit in der Restaurantküche gerade eine kleine Pause ein. Anfangs hatte Jazz gezögert, Philippes Stellenangebot anzunehmen, um ihre Beziehung nicht zu gefährden, und deshalb in Teilzeit in einem anderen Restaurant angefangen. Bald war ihr jedoch klar geworden, dass sie mit Philippe zusammenarbeiten musste, wenn sie ihn häufiger sehen wollte. Darum hatte sie sich erweichen lassen und arbeitete nun auch an den Wochenenden im *La Table de Marguerite*.

Sie waren zwar lediglich Freunde, und keiner von ihnen machte den Versuch, etwas daran zu ändern, aber Jazz stellte fest, dass sie die entspannten Gespräche mit Philippe immer mehr genoss. Er war humorvoll, ein vielschichtiger Mensch und hatte trotz seiner Jugend gute Einblicke in die Branche. Außerdem kannte er viele interessante Leute. Da es im Restaurant stets hoch herging und Odelia alles mit Argusaugen überwachte, waren Momente wie dieser allerdings selten.

Heute hatte Philippe die Vorbereitungen für diesen Abend seinem Souschef überlassen und sich ein paar Stunden freigenommen, um mit Dominique, dem Besitzer eines anderen berühmten Pariser Restaurants und Philippes Mentor, einige Menüfolgen zu erörtern.

Jazz verbrachte den Nachmittag mit Verkosten und lauschte, sprachlos vor Ehrfurcht, während die beiden Männer über die neuesten Erfordernisse der Branche, Lebensmittel und Rezepte sprachen. Anschließend schwirrte ihr der Kopf.

Zu ihrer freudigen Überraschung bestand sie den Pâtisseriekurs mit Bravour. Als sie die Lehrküche zum letzten Mal verlassen wollte, hielt Küchenchef Andrès sie zurück.

»Sie haben sich wacker geschlagen. Wir hatten zwar unsere kleinen Auseinandersetzungen, doch Sie haben uns alle überrascht. Anfangs hätten wir Ihnen nicht einmal die Zwischenprüfung zugetraut, aber Sie haben uns eines Besseren belehrt. Sie haben Ihre Berufung entdeckt und kochen mit Freude und Leidenschaft. Viel Glück, meine kleine australische Freundin. Das *Le Cordon Bleu* ist stolz auf Sie.«

Überglücklich ging Jazz hinaus. Nicht einmal die Tatsache, dass ihre Eltern nicht zur Abschlussfeier kamen, konnte ihre Begeisterung und ihren Stolz dämpfen, als sie in Kochuniform vortrat, um ihr Zeugnis entgegenzunehmen.

»Ich habe es geschafft, Oma! Ich habe *Le Grand Diplôme!* Jetzt bin ich eine fertig ausgebildete Köchin«, rief sie ins Telefon. Am anderen Ende der Leitung herrschte Schweigen. »Oma, bist du noch dran? Weinst du etwa?«

»Das ist so wundervoll«, schluchzte Amelia. »Einfach wundervoll. Dieses Geheule ist nichts als albern. Wir sind froh und sehr stolz auf dich.«

In der nächsten Stunde plauderte Jazz vergnügt mit ihrer Großmutter, ließ sich das Neueste von zu Hause erzählen und berichtete aus Paris.

»Du brauchst nicht zu versprechen, dass du bald nach Hause kommst«, meinte ihre Großmutter. »Lass dem Leben einfach seinen Lauf und ergreife die Chancen, die sich dir bieten. Wir sind immer für dich da.«

Im August hatte Jazz dann eine Stelle im *L'Étoile* ergattert, einem gut besuchten Restaurant mit ausgezeichnetem Ruf und einem Michelin-Stern. Anton Lange, der Küchenchef, war ehrgeizig und trieb Jazz gnadenlos an. Das bedeutete zwar lange Arbeitstage und frühes Aufstehen, aber auch die Gelegenheit, die Geheimnisse der Branche rasch und aus erster Hand zu lernen.

Vom Beikoch wurde sie rasch zur Bereichsleiterin befördert, was hieß, dass sie in der Küche nun mehr Verantwortung trug. Dennoch sehnte sie sich danach, ihre eigenen Abwandlungen der Standardrezepte auszuprobieren, insbesondere bei den Desserts. Als sie ihrem Vorgesetzten schüchtern diesen Vorschlag machte, erklärte er ihr, sie sei zwar eine fähige Kraft, doch er wolle keine Risiken eingehen.

»Es ist so frustrierend«, meinte sie zu Philippe, der bis über beide Ohren in finanziellen Schwierigkeiten steckte und nicht in Stimmung zum Zuhören war.

»Mama sagt, du könntest heute Abend im Restaurant aushelfen, nicht in der Küche«, erwiderte er geistesabwesend.

Jazz stimmte zu, war aber von seinem Desinteresse enttäuscht. Sie hielt sich vor Augen, dass sie sich nie hätte überreden lassen dürfen, für ihren Freund zu arbeiten. Im nächsten Moment wurde ihr zu ihrer Überraschung klar, dass er zwar eigentlich nicht ihr Freund war, sie sich aber wünschte, es wäre anders gewesen.

»Es ist momentan nicht leicht für Philippe«, stellte Odelia wie aufs Stichwort fest. »Um diese Zeit vor drei Jahren fing die traurige Sache mit Irène an.«

Sie seufzte tief.

»Irène ist ein reizendes Mädchen, und sie haben sehr gut zusammengepasst. Es liegt an ihrer Familie, dass sie sich getrennt haben. Sie hat sie unter großen Druck gesetzt. Ihr Vater wollte nicht, dass sie in Paris lebt. Philippe vermisst sie sehr, obwohl er es nie zugeben würde. Als Mutter weiß ich das. Es ist schwer für ihn. Vielleicht kommen sie ja wieder zusammen.«

Sie seufzte noch einmal.

»Keine Ahnung, warum ich Ihnen das alles erzähle. Wir wollen noch einmal die Tischreservierungen durchsehen, damit uns heute Abend kein Fehler unterläuft. Wir können uns keine Fehler leisten. Unsere Gäste sind sehr anspruchsvoll.«

Jazz knirschte mit den Zähnen.

Als der letzte Gast endlich hinausschwankte, war sie so erschöpft, dass sie am liebsten laut geschrien hätte. Philippe wirkte ebenfalls müde. Jazz machte heiße Schokolade für sie beide.

»Werden Sie nicht die letzte Metro verpassen?«, erkundigte Odelia sich spitz.

»Ich fahre sie nach Hause. Und ich schließe ab. Du kannst ruhig gehen, Mama«, sagte Philippe.

Jazz sah auf die Uhr und stellte fest, dass sie in gut drei Stunden aufstehen musste.

Eine Weile saßen sie und Philippe schweigend da und tranken ihre Schokolade. »Deine Mum hat mir von Irène erzählt. Hast du sie wirklich geliebt?«, fragte Jazz schließlich.

Philippe runzelte die Stirn.

»Ja, eine Zeit lang. Aber dann kamen die ersten Probleme. Es hätte nicht geklappt. Inzwischen weiß ich das. Doch damals hat es wehgetan.«

»Das sieht deine Mum anders. Mir hat sie gesagt, du würdest immer noch leiden«, meinte Jazz, die plötzlich heftige Abneigung gegen diese Frau empfand.

»Eine Weile war ich ziemlich niedergeschlagen. Inzwischen habe ich ein Restaurant, das immer tiefer in die roten Zahlen rutscht.« Philippe streckte sich. »Ich weiß nicht, was schlimmer ist, ein gebrochenes Herz oder ein Schuldenberg.«

»Also hast du kein Interesse daran, mich mein neues Pannacotta-Rezept an deinen Gästen testen zu lassen?«

»Wenn du meine Mutter überzeugen kannst, bin ich mit allem einverstanden. Doch ich habe im Moment keine Lust, mich mit ihr herumzustreiten.«

»Aber ich«, murmelte Jazz, als sie, so verärgert wie schon lange nicht mehr, nach ihrer Jacke griff.

18

Sie schmeckt wirklich lecker«, meinte sie am nächsten Tag in der Küche zu Anton. Jazz war in kriegerischer Stimmung. »Warum darf ich das nicht ausprobieren? Sie haben doch gesagt, Sie seien auf der Suche nach einem neuen Markenzeichen, das Sie von den anderen guten Restaurants in Paris absetzt. Damit würde es sicher klappen.«

»Zu riskant.«

»Nicht, wenn wir uns einen ruhigen Abend aussuchen und sie als Spezialität des Tages anbieten. Dann werden wir ja sehen, was passiert.«

»Ich darf mir keine Experimente erlauben. Aber Sie können eine für mich machen, und ich koste sie, damit Sie endlich Ruhe geben.«

Triumphierend bereitete Jazz eine cremige Kokos-Panna-cotta mit einer Soße aus frischen Himbeeren zu. So gut war sie ihr noch nie gelungen, und der Teller sah appetitlich und verlockend aus.

Anton kostete einen winzigen Teelöffelvoll. »Es ist und bleibt zu riskant«, lautete sein Urteil.

Jazz nahm all ihren Mut zusammen und wandte sich an Odelia. »Philippe sagte, ich sollte Sie fragen, was Sie davon halten, das Dessert in die Karte mit den exotischen Gerichten aufzunehmen. Wir könnten es als Kokos-Panna-cotta mit fruchtiger Himbeersoße anbieten. Da läuft doch jedem vernünftigen Menschen das Wasser im Munde zusammen«, schlug Jazz mit einem nervösen Lachen vor.

»Das war Jeans Idee? Bereiten Sie eine zu und lassen Sie mich kosten«, entgegnete Odelia.

Also wiederholte Jazz das Ganze und bereitete noch eine Kokos-Panna-cotta zu. Allerdings geriet ihr die Himbeersoße etwas zu wässrig. Odelia merkte das zwar sofort an, musste aber zugeben, dass die Panna cotta ausgesprochen lecker war.

»Keine Ahnung, wie du es geschafft hast, Mama zu überreden. Ich habe ihr gesagt, ich führte ein Restaurant, das für seine Kreativität bekannt ist, und fände, dein Rezept sei einen Versuch wert. Also steht dir nichts mehr im Wege.«

Außer sich vor Freude fiel Jazz ihm um den Hals und küsste ihn auf die Lippen. Im nächsten Moment wich sie zurück.

»Entschuldige, ich habe mich hinreißen lassen. Teamwork. Zwei Köche, zwei Freunde.« Sie lief feuerrot an.

»Vielleicht sollten wir es mit dieser Art von Teamwork noch einmal versuchen.« Rasch zog Philippe sie in seine Arme und küsste sie.

Das war der Moment, der für Jazz alles veränderte. Plötzlich wusste sie in ihrem Herzen, dass sie diesen Mann liebte und den Rest ihres Lebens mit ihm verbringen wollte, sosehr sie sich auch das Gegenteil einzureden versuchte.

»Du bist der Richtige«, verkündete ihr Herz, und ihr war klar, dass es diesmal kein Zurück mehr gab. Odelias Stimme riss sie jäh aus ihren Gedanken.

»Jean hast du ... Oh.« Odelia verstummte für einen Moment. »Du musst sofort mit Marcel über die Meeresfrüchtelieferung sprechen«, verkündete sie, reichte Philippe den

Telefonhörer und redete einfach weiter, als ob Jazz nicht vorhanden sei.

Widerstrebend ließ Philippe sie los und drehte sich zu seiner Mutter um. Jazz ärgerte sich über die ständige Einmischung.

Trotz der unausgesprochenen Feindseligkeit zwischen den beiden Frauen erwies sich Jazz' Kokos-Panna-cotta mit Himbeersoße letztlich als größerer Erfolg, als alle erwartet hatten.

Odelia behauptete zwar sofort, das Dessert sei in Wirklichkeit Philippes Erfindung, doch ihre Haltung wurde für kurze Zeit versöhnlicher. Philippe hatte beschlossen, die neue Errungenschaft an einem Freitag vorzustellen, wenn das Lokal gut besucht war und die Gäste das Ende der Arbeitswoche feierten.

Philippe und Odelia legten großen Wert darauf, am Ende des Abends eine Runde durch das Restaurant zu machen und die Gäste nach ihrer Meinung zu fragen, um frischen Wind in die Speisekarte zu bringen und das Interesse der Kundschaft zu wecken. So konnte man Fehlentscheidungen rasch wieder ausbügeln, und außerdem galten sie deshalb als engagierte Restaurantbesitzer.

Am Freitagabend bestellten mehrere Gäste die Panna cotta, darunter auch ein unscheinbarer Herr, der nur wenig sprach und während des Großteils der Mahlzeit die Nase in ein Buch steckte.

In der Küche platzte Jazz vor Neugier auf die Reaktionen.

»Komm und erkundige dich selbst«, meinte Philippe und verbrachte die nächsten zehn Minuten damit, seine aufgebrachte Mutter zu beruhigen.

Niemand hatte bemerkt, dass es sich bei dem unscheinbaren Herrn um einen der einflussreichsten Restaurantkritiker von Paris handelte, dessen Kolumne in einer Tageszeitung erschien. Die Zeitung brachte den Artikel am kommenden Mittwoch. Sofort rief Philippe Jazz an.

»Hast du die Zeitung schon gelesen?«, meinte er.

»Warum?«, erwiderte Jazz, die bis spätabends gearbeitet hatte und noch nicht richtig wach war.

»Wir sind ihm auf den Leim gegangen«, sagte er und erzählte ihr dann von dem Restaurantkritiker. »Er bezeichnet dich, ich zitiere, als ›einfallsreiche Schöpferin traumhafter Desserts, eine Panna-cotta-Prinzessin‹. Außerdem lobt er den hohen Standard im *La Marguerite*. Der Artikel ist ausgesprochen positiv.«

Jazz war begeistert. Ganz im Gegensatz zu Anton. Da das *L'Étoile* und das *La Table de Marguerite* Konkurrenten waren, schien er gar nicht erfreut darüber, dass Jazz der Gegenseite bessere Geschäfte bescherte. Die Folge war, dass er sie noch mehr knechtete, sie immer länger arbeiten ließ und ihr auch kleinste Fehler unter die Nase rieb. Häufig wies er sie an, nicht nur ihre eigenen Pflichten, sondern auch die des Beikochs zu übernehmen oder am Ende des Abends die Küche zu putzen.

»In meinem Restaurant arbeiten nur Menschen mit Teamgeist, keine Primadonnen«, fuhr Anton sie an einem besonders hektischen Abend an, als sie sich über die Überlastung beklagte. Auf dem Nachhauseweg hatte Jazz pochende Kopfschmerzen.

In den kommenden Wochen konnte sie Anton offenbar überhaupt nichts mehr recht machen.

»Anton kann ein richtiger Mistkerl sein, aber er ist ein ausgezeichneter Koch«, sagte Philippe, als sie ihm ihr Herz ausschüttete. »Wenn ich eines in dieser Branche schon sehr früh gelernt habe, ist es das, dass Chefköche manchmal ganz schön nachtragend sind. Nimm so viel Wissen mit, wie du kannst, und warte auf den richtigen Moment zum Absprung.«

Dieser Moment kam früher, als Jazz gedacht hätte.

»Ich bin es«, meinte Philippe vergnügt am Telefon. »Ich habe tolle Neuigkeiten.«

Er hielt inne.

»Man hat mich gebeten, das Galadiner für den französischen Präsidenten und einen Gast, den Präsidenten der USA, zu kochen. Möchtest du mein Souschef sein?«

Jazz schnappte begeistert nach Luft und wurde sofort ein wenig neidisch.

»Das ist ja wundervoll. Wie aufregend. Ich freue mich sehr für dich. Du hast es dir verdient. Doch du brauchst deshalb keine Witze zu machen«, fügte sie gereizt hinzu.

In der Küche war es heute ganz besonders anstrengend gewesen, und sie hatte noch keine Zeit gehabt zu duschen.

»Das ist kein Witz, sondern mein voller Ernst. Möchtest du bei dem Galadiner mein Souschef sein?«, wiederholte Philippe feierlich.

»Aber ich habe nicht genug Erfahrung. Das weißt du doch«, entgegnete Jazz, den Tränen nah.

»Ich weiß, dass ich mit dir zusammenarbeiten kann«, beharrte Philippe. »Ich weiß, dass du auf meine Anweisungen hörst. Und ich weiß, dass du eine mehr als fähige Köchin bist, bei der meistens alles klappt. Den Rest kriegen wir schon hin.«

»Hältst du wirklich so große Stücke auf mich?« Jazz liefen die Tränen über die Wangen. »Du würdest das Risiko mit mir eingehen?«

»Das ist keine reine Selbstlosigkeit, Jazz. Ich brauche deine Hilfe. Außerdem bist du die viel gelobte Panna-cotta-Prinzessin, und das Medienecho kann dem Restaurant nicht schaden. Als mein Souschef wirst du schuften müssen wie nie zuvor. Doch du wirst etwas lernen. Und wie du lernen wirst! Einverstanden?«

»Ja, natürlich! Oh Philippe, ich liebe dich«, rief sie.

»Ich liebe dich auch«, erwiderte Philippe leise.

»Wirklich? Nicht nur Freunde?«, fragte sie und sehnte sich danach, seine Arme um sich zu spüren.

»Wie ich bereits sagte, ist das für einen Franzosen nicht möglich. *Adieu, mon amour*. Denk dir ein paar Menüs aus.« Er legte auf.

Jazz stellte in der Folgezeit fest, dass sie sich weder konzentrieren noch schlafen konnte, weil sich ihre Gedanken ständig überschlugen.

Das Galadiner entpuppte sich als ziemlich überwältigende Erfahrung. Obwohl sie die Vorstellung, mit vielen anderen Köchen an einem so großen Ereignis mitzuwirken, überwältigend fand, stellte sie fest, dass ihr vieles, was sie in den letzten beiden Jahren so mühsam gelernt hatte, in Fleisch und Blut übergegangen war.

Überall wurde fieberhaft gearbeitet, um das Bankett für die beiden Präsidenten und ihre dreihundert Gäste vorzubereiten. Ein gut aufeinander eingespieltes Team aus Kellnern deckte die Tische im großen Speisesaal. Das Licht der Kronleuchter spiegelte sich in Gläsern und Besteck, die auf gestärkten weißen Leinentischtüchern arrangiert waren. Silberne Kerzenleuchter standen in der Mitte der Tische, und riesige Blumenarrangements neben den Türen ließen den Raum harmonisch wirken.

Jazz spürte, wie die Anspannung in der Küche wuchs, als die ersten Gäste eintrafen. Noch nie hatte sie unter einem solchen Druck gearbeitet oder einen derartigen Mannschaftsgeist erlebt. Das Gefühl beruhigte sie und erfüllte sie mit großer Kraft. Bevor die Gäste sich setzten, riskierte sie einen Blick in den Raum. Die beiden Präsidenten waren förmlich gekleidet und wurden von ihren Frauen begleitet. Orden funkelten auf Schärpen, und Diademe glitzerten auf den Köpfen der Damen in langen Abendroben.

In der Küche ging es immer höher her, und Jazz brachte das eine oder andere durcheinander. Andere Köche griffen dann erklärend ein, baten sie, sich zu beruhigen, oder munterten sie auf. Aufgeregt, nervös und froh, zu diesem engagierten Team zu gehören, arrangierte sie in halsbrecherischer Geschwindigkeit die Gerichte, die dann den wartenden Gästen serviert wurden.

Als nach dem Essen die Reden an der Reihe waren, stand sie in ihrer weißen Uniform neben Philippe und den anderen Köchen und platzte fast vor Stolz, während die Gäste für ihre Bemühungen Beifall spendeten.

»Und war es richtig, dass ich dich gebeten habe, als mein Souschef zu arbeiten?«, fragte Philippe, als sie später in die kühle Nachtluft hinaustraten.

»Am Anfang war ich ziemlich nervös, aber es hat großen Spaß gemacht. Nun verstehe ich, was Teamarbeit wirklich bedeutet! Vielen Dank.«

Sie fiel ihm um den Hals und küsste ihn.

»Warum gehen wir nicht irgendwohin, wo es gemütlicher ist? Ich habe einen wunderbaren Cognac zu Hause«, schlug Philippe vor.

»Eine gute Idee«, murmelte Jazz.

Philippe hatte kaum die Wohnungstür hinter sich geschlossen, als er sie schon in die Arme nahm und sie küsste.

»Du warst heute Abend wundervoll. Mehr hätte ich nicht verlangen können«, flüsterte er und küsste ihre Lippen und ihren Hals. Rasch zog er ihr das T-Shirt über den Kopf und begann, ihre Brüste zu küssen.

Stöhnend bog Jazz sich ihm entgegen und genoss seine Liebkosungen.

»Du duftest so gut. Ich will dich lieben«, flüsterte Philippe, die Lippen an ihrer Haut.

Jazz erschauderte wohlig.

»Und der Brandy?«, neckte sie ihn.

»Später«, erwiderte Philippe.

»Später«, rief Jazz lachend, hob ihr Hemd vom Boden auf und lief ins Schlafzimmer. »So viel später?«, fragte sie grinsend, um ihre Verlegenheit zu verbergen. Sie sehnte sich so danach, von ihm berührt zu werden.

»Genau«, sagte Philippe. Mit einer einzigen Bewegung zog er Pullover und Hemd aus und legte sich neben sie.

»Ich liebe dich.« Jazz zog ihn in ihre Arme.

Wie beim ersten Kuss verschwamm die Welt um sie, als Philippe sie sanft liebkoste. Sie verlor sich in seinen Zärtlichkeiten, und als ihre Leidenschaft sich steigerte, klammerte sie sich stöhnend an seinen heißen Körper. Danach lagen sie einander schwer atmend in den Armen.

»*Mon grand amour*«, sagte Philippe.

»Mein wunderschöner Franzose«, flüsterte sie.

Sie genoss das wohlige Gefühl, zum ersten Mal im Leben völlig erfüllt zu sein.

Philippe seufzte auf. »Cognac.« Er stand auf, ging nackt aus dem Zimmer und kehrte mit zwei Gläsern und einer Flasche zurück. Benommen vor Liebe, sah Jazz zu, wie er die bernsteinfarbene Flüssigkeit einschenkte und ihr ein Glas reichte. Der milde samtige Cognac glitt ihr die Kehle hinunter und erfüllte ihren Körper mit einer angenehmen Wärme. Philippe legte sich neben sie und strich mit dem Finger langsam über ihre cremeweiße Haut. Sie sprachen beide nicht viel.

»*Magnifique*«, murmelte er schließlich. Er küsste sie noch einmal, und bald waren sie eingeschlafen.

Jazz wurde vom schrillen Läuten des Telefons geweckt. Philippe wälzte sich herum und griff nach dem Hörer.

»*Oui*«, meldete er sich.

Gähnend sah Jazz auf die Uhr. Es war später Vormittag. Sie streckte sich, blickte sich um und erinnerte sich an den aufregenden gestrigen Tag und die wundervolle Vertrautheit ihres Beisammenseins.

»*Bien.* Ich rufe Sie heute Nachmittag zurück«, sagte Philippe. Dann drehte er sich um, nahm Jazz in die Arme und fing an, sie zu küssen.

»Wer war das?«, erkundigte sie sich lange Zeit später.

Philippe lachte.

»Eine Fernsehproduzentin von einem Lokalsender. Sie wollen eine Pilotsendung für eine Serie über die französische Regionalküche und aufstrebende junge Spitzenköche drehen. Das war Gigi Dijons Assistentin, die die Telefonnummer des Souschefs brauchte, der gestern Abend mit mir zusammengearbeitet hat. Meinst du, die Dame hätte Interesse?«

Jazz fuhr hoch.

»Gigi Dijon, die Produzentin? Woher weiß sie von gestern Abend? Das ist doch wieder einer von deinen Scherzen?« Sie boxte ihn spielerisch auf die nackte Schulter.

»So ist das in Paris. Es war ein Galadiner. Gigi findet es wichtig, über alle Ereignisse in der gehobenen Gastronomie auf dem Laufenden zu sein. Warum traust du deinem Franzosen nicht?«, fragte Philippe mit einem theatralischen Seufzer. »Offenbar soll meine Panna-cotta-Prinzessin eine berühmte Fernsehköchin werden«, fügte er hinzu und küsste sie fest auf den Mund.

19

Ich fürchte, ich komme dieses Jahr zu Weihnachten auch nicht nach Hause«, sagte Jazz am Telefon.

Sie erzählte ihrer Großmutter von Gigi Dijons wundervollem Angebot, als einer von zwei aufstrebenden Köchen in einer neuen Kochsendung über französische Regionalküche aufzutreten. Ziel der Sendung war es, den Tourismus zu fördern und junge Leute zum Kochen anzuregen. Sie planten sechs Folgen zu drehen. Jazz sollte mit einem jungen Koch namens Henri zusammenarbeiten, der einige Jahre älter als sie war und ähnlich erfahren.

»Klingt aufregend. Anscheinend ist man von dir überzeugt«, erwiderte ihre Großmutter. »Mach dir keine Sorgen um uns, sondern ergreif die Gelegenheit beim Schopf. Wir vermissen dich zwar, aber wir werden für dich da sein, wenn du zurückkommst.«

»Danke, Oma. Du hast immer so viel Verständnis. Wie geht es Poppy?«

»Er jammert zwar ständig, er werde älter und die Hitze mache ihm mehr zu schaffen, doch sonst ist bei uns alles in Ordnung. Nur der Garten sieht im Moment ein bisschen traurig aus. Wir hatten Opossums im Gemüsegarten, die alles aufgefressen haben, was in Reichweite war. Deshalb mussten wir Schutznetze über die Beete legen. Und wenn Lauren und Michael zu Besuch kommen, zieht Brendan sämtliche Möhren heraus. Aber das stört mich nicht. Ich sage immer zu Poppy, dass die viele Arbeit gut für uns ist.«

Sie unterhielten sich noch eine Weile, und als Jazz auflegte, fühlte sie sich plötzlich sehr einsam. Ihre Großmutter hatte sich müde angehört, was für sie sehr ungewöhnlich war. Jazz starrte aus dem Fenster in die mondlose Nacht hinaus und wünschte, Australien wäre nicht so weit weg. Was, wenn Oma oder Poppy etwas zustieß, während sie sich am anderen Ende der Welt befand. Sie stand auf, um die Niedergeschlagenheit loszuwerden, und griff nach ihren Aufzeichnungen für die Fernsehsendung.

Hoffentlich kann man mit Henri gut zusammenarbeiten, damit die Sendung ein Erfolg wird, dachte sie.

Sie war dankbar für den kleinen Vorschuss, den sie bereits erhalten hatte, denn ihre Einkünfte waren drastisch eingebrochen. Als sie Anton um freie Tage für die Dreharbeiten gebeten hatte, hatte er entgegnet, ihm sei es ernst mit seinem Restaurant. Er müsse einen Qualitätsstandard halten, und außerdem stünden die Köche kilometerlang Schlange, um ihre Stelle zu übernehmen. Also sei sie gefeuert. Zunächst war Jazz erschrocken und verärgert, dann jedoch erleichtert gewesen.

Philippe hatte begeistert reagiert und ihr sofort angeboten, nicht nur an den Wochenenden, sondern auch an anderen Tagen im *La Table de Marguerite* zu arbeiten, wenn sie Zeit hatte.

»Der Mann ist ein Narr und wird seine Entscheidung noch bereuen. Ich kann dir zwar noch immer nicht viel bezahlen, aber zumindest hast du während der Dreharbeiten eine Stelle«, sagte er.

Odelia war weniger erfreut. »Du bist der Chef, Philippe. Wenn du glaubst, dass sie den Anforderungen gewachsen und bereit ist, nötigenfalls auch im Restaurant zu arbeiten, und wenn du findest, dass wir sie uns leisten können«, meinte sie mit einem leichten Achselzucken in Jazz' Gegenwart und verkniff sich dann jede weitere Bemerkung.

Jazz schwieg. Offen gestanden war ihr Odelias Einstellung gleichgültig. Philippes flexibles Arbeitsangebot steigerte ihre Entschlossenheit, sich so nützlich wie möglich zu machen. Dennoch war ihr nicht wohl bei dem Gedanken, dass sie sich auf ihren Freund verließ, denn sie kannte seine finanziellen Probleme.

Seit Philippe festgestellt hatte, dass der Großteil der Küchenausstattung sowie die Klimaanlage im Restaurant erneuert werden mussten, war Geld im *La Table de Marguerite* knapp. Außerdem hatte er, kurz nachdem er beschlossen hatte, das Restaurant neu streichen zu lassen, erfahren, dass der wichtigste Fleischlieferant die Preise erhöhen wollte, was die Kosten steigerte. Seufzend wandte sich Jazz ihren Notizen zu und dachte an die aufmunternden Worte ihrer Großmutter.

Drei Monate später saß Jazz, in einen dicken Wintermantel eingemummt, vornübergebeugt im eisigen Wind. Die schwache Februarsonne konnte sie kaum wärmen. Sie befand sich mit einem Kameramann auf dem wunderschönen gepflasterten Marktplatz einer mittelalterlichen, von einer Mauer umgebenen Stadt in Südfrankreich. Die erste Folge der Sendung war bereits ausgestrahlt und wohlwollend aufgenommen worden. Heute wurde die dritte der sechs Folgen gedreht, die über die unterschiedlichen Regionalküchen im ländlichen Frankreich berichteten.

Die Dreharbeiten waren ein großer Spaß gewesen. Man hatte Jazz und Henri bei der Auswahl der Gerichte freie Hand gelassen. Die beiden Moderatoren verstanden sich gut, und ihr Geplänkel vor laufender Kamera sorgte für spannende Fernsehunterhaltung. Sie hatten bereits am offenen Feuer am Strand gegrillt, auf einem belebten Marktplatz heftig über die beste Zubereitungsmethode für Fisch debattiert und im Hof eines Schlosses aus dem vierzehnten Jahrhundert, komplett mit Burggraben, Zugbrücke und Pfauen auf dem Rasen, ihre Lieblingsgerichte zubereitet.

Jazz hatte sich damals für Gänseleberpastete und Taube mit Trüffeln und frischem Gemüse entschieden. Als Dessert gab es ihr Markenzeichen, die Panna cotta mit Himbeersoße. Henri bereitete dagegen eine Variation vom Lachs mit Waldpilzen zu. Das schlichte Dessert bestand aus einem Apfel-Brombeer-Streuselkuchen, der Jazz an Tante Yvettes Küche erinnerte. Zu den Gerichten wurde jeweils Wein aus der Region serviert.

Heute sollte sie ohne Henri bei einem Ziegenzüchter kochen, der auf traditionelle Weise in ganz Frankreich berühmte Käse herstellte. Der Kameramann saß neben ihr und wärmte sich die Hände an einem Kaffeebecher. Der Marktplatz, auf dem es in den Sommermonaten von Touristen wimmelte, war beinahe menschenleer. Ein paar Türen entfernt saß ein alter Mann, der mit seiner tief heruntergezogenen Baskenmütze aussah wie der Inbegriff eines Franzosen, und rauchte eine Zigarette. Hinter ihm, vor der geschlossenen Tür des Zeitungskiosks, stand ein einsames Gestell mit ausgeblichenen Postkarten.

Der Anblick brachte Jazz zum Schmunzeln. Sie wandte

sich ab, um den beißenden Zigarettenrauch nicht einatmen zu müssen.

Sie fühlte sich erleichtert, denn Henri hatte während der beiden Tage Autofahrt von Paris in den Süden eine seiner Launen gehabt. Obwohl meistens ein zugänglicher und humorvoller Mensch, konnte er auch arrogant, reizbar und starrsinnig sein. Deshalb war sie insgeheim froh, heute nicht mit ihm zusammenarbeiten zu müssen. Eigentlich hätten sie für die nächste Folge die Zubereitung von Appetithäppchen filmen sollen, doch Henri interessierte sich mehr für die hiesigen Weine und die ortsansässige Wildschweinzucht.

Jazz hatte all ihren mühsam in den letzten Jahren erworbenen Takt einsetzen müssen, um ihn zu einem Besuch bei einem Geflügelzüchter zu überreden, der Gänseleberpastete herstellte, die berühmteste Delikatesse der Region, während sie zum Ziegenkäseproduzenten fuhr.

Sie hatte wegen der umstrittenen Methode der Gänsemast darauf gedrängt, die Gänseleberpastete in der Sendung zu bringen. Das Stopfen verlieh der Leberpastete die üppige cremige Konsistenz. Kontroverse Themen eigneten sich nämlich ausgezeichnet, um Fernsehsendungen die nötige Würze zu verleihen.

Nachdem sie in ihrem winzigen Fiat eine schiere Ewigkeit über kurvige Landstraßen geholpert waren, hatte Jazz eine kurze Rast in dem reizenden mittelalterlichen Städtchen vorgeschlagen. Sie waren durch den schmalen Torbogen aus gelbem Stein gefahren, hatten neben einem gewundenen Bach geparkt und waren dann zu Fuß zum Marktplatz gegangen.

Dort hatte Henri seinen Charme wiederentdeckt und sich eine Einladung in die örtliche Brauerei gesichert. Der Besitzer hatte sich auch erboten, Henri zur Geflügelfarm zu bringen und ihn mit dem Inhaber bekannt zu machen. Endlich fühlte sich Jazz befreit und bekam allmählich Spaß an dem Ausflug. Das Städtchen mit seinen kopfsteingepflasterten Straßen fand sie unglaublich hübsch und malerisch – und kalt.

»Wollen wir?«, meinte sie, stand auf und stampfte mit den Füßen, um sich zu wärmen.

In ihrer Tasche vibrierte das Mobiltelefon. Sie hoffte, dass es nicht Henri war, der anrief, um ihr mitzuteilen, er habe beschlossen, lieber dem Bier zuzusprechen und auf eine Besichtigung der Geflügelfarm zu verzichten. Doch zu ihrem Erstaunen leuchtete der Name ihrer Schwester Lauren auf dem Bildschirm auf.

»Hallo, Fremde! Was für eine Überraschung. Wie geht es dir, Schwesterchen?«

»Gut, aber ich fürchte, ich habe schlechte Nachrichten«, erwiderte Lauren.

Jazz' Herz setzte einen Schlag aus.

»Mum hat angerufen. Sie sagt, Oma sei ins Krankenhaus eingeliefert worden. Soweit wir das sagen können, ist ihr Zustand ziemlich ernst. Mum sitzt im Flieger nach Sydney. Sie hat mich gebeten, dir Bescheid zu geben.«

Jazz hielt den Atem an. Kurz stieg Panik in ihr auf, und sie sackte zurück auf ihren Stuhl.

»Was ist passiert?« Sie fing an zu zittern.

»Die Einzelheiten kenne ich nicht. Ich weiß nur, dass es nicht rosig aussieht. Wie schnell kannst du nach Hause kommen?«

»Ich bin gerade in Südfrankreich«, antwortete Jazz mit klopfendem Herzen.

Oma schwer krank? Was, wenn sie vor Jazz' Ankunft starb? Dieser Gedanke war unerträglich.

»Ich muss ein paar Dinge organisieren und melde mich dann wieder. Richte Oma aus, dass ich sie liebe. Richte ihr aus ...« Ihre Stimme brach. »Sag ihr, sie darf nicht sterben.«

Während der Bauer über traditionelle Herstellungsmethoden für Rohmilchkäse sprach und das Fernsehteam durch die hohen, von dicken gelben Käselaiben überquellenden Lagerräume führte, überlegte Jazz fieberhaft, wie sie so schnell wie möglich nach Australien kommen sollte. Es schien nicht machbar zu sein, da sie sich mitten in der französischen Provinz befand und noch drei Folgen abdrehen musste. Aber ihre Großmutter lag im Sterben. Alles andere war unwichtig. Jazz fühlte sich, als würde sie gleich vor innerer Anspannung platzen.

Der einzige Weg war, Henri das Problem zu schildern und die erste Maschine nach Paris zu nehmen. Er würde morgen das Kochen bei dem Wildschweinzüchter übernehmen und an ihrer Stelle die Walnussfarm besuchen müssen. Vielleicht bedeutete das das Ende ihrer Fernsehkarriere, doch das war ihr gleichgültig. Sie musste nach Hause zu ihrer Großmutter.

Nach ihrer Rückkehr nach Paris am folgenden Morgen fuhr Jazz sofort ins *La Table de Marguerite*. Zum Glück war im Restaurant nicht viel los. Seit Laurens Anruf hatte Jazz ihre Ängste und Sorgen auf die lange Bank geschoben, um die Dreharbeiten durchzustehen. Doch als sie nun in den

Speiseraum des Restaurants trat, stiegen sie wieder mit aller Macht in ihr hoch.

Philippe wird wissen, was zu tun ist, dachte sie, während ihr die Tränen in den Augen brannten. Er würde sie verstehen, ihr in aller Ruhe helfen, einen Flug zu buchen, ihr einen Rat wegen der Fernsehsendung geben und sie zum Flughafen bringen. Als sie ihn an einem Tisch sitzen sah, liefen ihr die Tränen über die Wangen.

»Philippe«, begann sie. Im nächsten Moment bemerkte sie die Frau neben ihm. Philippe drehte sich um. Die beiden standen auf.

»Jazz! Ich habe dich erst Ende der Woche zurückerwartet«, rief Philippe und kam ihr entgegen.

»Nun, hier bin ich, und ich muss mit dir reden. Hallo«, wandte sie sich an die Frau. »Tut mir leid, dass ich so kurz angebunden bin, aber ich habe schlechte Nachrichten.«

»Das ist Irène«, erklärte Philippe verlegen.

Jazz riss die Augen auf. »Deine Ex-Freundin Irène?«, fragte sie.

»Ja, doch es ist nicht so, wie du glaubst«, antwortete die Frau rasch.

»Wirklich? Oh, dann ist ja alles in Ordnung!« Jazz blickte zwischen den beiden hin und her. »Ich muss los.« Sie drehte sich um und rannte beinahe aus dem Restaurant.

»*Merde!*«, schimpfte Philippe und lief ihr nach. »Jazz! Warte! Ich kann dir alles erklären«, keuchte er und fasste sie am Arm.

Jazz machte sich unsanft los. »Sehr gut, denn das ist offenbar auch nötig.«

»Jazz, hör zu«, beteuerte Philippe. »Irène ist ein paar Tage in Paris und hat nur vorbeigeschaut, um Hallo zu sagen. Ich habe sie um der alten Zeiten willen auf einen Kaffee eingeladen. Mehr war nicht dabei. Sie wollte gerade gehen.«

»Toll, du trinkst also mit ihr Kaffee. Und deine Mutter macht vermutlich vor Freude Luftsprünge«, schluchzte Jazz. Die Anspannung der letzten Tage brach sich endlich Bahn.

»Meine Mutter ist diese Woche verreist«, erwiderte Philippe.

»Umso besser.« Jazz lachte rau auf.

»Bitte sei nicht albern. Es gibt keinen Grund, sich aufzuregen. Es nicht nichts passiert, und es wird auch nichts passieren. Ich habe die Trennung von ihr verwunden, bevor ich dir begegnet bin. Ich liebe dich, Jazz. Was ist los? Was ist geschehen?«, fragte er sanft und zog sie in seine Arme.

Jazz ließ sich gegen ihn sinken. »Lauren hat angerufen. Meine Großmutter liegt im Sterben.« Inzwischen weinte sie bitterlich.

Lange Zeit stand Philippe einfach nur da und drückte sie fest an sich, während ihr Körper von Schluchzern geschüttelt wurde, und streichelte ihr Haar, bis sie sich endlich beruhigte.

»Und jetzt fang noch mal von vorn an«, forderte er sie auf.

Jazz erzählte ihm alles. »Wir müssen noch drei Folgen abdrehen«, endete sie. »Ich sitze hier am anderen Ende der Welt fest. Vielleicht stirbt Oma ja, bevor ich es nach Hause schaffe!«

»Ganz ruhig, *mon amour*. Immer eins nach dem anderen.« Philippe legte ihr die Arme um die Taille und lächelte sie an. »Ich helfe dir.«

»Wirklich?« Jazz seufzte tief auf. »Oh Philippe, ich liebe dich so sehr. Ich könnte es nicht ertragen, dich zu verlieren. Als ich Irène sah, das war einfach zu viel für mich.« Sie versuchte, ebenfalls zu lächeln, doch ihre Unterlippe fing wieder zu zittern an. Philippe küsste die Träne weg, die ihr die Wange hinunterlief.

»Du schaffst alles, wenn du es nur willst, meine feurige Prinzessin. Wir lösen dieses Problem gemeinsam. Wann lernst du endlich, deinem Franzosen zu vertrauen?«

Wieder seufzte Jazz auf. »Ich will dich nicht allein lassen, aber ich muss zu meiner Großmutter. Das verstehst du doch, oder?«

Auf dem Rückweg zum Restaurant lag Philippes Arm fest um ihre Taille.

Während Jazz in ihre Wohnung fuhr, um zu packen, buchte Philippe für sie einen Flug, der spät am selben Abend von Paris aus starten würde. Um einiges beruhigter, straffte Jazz die Schultern, um sich der nächsten Herausforderung zu stellen: Gigi Dijon, ihre Fernsehproduzentin.

Gigi stand an ihrem Bürofenster, das einen Blick auf das Zentrum von Paris bot, und war in ein Telefonat vertieft. Leise trat Jazz ein und wartete.

Gigi war Ende vierzig, hochgewachsen und hatte eine schulterlange Wuschelmähne. Sie war in Fernsehkreisen als Mäzenin bekannt und hatte schon einigen Köchen zu Prominentenstatus verholfen. Während sie noch sprach, läutete ihr Mobiltelefon, worauf sie das erste Telefonat abbrach, um den Anruf anzunehmen. Kurz schaute sie in

Jazz' Richtung und wies schließlich ihre Sekretärin an, in der nächsten halben Stunde niemanden durchzustellen. Dann wandte sie sich an Jazz.

»Ja, ich kann Sie aus familiären Gründen aus dem Vertrag entlassen. Sie durch einen anderen Koch zu ersetzen könnte vielleicht sogar von Vorteil für die nächste Staffel sein. Allerdings müssen Sie sich bewusst machen, dass es in diesem Fall dann keinen Platz mehr für Sie gibt. Wenn Sie jetzt abreisen, ist dieser Zug für Sie abgefahren. Wollen Sie das wirklich? Es ist mein Beruf, unbekannte Talente bekannt zu machen. Sie haben es weit gebracht. Ich habe Sie aus Hunderten anderer ausgesucht, weil Sie eine fröhliche Art, Leidenschaft und ausgezeichnete Kochkenntnisse haben. Außerdem sehen Sie gut aus und sprechen fließend Französisch. Sie verstehen sich prima mit Henri und haben Präsenz vor der Kamera. So eine Gelegenheit bietet sich nur einmal im Leben, Jazz. Sind Sie sicher, dass Sie die richtige Entscheidung treffen?«

Jazz errötete. »Ich habe gründlich darüber nachgedacht, Gigi, und bin dankbar für diese wundervolle Chance«, begann sie tapfer. »Ich habe wirklich gern mit Ihnen, Henri und den anderen zusammengearbeitet. Es war ein großer Spaß, und es tut mir sehr leid, dass ich jetzt einen solchen Wirbel veranstalte. Aber sie ist meine Großmutter. Ich fliege noch heute Abend, ohne zu wissen, ob ich es rechtzeitig nach Hause schaffe.« Ihre Stimme erstarb, und ihre Augen füllten sich mit Tränen.

Gigi trat vor, legte den Arm um Jazz und tätschelte ihr sanft die Schulter.

»Ich verstehe. Es ist nicht leicht für Sie. Sie sind ein liebes, tapferes Mädchen. Rufen Sie mich an, wenn Sie wieder in Paris sind. Ich werde schauen, was sich machen lässt.« Sie begleitete Jazz zur Tür. »*Bon voyage*«, sagte sie und winkte ihr nach.

Auf dem Rückweg zu ihrer Wohnung grübelte Jazz darüber nach, ob sie wirklich das Richtige tat. Wenn sie in Frankreich blieb und Großmutter starb, würde sie sich das niemals verzeihen. Allerdings lag es durchaus im Bereich des Möglichen, dass sie dennoch zu spät kam und eine Traumkarriere für nichts und wieder nichts hingeworfen hatte. Welchen Rat hätte ihre Großmutter ihr wohl gegeben? Sie hatte zwar immer gesagt, Jazz solle jede Gelegenheit ergreifen, die das Leben ihr bot – jedoch in der Annahme, dass sie bei Jazz' Rückkehr wohlauf sein würde.

Als Philippe eintraf, um Jazz zum Flughafen zu fahren, war er ebenfalls gedrückter Stimmung. »Was ist? Du siehst so niedergeschlagen aus. Ist heute Abend etwas im Restaurant passiert?«, fragte sie beim Anblick seiner düsteren Miene.

»Es war ein schwieriger Tag für uns alle«, erwiderte Philippe, während sie das Gepäck in dem klapprigen alten Aufzug nach unten zum Auto brachten. »Als du bei Gigi warst, bekam ich einen Anruf von unserem Steuerberater. Er sagte mir, die neue Ausstattung, die Renovierung und die Erhöhung der Fleischpreise würden eine zu große finanzielle Belastung bedeuten. Wenn wir die Kosten nicht drastisch senken, müssen wir Insolvenz anmelden. Offenbar habe ich mich bei meinen Bemühungen, den Laden am Laufen zu halten, ziemlich verschätzt. Natürlich ist Mutter außer sich.«

Er rieb sich die Augen.

»Was wollen bloß alle von mir? Ich bin Koch, kein Buchhalter! Ich bereite Erbsen zu und zähle sie nicht. *Merde!*« Er verstummte.

»Deiner Mum und dir fällt sicher etwas ein«, versuchte Jazz, ihn zu trösten.

»Vielleicht.«

»Ich konnte aus meinem Vertrag mit der Produktionsgesellschaft aussteigen. Gigi hat sehr verständnisvoll reagiert«, meinte Jazz, als Philippe die letzte Tasche zur Tür geschleppt hatte.

Zum Glück war der launische alte Lift heute wohlwollender Stimmung gewesen. Jazz sah auf die Uhr.

»Warum essen wir unten nicht einen Happen und trinken ein Glas Wein, bevor wir losfahren? Wir haben noch Zeit.«

Philippe musterte sie eindringlich. Im nächsten Moment machte er einen Schritt auf sie zu und umfasste ihre Hände.

»Heirate mich«, sagte er in drängendem Tonfall.

»Was?«, fragte Jazz verblüfft.

»Heirate mich, bevor du Paris verlässt. Noch heute Abend.« Leidenschaftlich zog er sie an sich.

»Heute Abend? Du bist wohl völlig verrückt. Ich fliege gleich nach Australien. Es ist schon schwer genug für mich. Verkomplizier das alles nicht noch«, protestierte Jazz lachend, sträube sich aber nicht ernsthaft. Als sie ihn ansah, erstarb ihr Gelächter schlagartig. »Es ist dein Ernst, richtig?«

»Ich habe noch nie etwas so ernst gemeint. Ein paar Straßen weiter ist ein Notar. Wir haben Zeit. Wenn du mich heute heiratest, weiß ich, dass du zu mir zurückkommen wirst. Dann kannst du in Australien bleiben, solange du willst – eine Woche, einen Monat, sechs Monate. Es kümmert mich nicht. Aber heirate mich, bevor du gehst.«

»Oh Philippe, ich will dich heiraten. Ich liebe dich, möchte deine Frau sein und mit dir alt werden. Doch ich wünsche mir eine richtige Hochzeit. Lass mich nach Hause fliegen. In sechs Wochen weiß ich, was aus meiner Großmutter wird. Dann komme ich wieder, und wir feiern eine wundervolle Hochzeit. Ich will in einem weißen Kleid den Mittelgang entlangschreiten. Im Beisein unserer Freunde. Deine Mutter kann mir helfen, alles zu planen. Ich komme zurück, Ehrenwort. Warum traust du deiner Australierin nicht?«

Plötzlich ließ Philippe ihre Hände los, wich zurück und verschränkte die Arme vor der Brust. »Wenn du mich nicht vor deiner Abreise heiratest, ist es aus zwischen uns.«

Entsetzt schnappte Jazz nach Luft. »Aber Philippe, ich weiß, dass du aufgebracht bist, doch du darfst deshalb nicht grausam sein. Bitte tu mir das nicht an. Es waren die schlimmsten Tage meines Lebens.«

»Ich bin nicht grausam, sondern ehrlich. Diese Situation ist nicht neu für mich, Jazz. Das ist mir alles schon einmal passiert. Aus diesem Grund haben Irène und ich uns getrennt. Ich wollte sie heiraten. Sie ist abgereist. Und das war der Anfang vom Ende.«

»Du bist nicht ehrlich, sondern dumm.«

»Dumm oder nicht. Heirate mich oder verabschiede dich von mir.«

»Ich kann und ich will nicht! Eine Heirat ist zu wichtig, um zwischen Tür und Angel stattzufinden. Du verhältst dich unvernünftig«, rief sie.

»Dann gibt es zwischen uns nichts mehr zu sagen. Es macht mich sehr traurig, geliebt und wieder einmal verloren zu haben, aber dann muss es eben enden. Ich bin nicht bereit, das auszuhalten, was unweigerlich geschehen wird, wenn du nach Australien zurückkehrst, ohne mich zu heiraten. Zu Hause wird deine Familie Druck auf dich ausüben, und du wirst erkennen, dass Australien deine Heimat ist. Du wirst nicht zu mir zurückkommen. Deshalb mache ich lieber Schluss, als die Sache hinzuschleppen, bis du es von selbst herausfindest. Nun fahre ich dich zum Flughafen, und danach wird jeder von uns seine eigenen Wege gehen.« Er nahm ihren Mantel und half ihr hinein.

Wie betäubt ließ Jazz sich von ihm auf die Wange küssen. Sie griff nach ihrer roten Handtasche und den Handschuhen, wickelte sich den Schal um den Hals und stolperte hinaus zum Auto. Sie war so starr vor Schreck, dass sie nicht einmal weinen konnte.

III

20

Jazz war aufgewühlt und mitgenommen von der Zeitverschiebung, sodass sie ihrer Mutter nur mit halbem Ohr zuhörte. Sie saß mit ihrer Schwester Lauren, die im sechsten Monat war, im winzigen Wohnzimmer des *Kookaburra.* Laurens dreijähriger Sohn Brendan war auf dem Boden damit beschäftigt, aus großen Legosteinen Türme zu bauen. Mark befand sich noch irgendwo auf dem Ozean, hatte aber gemailt, er werde den ersten Flieger nehmen, sobald er wieder an Land sei.

Jazz wünschte sich, er wäre bereits hier. Vor ein paar Stunden hatte die Familie Amelia im Krankenhaus besucht. Seit der Herzoperation waren vier Tage vergangen. Jazz war zwar erschrocken gewesen, als sie sah, wie dünn und gebrechlich ihre Großmutter geworden war. Doch zu ihrer großen Erleichterung stand sie schon wieder aus dem Bett auf und sollte, wenn alles gut ging, in drei Tagen entlassen werden. Über die Alternative wollte Jazz ebenso wenig nachdenken wie über Philippe und die Folgen ihrer Trennung.

»Es ist die einzig vernünftige Lösung«, verkündete Danielle gerade. »Ihr habt beide gehört, was die Krankenschwester gesagt hat. Oma hat die Operation zwar überstanden, aber wir wissen nicht, wie lange die Genesung dauern wird, und Poppy ist auch ziemlich mitgenommen.«

Erschöpft blickte Jazz aus dem Fenster. Von ihrem Platz aus konnte sie sehen, wie Poppy mit trauriger Miene vor seinem kläglich vernachlässigten Gemüsegarten stand. Seit Jazz' Abreise schien er gealtert und abgemagert zu sein, doch an seiner gelassenen und lebensbejahenden Art hatte sich offenbar nichts geändert. Unkraut ragte aus den Ritzen zwischen dem Terrassenpflaster, und Jazz hatte seit ihrer Rückkehr keinen einzigen Kookaburra gehört. Bedrückt fragte sie sich, ob Hero, der Kookaburra, den sie gerettet hatte, wohl noch lebte.

»Poppy geht die Dinge wie immer mit Ruhe an. Was ist denn die einzig vernünftige Lösung?«, wandte sie ihre Aufmerksamkeit wieder ihrer Mutter zu.

»Ach, Jazz, kannst du nicht einmal richtig aufpassen? Das Café zu verkaufen. Darüber reden wir schon die ganze Zeit. So müssten sich deine Großmutter und Poppy keine Sorgen mehr um das Lokal machen.«

Jazz schreckte hoch.

»Das *Kookaburra* verkaufen! Das ist doch nicht dein Ernst. Das kannst du nicht tun! Oma liebt ihr Café. Es würde ihr das Herz brechen.« Sie lehnte sich zurück und verschränkte die Arme vor der Brust.

»Ich glaube nicht, dass deine Großmutter sich im Moment Gedanken über ihr Café macht. Wir müssen die Dinge praktisch sehen. Ich möchte für sie und Poppy einen Platz im Betreuten Wohnen suchen, wo sie in aller Ruhe gesund werden kann. Dort würden die beiden ein ruhiges und behütetes Leben führen. Und außerdem wäre alles vorhanden, falls sie und Poppy einmal gepflegt werden müssen.«

»Mum, du redest, als würde sie nicht gesund werden, sondern sterben. Die Schwester hat gesagt, sie könnte in sechs Wochen wieder arbeiten!«

Jazz sprang auf und ging hin und her. Wieder schaute sie aus dem Fenster. Inzwischen hatte Poppy sich hingesetzt und schärfte seine Lieblingsgartenschere. Die Sonne beschien warm seinen Rücken. Jazz drehte sich zu ihrer Mutter und ihrer Schwester um.

»Poppy fehlt nichts. Seht ihn euch an! Und Oma wird in zwei Monaten wieder den Laden schmeißen. Du wirst es nicht schaffen, sie aufzuhalten!«

Brendan fing an zu weinen. Danielle nahm ihn in die Arme.

»Schon gut, Schatz. Deine Tante Jazz ist ein bisschen aufgebracht. Das geht uns allen so.« Sie funkelte Jazz finster an.

»Sie hat recht. Deine Tante Jazz ist sehr aufgebracht«, rief Jazz aus. Sie griff nach ein paar Legosteinen, baute einen Turm und stellte ihn auf. Brendan befreite sich aus Danielles Armen und stieß ihn fröhlich kichernd um.

»Mum hat recht«, meinte Lauren. »Es ist ja schön und gut, dass du die Hoffnung nicht aufgibst, Jazz, doch die beiden werden nicht jünger, und wir wissen nicht, ob Oma sich wieder erholen wird.«

»Ich fasse es nicht, dass ihr zwei euch darin einig seid. Habe ich vielleicht auch ein Wörtchen mitzureden?«, fragte Jazz, um Ruhe bemüht.

»Nicht wirklich«, entgegnete Danielle rasch. »Wir müssen dieses Haus verkaufen und etwas Passenderes finden. Ich rufe den Immobilienmakler an und vereinbare für morgen einen Termin. Ach herrje, ich wünschte, dein Vater wäre hier.«

Seufzend stand sie auf.

»Und was ist mit Poppys Meinung?«

»Ach, Liebes, lass es endlich gut sein. Die Situation ist ohnehin schon belastend genug, und du verhältst dich nicht gerade hilfreich.«

Lamington, der neben Danielles Stuhl gelegen hatte, rappelte sich mühsam auf.

»Ich mache einen Spaziergang mit dem Süßen«, verkündete Jazz. Sie nahm seine Leine vom Regal im Flur und schlenderte den Pfad entlang in Richtung Busch.

Draußen in der frischen Luft, inmitten einer Landschaft, die sie zu lieben gelernt und in Frankreich so vermisst hatte, beruhigte Jazz sich wieder, sodass sie vernünftig nachdenken konnte.

Sie war sicher, dass ihre Großmutter gesund werden würde. Aber dass Mum das Haus verkaufen wollte, ohne sie zu fragen, und noch dazu mit Laurens Einverständnis! Wie konnten sie so etwas auch nur in Erwägung ziehen? Es war eine Katastrophe. Ihre Großmutter würde außer sich sein. Jazz musste der Sache unbedingt einen Riegel vorschieben.

Ein Kookaburra stieß seinen rauen Schrei aus und flatterte auf einen nahe gelegenen Ast. Bald gesellte sich ein anderer zu ihm. Die beiden reckten krächzend die Hälse, sodass ihre dicken Schnäbel in den Himmel ragten. Im nächsten Moment kamen zwei weitere Artgenossen hinzu, und die Vögel begannen zu streiten, bis ihre unverkennbaren Rufe durch den Busch hallten. Jazz beobachtete die kecken Vögel, deren Radau ihre Sorgen um ihre Großmutter für den Moment vertrieb. Es war so schön, an einem Ort zu sein, an dem die Kookaburras lachten. In Frankreich hatten sie ihr gefehlt.

Sie konnte nicht verhindern, dass ihre Gedanken zum ersten Mal seit ihrer Ankunft in Australien nach Paris und zu Philippe zurückkehrten.

Jazz spazierte durch ihren geliebten Busch, lauschte dem leisen Knirschen ihrer Schritte auf dem steinigen Pfad und blieb hin und wieder stehen, um sich von der besänftigenden Stille einhüllen zu lassen. Sie erinnerte sich an die Abschiedsszene und versuchte Philippes Verhalten zu verstehen. Aber es wollte ihr einfach nicht in den Kopf.

»Ich wäre zu dir zurückgekehrt. Innerhalb von drei Monaten wäre ich zurückgekommen«, flüsterte sie auf dem Weg zum alten Leuchtturm. »Und nun drohen Mum und Lauren, mir mein Zuhause wegzunehmen.«

Diese Vorstellung genügte, um den Damm zu brechen, hinter dem sich ihr Elend aufgestaut hatte. Tränen traten ihr in die Augen und liefen ihr die Wangen hinunter. Jemand hatte neben dem Pfad zu der geheimen Höhle in der Klippe eine Bank aufgestellt. Tränenblind ging Jazz darauf zu und setzte sich, überwältigt von ihrer Liebe zu Philippe und ihrer Trauer, weil sie ihn verloren hatte. Sie weinte und weinte, bis sie keine Tränen mehr hatte.

Jazz wischte sich mit den Handrücken die Augen ab und schaute sich um. Unterhalb der Klippen erstreckte sich das Meer wie eine große graue Masse bis zum Horizont.

»Ich lasse es nicht zu. Ich erlaube ihnen nicht, das *Kookaburra* zu verkaufen und Omas Traum kaputt zu machen. Ich werde sie daran hindern, und wenn ich mich an die Tür ketten muss«, teilte sie einer vorbeihuschenden Eidechse mit.

Als sie daran dachte, wie sie und ihre Großmutter sich an

Brian Milhavens Traktor gekettet hatten, musste sie erst lächeln und dann lachen. Sie erinnerte sich an die übrigen Kämpfe, aus denen sie siegreich hervorgegangen war: mit Monsieur Reynard im *Le Cordon Bleu* und ihrem ehemaligen Chef Anton. Sogar Philippe hatte gefunden, dass es unmöglich war, für ihn zu arbeiten.

»Ich bin härter geworden, auch wenn meine Familie es nicht ahnt«, murmelte sie, von neuen Energien durchströmt. »Ich schaffe es, Oma, du wirst schon sehen. Alles wird gut«, sagte sie mit Nachdruck. Sie stand auf und ging durch den Busch zurück zum Café.

»Ich könnte das *Kookaburra* leiten«, verkündete sie beim Abendessen.

»Pst, Mum hat Poppy noch nichts erzählt«, raunte Lauren und versetzte Jazz unter dem Tisch einen Tritt.

»Du würdest es sicher ganz prima machen«, sagte Poppy aufmunternd.

»Es war ein langer Tag. Wir sind alle müde. Oma hat heute schon einen viel vergnügteren Eindruck gemacht, findest du nicht, Poppy?«, sagte Danielle rasch und mit einem Kopfschütteln in Jazz' Richtung.

Im nächsten Moment kam Brendan, in Pyjama und Hausschuhen und mit ausgestreckten Armen, auf sie zugelaufen.

»Na, kleiner Mann. Zeit für eine Gutenachtgeschichte«, meinte sie und nahm ihn offensichtlich erleichtert in die Arme.

»Wir müssen deine Großmutter fragen, bevor wir etwas entscheiden«, stellte Poppy fest und sah Jazz an.

Jazz warf ihm einen dankbaren Blick zu und fing an, die Küche aufzuräumen. Danach ging sie in den stillen, menschenleeren Speiseraum des Restaurants. Seit dem Herzinfarkt ihrer Großmutter war das Lokal geschlossen und machte einen traurigen und verlassenen Eindruck. Auf neuen Regalen standen ein paar Gläser mit Amelias selbst gemachter Marmelade neben Rezeptbüchern und handgearbeiteten Topflappen und Schürzen.

Jazz nahm einen Topflappen und strich mit dem Finger über die ordentliche Stickerei. Kurz überlegte sie, ob sie Poppy ermutigen sollte, für sein Zuhause zu kämpfen. Doch sie entschied sich dagegen. Er hatte im Moment Sorge um seine Frau und deshalb genug um die Ohren.

»Ich könnte das Lokal führen«, wiederholte Jazz am folgenden Tag nach dem Mittagessen, als Poppy gerade nicht im Zimmer war.

»Ein guter Vorschlag«, meinte Mark und unterdrückte ein Gähnen. Er war spät am Vorabend in Sydney eingetroffen und mit dem Auto nach Come-What-May gefahren. Trotz seiner Sonnenbräune wirkte er erschöpft.

»Das mag sein, aber ein Verkauf ist und bleibt die beste Lösung«, entgegnete Danielle mit Nachdruck.

»Hast du mit Oma darüber gesprochen? Wirst du sie fragen, oder packst du sie und Poppy einfach ins Auto und bringst sie in diese wundervolle neue Wohnung, die du für sie suchen willst?«, rief Jazz aus. »Mum, das darfst du ihr nicht antun. Dieses Lokal ist ihre Welt und der Grund, warum sie morgens aufsteht. Außerdem brauchst du rein rechtlich sowieso ihre Zustimmung.«

»Werd nicht frech, Jacinta. Ich ziehe gerade Erkundigungen ein. Der Termin mit dem Makler ist um zwei. Wenn du mitkommen willst, sollten wir losfahren.«

»Siehst du, was ich meine. Es ist in Stein gemeißelt«, flüsterte Jazz Mark auf dem Weg zum Auto verzweifelt zu.

»Keine Sorge, Oma und Poppy werden sich nicht unterbuttern lassen.«

»Aber Oma ist nicht gesund, und du weißt, wie überzeugend Mum sein kann.«

»Soll sie sich doch erkundigen. Ich fahre, wenn du möchtest, Mum«, rief er.

Fünf Minuten später parkte er den Wagen an der Hauptstraße von Come-What-May, und alle stiegen aus. Als sie auf das Büro des Immobilienmaklers zueilten, musste Jazz ausweichen, um zu verhindern, von einem kräftigen Mann Ende fünfzig umgerannt zu werden.

»Tja, wenn das nicht die kleine Wakehurst ist. Na, in letzter Zeit an irgendwelchen Traktoren angekettet?«, fragte der Mann vergnügt.

Als Jazz aufblickte, krampfte sich ihr der Magen zusammen, denn sie sah in das Gesicht von Brian Milhaven.

»Wenn Sie mir zeigen, wo Ihr Traktor steht, mit Vergnügen«, entgegnete sie.

»Das traue ich Ihnen durchaus zu, Schätzchen. Und wer ist dieser hübsche Bursche? Ich heiße Brian, Brian Milhaven. Wie geht es Ihnen, mein Junge?«, sagte er und hielt Mark die Hand hin.

»Meine Schwester hat mich schon vorgewarnt, dass Sie hier herumschnüffeln würden«, antwortete Mark, ohne auf Milhavens ausgestreckte Hand zu achten.

»Oh Mark, bitte. Der Mann macht nur seine Arbeit«,

rief Danielle aus. »Wie geht es Ihnen, Brian? Bitte verzeihen Sie uns unsere kleinen Familienstreitigkeiten. Sicher haben Sie gehört, dass meine Mutter wegen einer Notoperation ins Krankenhaus musste. Es war eine sehr schwere Zeit für uns alle. Vielleicht interessiert es Sie, dass wir beschlossen haben, das *Kookaburra* zu verkaufen.«

»Wirklich?«, fragte Brian. Seine Augen leuchteten neugierig auf.

»Mum! Nein, das haben wir nicht«, protestierte Jazz. Mit einem finsteren Blick auf Brian zog sie ihre Mutter von ihm weg. »Warum musstest du es ausgerechnet ihm erzählen?«, zischte sie.

Sie hatte das Gefühl, dass Brians Augen ihr Löcher in den Rücken brannten.

»Ach, sei nicht kindisch«, fuhr Danielle sie an, machte sich los und strich ihre Baumwolljacke glatt. Dann marschierte sie zielstrebig ins Büro des Maklers.

Als Danielle erklärte, sie beabsichtige, das *Kookaburra* zu verkaufen, spitzte der Makler sofort die Ohren und nannte ihnen einen ungefähren Preis.

»Möchten Sie, dass ich mich mit Brian Milhaven in Verbindung setze? Ich bin sicher, dass er interessiert ist.«

»Wenn das die Sache beschleunigt«, erwiderte Danielle.

Hilflos sah Jazz Mark an und fragte sich, warum sie sich überhaupt die Mühe gemacht hatte mitzukommen. Für ihre Mutter schien es kein Halten zu geben. Verzweifelt hoffte sie, dass ihr Bruder recht hatte und dass ihre Großmutter Widerstand leisten würde.

»Nun, das klingt alles sehr vielversprechend«, meinte Danielle, ohne auf Jazz und Mark zu achten, und hakte

Lauren unter. Im nächsten Moment blieb sie stehen. »Ich wusste doch, dass ich noch eine Frage vergessen hatte. Geht schon mal zum Auto. Ich komme gleich nach«, sagte sie, drehte sich um und eilte zurück ins Büro.

Während Jazz ihr nachblickte, überlegte sie fieberhaft, was sie tun sollte. Doch zu ihrer Überraschung kehrte ihre Mutter schon kurz darauf zurück. Sie wirkte sehr aufgebracht und erschrocken.

»Dieser grässliche Mensch«, verkündete sie beim Einsteigen. »Ausnahmsweise bin ich deiner Meinung, Jazz. Ich wünschte, ich hätte den Mund gehalten. Oh, was für ein schreckliches Durcheinander.« Sie schlug die Autotür zu.

»Was ist passiert, Mum? Was für ein grässlicher Mensch?«, erkundigte sich Jazz.

»Brian Milhaven. Als ich hereinkam, sprach er gerade mit dem Immobilienmakler. Ich konnte nicht anders, als mitzuhören, und habe meinen Ohren nicht getraut. Er hat mich als dumme Pute bezeichnet und fügte hinzu, du seist diejenige, auf die man achten müsse, da du ein Riesentheater veranstalten würdest, um den Verkauf hinauszuzögern. Dann haben die beiden sich vor Lachen gebogen. Ich hatte ja keine Ahnung, dass es hier so schreckliche Leute gibt. Dieser Unmensch hat es nicht verdient, von unserem Unglück zu profitieren. Aber wenigstens wissen wir jetzt, wie viel das Haus wert ist. Nach dieser kleinen Szene werde ich dafür sorgen, dass wir den höchsten Preis herausschlagen.«

Eine Millisekunde lang war Brian Milhaven Jazz beinahe sympathisch. Doch dann meldete sich wieder die Wut.

»Ich finde Brian einfach nur abstoßend«, meinte sie, ehe

ihr Bruder etwas einwenden konnte. »Allerdings ist dein Verhalten genauso brutal. Die Sache wird Oma umbringen und Poppy vermutlich auch. Hast du ihnen überhaupt schon reinen Wein eingeschenkt?«

»An Jazz' Einwand ist etwas dran. Bevor wir weitere Schritte unternehmen, musst du die Sache wenigstens mit Poppy besprechen«, sagte Mark mit Nachdruck.

»Ach, seid nicht so melodramatisch«, entgegnete seine Mutter. »Nein, ich habe es noch nicht erwähnt, und ihr werdet es auch nicht tun.«

»Vielleicht solltet ihr Mum so entscheiden lassen, wie sie es für richtig hält«, fügte Lauren hinzu.

Auf dem Heimweg wechselten Mark und Jazz ärgerliche Blicke.

»Herrgott, Mum, warum sperrst du dich so dagegen, dass ich das Restaurant führe?«, flehte Jazz, als sie vor dem *Kookaburra* hielten.

»Hör sie wenigstens an, Mum«, meinte Mark.

»Nicht wieder dieses Thema«, seufzte Danielle nur.

Jazz sprang aus dem Auto und folgte ihrer Mutter ins Haus.

»Mum, Mark hat recht. Ich kann es wirklich. Immerhin habe ich ein Galadiner für den französischen Präsidenten gekocht, verdammt. Warum hörst du mir nie zu?«, rief Jazz wütend. »Ich hätte hier nicht viel zu tun, müsste mich nur um das Lokal kümmern, kochen und die Gäste bedienen, bis es Oma wieder besser geht. Poppy würde mir helfen. Er liebt das Haus nämlich ebenfalls. Schließlich habe ich diese Arbeiten auch erledigt, bevor ich nach Frankreich gegangen bin. Nun, zumindest einen Teil. Auf diese Weise hätten die beiden Einkünfte, und ihr Traum wäre nicht gefährdet.«

»Sehr großmütig von dir, Kind, aber ich halte es für zu riskant. Wahrscheinlich bist du schon zu Weihnachten wieder in Paris, drehst deine Sendungen und dinierst mit deinem Freund. Was wird dann aus deinen Großeltern? Noel und ich fliegen in wenigen Wochen zurück nach Dubai, und ich möchte vor unserer Abreise sicher sein, dass sie gut versorgt sind.«

»Es gibt keine Fernsehsendung und keinen Freund mehr«, verkündete Jazz.

»Jetzt wirst du schon wieder melodramatisch«, sagte Danielle. »Du hast mir doch erzählt, du müsstest noch vier Folgen aufzeichnen. Alle würden sich um dich reißen.«

»Das war, bevor Oma krank geworden ist.« Jazz ließ sich in einen Sessel sinken und schlug die Hände vors Gesicht. »Ihr habt keine Ahnung«, schluchzte sie.

»Nein, offensichtlich nicht«, erwiderte Danielle leise und offenbar erschrocken über Jazz' plötzlichen Ausbruch. »Erzähl mir, was passiert ist, Liebes.«

Also berichtete Jazz, dass Philippe die Beziehung beendet und sie selbst die größte berufliche Chance ihres Lebens hingeworfen hatte.

»Ich konnte nicht einfach wegbleiben. Oma hätte sterben können.« Ihre Stimme sank zu einem Flüstern. »Ich liebe Oma. Erst nach ihrer Genesung wäre ich nach Paris zurückgekehrt. Wirklich. Das habe ich Philippe versprochen. Aber er hat Schluss gemacht. Für immer.«

Verzweifelt wischte sie die Tränen weg.

»Er meinte, er würde es nicht ertragen, wenn ihm noch

einmal das Herz gebrochen würde. Was ist mit mir? Und mit meinem Zuhause?«

Mit einem anklagenden Blick auf ihre Mutter schlang sie die Arme um den Leib und wiegte sich langsam hin und her.

Danielle setzte sich neben sie und drückte sie fest an sich. »Mein armes Baby. Du liebst ihn wirklich, oder?«

Jazz nickte. »Er war der Richtige, Mum. Und nun habe ich ihn verloren. Ich möchte nicht auch noch mein Heim verlieren. Du musst mir erlauben, Oma zu helfen. Ich weiß, dass ich es kann. Und wenn es nicht klappt, suche ich ein neues Zuhause für sie.«

Jazz sah ihre Mutter eindringlich an.

»Ich kann dir doch nicht allein die ganze Arbeit überlassen«, entgegnete ihre Mutter. Sie hielt inne. »Vielleicht hat dein Bruder aber recht. Ich sollte seinen Rat annehmen, auf dich hören und dir zutrauen, das *Kookaburra* zu führen. Er war von deinen Kochkünsten auf St. Lucia sehr beeindruckt. Allerdings ist die Leitung des *Kookaburra* eine große Verantwortung. Meinst du tatsächlich, du schaffst es?«

»Ja, da bin ich ganz sicher«, stellte Mark fest, der gerade hereinkam. »Ich glaube nämlich fest an meine kleine Schwester. Ich verstehe zwar deine Bedenken, Mum, aber es wäre so viel einfacher, wenn wir alles so lassen, wie es ist. Oma erholt sich langsam, und Poppy ist noch immer ziemlich rüstig. Die beiden sind sehr stolz auf das, was sie geleistet haben. Mit ihrer Hilfe wäre es ein Kinderspiel für Jazz, das Lokal zu leiten. Sie würde das großartig machen.«

Dankbar blickte Jazz ihren Bruder an.

»Ich würde es sehr gern tun, Mum. Wirst du mir endlich einmal vertrauen?«

Bei diesen Worten musste sie an Philippe denken und bekam einen Kloß im Hals. Sie wünschte, sie hätte mehr Vertrauen zu ihrem Franzosen gehabt.

»Ich muss zugeben, dass es eine große Genugtuung für mich wäre, dafür zu sorgen, dass diesem abscheulichen Mr Milhaven das Lachen vergeht. Wir wollen die anderen nach ihrer Meinung fragen«, verkündete Danielle und stand auf.

Lauren war zwar vorsichtig wie immer, ließ sich aber von Marks Argumenten überzeugen. Mark erzählte Danielle von der Zeit, die Jazz mit ihm an Bord der *Serenity* auf St. Lucia verbracht hatte. Dass die Besitzer der Jacht sie sogar einstellen wollten, nachdem sie in den Genuss ihrer Kochkünste gekommen seien.

Allmählich wurde Jazz wieder zuversichtlicher.

»Auf jeden Fall eine bessere Lösung, als zu verkaufen und auszuziehen. Ich möchte nur sehr ungern fort von hier«, meinte Poppy mit einem versonnenen Lächeln.

»Wusstest du etwa, dass Mum dich bitten wollte zu verkaufen?«, platzte Jazz heraus.

»Im Laufe der Jahre habe ich gelernt, dass man die Newport-Frauen zuerst alle Möglichkeiten ausloten lassen muss. Und letztlich liegt die Entscheidung ohnehin bei deiner Großmutter, Jazz«, entgegnete er und bedachte seine Tochter mit einem vielsagenden Blick.

»Ich fand diesen Immobilienhai unsympathisch, aber wir hätten für das Haus einen sehr guten Preis bekommen können, Poppy«, rechtfertigte sich Danielle ein wenig schuldbewusst.

»Und weißt du, was er damit gemacht hätte? Es abgerissen, Apartementblocks gebaut und unseren wunderschönen Busch gerodet, wie er es schon damals vorhatte«, meinte Jazz.

Sie sprang auf, klatschte vor Freude in die Hände und fiel ihrer Mutter um den Hals.

»Auch wenn ich mich nicht immer gut mit Philippes Mum verstanden habe, hat sie mir viel über die Führung eines Restaurants beigebracht. Die guten und die schlechten Seiten. Ich werde euch nicht enttäuschen. Ehrenwort!«

»Außerdem ist sie eine tolle Köchin«, ergänzte Mark. Jazz lächelte ihn dankbar an.

21

Jazz gönnte sich ein paar ruhige Minuten. Sie stand auf dem Rasen vor dem Haus, schüttelte ein weißes Tischtuch aus und ließ den Blick zufrieden über die Landschaft schweifen.

Vor einer Woche war ihre Mutter nach vielen Umarmungen, wortreichen Entschuldigungen und voller Zweifel, ob ihre Tochter nicht überfordert sein könnte, für einen Monat nach Queensland geflogen, um Lauren zu helfen, deren Niederkunft unmittelbar bevorstand. Natürlich hatte sie versprochen, im Notfall sofort zur Stelle zu sein. Anschließend plante Danielle, zu Jazz' Vater nach Dubai zurückzukehren.

Ihre Großmutter war zwar noch schwach, aber nicht bettlägerig, saß gerade im Haus und studierte die von Jazz vorgeschlagenen Menüs. Poppy war nach dem Frühstück vergnügt in seinem Gemüsegarten verschwunden. Hero beobachtete sie von einem hohen Ast aus. Zu Jazz' Freude lebte er noch und hatte eine Gefährtin gefunden, die eine Etage über ihm saß.

Seit der Operation ihrer Großmutter war fast ein Monat vergangen, und Jazz hatte keine Minute davon vergeudet. Eine Woche nachdem ihre Mutter ihre Zustimmung gegeben hatte, öffnet sie das Café wieder. Die Stammgäste kamen schnell zurück, sodass sie, was den Dorfklatsch betraf, auf dem Laufenden war.

Der Schuldirektor hatte ihr als Erster gratuliert und half

ihr beim Ausliefern, wann immer er konnte, denn er war froh, dass die Schulkantine wieder im Café betrieben wurde. Da sich diese Lösung nach den Buschfeuern so gut bewährt hatte, hatte der Elternbeirat beschlossen, das *Kookaburra* mit der Verpflegung der Schüler zu beauftragen. Anstelle des abgebrannten Kantinengebäudes hatte man nun einen Schulgarten angelegt.

Jazz hatte die Mütter, Väter und Großeltern, die in der Kantine aushalfen, mit offenen Armen willkommen geheißen. Zu ihrer Erleichterung bestand ihr kräftiger Nachbar Jock darauf, sie bei den schweren Arbeiten zu unterstützen, und sie hatte auch wieder Kontakt zu den MacNamaras aufgenommen.

Carol hatte während Jazz' Abwesenheit noch ein Kind bekommen. Jazz erkannte die siebenjährige Tamara fast nicht wieder, als sie, ihren jüngeren Bruder Cory im Schlepptau, den Gartenweg entlanglief. Sie war gewachsen und schmaler geworden und sah schon aus wie eine richtige kleine Mama. Ihre kleine Schwester Jade tapste an Carols Hand hinter ihr her. Die fröhlichen Familienbesuche heiterten Jazz auf, wenn Niedergeschlagenheit sie zu überwältigen drohte. Und da das ganze Dorf das *Kookaburra* unterstützte, liefen die Geschäfte bald wieder großartig.

Dank ihrer Kochkünste und ihrer Erfahrungen in den Pariser Restaurants gelang es Jazz, ihre eigene unverwechselbare Mischung aus französischer und australischer Küche zu schaffen. Sie experimentierte mit verschiedenen Geschmacksrichtungen, nutzte die frischen Kräuter aus Poppys Garten und wagte sich an immer exotischere Kreationen. Das sprach sich rasch herum, und das *Kookaburra* zog neue Gäste an, von denen manche sogar mit dem Auto aus der Stadt kamen, um dort zu essen. Es waren zwar nur wenige, aber doch genug, um bei Jazz Expansionswünsche zu wecken.

Seit ihre Großmutter aus dem Krankenhaus entlassen worden war, schmiedeten die beiden Pläne. Die Vorfreude beschleunigte Amelias Genesung, während es Jazz von ihrem eigenen Elend ablenkte, wenn sie sah, wie die Begeisterungsfähigkeit ihrer Großmutter langsam zurückkehrte.

Gestern war Cenek, der Maler, da gewesen, um einen Kostenvoranschlag für das Streichen des Speiseraums abzugeben. Eigentlich war Jazz gegen die Idee und hätte lieber eine Wand eingerissen, um die Größe des Raums zu verdoppeln, was zu einer hitzigen Debatte zwischen den beiden Frauen geführt hatte.

Jazz musste schmunzeln, wenn sie daran dachte, wie sehr sich ihr Verhältnis geändert hatte, seit sie wieder zu Hause war. Vor ihrer Abreise nach Frankreich hatte Jazz sich wie ein ungezogenes Schulmädchen gefühlt, dass ständig nach der Pfeife seiner Eltern oder Großeltern zu tanzen hatte. Eigentlich hatte sie erwartet, dass in dieser Hinsicht alles beim Alten geblieben sein würde – aber weit gefehlt.

In den letzten Monaten hatte Jazz ihre Abende damit verbracht, ihre Pläne für das *Kookaburra* aufzuschreiben, Kosten zu kalkulieren und die derzeitigen Einkünfte mit den im kommenden Jahr zu erwartenden Ausgaben abzugleichen. Sie legte eine Tabelle an, die sie Poppy und

Amelia zeigte. Beide waren erstaunt. Nachdem Jazz ihre Vorschläge erläutert hatte, hatte ihre Großmutter aufgeregt weitere Ideen beigetragen. Bis spät in die Nacht hinein hatten sie geredet, bis Poppy beharrt hatte, Jazz strenge Amelia zu sehr an, und allgemeine Bettruhe anordnete. Es war so schön, dass ihre Einfälle und Gefühle in Sachen *Kookaburra* endlich ernst genommen wurden.

Nur an eines gestattete sich Jazz nicht zu denken – an Philippe. Seit ihrer Abreise nach Australien herrschte Schweigen aus Richtung Frankreich. Da sie wusste, dass sie es nicht verkraften würde, über ihn nachzugrübeln, schob sie den Schmerz in ihrem Herzen resolut beiseite und stürzte sich mit Feuereifer in den Alltag.

Als die Wochen zu Monaten wurden und im *Kookaburra* immer mehr Betrieb herrschte, gelang es ihr sogar manchmal, ihre Trauer einen ganzen Tag lang zu vergessen.

Jazz faltete das Tischtuch zusammen und blickte neugierig auf, als ein Wagen vor dem Haus hielt. Der Fahrer stieg aus und ging zum Tor.

»Kann ich Ihnen helfen?«, fragte sie höflich.

Der Mann war Anfang vierzig und kräftig gebaut, hatte haselnussbraune Augen und kam ihr ein wenig bekannt vor.

»Ich suche Jacinta Wakehurst«, meinte er.

»Das bin ich«, erwiderte sie ein wenig überrascht. »Kenne ich Sie?«

»Nein, doch ich weiß eine ganze Menge über Sie«, antwortete er mit einem freundlichen Lächeln.

Er stellte sich als Jack vor und erklärte, er sei Reporter bei einem lokalen Fernsehsender. Er sei gerade dabei, die Geschichte über die »jungen Buschfeuerheldin, aus der eine bekannte Köchin geworden ist« zu recherchieren.

»Sie führt das Café in unserem Heimatort, das sich rasch einen internationalen Ruf als eines der besten Speiselokale außerhalb Sydneys erwirbt«, endete er mit einem Schmunzeln.

»Was den internationalen Ruf angeht, bin ich nicht so sicher, aber den Leuten schmeckt unser Essen«, entgegnete Jazz lachend.

Sie erzählte ihm, sie habe sich nach dem Herzinfarkt ihrer Großmutter erboten, das Restaurant zu leiten.

»Also sind Sie wieder die Heldin des Dorfes?«, sagte Jack und machte sich Notizen.

»Wenn es einen zur Heldin macht, das zu tun, was man liebt – vielleicht. Doch eigentlich glaube ich das nicht. Meine Großmutter hängt an diesem Lokal. Sie hat mir die Freude am Kochen vermittelt. Also erschien es mir naheliegend. Meine Großmutter träumt diesen Traum schon seit vielen Jahren, und ich hätte es nicht ertragen, wenn sie ihn hätte aufgeben müssen«, antwortete Jazz. »Kommen Sie, lernen Sie sie kennen und schauen Sie sich um.«

Bei selbst gebackenen Blaubeermuffins plauderten die drei über das *Kookaburra*, seine Anfänge, den Kampf um seinen Erhalt und ihre Zukunftspläne.

***

Zwei Wochen später bekam Jazz einen Anruf von einem Fernsehproduzenten, der ihr einen Part in seiner neuen

Kochsendung anbot. Schon kurz darauf stand Jazz am Fisherman's Beach, um die ersten Folge einer Serie mit dem Titel *Strandküche* zu drehen, die später im Jahr ausgestrahlt werden sollte. Das Ergebnis war, dass man sie einlud, einen kurzen Beitrag für ein Reisemagazin zu drehen.

»Und wieder bist du auf die Füße gefallen! Wie schaffst du das nur immer?«, begeisterte sich Chelsea.

Sie hatte ihr Studium für Garten- und Landschaftsbau an der Newcastle University schon fast hinter sich und machte gerade ein Praktikum bei der Stadtverwaltung. Die beiden Mädchen hatten sich wieder angewöhnt, morgens ihre Hunde auszuführen. Lamington, inzwischen ziemlich steif und beleibt, trottete zufrieden hinter ihnen her und schnupperte an jedem Grashalm.

»Wahrscheinlich war ich einfach zur richtigen Zeit am richtigen Ort«, erwiderte Jazz. »Offenbar war die Kochsendung schon länger in der Planung, ohne dass man sich entscheiden konnte, welchen Koch man nehmen sollte. Außerdem gab es einen finanziellen Engpass. Ich hatte eben Glück. Ich kapiere es noch immer nicht ganz, aber es macht einen Riesenspaß und steigert den Bekanntheitsgrad des Cafés. Inzwischen haben wir nicht nur einheimische Gäste, sondern auch ein paar aus dem Ausland und aus anderen Bundesstaaten, die neugierig auf das Lokal sind.«

Bei einem ihrer frühmorgendlichen Spaziergänge hatte Chelsea Jazz anvertraut, dass sie einen neuen Freund namens Joel hatte, den sie sehr mochte. Allerdings habe sie lange gebraucht, um über ihren Prinzen hinwegzukommen.

»Nachdem ich mich damit abgefunden hatte, dass es mit uns niemals klappen wird, hat sich mein ganzes Leben zum Besseren verändert«, meinte sie.

Mehr Aufforderung hatte Jazz nicht nötig, und sie begann endlich, über Philippe zu sprechen. Sie erzählte, wie sie sich in ihn verliebt hatte, von der Trauer, die sie seit der Trennung nicht mehr losließ, und davon, wie enttäuschend und kränkend es war, dass er den Kontakt zu ihr verweigerte.

Während sie mit Zina und Camille im Internet chattete, antwortete Philippe nicht auf ihre E-Mails und Anrufe. Zweimal hatte sie ihm eine Nachricht im Restaurant hinterlassen, ohne dass eine Reaktion erfolgt wäre. Inzwischen fehlte ihr der Mut, es noch einmal zu versuchen. Immer wieder musste sie an seine Abschiedsworte denken, sie müssten »jeder seinen eigenen Weg gehen«.

»Seltsamerweise bin ich deshalb noch entschlossener dazu, das *Kookaburra* zur Erfolgsgeschichte zu machen. Vielleicht gehören wir beide zu den Menschen, die lange warten müssen, bis der passende Partner auftaucht«, meinte sie.

Es war schön, wieder eine Freundin zu haben, der sie ihr Herz ausschütten konnte, dachte sie, als sie sich auf den Weg zum Markt machte.

Später am Tag, sie räumte gerade Kartoffeln in die neue Kühlkammer, fiel ein Schatten auf sie, und eine Stimme sagte: »Hallo, Fremde.«

Jazz blickte auf und schnappte überrascht nach Luft, als sie Brad Simons in der Tür stehen sah.

»Dein Großvater hat gesagt, ich solle hintenrum gehen«, erklärte er.

Eigentlich hatte Jazz ihm ja böse sein wollen, merkte dann aber, dass sie sich über seinen Besuch freute. Ihr fehlte die Gesellschaft von Männern, die jünger waren als ihr Großvater. Außerdem hatten Brad und sie sich vor dem Scheitern ihrer Beziehung gut verstanden.

»Ich wohne im *Red Gum*. Offen gestanden will ich schon seit einer Ewigkeit vorbeischauen, doch ich habe mich nicht getraut. Ich habe befürchtet, du würdest mit Steinen nach mir werfen«, gab Brad mit einem reizenden Lächeln zu. »Es hat sich herumgesprochen, dass deine Großmutter krank war, du wieder zurück bist und kochst wie eine Wilde. Also habe ich es riskiert.«

»Das ist aber schön«, antwortete sie mit einem Grinsen. Er wirkte viel erwachsener – und sehr attraktiv.

»Du siehst gut aus. Ich habe dich vermisst, Jazz. Oft habe ich mir gewünscht, wir wären zusammen nach Queensland in Urlaub gefahren.«

»Das war wirklich schade«, entgegnete Jazz.

»Nun, so etwas kann ich mir inzwischen nicht mehr leisten. Aber wenn du Lust hast, im Hotel etwas zu trinken und zu essen – das heißt, falls du überhaupt anrührst, was meine Schwester kocht. Immerhin bist du eine weltberühmte Köchin.«

»Wie kommst du denn auf diesen dämlichen Gedanken? So hochnäsig bin ich ganz sicher nicht«, meinte Jazz und nahm die Einladung an.

Da es Montag war, hatte das *Kookaburra* Ruhetag. Jazz fand es schön, ausgeführt und wie etwas Besonderes behandelt zu werden, sodass sie trotz ihrer Sehnsucht nach Philippe Spaß hatte. Nach dem Essen schlenderten sie den

Fisherman's Beach entlang. Jazz warf einen Blick auf die dunklen Umrisse der Klippen, erinnerte sich an das Buschfeuer im Dorf und die gewaltige Rauchwolke, die die gesamte Umgebung eingehüllt hatte.

Dann betrachtete sie Brad.

Du könntest beinahe der Richtige sein, dachte sie. Es ist nicht deine Schuld, dass dein Vater ein Schwein ist und ich nicht bis über beide Ohren in dich verliebt bin. Ich wünschte, ich wäre es, denn das würde die Dinge sehr vereinfachen.

Brad legte ihr den Arm um die Taille.

»Es ist so schön, dich wiederzusehen. Ich freue mich, dass ich den Mut hatte, dich zu fragen, ob du etwas mit mir unternehmen willst«, meinte er mit einem leisen Auflachen. Dann beugte er sich vor, um sie zu küssen.

»Ich bin nicht sicher, ob ich schon so weit bin«, sagte Jazz, ohne sich aus seiner Umarmung zu lösen.

»Glaubst du, du wirst es jemals sein?«, erwiderte Brad.

»Ich weiß nicht. Ich mag dich wirklich, Brad, aber im Moment geht es bei mir drunter und drüber«, antwortete sie.

Sie hatte wirklich nichts dagegen, von ihm geküsst zu werden, doch er war nun einmal nicht Philippe. Ob sie je wieder mit einem anderen glücklich werden konnte?

»Ich bin so froh, dass du heute Abend mitgekommen bist, Jazz. Sicher könnten wir gute Freunde werden. Das Problem ist nur, dass ich noch immer in dich verliebt bin und mir das deshalb nicht genügen würde. Offen gestanden habe ich nie aufgehört, dich zu lieben, und immer gehofft, du würdest mir vielleicht noch eine Chance geben. Mir ist klar, dass das Verhalten meines Vaters ...«

»Ach ja, das Verhalten deines Vaters. Und dann wäre da noch die Kleinigkeit, dass du mich angelogen hast«, entgegnete Jazz, eine Ausflucht, um sich nicht zu ihren eigenen Gefühlen bekennen zu müssen.

»Ich habe einen großen Fehler gemacht und wünschte, ich könnte die Zeit zurückdrehen. Doch das ist unmöglich. Allerdings muss man meinem Dad fairerweise zugestehen, dass er es rein geschäftlich und nicht persönlich gemeint hat. Ich habe ihn klipp und klar gefragt, ob er weiterhin vorhat, das *Kookaburra* zu kaufen. Er hat zugegeben, er fände, dass es die Mühe nicht lohne. Dass die Presse Milhaven Immobilien und das ganze Bauvorhaben ins Visier genommen hat, hat ihm gar nicht gefallen. Wie ich meinen Dad kenne, wird er die Augen offen halten und irgendwann in dieser Gegend Land kaufen. Doch inzwischen verfolgt er andere Interessen. Er plant ein paar Großprojekte ein Stück die Küste hinauf und hat bereits bei den dortigen Stadträten vorgefühlt. Also würde ich sagen, dass du und deine Großeltern euch keine Sorgen mehr zu machen braucht. Ich dachte, du solltest das wissen, denn wenn Dad sich einmal etwas in den Kopf gesetzt hat, gibt es für ihn kein Zurück mehr. Deshalb ist er so erfolgreich.«

»Ich habe dich wirklich gern, Brad. Du bist ein lieber Mensch. Dass er dein Vater ist und du seine Hartnäckigkeit geerbt hast, ist wirklich nicht deine Schuld«, erwiderte Jazz mit einem kecken Grinsen.

»Also liebst du diesen Franzosen?«, erkundigte Brad sich ernst.

Jazz hatte ihm beim Mittagessen von Philippe erzählt,

denn sie wollte offen zu ihm sein, damit er wusste, warum ihr Leben derzeit kopfstand und warum sie keine Verpflichtungen eingehen konnte.

»Philippe hat mir eine Menge über das Kochen und das Führen eines Restaurants beigebracht. Wir wollten heiraten – und dann war von einer Sekunde auf die andere alles vorbei«, antwortete Jazz und fühlte sich plötzlich niedergeschlagen.

Sie erinnerte sich an Chelseas Worte, sie habe ihren Prinzen endlich vergessen und sich deshalb auf Joel einlassen können. Eigentlich war sie noch nicht bereit, Brad alles anzuvertrauen, aber er war rücksichtsvoll und einfühlsam und hatte gesagt, dass er sie liebte. Wenn es ihr nur gelingen würde, ihre Gefühle für Philippe zu vertreiben. Dann hätten sie und Brad vielleicht eine Chance.

»Oh«, meinte Brad leise und musterte sie eindringlich. »Unerwiderte Liebe also?«

»So könnte man es ausdrücken«, entgegnete Jazz mit einem schiefen Lächeln.

»Mist.« Brad küsste sie brüderlich auf die Stirn und ließ den Arm sinken. Wortlos gingen sie den Strand hinauf zum Auto.

Nachdem Jazz ihn auf die Wange geküsst hatte, winkte sie ihm seufzend nach. Brad hatte ihr schon immer gut gefallen.

Am Ende des Monats hatte Noel geschäftlich in Perth zu tun. Noch immer besorgt, dass Jazz und Amelia allein überfordert sein könnten, stattete Danielle dem *Kookaburra* einen Besuch ab. Jazz kommandierte ihre Mutter sofort zur

Arbeit ab und bat sie, Amelia beim Marmeladeeinkochen zu helfen.

»Ich hatte noch nie ein Händchen für Marmelade«, beklagte sich Danielle, während sie sorgfältig jedes von Amelia gefüllte heiße Glas abwischte.

»Das ist mir bekannt, mein Kind«, entgegnete Amelia ein wenig spitz.

Jazz, die gerade frisch gepflückte Stangenbohnen aus Poppys Garten zerkleinerte, beobachtete schmunzelnd, wie Danielle das Glas ordentlich zwischen die anderen einreihte.

»Übrigens, Mum«, meinte sie. »Für dich hat letztens jemand angerufen. Er sagte, er habe zufällig von einem Einheimischen erfahren, dass du im Lande bist. Er sei ein Mensch aus deiner Vergangenheit und würde sich gern mit dir treffen. Sein Name ist Adam Appleby. Ein Mensch aus deiner Vergangenheit. Sehr geheimnisvoll.«

Danielle und Amelia erstarrten.

Amelia ergriff als Erste das Wort.

»Hast du die Brotlieferung kontrolliert, Jazz? Eigentlich wollten sie uns noch Croissants bringen.« Ihr Tonfall war eindeutig angespannt.

Jazz sah sie neugierig an und betrachtete dann ihre Mutter, die kreidebleich geworden war.

»Wer ist Adam Appleby?«

»Bist du sicher, dass er Appleby hieß?«, fragte Danielle mit zitternder Stimme. »Adam Appleby? Irrst du dich wirklich nicht? Hat er sonst noch etwas gesagt? Wollte er etwa herkommen?«

»Nur das, was ich euch gerade erzählt habe. Er sei ein

Mensch aus deiner Vergangenheit und würde sich gern mit dir treffen. Ach, und er hat sich erkundigt, ob ich deine Tochter sei, und mir seine Telefonnummer gegeben.« Sie kramte in ihrer roten Handtasche und gab die Suche achselzuckend auf. »Wahrscheinlich habe ich sie auf dem Tisch neben dem Telefon liegen gelassen.«

»Ich hole sie.« Danielle hastete hinaus.

»Was ist los, Oma? Mum benimmt sich so sonderbar. Habe ich etwas falsch gemacht? Wer ist dieser Adam?«

»Das ist ziemlich kompliziert. Es wäre besser, wenn deine Mutter es dir selbst erklärt«, antwortete Amelia zögernd, schloss die Tür hinter Danielle und blickte ihre Enkelin besorgt an. »Und jetzt zu deiner letzten Speisekarte. Ich glaube nicht, dass wir den Leuten in Come-What-May schon gebratene Täubchen zumuten können.«

Mit einem Auflachen protestierte Jazz, man müsse die Geschmacksnerven der Einheimischen auch einmal fordern. Dennoch war ihr mulmig zumute. Sie hörte die gedämpfte Stimme ihrer Mutter am Telefon.

»Es ist ein Risiko, doch du bist die Chefin«, gab Amelia sich geschlagen und füllte weiter Marmelade in Gläser.

Als Danielle zurückkehrte, war ihr Gesicht gerötet.

»Dein Dad kommt morgen nach Sydney. Ich würde gern ein Festessen für die Familie veranstalten. Du hast von gebratenen Täubchen gesprochen. Das wäre mal etwas anderes«, verkündete sie und fuhr fort, die Marmeladengläser abzuwischen. Der geheimnisvolle Adam Appleby wurde nicht mehr erwähnt.

Als Jazz mit den Vorbereitungen für den Abend begann,

bemerkte sie erschrocken, dass offenbar jemand gründlich aufgeräumt hatte. Alle Bücher, Zeitschriften und Platzdeckchen waren in Reih und Glied ausgerichtet und sämtliche Sofakissen aufgeschüttelt. Im ganzen Haus sah es viel ordentlicher aus, als es bei ihr und ihrer Großmutter je der Fall war.

Offenbar lag etwas schwer im Argen.

22

Am nächsten Tag tobte Danielle ihren Ordnungswahn weiter aus, indem sie jedes saubere Geschirrtuch aus der Küchenschublade holte und neu zusammenlegte.

»Also, wer ist dieser Adam, der mit einem einzigen Anruf einen solchen Wirbel auslöst?«, fragte Jazz ihre Mutter bemüht beiläufig, während sie im Restaurant die Tische für den Abend eindeckten.

»Nicht so wichtig. Zeig mir lieber, wie man diese Servietten zu Heuballen faltet oder wie du das nennst«, entgegnete Danielle und schüttelte mit zitternden Händen eine Leinenserviette aus.

»Kardinalsmützen! Wie kommst du denn auf Heuballen?«, lachte Jazz und griff nach der Hand ihrer Mutter.

»Alles ist gut, Mum. Deine bewegte Vergangenheit stört mich nicht«, witzelte sie.

Zu ihrem Entsetzen füllten sich die Augen ihrer Mutter mit Tränen. Dann stürzte Danielle aus dem Zimmer.

Am späten Nachmittag traf Noel ein. Danielle ließ ihm kaum die Zeit, Jazz zu begrüßen, und zog ihn sofort in ihr Zimmer. Nach einer knappen Stunde, in deren Verlauf Jazz' Anspannung stetig wuchs, kehrten die beiden zurück. Danielle hatte ihr Makeup erneuert. Noel wirkte ein wenig verwirrt.

Doch er hatte sich rasch wieder gefasst.

»Also, wie läuft es denn so, Jazz?«, erkundigte er sich.

»Ich habe gehört, dass es zum Abendessen gebratene Taube gibt. Vermutlich war das deine Idee.«

Er umarmte seine Tochter.

»Ich hatte Lust auf etwas Ausgefallenes«, erwiderte Jazz.

Poppy erschien mit einem kleinen Tablett, auf dem eine Karaffe und Gläser standen, und verteilte den Sherry, eine englische Sitte, die er sich nie abgewöhnt hatte.

Dankbar nippte Jazz daran.

»Sehr gut. Also, das Essen ist fertig. Wenn ihr euch bitte setzt, dann könnte ich servieren«, verkündete sie mit einem gezwungenen Lächeln.

Jazz war stolz auf das erste französische Menü, das sie für ihre Familie gekocht hatte, und freute sich, dass es allen schmeckte. Zufriedenes Schweigen senkte sich über die Runde, als sich alle an dem Festmahl aus Entenleberpastete auf knusprigen, pikanten Mürbeteigtalern und zarter gebratener Taube mit frittierten Gemüsestreifen und Kartoffelkroketten gütlich taten. Begleitet wurde das Ganze von einer Auswahl guter Weine, die Poppy ausgesucht hatte. Als Dessert gab es Jazz' berühmte Kokos-Pannacotta mit Himbeersoße.

Doch trotz der Komplimente, mit denen Jazz nach jedem Gang überhäuft wurde, ließ die Anspannung ihrer Eltern nicht nach. Schließlich legte Noel Dessertlöffel und -gabel auf seinen leeren Teller, tupfte sich den Mund sorgfältig mit der Leinenserviette ab, trank einen Schluck Rotwein und räusperte sich. Jazz krampfte sich der Magen zusammen.

»Deine Mutter und ich haben dir etwas zu sagen«, begann ihr Vater. »Für deine Großeltern ist es keine Neuigkeit, doch wir hätten es gern, wenn sie blieben, während wir es dir erklären. Zuerst möchte ich dir versichern, dass das, was du jetzt hören wirst, nichts daran ändert, was deine Mutter und ich für dich empfinden. Wir werden dich weiter von Herzen lieben.«

Jazz wurde plötzlich übel.

Als sie den Worten ihrer Eltern lauschte, begann ihre sichere, berechenbare Welt zu zerbröckeln. Wie konnten sie ihr etwas so Schreckliches mitteilen und gleichzeitig behaupten, dass alles beim Alten bleiben würde? Sie traute ihren Ohren nicht.

Schließlich war Noel am Ende angelangt. In dem bedrückenden Schweigen, das seinen Ausführungen folgte, betrachtete Jazz erst ihren Vater, dann ihre Mutter und zu guter Letzt ihre Großeltern, als sähe sie sie zum ersten Mal.

»Soll das heißen, dass nicht Dad mein Vater ist, sondern dieser Adam Appleby?«

»Nun, ja und nein. Dein Vater ist dein Vater, allerdings nicht dein leiblicher. Das alles ist so lange her, dass es mir inzwischen albern und unwichtig vorkommt«, stammelte ihre Mutter mit Tränen der Verzweiflung in den Augen.

»Albern? Unwichtig?«, fauchte Jazz.

Ihre Stimme schien nicht ihre eigene zu sein, und sie fühlte sich benommen – so als geschähe all das nicht wirklich. Wieder musterte sie ihre Eltern, die sie ihr Leben lang geliebt und denen sie vertraut hatte. Plötzlich waren sie Fremde geworden.

»Das mit der leiblichen Vaterschaft ...«, stotterte Danielle.

»Egal.« Jazz tat die Beteuerungen ihrer Mutter mit einer

Handbewegung ab. »Lass mich schauen, ob ich auch alles richtig verstanden habe. Dad hatte eine Affäre, und um sich an ihm zu rächen, hattest du auch eine, und, siehe da, das Ergebnis war ich. Aber alles ist in bester Ordnung, und wir sollen einfach zum Alltag übergehen, als wäre nichts gewesen? Großartig!«

»Oh Liebes«, seufzte Danielle mit Tränen in den Augen. »Genau deshalb habe ich es dir nie sagen wollen.«

»Tja, aber der Schuss ist nach hinten losgegangen«, entgegnete Jazz kühl.

»Lass mich das erklären«, meinte Noel. Er tätschelte Danielle den Arm und sah sie zärtlich an. Dann wandte er sich an Jazz. »Ich liebe deine Mutter. Ich habe ihr verziehen und sie mir. Deshalb haben wir uns darauf geeinigt, es dir zu verschweigen und alles zu vergessen. Bisher war es ohne Bedeutung. Heute haben wir uns anders entschieden, weil wir nicht wollten, dass du die Geschichte von einer dritten Person erfährst.«

Jazz fühlte sich merkwürdig ruhig und ganz weit weg. Ihre Großeltern hatten kein Wort von sich gegeben. Danielle weinte lautlos.

»Möchtest du uns noch etwas fragen?«, erkundigte sie sich nach einer Weile und tupfte sich die Augen mit einem Taschentuch ab.

Jazz schaffte es kaum, ihr in die Augen zu sehen, und drehte sich stattdessen zu ihrem Vater um.

»Liebst du mich? Hast du mich je geliebt?«, fragte sie mit schmerzerfülltem Blick.

»Ich liebe dich, seit ich weiß, dass es dich gibt«, erwiderte Noel ohne zu zögern und mit fester Stimme.

»Das kann nicht wahr sein«, entgegnete Jazz.

»Nun, vielleicht hat es fünf Minuten, einen Tag oder auch fünf Tage gedauert. Anfangs war es schwierig, das will ich nicht leugnen. Aber als du geboren wurdest, änderte sich alles. Du bist meine zweite Tochter. Ich habe dich immer geliebt, und das wird auch so bleiben. Ich betrachte mich als deinen Vater. Meistens denke ich gar nicht daran, dass ich nicht dein Erzeuger bin. Wie deine Mutter schon sagte, ist das inzwischen nicht mehr wichtig. Schau dich nur an, wie schön und tüchtig …«

»Wissen Lauren und Mark Bescheid?«, flüsterte Jazz.

Ihr Eispanzer bekam die ersten Risse, und die Tränen schnürten ihr die Kehle zu.

»Nein, und wir werden auch dafür sorgen, dass das so bleibt, bis du bereit bist, ihnen etwas zu sagen«, erwiderte ihr Vater. »Deiner Mutter und mir ist klar, dass wir Fehler gemacht haben. Aber wir lieben einander und wollten dich nicht verletzen. Deshalb haben wir beschlossen, es niemandem zu sagen. Deine Großmutter war nicht mit dieser Entscheidung einverstanden, hat aber aus Respekt uns gegenüber geschwiegen, wofür wir ihr sehr dankbar sind. Sie war der Ansicht, dass es schlimme Folgen haben könnte, dir nichts zu sagen. Offenbar hatte sie recht.«

»Es war eine schreckliche Zeit«, ergänzte Danielle. »Ich dachte, es wäre aus zwischen deinem Vater und mir, als ich von seiner Affäre erfuhr. Adam war ein guter Freund. Er hat mich häufig besucht, wenn dein Vater auf Reisen war. Ich fühlte mich so entsetzlich einsam, und irgendwann hat es sich eben ergeben. Als ich die Schwangerschaft feststellte, wurde mir klar, dass ich meinen Noel noch immer liebe. Und dass ich Adam auf keinen Fall heiraten wollte. Als ich es damals Adam sagte, schien er mir eher erleichtert zu sein. Man hatte ihm eine Stelle in Südafrika angeboten, und er gab zu, dass er noch nicht bereit sei, eine Familie zu gründen. Deine Großmutter hat mir geraten, Noel alles zu beichten, und irgendwann haben wir eine Lösung gefunden.«

»Du wusstest also auch, Oma?«, fragte Jazz. »Und Poppy?«

Amelia nickte bedrückt.

»Manchmal muss das Leben einfach weitergehen«, fügte Poppy hinzu.

Jazz stand auf.

»Ich glaube, ich brauche frische Luft. Ich mache einen Spaziergang. Wartet nicht auf mich.« Sie griff nach ihrer roten Handtasche und verließ das Haus.

Noch immer unter Schock, eilte Jazz in Richtung Buschpfad. Ihre Mutter hatte sie nicht gewollt. Ihr leiblicher Vater auch nicht. Ihr Dad war gar nicht ihr Dad. Sie war also der sprichwörtliche Betriebsunfall. Was war mit Lauren und Mark? Wie sollte sie es ihnen beibringen? Das Atmen fiel ihr schwer.

Als sie losging, hatte sie eigentlich vor, Chelsea ihr Herz auszuschütten. Nun jedoch wurde ihr klar, dass sie keine Lust hatte, mit jemandem zu sprechen. Sie wollte alles ungeschehen machen. Die Uhr zurückdrehen, damit das Problem einfach verschwand. Jazz beschleunigte ihren Schritt. Ihre Gedanken überschlugen sich. Sie musste allein sein und nachdenken. Und dazu würde sie sich an den einzigen Ort zurückziehen, an dem sie sich sicher und geborgen fühlte – ihre geheime Höhle. Außerdem brauchte sie etwas zu trinken. Sie bog ab und marschierte zum Getränkemarkt. Bill, der Besitzer, grinste sie an, als sie eine Flasche Rotwein und zwei Päckchen Erdnüsse auf die Theke legte.

»Gibt's einen Grund zum Feiern?«, fragte er.

»Eher einen, von der Klippe zu springen«, entgegnete Jazz.

»Hört sich ganz schön übel an.«

»Noch schlimmer.« Jazz zwang sich zu einem Lächeln und hastete hinaus, während ihr die Tränen in die Augen stiegen.

Ihr Leben hatte sich von Grund auf verändert. Sie hatte von allen ein falsches Bild gehabt. Dad. Mum. Poppy. Sich selbst. Ja, sogar von ihrer geliebten Großmutter. Nie wieder würde sie jemandem vertrauen können. Es gab keine Lösung. Sie war eine Fremde in ihrer eigenen Familie.

Tränen strömten ihr über die Wangen, als sie den Pfad entlang und vorbei am alten Leuchtturm taumelte, der im Mondlicht geisterhaft schimmerte. Die Höhle war einladend dunkel.

Jazz setzte sich auf das schmale Sims, starrte auf die Flasche und stellte fest, dass sie keine Möglichkeit hatte, sie zu öffnen. Nicht einmal das konnte sie richtig machen. Wieder wurde sie von der schockierenden Enthüllung des heutigen Abends überwältigt und brach in Tränen aus.

Lange erbebte ihr ganzer Körper von rauen Schluchzern, bis sie sich schließlich erschöpft aufrichtete, sich die Augen abwischte und sich in der Dämmerung umblickte. Sie stand auf, ging langsam zum Höhleneingang und starrte aufs düstere Meer hinaus. Erneut drohte das Elend Besitz von ihr zu ergreifen. Wenn sie nur für einen Moment so hätte tun können, als wäre ihr Leben so wie früher. Sie fühlte sich ausgelaugt und hilflos.

Zitternd kehrte sie in die Höhle zurück und ließ sich auf dem Lager aus trockenem Laub nieder, wo sie in einem anderen Leben die kleine Tamara schlafend vorgefunden hatte. Später hatte sie das Laub ausgetauscht. Es war weich und duftete süß. Jazz tastete neben dem Lager nach der alten Decke, die sie dort aufbewahrte, und erinnerte sich dann an die Kerze und die Streichholzschachtel, verstaut in einer kleinen Blechdose. Sie zündete die Kerze an und betrachtete das Flackern der Flamme an der Höhlenwand.

Nach einer Weile pustete sie die Kerze wieder aus, legte sich hin und deckte sich zu. Draußen in den Bäumen seufzte der Wind. Ein Zweig scharrte an den Felsen. Eine Eule schrie. Jazz starrte blicklos in die Dunkelheit, während ihre Gedanken weiter wild im Kreis herumwirbelten. Es gab keine Antworten. Ihr ganzes bisheriges Leben war eine Lüge gewesen, und sie war völlig ratlos. Schließlich schlief sie ein.

Bei Morgengrauen wachte sie durchgefroren und durstig auf.

Nun, wenigstens lebe ich noch, dachte sie und wurde wieder von Trauer überwältigt.

Im nächsten Moment fiel ihr ein, dass sie heute die nächste Folge von *Strandküche* abdrehen und sich danach mit Brad treffen wollte. Als sie ihr Mobiltelefon ansah und überlegte, ob sie alles absagen sollte, stellte sie fest, dass ihre Mutter dreimal angerufen hatte.

»Mit dir rede ich kein Wort mehr«, zischte sie und löschte die Nachrichten.

Anschließend schickte sie Chelsea eine SMS, teilte ihr mit, sie müsse ins Fernsehstudio und sei danach mit Brad verabredet, und fragte sie, ob sie am Abend ins Kino gehen wolle. Zu guter Letzt warf sie einen Blick auf die Uhr und dann auf die ungeöffnete Weinflasche, die sich noch in ihrer Papiertüte befand. Sie verspeiste die Erdnüsse, faltete die Decke zusammen und legte Kerze und Streichhölzer wieder in die Dose. Dabei stießen ihre Finger plötzlich auf einen Gegenstand aus Metall auf dem Boden, und sie fand ein kleines Vielzweck-Taschenmesser. Es gehörte Archie. Er hatte sich damals beklagt, dass er es verloren hatte, erinnerte sich Jazz, während sie den Korken aus der Flasche zog.

Nachdem sie die Flasche zu zwei Dritteln geleert hatte, machte sie sich auf den Weg zum Bus nach Newcastle. Dort angekommen, gönnte sie sich einen Hamburger und ein Bier, um die Zeit totzuschlagen. Und da es noch immer zu früh war, bestellte sie ein zweites Bier. Inzwischen eindeutig beschwipst, hielt sie ein Taxi an. Als sie vor dem Fernsehstudio das Geld aus der Tasche kramte, um die Fahrt zu bezahlen, spürte sie plötzlich einen Arm um die Taille.

»Was machst du denn hier? Ich habe doch gesagt, nach der Aufzeischnung ...«, lallte sie und sah Brad an.

»Der Rest ist für Sie«, meinte Brad, reichte dem Taxifahrer einen Fünfzigdollarschein und zog Jazz auf den Gehweg. »Wahrscheinlich meldest du dich in diesem Zustand besser krank«, verkündete er und hakte sie unter.

Als Jazz protestierte, hob Brad sie einfach in seine Arme und trug sie zum Auto. Er befahl ihr, sitzen zu bleiben, eilte ins Gebäude, kehrte kurz darauf zurück und teilte Jazz mit, er habe der Empfangsdame erklärt, sie habe sich eine Lebensmittelvergiftung zugezogen, und diese gebeten, sie beim Produzenten zu entschuldigen.

»Alle machen sich Sorgen um dich, Jazz. Warum hast du nicht wenigstens deine Mum angerufen, damit sie weiß, wo du bist. Was ist los? Chelsea sagte, du hättest eine schlechte Nachricht bekommen, die deine Familie betrifft.«

»Stimmt«, erwiderte Jazz nur.

Auf dem Weg zum Hotel von Brads Schwester in Come-What-May sprach sie kein Wort. Im *Red Gum* trank Jazz den gesüßten Kaffee, den Brad ihr aufnötigte, konnte jedoch seinen Fragen noch immer nicht folgen.

»Aus demselben Holz geschnitzt«, murmelte sie zusammenhanglos und wusste in ihrem betrunkenen und emotional aufgewühlten Zustand selbst nicht, was sie damit meinte.

Brads Gesicht verwandelte sich erst in das von Brian Milhaven, dann in das ihres Vaters. Nachdem Brad sie nach Hause gefahren hatte, schlief sie sofort ein.

23

Um drei Uhr morgens wachte Jazz auf. Ihr Mund fühlte sich trocken an. Nach einem schlaftrunkenen Blick auf die Uhr schleppte sie sich ins Bad, um ein Glas Wasser zu trinken. Draußen war es noch stockfinster.

Jazz legte sich wieder hin und starrte an die Decke. Sie konnte nicht schlafen, weil die Gedanken auf sie einstürmten. Sie erinnerte sich, wie glücklich sie sich früher in diesem Bett gefühlt und den Geräuschen aus dem Busch gelauscht hatte. Wie sie in Frankreich ihre Familie vermisst hatte. Wie es sie es schließlich geschafft hatte, sich hier einzuleben.

Im nächsten Moment brach wieder ein Damm, und sie begann, bitterlich zu weinen. Da sie befürchtete, das ganze Haus zu wecken, rutschte sie im Bett hinunter und zog die Decke über den Kopf. Deshalb hörte sie nicht, dass ihre Großmutter leise die Tür öffnete und auf Zehenspitzen das Zimmer durchquerte.

»Jazz, Schätzchen, ich bin es. Möchtest du reden?«, fragte Amelia und legte sanft die Hand auf Jazz' bebende Schulter.

»Geh weg«, rief Jazz unter der Decke hervor. Mit einer heftigen Bewegung stieß sie die Hand ihrer Großmutter weg, wandte sich unwirsch ab und rollte sich zu einer Kugel zusammen.

Amelia seufzte auf. »Bist du sicher, dass ich dir nicht helfen kann?«, beharrte sie liebevoll.

»Ja«, sagte Jazz. Sie wälzte sich auf den Rücken, riss sich die Decke vom Gesicht und funkelte ihre Großmutter finster an. »Ich hasse euch alle!«

»Daraus kann ich dir keinen Vorwurf machen«, erwiderte Amelia ruhig, setzte sich auf die Bettkante und berührte vorsichtig Jazz' Bein über der Decke. »Die Situation ist schwierig für uns alle.«

Jazz' Unterlippe begann zu beben.

»Ich liebe Mum und Dad. Wenigstens habe ich das geglaubt. Und dich und Poppy liebe ich auch. Aber es ist so schrecklich. Ich will, dass alles wieder so wird wie früher.«

»Ich fürchte, das ist nicht möglich«, antwortete ihre Großmutter. »Wir können die Zeit nicht zurückdrehen, ganz gleich, wie sehr wir es uns auch wünschen. Sei ihnen nicht böse, Jazz. Sie lieben dich wirklich.«

Sie beugte sich vor und drückte Jazz an sich.

Jazz brach in Tränen aus.

Im Laufe der nächsten Stunde vertraute sie ihrer Großmutter Schritt für Schritt an, wie sehr sie die Beichte ihrer Mutter erschreckt, gekränkt und enttäuscht hatte. Sie gab zu, wie entsetzlich der Umzug ihrer Eltern ins Ausland für sie gewesen war. Selbst in ihrer Kindheit habe es sie wütend gemacht, dass ihre Mutter den Beruf ihres Vaters stets wichtiger genommen hatte als die Bedürfnisse ihrer Familie. Immer hatte sich bei ihr alles um ihren oft so geistesabwesenden und distanzierten Vater gedreht.

»Du wiederholst zwar ständig, wie sehr er mich liebt, aber in diesem Fall hätte er doch sicher mehr Zeit mit mir verbracht.«

»Dein Vater geht ganz und gar in seinem Beruf auf. Deshalb ist er so erfolgreich, und davon hast du profitiert. Er und deine Mutter haben alles getan, was sie konnten.«

»Nun, dann war es eben nicht genug«, entgegnete Jazz, verschränkte die Arme und starrte zornig in die dunkle Nacht hinaus.

Ihre Großmutter schwieg.

»Das heißt, vielleicht haben sie sich Mühe gegeben. Und kein Mensch ist vollkommen.« Jazz sah ihre Großmutter an. »Jetzt wirst du mir vermutlich wieder den Rauswurf aus Heronswood vorhalten.«

»Eigentlich habe ich gerade an deinen Dad gedacht – und er ist dein Dad, auch wenn er nicht dein leiblicher Vater ist. Dein ganzes Leben lang war er für dich da. Deine Eltern halten zu dir. Sie haben Fehler gemacht, die sie sehr bereuen. Doch wir müssen alle mit unseren Fehlern leben. Außerdem ist seitdem viel Zeit vergangen. Ich weiß, dass du im Moment sehr aufgebracht und wütend bist. Doch das ändert nichts daran, dass du ein wundervoller und liebenswerter Mensch und in der Geborgenheit einer glücklichen Familie aufgewachsen bist.«

»Ich liebe meine Eltern, Oma. Ich will sie wirklich lieben. Sie haben behauptet, dass alles so bleibt, wie es ist, aber das stimmt nicht. Wie kann ich wissen, wer ich bin, ohne meinen Vater zu kennen? Warum mussten sie es mir sagen? Und weshalb erst jetzt?«, beharrte Jazz. »Ich fühle mich abscheulich und weiß nicht, was ich tun soll.«

»Nichts sollst du tun«, entgegnete ihre Großmutter.

»Was meinst du damit?«, fragte Jazz verwirrt.

»Genau, was ich gesagt habe. Warum solltest du etwas unternehmen? Du hast etwas erfahren, von dem du zuvor nichts geahnt hast. Und nun mach mit deinem Leben weiter.«

»Ich kann nicht einfach die Hände in den Schoß legen«, empörte sich Jazz.

»Und was schlägst du vor?«, erkundigte sich ihre Großmutter.

»Du klingst wie Poppy«, schimpfte Jazz. Sie zog die Knie hoch, umfasste sie mit beiden Händen und dachte lange nach.

»Vielleicht suche ich mir ja einen Traktor und kette mich an«, verkündete sie mit einem leisen Lachen. Ihre Lippe begann wieder zu zittern.

»Eine ausgezeichnete Idee! Ich bin sicher, dass irgendwo noch einer herumsteht, der gerade nicht gebraucht wird«, witzelte ihre Großmutter. »Deine Eltern lieben dich wirklich. Dein Dad hat das absolut ernst gemeint. Nachdem sie sich ihrer Gefühle füreinander klar geworden waren, hat er kein einziges Mal zurückgeschaut. Er ist ein guter Mensch und hat dich sehr, sehr gern, so abweisend er auch manchmal wirken mag. Doch das liegt nur daran, dass er hart arbeitet, um seine Familie zu ernähren. Warte, bis Gras über die Sache gewachsen ist, dann wirst du deine Eltern besser verstehen. Und das wäre das Allerbeste.«

»Es ist nur so schwierig, Oma«, erwiderte Jazz und wischte sich mit den Handballen die Augen ab.

»Das weiß ich. Aber warum vergessen wir die Angelegenheit nicht für den Moment und kümmern uns um interessantere Dinge, zum Beispiel die Renovierung des Restaurants?«, schlug ihre Großmutter vor.

»Meinst du?«, rief Jazz überrascht.

Amelia zuckte die Achseln. »Wenn ich noch länger damit warte, erlebe ich es vielleicht nicht mehr«, entgegnete sie schmunzelnd.

Jazz sprang aus dem Bett, fiel ihrer Großmutter um den Hals und umarmte sie fest.

»Du bist eine tolle Oma! Danke! Wenn du möchtest, kümmere ich mich um alles.«

»Aber sicher», antwortete Amelia. »Und jetzt lege ich mich noch einmal für eine Stunde hin.«

»Ich finde, wir brauchen einen größeren Küchenherd, einen richtigen Profiherd. Ich habe in Paris auf so einem gekocht. Ein Traum«, meinte Jazz, als ihre Großmutter schon in der Tür stand.

Amelia hielt inne und drehte sich sichtlich erleichtert um.

»Jetzt klingst du wieder wie früher. Wenn wir schon dabei sind, könnten wir gleich eine neue Küche anschaffen. Alles rausreißen und von vorn anfangen. Hast du den Mut, Poppy dazu zu überreden, oder soll ich es tun?«

»Ich habe es ja gesagt, du bist eine tolle Oma«, rief Jazz aus, kehrte zurück ins Bett und kuschelte sich unter die Decke, während die ersten Sonnenstrahlen den Garten beschienen.

***

Beim Frühstück erklärte Danielle sich bereit, Jazz mit Adam Appleby, ihrem leiblichen Vater, bekannt zu machen, und lud ihn für den kommenden Freitagvormittag zum Tee ein. Um sich von ihrer Nervosität abzulenken, buk Jazz mit ihrer Mutter Teekuchen.

»Bist du auch so aufgeregt?«, fragte sie, als ihre Mutter stolperte und eine Mehltüte umwarf, sodass sich der Inhalt über den Tisch ergoss. Bei dem Versuch, das Durcheinander zu beseitigen, kippte sie auch noch einen Milchkarton um.

Anstatt der zu erwartenden spitzen Bemerkung sah Danielle ihre Tochter nur an.

»Nun, da du die Wahrheit kennst, musst du da durch«, sagte sie leise.

Jazz stiegen die Tränen in die Augen. »Wird das alles verändern?«, flüsterte sie.

»Das hat es bereits«, entgegnete Danielle, der ebenfalls die Tränen in die Augen traten. Rasch nahm sie sich zusammen. »Ich liebe dich und bin sehr stolz auf die schöne junge Frau, die du geworden bist. Warum machst du dich nicht fertig? In zwanzig Minuten ist er da.«

Jazz bekam auf einmal heftiges Herzklopfen.

Adam Appleby erwies sich als hochgewachsener Mann mit breiten, leicht gebeugten Schultern und dichtem schwarzem Haar. Als Danielle ihn vorstellte, suchte Jazz nach Gemeinsamkeiten, einer Familienähnlichkeit oder einer Geste. Die Form seines Kopfes und die Art, wie er ihn beim Zuhören zur Seite neigte, erinnerten sie an sich selbst. Doch das konnte Einbildung sein.

Aber als er sie, unter dem hohen Jacarandabaum sitzend, mit Anekdoten aus seiner Zeit in Afrika unterhielt, wurde ihr klar, dass sie ihren Hang zur Dramatik von ihrem leiblichen Vater geerbt hatte. Schon als Kind hatte sie gern magische Momente aus dem Nichts geschaffen. In Paris war es die anregende Atmosphäre gewesen, die sie zusätzlich beflügelt hatte.

Als sie auf der Veranda miteinander allein waren, ergriff Adam sofort das Wort.

»Deine Mutter hatte recht, mich nicht zu heiraten. Ich wäre ein schauderhafter Ehemann und Vater geworden. Sprunghaft, launisch, nur in kleinen Dosen zu genießen, und ich liebe meine Freiheit über alles. Findest du das egoistisch? Ja, aber ich weiß, dass ich so bin, und möchte andere nicht unnötig damit belasten. Mit Noel als Dad bist du viel besser gefahren. Das erkenne ich, wenn ich dich anschaue. Du hast eine liebevolle Familie. Ich bin froh, dass wir uns begegnet sind, Jazz, und ich hoffe, dass wir uns in Zukunft öfter sehen werden. Doch erwarte dir nicht zu viel von mir. Du musst verstehen, dass ich mich einfach nicht zum Vater eigne.«

Obwohl Jazz machtlos gegen die Enttäuschung war, die bei diesen Worten Besitz von ihr ergriff, war sie gleichzeitig froh, dass Adam aus seinen Gefühlen für sie und ihre Mutter keinen Hehl machte. Oft hatte sie sich gefragt, woher sie die Leidenschaft und Besessenheit nahm, denen sie ihren Erfolg als Köchin verdankte. Nun kannte sie die Antwort, und etwas in ihr beruhigte sich.

Als Adam sich verabschiedete, umarmte sie ihn fest und nahm ihm das Versprechen ab, sie mindestens noch einmal zu besuchen. Während er davonfuhr, wurde ihr klar, dass er ihre Welt nicht etwa zerstört, sondern sie eher ins Lot gebracht hatte. Erleichterung stieg in ihr auf, und sie sah ihren Vater mit neuem Respekt und Verständnis. Er hatte sich gesetzt und den Arm um ihre Mutter gelegt.

Plötzlich hatte Jazz das Bedürfnis, ihm zu sagen, was für ein wundervoller Dad er all die Jahre gewesen war, wie sehr sie ihn liebte und dass sich daran für sie nie etwas ändern würde.

»Ich auch«, rief sie, lief auf die beiden zu und warf sich beinahe auf ihren Vater, sodass er auf dem Sofa umkippte. »Ich liebe dich, Dad«, flüsterte sie und drückte ihm unter Tränen einen Kuss auf die Wange. Rasch legte Noel die Arme um beide Frauen.

»Ist für mich auch noch Platz?«, fragte Amelia und kam aus der Küche. Heute sahen ihre Wangen schon viel rosiger aus.

»Du bist eine Newport, sie sind Wakefields. Du gehörst zu mir«, protestierte Poppy und umarmte Amelia. Nun war Jazz sicher, dass ihre Welt wieder in Ordnung war.

Überraschend schnell kehrte der Alltag ein. Noel nahm seine Termine in Perth wahr und wollte in sechs Wochen mit Danielle zurück nach Dubai fliegen. Diese machte sich noch immer Sorgen um Amelias Gesundheit und blieb, um Jazz im *Kookaburra* zu helfen.

Während Jazz die Renovierungspläne mit ihrer Mutter und ihrer Großmutter erörterte, wurde ihre Haltung gegenüber ihren Eltern versöhnlicher. Allerdings war sie noch nicht bereit, ihnen völlig zu verzeihen. Doch als ihr Schmerz und ihre Einsamkeit, verstärkt von dem weiter andauernden Schweigen aus Frankreich, stärker wurden, begann sie, ihrer Mutter zuzuhören, und verstand sie besser, sodass sie einander endlich näherkamen.

»Glaubst du, Philippe und ich haben noch eine Chance?«, fragte sie Danielle eines Tages beim Durcharbeiten der Bestellliste. »Ich liebe und vermisse ihn so sehr. Du und Dad seid in eurer Beziehung doch auch Risiken eingegangen. Soll ich einfach hinfliegen und ihn zur Rede stellen?«

Ihre Mutter hielt inne.

»Ich weiß nicht, was ich darauf antworten soll. Meinst du, es würde etwas nützen? Es sind immerhin fast sechs Monate ...«

Jazz seufzte auf.

»Wahrscheinlich nicht. Offenbar muss ich mich damit abfinden, dass es vorbei ist.«

»Was ist mit Brad? Er scheint trotz seines grässlichen Vaters ein sehr einfühlsamer junger Mann zu sein«, sagte Danielle nachdenklich.

»Das ist er«, erwiderte Jazz und wechselte das Thema.

24

Schließlich verkündete Danielle, es wäre an der Zeit für sie, mit Noel nach Dubai zurückzukehren. Sie sei froh, dass Amelia sich so gut erhole, und habe sich außerdem aus erster Hand ein Bild davon machen können, wie tüchtig Jazz das *Kookaburra* leite. Also könne sie sich nun wieder um ihr eigenes Leben kümmern.

Jazz schlug vor, das Restaurant für einen Tag zu schließen und alle zu einem Abschiedsgrillfest einzuladen. Dann rief sie ihre Schwester an. Mark war wieder unterwegs und überführte eine Jacht.

Lauren, Michael, Brendan und die viermonatige Marina trafen am Vormittag des Tages ein, an dem das Grillfest stattfinden sollte. Danielle war überglücklich. Jazz hingegen fühlte sich ein wenig mulmig. Die Aussicht auf ein Wiedersehen mit ihrer Schwester machte sie nervös. Da sie noch nicht bereit war, über die dramatischen Hintergründe ihrer Geburt zu sprechen, befürchtete sie, Lauren könnte erahnen, dass etwas im Argen lag.

Aber sie hätte sich keine Sorgen zu machen brauchen, denn Lauren war viel zu sehr damit beschäftigt, Marina zu stillen und Brendan zu versorgen. Kurz wünschte Jazz, Mark wäre auch gekommen. Dann jedoch fiel ihr ein, dass er versprochen hatte, sie zu Weihnachten zu besuchen. Also würde sie genug Zeit haben, ihre Gedanken und Gefühle zu ordnen, bevor sie ihren Geschwistern reinen Wein einschenkte.

Hero und seine Gefährtin saßen, gemeinsam mit fünf weiteren Kookaburras, hoch oben in den Ästen des Jacarandabaums, während Brad und Poppy den Grill anschürten und Michael sich um die Getränke kümmerte.

Drinnen im Haus legten Jazz und Amelia letzte Hand an ein Büfett mit frischen Salaten und leckeren Gemüsegerichten. Danielle arrangierte Platten mit Meeresfrüchten. Zufrieden schaute Jazz aus dem Fenster, als die ersten Gäste eintrafen. Brendan sauste, gefolgt von Cory MacNamara, zwischen den Tischen herum und spielte Flugzeug. Die kleine Jade stapfte hinter ihnen her. Lächelnd sah Jazz ihre Mutter an.

»Du wirst mir fehlen, Mum«, meinte sie leise, bevor sie mit einem weiteren Tablett voller Würstchen zum Grill eilte.

Bald hallten das Klimpern von Gläsern und Stimmengewirr auf der Terrasse wider, und der köstliche Duft von Grillfleisch lag in der Luft.

»Jazz, ich brauche Hilfe beim Kaffee und beim Tee«, rief Danielle aus der Küche.

»Sofort«, erwiderte Jazz, die sich gerade mit Carol MacNamara unterhielt.

Als Danielle sie wieder rief, drehte sich Jazz um, verärgert über die Ungeduld ihrer Mutter.

»Soll ich etwas tun?«, fragte Brad, der gerade eine Käseplatte auf den Tisch stellte.

»Schon in Ordnung«, antwortete Jazz und eilte ins Haus zu ihrer Mutter.

»Ich wollte es nicht öffentlich herausposaunen, aber du hast Besuch«, meinte Danielle leise.

»Wirklich? Wer ist es denn?«, erkundigte sich Jazz.

Die geheimnisvolle Art ihrer Mutter löste Unbehagen in ihr aus. Danielle wies mit dem Kopf auf die Tür.

»*Bonjour, Jazz*«, sagte da eine Männerstimme.

Jazz erstarrte und drehte sich ungläubig um. Im nächsten Moment begann sie zu zittern.

Vor ihr stand Philippe, attraktiv, sonnengebräunt und elegant in einem blau-weiß gestreiften Hemd, einer cremefarbenen Krawatte und einer ordentlich gebügelten grauen Hose. Er passte so überhaupt nicht hierher. Kurz drehte sich alles um sie.

»Philippe?«, flüsterte sie und musste sich an der Anrichte festhalten. Ihre Mutter war verschwunden.

»Was ist mit dem Kaffee und dem Tee?«, rief Brad und trat in die Küche. »Hallo! Ich bin Brad Simons, ein Freund von Jazz«, sagte er und hielt Philippe die Hand hin.

»Schön, dich kennenzulernen. Philippe D'Arbigne. Ich bin auch ein Freund von Jacinta. Wir haben in Paris zusammengearbeitet«, erwiderte Philippe mit starkem französischem Akzent.

Brads Hand erstarrte mitten in der Bewegung.

»Philippe aus Paris? Der französische Koch?« Enttäuschung stand in seinen Augen, als er Jazz ansah. »Du hast gar nicht erwähnt, dass er nach Australien kommt.«

»Das liegt daran, dass ich es nicht wusste«, stieß Jazz hervor, die endlich die Sprache wiedergefunden hatte. »Brad, das ist Philippe. Philippe, Brad.«

Ihr schwirrte der Kopf, sodass sie schon befürchtete, in Ohnmacht zu fallen.

»Entschuldigt mich«, stammelte sie und durchquerte die Küche, um sich ein Glas Wasser einzuschenken.

Während sie langsam trank und den Männern den Rücken zukehrte, versuchte sie, ihre Gedanken zu ordnen.

Philippe in der Küche des *Kookaburra?* Unmöglich? Und was ging wohl in Brad vor? Inzwischen war er ihr ans Herz gewachsen. Immer wieder hatte er ihr seine Liebe beteuert und war bereit, darauf zu warten, dass sie der Beziehung eine Chance gab.

Da sie sich inzwischen damit abgefunden hatte, dass sie Philippe nicht wiedersehen würde, hatte sie an diese Möglichkeit geglaubt. Ihr gefiel das entspannte Zusammensein mit Brad, aber sie hatte Zweifel daran, dass ihr das genügte. Und nun war Philippe wie aus heiterem Himmel auf der Bildfläche erschienen. Nach dem langen Schweigen wusste sie nicht, ob ihr das überhaupt recht war.

In ihr herrschte nichts als Verwirrung. Allmählich ließ der Schwindel nach und wurde von einem Gefühl der Unwirklichkeit abgelöst. Jazz stellte ihr Glas weg und kehrte, wohl wissend, wie unhöflich sie sich verhielt, zu den anderen zurück.

»Lasst mich noch mal von vorn anfangen«, begann sie. »Philippe, was für eine Überraschung! Das ist mein Freund Brad, Brad, das ist mein Freund Philippe, mit dem ich in Frankreich zusammengearbeitet habe«, sagte sie und errötete, als sie über ihre eigenen Wörter stolperte.

Die beiden lachten.

»Darauf sind wir schon von selbst gekommen«, meinte Brad sanft. »Deine Gäste warten auf den Kaffee. Ich bringe ihn raus.«

Er griff nach zwei großen Kannen. Jazz warf ihm einen dankbaren Blick zu. Sofort nahm Philippe ein Tablett mit

Tassen und Untertassen und folgte Brad nach draußen. Immer noch unter Schock, trottete Jazz hinter ihnen her und stellte Philippe den anderen vor, während er und Brad die Getränke verteilten.

Obwohl sie ihrer Familie und den Gästen die perfekte Gastgeberin vorspielte, befand sich ihr Innenleben in Aufruhr. Die Welt schien sich wie in Zeitlupe zu bewegen. Jazz konnte den Gesprächen kaum folgen und hatte Schwierigkeiten, einen zusammenhängenden Satz zu bilden. Endlich verabschiedete sich zu ihrer Erleichterung einer nach dem anderen.

»Ich sehe, warum du auf ihn stehst«, raunte Chelsea ihr zu, als sie hinter Carol und Tamara zum Tor ging. Doch selbst ihre Stimme klang weit entfernt.

»Wirklich eine Überraschung. Wir reden später darüber«, verkündete Brad gezwungen fröhlich.

»Ich kann dir alles erklären«, flüsterte Jazz.

»Das brauchst du nicht«, entgegnete Brad. Im nächsten Moment war er verschwunden.

Als alle Gäste fort waren, füllte Noel die Gläser nach. Jazz machte Philippe noch einmal richtig mit ihrer Familie bekannt, und eine Weile wurde höflich Konversation betrieben. Schließlich schlug Amelia vor, Jazz solle Philippe doch die Umgebung zeigen. Sofort stand Jazz auf.

»Das würde mich sehr interessieren«, stimmte Philippe zu.

Wortlos spazierten sie zum Tor hinaus und den Pfad entlang zum Busch. Als beruhigende Stille sie umfing und Sonnenlicht sanft durch das Geäst der Bäume strömte, wurde es Jazz schmerzlich bewusst, dass sie einander nicht einmal berührten.

Ihr anfängliches Erstaunen, Philippe so plötzlich vor sich zu sehen, war der Erkenntnis gewichen, wie sehr sie ihn liebte und vermisst hatte. Sie sehnte sich danach, seine Hand zu halten, seinen Arm um sich zu spüren und seine Lippen auf Wange und Mund zu fühlen. Dennoch rückte sie nicht näher an ihn heran, sondern wandte sich mit den Tränen kämpfend ab.

Erst als sie den Busch hinter sich gelassen und den weichen Sandstrand erreicht hatten, stellte sie die Frage, die ihr auf der Zunge lag.

»Was willst du? Warum hast du mir nicht gesagt, dass du nach Australien kommst?«

»Ich wollte dich sehen«, erwiderte Philippe.

»Mich sehen? Mehr fällt dir dazu nicht ein? Du willst mich sehen?« Ihre Stimme wurde lauter. »Erst sagst du, es sei alles aus. Du brichst mir das Herz. Und sechs Monate später kreuzt du einfach aus heiterem Himmel auf, um mich zu sehen?«

»Nein, das stimmt nicht ganz. Ich bin nicht gekommen, um dich zu sehen, sondern um dich zu finden.«

»Mich zu finden.« Jazz verstand die Welt nicht mehr.

»Gut, du hast mich gefunden und kannst nun in aller Ruhe weiterziehen.«

»Du redest genauso wie meine Mutter.«

»Deine Mutter? Wie bitte?« Jazz schnaubte höhnisch.

Philippe stellte sich vor sie in den Sand. Jazz' erster Impuls war, sich wegzuducken, doch dann blieb sie reglos und mit versteinerter Miene stehen.

»Jazz, ich möchte dir etwas erklären. Bitte hör mir zu und lass mich ausreden«, begann Philippe leise.

Jazz wartete ab. Sie verspürte ein inneres Zittern. Wie gern hätte sie sich in seine Arme geworfen und ihm ihre Liebe gestanden. Aber sie konnte es nicht. Sein unvernünftiges Verhalten in Paris hatte sie sehr gekränkt. Hinzu war, so kurz darauf, die Beichte ihrer Eltern gekommen. Sie wollte nicht riskieren, schon wieder verletzt zu werden, denn sie war sicher, nicht noch mehr ertragen zu können.

»Fang an«, forderte sie ihn auf.

»Ich habe viele Fehler gemacht, aber dich gehen zu lassen war der größte von allen«, meinte Philippe, ohne den Blick von ihrem Gesicht abzuwenden. Er streckte die Hände nach Jazz aus und ließ sie wieder sinken. »Ich liebe dich und möchte dich für meine Dummheit um Verzeihung bitten. Ich wollte nie, dass unsere Liebe endet. Meine für dich wird niemals aufhören.«

Kleine Schweißperlen standen an seinem Haaransatz und auf seiner Oberlippe.

»Ich möchte dich bitten, uns – mir – noch eine Chance zu geben.« Spontan griff er nach ihren Händen und hielt sie diesmal fest. »Jazz, willst du mich heiraten?«

Einen Moment starrte Jazz Philippe entgeistert an. Ihre Hände lagen schlaff in seinen. Dann machte sie sich los, setzte sich in den Sand und ließ sich die Körnchen durch die Finger rieseln. Das Herz klopfte ihr bis zum Halse.

»Habe ich da gerade richtig gehört?«, fragte sie schließlich.

»Das hoffe ich von ganzem Herzen. Jazz, *mon grand amour*, willst du mich heiraten?«

Plötzlich voller Zorn, sprang Jazz auf.

»Heute oder morgen beim nächsten Notar? Klar, warum nicht?«, schleuderte sie ihm entgegen.

»Wo und wann du möchtest. Du brauchst es nur zu sagen«, antwortete Philippe, erschrocken über ihren Ausbruch.

»Erst machst du Schluss mit mir und meldest dich ein halbes Jahr nicht. Und dann stehst du auf einmal wie der sprichwörtliche Märchenprinz vor meiner Tür und hältst um meine Hand an. Hast du wenigstens einen gläsernen Pantoffel dabei?«

»Meine Mutter hat mich gewarnt, dass es nicht leicht sein würde«, erwiderte Philippe.

»Deine Mutter?« Jazz hielt inne.

»Du bist um die halbe Welt gereist, um mir einen Heiratsantrag zu machen, obwohl du wusstest, dass ich auch ablehnen könnte?«, flüsterte sie ehrfürchtig.

»Ja, aber ich wollte daran glauben, dass es mir gelingen würde, dich zu überzeugen«, meinte er.

»Also liebst du mich wirklich?«

»Offenbar schon.«

»Oh Philippe, ich habe dich so vermisst. Es waren die schrecklichsten sechs Monate meines Lebens«, rief sie, sprang auf und lief auf ihn zu.

»Heißt das, du wirst mich heiraten?« Er zog sie in seine Arme und blickte ihr tief in die Augen.

»Küss mich«, befahl Jazz.

Als Philippe sich zu ihr hinunterbeugte, versank sie in seiner Umarmung.

»War das ein australisches Ja?«, fragte er nach einer Weile.

»Ich brauche ein wenig Zeit. Es kommt alles so plötzlich.« Sanft führte Jazz seine Hände an die Lippen, küsste nacheinander jeden Finger und betrachtete dann seine Handflächen. »Was hatte deine Mutter sonst noch zu sagen?«, erkundigte sie sich schüchtern.

»Sie weiß es zwar nicht, aber sie hat meine Entscheidung, zu dir zu kommen, noch beschleunigt. Als ich einmal wieder einen besonders schlechten Tag hatte, meinte sie zu mir, ich sei unausstehlich geworden. Wenn ich meinen Liebeskummer nicht bald überwinden, mein Ego zu einem Soufflé aufschlagen oder sonst etwas unternehmen würde, wolle sie nicht mehr mit mir zusammenarbeiten. Außerdem wies sie mich darauf hin, dass ich vermutlich nicht der einzige Mensch mit einem gebrochenem Herzen bin.«

»Sehr richtig«, seufzte Jazz.

Philippe küsste sie wieder.

»Ich bin bereit, auf deine Antwort zu warten«, erwiderte er und legte ihr den Arm um die Taille.

Als sie in der Dämmerung den Strand entlangschlenderten, konnte sich Jazz beinahe vorstellen, dass sie zusammen glücklich werden würden.

»Und was nun? Würdest du dein Lokal verkaufen und nach Australien ziehen, wenn ich ›Ja‹ sage?«, schwelgte sie noch einen Moment in ihrem Tagtraum.

»Falls du das möchtest.«

»Jetzt nimmst du mich auf den Arm. Was ist mit dem *La Table de Marguerite*?«

»Das ist auch etwas, worüber ich mit dir reden wollte. Es geht um die Zukunft des Restaurants. Wie du weißt, führen meine Mutter und ich das Lokal seit vielen Jahren und sind sehr stolz auf unsere Erfolge. Inzwischen haben wir eine hochmoderne Küche. Der Speiseraum ist frisch gestrichen und neu möbliert. Das ganze Lokal sieht sehr chic aus. Außerdem haben wir die Speisekarte überarbeitet. Die Geschäfte laufen wieder besser, und der finanzielle Engpass ist überwunden. Ich dachte, ich würde das *La Table* für den Rest meines Lebens führen – das war, bevor ich dir begegnet bin. Und da hatte meine Mutter eine Idee. Sie hat gemerkt, wie unglücklich ich nach deiner Abreise war. Als ich anfing, darüber zu reden, mich selbstständig zu machen und vielleicht ein Lokal in Australien zu eröffnen, hat sie mich ermutigt, mich näher damit zu beschäftigen. Sie würde das *La Table* niemals aufgeben, doch sie versteht, was ich für dich empfinde. Also haben wir die Angelegenheit erörtert. Ich habe meinen Freund Emile angesprochen, der die Gelegenheit, mich als Küchenchef des *La Table* abzulösen, sofort beim Schopf ergriffen hat. Inzwischen schmieden er und meine Mutter bereits Pläne für das nächste Jahr, ohne mich einzubeziehen. Ich liebe dich, Jazz. Wir beide sind ein ausgezeichnetes Team. Wir könnten zusammen ein Restaurant in Sydney betreiben.«

»Aber ich habe das *Kookaburra.*«

»Ich weiß«, entgegnete Philippe ernst.

»Warum hast du dich nie bei mir gemeldet?«

»Ich wollte dir zuerst etwas bieten können.«

»Er hat mir einen Heiratsantrag gemacht«, berichtete Jazz später am Abend ihrer Mutter und ihrer Großmutter. Sie fühlte sich noch immer ein wenig, als träume sie.

»Was? Er ist einfach aufgetaucht und hat dich gebeten, seine Frau zu werden?«, wunderte sich Danielle.

»Und was hast du geantwortet?«, fragte ihre Großmutter.

»Natürlich werde ich ihn heiraten, er weiß es nur noch nicht. Philippe hat mich schmoren lassen, also muss er sich auch ein wenig gedulden. Allerdings nur vierundzwanzig Stunden«, erwiderte Jazz mit einem spitzbübischen Grinsen.

»Du kannst ganz schön gemein sein«, kicherte Amelia.

»Das ist aber gar nicht nett von dir«, tadelte Danielle. »Schließlich ist er um die halbe Welt geflogen.«

»Ich tue es aber trotzdem«, entgegnete Jazz.

»Ist das nicht ein bisschen kindisch?«, gab Danielle zurück.

»Wahrscheinlich schon. Aber Töchter dürfen auch Geheimnisse haben.« Jedoch hatte sie bei seinem Anblick in ihrem Herzen gewusst, dass sie ›Ja‹ sagen würde. »Morgen erlöse ich ihn von seinen Leiden, Ehrenwort. Ich habe ihm eine Besichtigungstour versprochen. Was hältst du von einer Trauung am Strand, Mum? Ich liebe ihn sehr! Ich bin ja so glücklich«, jubelte sie.

Danielle und Amelia sahen einander an.

»Offenbar muss ich vor Weihnachten wiederkommen, um alles zu organisieren«, verkündete Danielle fröhlich. Im nächsten Moment ließ sie die Schultern hängen. »Genau das habe ich befürchtet. Jetzt ändert sich Jazz' Leben, und sie ist wieder verschwunden. Was wird aus Oma und Poppy? Und aus dem *Kookaburra?*«

Jazz' Miene verdüsterte sich.

»Ich glaube, du unterschätzt das Verantwortungsgefühl

meiner Enkelin. Sie ist in Paris ziemlich erwachsen geworden und hat in den letzten Wochen noch dazugelernt. Wir sollten Geduld haben«, wandte Amelia rasch ein.

»Danke, Oma.« Jazz seufzte erleichtert auf.

»Habe ich richtig gehört. Meine kleine Schwester heiratet?«, fragte Lauren, die gerade Marina zu Bett gebracht hatte und nun hereinkam.

»Ja. Wirst du meine Trauzeugin?«, erwiderte Jazz grinsend.

Ihr Handy läutete. Es war Brad. Rasch verließ sie das Zimmer.

»Tolles Grillfest. Und einige Überraschungen. Wusstest du, dass dein französischer Koch im Hotel meiner Schwester wohnt?«, begann er ohne Einleitung.

»Autsch! Ich wollte dich eigentlich anrufen«, antwortete Jazz und wäre am liebsten im Erdboden versunken.

»Aber klar doch. Also: Wirst du ihn heiraten?«

»Das wollte ich dir eigentlich nicht am Telefon sagen«, erwiderte sie, da sie sich daran erinnerte, wie sehr Tims SMS und Vickis Verrat sie vor vielen Jahren gekränkt hatten. »Ich hatte vor, dich später zu besuchen.«

»Ich fahre in einer halben Stunde zurück nach Sydney«, entgegnete Brad kühl.

»Du weißt, dass ich dich sehr mag, Brad. Allerdings sind wir uns wahrscheinlich darin einig, dass das nicht genügt. Ich wollte nicht, dass es so endet«, meinte Jazz.

»Ich bin nicht sicher, ob wir wirklich eine Beziehung hatten. Im Grunde genommen habe ich mir keine großen Chancen ausgerechnet, doch ich bin froh, dass ich es zumindest versucht habe«, gab Brad zu. »Du wirst mir fehlen. Lade mich nicht zur Hochzeit ein.«

»Du darfst nicht einfach verschwinden. Komm mich besuchen, wenn du in der Gegend bist.«

»Vielleicht. Come-What-May hat für mich inzwischen ein wenig an Anziehungskraft verloren. Natürlich könnte ich Dad mitbringen und versuchen, deinen Laden aufzukaufen. Mittlerweile finde ich Geschmack am Immobiliengeschäft. Kalt, distanziert und herzlos ...« Er lachte auf.

»Das könnte dir so passen. Schade, dass es mit uns nicht geklappt hat«, antwortete Jazz.

»Wirklich schade«, erwiderte Brad und legte auf.

Jazz betrachtete das stumme Telefon und dachte darüber nach, wie traurig es war, dass einer von beiden den Kürzeren hatte ziehen müssen. Brad war sympathisch und sehr attraktiv, doch sie wusste in ihrem Herzen, dass sie die richtige Entscheidung getroffen hatte.

Am nächsten Tag machte sie ihr Versprechen wahr und nahm Philippes Heiratsantrag an.

»Keine Ahnung, was passiert wäre, wenn du abgelehnt hättest. Wahrscheinlich wäre ich in Sydney von der Hafenbrücke gesprungen«, gab er zu und küsste sie.

»Und was nun? Wann ziehst du nach Sydney, um euer gemeinsames Leben zu beginnen?«, erkundigte sich Noel und verteilte Champagnergläser.

»Jetzt haben wir endlich beide unseren Prinzen bekommen«, verkündete Chelsea. Sie nahm ihr Glas entgegen und lächelte Jazz zu.

»Auf das glückliche Paar«, rief Joel und hob, den Arm fest um Chelseas Taille gelegt, sein Glas.

»Auf meine kleine Schwester und ihren französischen Koch«, sagte Lauren. »Weiß jemand, wann Mark wieder an Land kommt, damit wir ihn für die Hochzeit dingfest machen können?«

»Darf ich auch welchen haben?«, bettelte Brendan und griff nach dem Glas seiner Mutter. Marina zappelte in Michaels Armen. Jazz sah Philippe lächelnd an.

»Um Dads Frage zu beantworten: Philippe und ich haben besprochen, wo wir leben und arbeiten wollen. Er versteht, dass ich dem *Kookaburra* verpflichtet bin. Außerdem wird meine Fernsehserie immer erfolgreicher. Also haben wir beschlossen, dass er sein Restaurant in Sydney allein eröffnet und ich hierbleibe.«

»Ist das eine sinnvolle Lösung?«, erkundigte sich Noel.

»Auch andere erfolgreiche Ehepaare führen getrennte Restaurants. Hinzu kommt, dass ich das *Kookaburra* nicht aufgeben möchte«, erwiderte Jazz.

»Da bin ich aber erleichtert.« Danielle seufzte leise auf.

»Warum betreibt ihr es nicht gemeinsam?«, meinte Poppy, der gerade, ein großes Büschel Spinat in der Hand, hereinkam. »Hier mein Liebling.« Er reichte Amelia das Gemüse. »Wo ist mein Champagner, damit ich auf das glückliche Paar anstoßen kann?«

»Wollt ihr das Lokal verkaufen?«, wunderte sich Jazz.

»Darüber können wir reden, aber nicht jetzt«, antwortete Poppy. »Deine Großmutter und ich haben uns Gedanken über die Zukunft gemacht und sind uns einig, dass die

Zeit gekommen ist, um Vorkehrungen zu treffen. Doch das kann warten. Jetzt wird erst einmal gefeiert.«

»Ich würde gern einen Trinkspruch ausbringen«, verkündete Philippe, stand auf, wandte sich zu Jazz um und hob sein Glas. »Auf meine wunderschöne Jacinta, die Frau, die ich liebe und heiraten will. Und auf die Hoffnung, dass ich der Herausforderung gewachsen bin, ihr Ehemann zu sein.«

Alle lachten.

»Auf den Mann, den ich liebe«, sagte Jazz rasch und erhob sich ebenfalls.

»Auf Jacinta und Philippe«, riefen alle und prosteten einander zu.

»Na, wann ist endlich Schluss mit den Überraschungen?«, meinte Jazz, als sie und Philippe wieder allein über den Strand schlenderten.

»Meine wunderschöne, temperamentvolle Jacinta, ich liebe dich«, erwiderte Philippe, zog sie in seine Arme und küsste sie.

»Was hältst du von dem Vorschlag, das *Kookaburra* gemeinsam zu führen?«, erkundigte sich Jazz, als er sie schließlich losließ.

»Es hat Potenzial«, entgegnete Philippe ernst.

»Du könntest ja mein Souschef sein«, gab Jazz mit einem spitzbübischen Grinsen zurück.

»Wahrscheinlich habe ich das verdient«, antwortete Philippe.

»Ja, hast du! Aber ich habe dir schon beinahe verziehen. Oh, noch eine Frage. Erinnerst du dich noch an das, was du nach dem Abendessen bei deiner Tante zu mir gesagt hast? Wie lautet dein Urteil? Passen wir im Bett gut zusammen?«

»Wenn ich mich recht entsinne, war es wundervoll und wird es auch wieder sein. Allerdings ist es viel zu lange her. Es könnte sein, dass ich meinem Gedächtnis auf die Sprünge helfen muss.«

Philippe nahm sie in die Arme und trug sie den Strand hinauf. Nachdem er sie vorsichtig im Sand abgesetzt hatte, zog er sie wieder an sich und küsste sie.

»Wie oft soll ich mich noch wiederholen, Liebling? Vertraue deinem Franzosen«, meinte er und küsste sie noch einmal.